广东省文艺精品（文艺人才）扶持专项资助项目

汪 泉——著

火焰摇曳

变革与守望的梁启超

LIANG
QICHAO
A Reformer &
A Watchman

SPM 南方传媒 广东人民出版社
·广州·

图书在版编目（CIP）数据

光焰摇曳：变革与守望的梁启超 / 汪泉著．

广州：广东人民出版社，2024. 6． -- ISBN 978-7-218

-17795-3

Ⅰ．I25

中国国家版本馆 CIP 数据核字第 2024DF3330 号

GUANGYAN YAOYE——BIANGE YU SHOUWANG DE LIANG QICHAO

光 焰 摇 曳 —— 变 革 与 守 望 的 梁 启 超

汪 泉 著

出 版 人：肖风华

策划编辑： 曾玉寒
责任编辑： 曾玉寒　李宜励
封面题签： 陈平原
封面设计： 张贤良
责任技编： 吴彦斌

出版发行： 广东人民出版社
地　　址： 广州市越秀区大沙头四马路 10 号（邮政编码：510199）
电　　话：（020）85716809（总编室）
传　　真：（020）83289585
网　　址： http://www.gdpph.com
印　　刷： 广东鹏腾宇文化创新有限公司
开　　本： 787 毫米 × 1092 毫米　1/16
印　　张： 24.25　　**字　　数：** 320 千
版　　次： 2024 年 6 月第 1 版
印　　次： 2024 年 6 月第 1 次印刷
定　　价： 88.00 元

如发现印装质量问题，影响阅读，请与出版社（020-85716849）联系调换。
售书热线：（020）87716172

目录

彼时，世界巨变

世界像伦敦地铁，在暗下里勾连着各个角落；欧洲的眼神在全球打探，谁将是他们的下一个猎物。

变局中成长

梁启超自幼记忆力超群，成为一个家族的欢乐之源和期待之光。梁启超之父自此放弃自己的科考梦想，将自己的梦想寄托在儿子梁启超身上。

变局中的学问世界

初试虽然失败，但他以敏捷的才思和超群的学识博得了一个广府"神童"的美誉。

康门之变

自此，梁启超和他的人生伴侣李蕙仙情定终身，再也没有分开，无论风雨如晦，还是誉满天下。

上书！维新！变法！

两大巨人历史性地擦肩而过；就在康有为著作惨遭毁灭，康有为面临灭顶之灾，梁启超动用所有人脉斡旋拯救之际，康有为中举了。

流变中的持守

戊戌政变之后，梁启超抵达日本，于流亡中求变，矢志不移，继续寻求救国之路。他枉尺直寻，求助日本无果，随即构建舆论工具，创办《清议报》，持续发表宏论，吁请救国，第一次以舆论左右了朝政，进而组织武装，发起了"勤王起义"。

焰火持续燃烧

变革与保守，这对矛盾，从万木草堂一直伴随着康有为，也伴随着梁启超，从广州、北京、长沙、上海、香港到澳门，从日本、美国、澳大利亚到新加坡，这些问题不是现实的纠缠，而是真实的内心纠结。梁启超虽然心有所动，但内心还是没有向革命迈出一步，最多只能说，想要迈出去，却如武昌起事一样夭折了。

持守学术光焰

欧洲远游适逢"巴黎和会"，他再次演讲游说，拍电报给国内，警告政府代表，万勿署名，以示决心。这封电报像一根导火索，引燃了轰轰烈烈的"五四运动"，从而掀起了新民主主义革命的开端。

彼时，世界巨变

世界像伦敦地铁，在暗下里勾连着各个角落；欧洲的眼神在全球打探，谁将是他们的下一个猎物。

　　在万千民众的担忧之下，伦敦地下铁轰然开启，像一个暗下里通行的密码，英、法、美、日、俄、德、意、荷等西方列强完成了现代转型，目光盯上了东方这个老朽昏庸、腐败不振的中国。

| 1. 彼时，世界的样子

　　"不不不，这太可怕了，让火车在地下运行，这简直是让人下地狱！这将是伦敦的灾难！"

　　"据我所知，仅蒸汽机排出的有毒气体就会让人像老鼠一样，死在地下！"

　　"我发誓决不会坐地下铁！你愿意吗？"

　　"要知道，那是怎样的阴暗，据说要点上油灯！"

　　"据说还是敞篷车，那不是置身于暴风眼中了吗？天哪，人不会被风化了吧？"

　　"我亲眼看见，那是从地面掘开了壕沟，上面箍了窑洞，再用土填上，就这么简单行吗？如果那山洞不堪上面楼房、马车、行人的重压而塌下来呢？"

　　"依我看来，这是自掘坟墓！"一直缄默无语的一位绅士站起来，拿起烟斗，点燃了烟，抽了一口，接着说，"列位无须担心地铁会不会开通，是否安全，重要的是地铁是否会用在战争中。它悄无声息地在地下调集了成千上万的部队，到达英国伦敦，我们也许还在睡觉，街头已经站满了侵略者。你们不觉得这才是最可怕的吗？"

1861年，英国伦敦皇家咖啡厅内，几个着装整洁的先生、女士看着桌面上摆放的几张报纸，正在热烈地讨论着关于地铁的事。伦敦要修建大都会地下铁路的消息在伦敦的大小报纸上风靡一时，成为舆论焦点。各种各样的悲观情形正成为伦敦市民的心腹大患。

"果不其然，女士们先生们，看看，河堤一段的地下铁路塌陷了！"

还是那一群贵族绅士、悠闲小姐，还是在皇家咖啡厅。

他们手持报纸，有人在朗读，有人在斥责。

1862年，当伦敦地铁挖到一条小河岸边时，果然不出人们所料，工地坍塌，两米多深的河水灌进地下铁道，有人在这场坍塌中差点丧生，脚手架横七竖八地泡在水里，一片狼藉。但是伦敦的工人没有停下来，当年长6.5公里、有7个停靠站的地下铁道基本完工了。蒸汽车车头开进了地下，40名官员乘坐在没有顶棚的木制车厢里对地铁进行了第一次巡游。这个场面也被记录在了贝克街壁画上：车厢类似大型的煤矿运煤车，绅士修女们肩膀以上的部分全部暴露在外，每到一站，人们脱帽欢呼，以表达喜悦之情。

1863年1月10日，这一天，伦敦大都会地铁正式通车。当日乘客总数就达到了40000人次。地铁向公众开放的前6个月里，乘客数目达到477万人次，平均每天有26500人次乘坐。

当"伦敦大都会铁路"（Metropolitan Railway）开通的消息通过香港报纸传到广州的时候，人们只是像看花边新闻一样，以怀疑的眼光，扫了一眼，继续喝茶打麻将。

1890年，世界上第一条电力驱动的地下铁路也在伦敦首开。而此刻，中国读者尚未读到法国作家维克多·雨果的《悲惨世界》，更没有听说过火车可以在地底下奔驰。

2017年，英国作家彼得·阿克罗伊德的《伦敦传》中译本面世，第六十章《地下世界》对伦敦地铁修建的历史做了如下描述：

任何关于地下伦敦的报告，要是没有写到地下伦敦自身，就不可能完整。这是一座宏伟的地下都市，占地620平方英里，有254英里的铁路连接着密如蛛网、名字古怪的隧道和车站，例如福音橡树、白城、天使和七姐妹等。

伦敦地下交通的方案最初提出是在19世纪40年代到50年代，但遭遇了顽强反对。人们担心地面交通的重压（地下交通系统正是为了减轻地面交通的压力）会压垮地面下的任何隧道，规划路径地面上的房屋也会因施工震动而摇晃和倒塌。到了1860年，一个方案终于通过。从帕丁顿到法灵顿街的都市铁路修建了三年，施工方法是"开挖和回填"，这办法大获成功。该项目是维多利亚时代中期能力和创新的伟大成就；有一张版画作品，描绘了"1863年，地铁试运行"的场面，火车在地下运行，敞开的车厢里挤满了人，男人们挥舞着大礼帽。通车日"法灵顿街人头攒动，足以媲美举办当红大戏首映式时剧场门口的人潮"。实际上地铁四射的活力和戏剧性是吸引乘客的重要原因；蒸汽火车冲入地下的壮观景象，就像是哑剧中的妖魔，足以满足伦敦人的猎奇之心。

到20世纪早期，今日伦敦的地下"网络"已经初现雏形。比如说，市内和南伦敦铁路在1890年就开通了；从威廉国王街到斯托克维尔的路线是用轨道开挖术建造而成，而不是老式的"开挖与回填"施工方法，所以成了第一条被命名为"地铁"的线路，显得非同凡响。此外，这条线路在运行了多年蒸汽列车之后，还是世界上第一个实现电气操作的；车厢里没有窗户，这合情合理，窗外没什么景致，列车上豪华的装饰倒是赢得了"软毯小车"的诨名。

这第一条"地铁"后继有人，1900年地铁中央线建成，1906年建成了贝克鲁线和皮卡迪利线，1907年建成了汉普斯特德线（或者说北线）。地铁已经不再是一个壮观的、甚至惊人的创新，倒变成了伦敦日常生活中司空见惯的一角。潜移默化地，地铁也沾染了这座城市常见的各种特点和面貌。或者不如说是在地下原样复制了地面上的城市。地下之城也有其街巷和大道，行人能轻松认路走去。这里也有小路，有十字路口，还有各自的窍门（君士威站没有自动扶梯，汉普斯特德电梯井很深，天使站自动扶梯很长）。也像在地上的城市里一样，灯火通明，熙熙攘攘的站点四周也是那些灯火惨淡、荒废已久的站点。地下的城市对地上城的节奏亦步亦趋，对于其行为方式和人口疏密也原样照搬。

1896年，布达佩斯地铁开通。

1897年，波士顿地铁开通。

1900年，巴黎通往郊区的地铁开通。

1904年，纽约开通了地铁。

1915年，伦敦地铁已成为一个大网络。

世界处在大变局中，英国这个"日不落帝国"正在引领着世界，像一头虎狼，在地球上四处张开血盆大口，包括侵略。中国便是它的头号猎物。

1873年，美国南北战争以死伤百万人的代价已经结束八年，奴隶制被废除，在这八年当中，美国紧跟欧洲诸国，尤其是英国的步伐，迅速发展，很快"挤入列强之林"。

这一年，日本明治即位已经六年，维新成功。此前，日本在美国、荷兰、俄国、英国、法国的船坚炮利下，打开了大门，签订了通商条约，幕府权威丧尽，西南各藩武士发动倒幕维新运动。后明治天皇宣布废除幕府制度，一系列改革成功，日本走上了资本主义道路，继而借鉴被他国侵略的经验，开始了侵略扩张。

这一年，苏伊士运河开通已经四年，这条从古埃及开始不断修建的运河经过开凿、废弃、重修、开放、再废弃，直至法国拿破仑、再至法国驻埃及领事斐迪南·德·雷赛布（Ferdinand Marie Vicomte de Lesseps，1805—1894）子爵的努力，终于获得了奥斯曼帝国埃及总督塞伊德·帕夏（Said Pasha）特许。塞伊德授权斐迪南成立公司。公司制的运作打破了国家之争，成了资本和利益之争。1858年12月15日，苏伊士运河公司（Compagnie Universelle du Canal Maritime de Suez）成立。强迫穷苦埃及人穿过沙漠挖掘运河的工作花费了近11年，部分苦力甚至被施以鞭笞。工程克服了很多技术、政治和经费上的问题。最终花费高达1860万镑，是最初预算的两倍还多。运河于1869年11月17日通航，这一天被定为运河的通航纪念日。该公司窘于外债庞大，1875年，被迫将运河股份卖给了英国。1936年，英国骑兵进驻运河，和埃及签订《英埃条约》，继续控制运河权利，掌握了世界海权。

这一年，普法战争已经结束两年。两年前的1月18日，普鲁士国王威廉一世在法国凡尔赛宫加冕为皇帝，成立了德意志帝国。法国政府请求停战，签署了《法兰克福条约》。普鲁士王国完成了德意志统一，取代了法国成为欧洲大陆的霸主。德国一跃成为世界巨霸。

这一年，意大利借法国在普法战争中惨败的机会，"进军罗马"已经三年，教皇被迫退居"国中国"梵蒂冈，标志着意大利实现了统一。三年前，意大利王国已经成立将近九年，首都一直在佛罗伦萨，然而，罗马尚在罗马教皇的手上，不收回罗马，怎么能叫统一？其时，拿破仑三世以保护教皇的名义长期驻军占领着罗马。正当法国在普法战争中惨败之际，意大利国王却犹豫不决，领导意大利独立运动的"二杰"马志尼和加里波第再也无法忍受，国王不得不举行公民投票，最终结果是完成最后统一占了大多数。国王这才命令大军开进罗马城，成功攻下了这个欧洲文明的发源地罗马，将首都建立在此地，实现了意大利的统一。继而开始参与帝国主义瓜分世界的狂潮，成为欧洲强国和世界列强，进而将手伸向中国。

英、法、美、日、俄、德、意、荷等西方列强联手来到东亚这个老朽昏庸、腐败不振、疮痍遍地的中国，割裂、抢劫、占地、勒索赔偿、租借等各种下流手段都强加在了这个古老国度的头上。

中国被慈禧捏在手中，奄奄一息。她身边的王公大臣挪用500万两白银的海军经费，为她打造颐和园；英国的鸦片缭绕着中国大地，国人躺在云雾缭绕的烟榻上欲死欲活……

2. 彼时，清廷面色苍白

1886年，一列方形的"铁蜈蚣"摆放在了北京城外，它的样子是慈禧和大臣们从未见过的。装修成功的那一天，一班朝臣簇拥着慈禧，站在火车前的时候，慈禧内心似有不祥之感。这个巨型的铁物像一条巨蟒，不是中国画中灵动飞跃、腾云驾雾的巨龙，而是匍匐在地，难以飞升。在慈禧的内心，飞龙在天，才吉祥，才是大清王朝的象征，而这条压在大清疆土上的巨蟒，怕是厄运。

督办大臣盛宣怀在一边绘声绘色地介绍着其镀金的外观，龙纹雕刻，最终描绘成了一条盘旋着的巨龙，一边捕捉着慈禧的表情，唯恐她突然脸色大变，废了这玩意儿。

好在上了火车，慈禧的脸色才稍稍舒缓。

这列火车有16节车厢，特等车厢三节，地面贴着瓷砖并铺设手工编织的洋毯，墙壁四周装着顶天立地的木架。属于慈禧的那一节车厢，盛宣怀更是费了一番心思，寝室内配有拔步床，外间装饰则如会见大臣的宫殿，陈设着慈禧太后喜欢的珍宝玩器，车窗用绫罗绸缎点缀装饰。慈禧就此龙颜稍悦，她觉得盛宣怀说得没错，这三节车厢分别是她和皇帝、皇后专用的"行宫"，此说毫不夸张。其余的车厢布置自然就差一点，是为随行的心腹大臣、王爷以及大总管李莲英准备的，后面的车厢，就是仆人、火车工作人员跟慈禧太后的随身物件库房，另外专列上还配备了膳食厅、养心厅乃至盥洗室等各种出行需要的设施，可谓周到。

当盛宣怀将这一列銮舆御车供奉到慈禧太后面前，极尽其能事地介绍描绘之后，生性爱精致新奇物件的慈禧终究还是接纳了。只是按照大清老规矩，贴身男性只能是太监，而太监又不会驾驶火车，所以火车司机就十分尴尬，慈禧太后只好下令司机身着太监服，行三跪九叩大礼，不能在她跟前露面即可。

这列火车的出现是洋务派的短暂胜利。此前，以李鸿章为首的洋务派为了争得朝廷对洋务运动的支持，决定为慈禧太后修建一条皇家专列。此时慈禧太后全力支持李鸿章等洋务派，她也希望通过一系列的技术革新来改变落后的现状。经过一番游说，比利时铁路公司派出专业的技术顾问，由清朝铁路总公司督办大臣盛宣怀负责。1886年，北京紫禁城铁路铺设工作紧锣密鼓地进行，两年后，长度约两公里的紫光阁铁路全部铺设完毕。当时直隶总督兼北洋大臣李鸿章将从法国购买的机器和客车也运到了北京，经过一番豪华装修，并且经过慈禧太后预览之后投入使用。

慈禧太后共使用过两次銮舆御车，头一次是在八国联军进攻北京城时，名义上是西狩，其实是躲灾；第二次是八国联军入京大肆抢夺并火烧圆明园时，慈禧太后为祭陵给祖宗请罪，又下令修缮专用铁道而用过一次。

这列太后专用火车运行不久，却发生了一件极为尴尬的事情。一天慈禧太后突然说，这火车头每天喷着白气，汽笛老是叫个不停，把大清皇城的气脉全给破坏掉了，于是停止使用蒸汽驱动。慈禧的这条专列省去了火车头，每节车厢上系黄龙绳，由四名太监拉着前进，铁道旁有更多的太监一起拉着，成为一道滑稽的逆行者风景。

回溯到1773年，清王朝的脸皮已然被英国偷偷撕破了，从而面色苍白，气喘吁吁。这一年，英国授权东印度公司向中国倾销鸦片。自此，许多中国人开始躺在了烟榻上，白花花的银子被那黑沉沉的烟雾一点点耗尽。

直至1838年，朝廷派湖广总督林则徐为钦差大臣，来到广东查禁鸦片。林则徐狂飙突进，在离梁启超家八九十公里开外的虎门，一气销毁了近2万箱鸦片，这恶毒的味道一直飘散到江门新会梁启超的家山下，久久未曾散去。

这次销烟给大英帝国狠狠捆了一记耳光，英国岂能就此消停。从1840年开始，英国对华发动两次鸦片战争，中国人在精神和现实两面都被沉痛打击；而它的随从们也蜂拥而至，清王朝已经处于极端的被动应付当中。自此，清廷又是赔款又是割地。

清王朝像一个病榻上的闲汉，眼睁睁看着自己的土地、白银、权利被欧美一次次抢劫而去。1841年，中英签订《广州和约》，清廷向英国赔款404万两白银；1842年，中英签订《南京条约》，清廷向英国赔款1470万两白银；1860年，清廷和英法两国签订《北京条约》，向英法赔款1600万两白银；1876年，清廷和英国签订《烟台条约》，向英国赔款20万两白银……

1842年，第一次鸦片战争后，清政府和英国签订《南京条约》，割让香港岛给英国，约78.1平方公里。

1858年，清政府和沙俄签订《瑷珲条约》，此条约规定清政府割让混同江以西，黑龙江以北，外兴安岭以南的广大地区60余万平方公里的土地给俄国。

1860年，第二次鸦片战争后，清政府和英、法、俄签订《北京条约》，将九龙半岛南部（约46.93平方公里）割让给英国，乌苏里江以东

（包括库页岛在内）约40万平方公里的土地割让给沙俄。

1864年，清政府和沙俄签订《中俄勘分西北界约记》，沙俄由此侵占了中国西北新疆和外蒙古地区44万多平方公里的领土。

1887年，清政府和葡萄牙签订《中葡和好通商条约》，允许葡萄牙永驻和管理澳门以及属澳之地。

1895年，清政府和日本签订《马关条约》，将辽东半岛、台湾岛及其附属岛屿以及澎湖列岛近10万平方公里的土地割让给日本。

1898年，清政府和英国签订《展拓香港界址专条》，将香港附近"新界"等地租借给英国99年。

1911年，清政府和沙俄签订了《满洲里界约》，割走了11万平方公里的土地。但该条约签订时，各省已纷纷宣布独立，清政府自顾不暇，未能对界约进行审批，实属无效。于1920年公开宣布此约无效。

……

据统计，从1840年到1912年清朝灭亡的短短72年间，"大清帝国"共割让领土200多万平方公里，足足是现在英国总面积的9倍。

1872年，曾镇压过太平天国起义、捻军起义的清王朝重臣曾国藩死于南京。

1873年，清廷成立了铁路局。

1876年，一条从吴淞码头到上海的窄轨铁路开通，该铁路由英国怡和洋行出资修建，全长14.5公里。翌年清政府赎回拆除。开了这个先河，铁路长驱直入内地，洋人借此侵占，长此以往，国将不国。

1876年，英国人贝尔发明了电话，英国人已经开始长距离通过一根电线，能和对方说话了。这在当时的中国人听来一定是古代神话传说中的顺风耳。

1877年十月廿九日（旧历），国学大师王国维出生。谁也未曾料到，多年以后，他投湖自杀的死亡方式像一条锁链，另一头牵绊着病中的梁启超，乃至于他俩的离开一前一后。

1897年，清政府以官款再建淞沪铁路，线路大体循原来走向，终点延至河南北路，全长16.09公里，1898年恢复运行。

1891年，颐和园修竣。慈禧为该园动用海军捐款仍不够，再由海军出使经费垫支，总计动用500万两白银。前后共计耗用3000万两白银。[1]

梁启超在《少年中国说》中对清廷的现状做了生动的描摹，他说，为什么日本、西方人总是称中国为"老大"呢？是因为掌握国家大权的人都是昏聩老者。若不吟哦几十年的八股文，若不写几十年的公文，若不当几十年的公差，若不硬撑着几十年的薪水，若不传送几十年的公文，若不阿谀奉承几十年，若不磕头作揖几十年，若不请几十年的安，绝对不可能得到一个官位，也不可能升职晋级。在二品三品的100个朝廷官员中，有96个人五官不听使唤。不是眼睛瞎，就是耳朵聋。不是手颤抖，就是跛脚，否则就是半身不遂了。这些人连自己的饮食起居行走视听都不能自理，需要三四个人伺候，尚且能活着，如果把国家大事压到他们的身上，那岂不是像木偶在演戏治国治理天下嘛！这些人等从小时候至壮年，从来不知道亚洲、欧洲在什么地方，如果遇上唐宗汉祖，都会嫌弃他们，必然会将他们再三磨炼、陶冶，等到他们的脑髓用尽、气息奄奄与鬼为邻的时候，再把我们两万里山河交给他们，把四亿多人命交付于他们手上，这是何等悲哀而危险！……如果你告知他们，国家就要亡了，就要被其他国家瓜分了，他们肯定不会相信，即便真的要亡了，真要被瓜分了，他们也会说，我今年都是七十岁了，我今年八十岁了，祈祷这一两年之内洋人不来，强盗不起，我也就快活过了一辈子了。如果真的起了强盗、来了洋人，没关系，割让三两个省的土地奉送给他们，卖了三四百万人做了他们的奴隶，赎买我一条老命，有什么不行的呢！又有什么难的呢！当下所谓的老太

---

[1] 故宫博物院编《故宫简介》，1971年版。

后、老臣、老将、老太监、老官吏，所谓修身齐家治国平天下的手段不就是这些吗?!

梁启超又在《新民说·论进步》中对彼时中国各省的状况做了如下概括：

请看百年以来之事：乾隆中叶，山东教匪王伦之徒起，三十九年平。同时有甘肃马明心之乱，据河州、兰州，四十六年平。五十一年台湾林爽文起，诸将出征皆无功，五十二年乃平。而安南之役又起，五十三年乃平。廓尔喀又内犯，五十九年乃平。而五十八年，诏天下大索白莲教首领不获：官吏以搜捕教匪为名，恣行暴虐，乱机满天下。五十九年，贵州苗族之乱遂作。嘉庆元年，白莲教遂大起于湖北，蔓延河南、四川、陕西、甘肃，而四川之徐一德、王三槐等，又各拥众数万起事，至七年乃平。八年浙江海盗蔡牵又起。九年，与粤之朱濆合，十三年乃平。十四年粤之郑乙又起，十五年乃平。同年，天理教徒李文成又起，十八年乃平。不数年，而回部之乱又起，凡历十余年至道光十一年乃平。同时湖南之赵金龙又起，十二年平。天下凋敝既极，而鸦片战役又起矣。十九年英舰始入广东。二十一年取舟山、厦门、定海、宁波、乍浦，攻吴淞，下镇江。二十二年结《南京条约》乃平。而两广伏莽，已遍地出没无宁岁。至咸丰元年，洪、杨遂乘之而起，蹂躏天下之半！而咸丰七年，复有英人入广东据总督之事。九年，复有英法联军犯北京之事。而洪氏据金陵凡十二年，至同治二年始平。而捻党犹逼京畿，危在一发，七年始平。而回部、苗疆之乱犹未已，复血刃者数载，及其全平，已光绪三年矣。

梁启超在《饮冰室自由书》中更是对内忧外患的时局表达出了强烈的忧愤：

　　……我国民全陷落于失望时代。希望政府，政府失望！希望疆吏，疆吏失望！希望政党，政党失望！希望自力，自力失望！希望他力，他力失望！忧国之士，溢其热血，绞其脑浆，于彼乎？于此乎？惶惶求索者有年，而无一路之可通；而心血为之倒行，脑浆为之瞀乱！……

　　洋务派领袖张之洞来到岭南，开风气之先，制造洋枪、洋炮、洋船，洋务运动就此开始；林则徐一气之下，撸起民族的袖子，在虎门将所缴鸦片一气投进了石灰池；尽管书院林立，但花县秀才洪秀全却在广西金田村打起了"反清灭洋"的大旗。

3. 彼时，广州随机应变

　　彼时，广府四周有条件的人还在孜孜以求地读书，以期获得声名和地位；有人高举大旗，开始反抗，开始寻找建立新世界的途径；有人开始大胆地和洋人贸易，闷声发财；有人在创办自己的工业，开始制造世界上最先进的器械以取代几千年来的刀耕火种……这一切，令广东的每个寻常百姓的精神世界发生了巨变，他们痛苦，他们失落，他们寻找；要想生存，他们必须面对现实，面对洋人，面对科学，面对工业，面对混乱，面对变局；而想要面对如此之多的前所未有的东西，他们就要变，自己要变，还要善变，否则难以生存。当这种被迫的改变成为一种文化，成为一种精神的时候，广东新的文化内核也正在渐次形成，那就是：破旧创新、变革自我、变革世界。

　　光绪十年（1884），张之洞任两广总督兼署广东巡抚。他因倡导"以工为体，以商为用"，在广东开办枪弹厂、铁厂、枪炮厂、铸钱厂、缫丝局、机器织布局、矿务局等，被人视为洋务派。他在黄华乡（今黄华路）兴建银圆局（后改称广东钱局），模仿香港铜仙，铸造铜币，以救钱荒。这是中国货币史上的"机器币"之始。而在文化学术方面，张之洞主张"中学为体，西学为用"，把"体"与"用"分开，无论"用"怎么变，"体"不能变。这是面对西风东渐时，最后的心理防线，影响了几代中国人。

张之洞在广州创办了广雅书局和广雅书院。广雅书局设在南园，即南园五子结诗社的故地。创办广雅书院主要靠梁鼎芬。梁鼎芬，字星海，又字伯烈，号节庵，广州番禺人，家住在榨粉街，光绪六年（1880）中进士，授翰林院庶吉士，光绪九年（1883）授编修，因得罪了慈禧，被连降五级。回到广州，被张之洞延入幕。张之洞委托他负责创办广雅书院，聘其为第一任山长。两人为书院选址绞尽脑汁，踏遍城厢，曾考虑过海山仙馆、漱珠岗、小蓬仙馆、大东门外某庭园、大北门外山地、泮塘北之南岸村等地，但都不理想。后来，张之洞来到西村，一下被这里的山川形势深深吸引，"就是这里了！"他赶紧写信给梁鼎芬，描述西村环境。梁鼎芬踏勘以后，也深以为然，最后确定在西村建校。

光绪十三年（1887），书院建成，命名为"广雅"，取"广者大也，雅者正也"的意思。张之洞上奏皇帝，请为广雅书院颁匾额。

……

广州自清初"两王"入粤屠城之后，城中已很少有五世以上的家族，无法建宗祠，只能由同姓族人建合族祠。但雍正十三年（1735），朝廷严禁民间聚众结盟，凡寺、观、神、祠，俱禁止兴建。乾隆三十七年（1772），官府以"城内合族祠类多把持讼事，挟众抗官，奏请一律禁毁"。民间的合族祠不得不改为书院、试馆。咸丰二年（1852），又再以合族祠多建于市井，"不特有碍居民，抑亦街邻所共恶"，"一二好事者，藉端敛赏，希图渔利"为由，下令即使改为书院、义学名义的合族祠，亦一律禁止。光绪元年（1875）、八年（1882）朝廷两次下令"各姓不得纠众添建祠宇，致碍民居"。

......

据不完全统计，在西湖路大小马站、流水井、仙湖街、越秀书院街周边，曾分布着东平书院（阮家祠）、汾阳书院、赖氏书院（赖家祠）、谢氏书院（谢家祠）、江都书院、谭氏书院（谭家祠）、曾氏书院（曾家祠）、周氏书院（周家祠）、冠英家塾（马家祠）、太丘书院（陈家祠）、六桂书院（方家祠）、日丽书院（甄家祠）、武溪书院、镜湖试馆、瑞柳书屋、光复书院等数十家宗祠书院。

越华路附近，有六鳌书院、鳌山书院、富民书院、光大书院、仇氏书院、千乘书院等十几家宗祠书院；在广卫街附近，亦有许氏书院、麦氏书院、龙溪书院、侣宋书院、焕然书院、何氏书院、曾氏书院、璧山书院、林家书塾、龙关书院等十几家宗祠书院。

广州起义路坐落着清代赫赫有名的梁氏宗祠（梁千乘侯祠）。梁氏是岭南望族，其宗祠是当时广州府、肇庆府梁姓宗族合资建造的合族祠，始建于康熙三十八年（1699），为梁姓宗族子弟到广州城参加科考、诉讼、缴纳赋税等事务时提供居所，后来改建为青云书院。

——摘自《广州传》（叶曙明）

1840年，鸦片战争爆发，广州城外的炮声隆隆，门户大开。距离茶坑100多公里的广州三元里村民提起刀枪，向侵略者宣战。

1851年，广州花县（今广州花都区）人洪秀全发动了太平天国起义，推倒了孔子塑像，举起了"反清灭洋"的大旗，提出"天下为公"的口号，建立了太平天国，1864年被剿灭在天京（南京）。

1856年，英法联军发动第二次鸦片战争，珠三角的老百姓在战火中战战兢兢。

　　1861年，清政府被迫开放，举办洋务，"师夷之长技"，希望通过学习西方的先进技术来维持封建帝王的统治。

　　1873年，顺德南海出现了继昌隆缫丝厂，创办者陈启沅成为中国第一位民族资本家。

一些"歪理邪说"正在占据着广东的一个偏僻的村庄，村庄的固有秩序迎来挑战，村庄的灵魂人物——梁启超的爷爷果决下手，摁灭了那一缕即将燃烧的"邪火"。

4. 彼时，茶坑挺力维系

1873年正月二十六，一声啼哭划破了广东新会茶坑村的夜空，这一家的主人梁维清时年五十八岁，降生者便是他的第八个孙子梁启超。

梁维清比洪秀全小一岁，洪秀全当年起事时，梁维清已经是一个秀才，且捐了贡生，任职新会县儒学教谕（县教育局局长），八品官吏，主管祭祀孔子，教育全县的秀才、生员。

梁维清看着梁家的香火又续了一脉，且是男婴，心中有一股难掩的喜悦，眼看着自己的第三子梁宝瑛多年投考落第，屡屡败绩，只好把希望寄托在下一代的身上了。他心中一直潜藏着一个梦想：亲自培养出一个比他更强大、更体面、做更大的官，走出新会的人物来。也许这个孩子便是。

他背着手，在客厅来回走动了好几圈之后，儿子梁宝瑛终于忙完了月房之外的事务，来到了堂屋，颔首向父亲汇报了这一喜讯："父亲，生了，母子平安，是个男丁！"

梁维清坐下来，听完儿子毕恭毕敬的报告，喝了一口茶，徐缓地说道："但愿他是个读书种子！走吧，去堂里（叠绳堂）敬告先祖！"

梁维清带着儿子梁宝瑛一前一后，出了门，来到不远处的叠绳堂。叠绳堂是梁氏家族在新会的家族祠堂，每逢重大、神圣的事情，均会在这个地方决策、定夺。叠绳堂的大门被打开了，沉重、陈旧，那陈旧的门却发出孩提一般的哭叫，像一个意外的昭示。堂内昏暗、潮湿，父子俩点上蜡烛，面前就是影影绰绰的祖上牌位，从上至下，层层叠叠。梁维清看着眼前一排又一排的祖上牌位。最高的一个牌位上写着梁绍（一名韶）的名字，这是梁维清的二十五世祖，宋哲宗绍圣四年（1097）丁丑科进士出身，任广东提举常平司。他每每看到这个名字心中都会升腾起一股不息的爝火：梁家在我的手里一定要培养出像先祖梁绍一样的一个人物来，至少要像梁绍一样，中个进士，像他一样为官广东，光宗耀祖；抑或为官他乡，像始祖一样迁居至一个像韶关南雄珠玑巷一样的地方，开枝散叶，光大门楣。梁维清的目光继而停在另外一个人的名字——梁南溪上，是这位先祖将梁氏一门从珠玑巷迁到了新会县大石桥，带领他们家族从大山中走出来，来到了大海边，让族人看到了辽阔无边的大海，看到了广阔无比的另外一个世界，让他们梁氏家族学会了在海面上随着波峰浪谷漂浮，从而得到自己想要的东西，再也不用世代攀缘山谷，险中求生了。

梁维清的目光继而停在了下面另外一个名字——梁谷隐上。是这个人在明代永乐年间将族人迁到了这个山清水秀的茶坑村，另立堂号叠绳堂。没有他，哪有眼下的这一切？这个茶坑村眼下有三分之二的人是叠绳堂之后，而梁维清自己又是茶坑村中有头有脸的官员，至少在村中算是不小的人物了。梁维清想起自己当年中了秀才，祖父梁炳昆是何等的欣喜，在茶坑叠绳堂大摆宴席，宴客三天，那是他人生中最为得意的时光了。他觉得自己虽然遗憾多多，但毕竟在自己手里，梁氏步入了大清官场，进入了上流社会，更为重要的是迎娶了广东提督黎第光之女，算是朝里有人了。而这位黎氏夫人也利用娘家的关系，对夫家大加提振，自此，他采买了十多亩上好的田地，同时购置了一批图书，办了家学，过上了"半儒半农"的理想生活。这是他对梁氏的贡献，也是他在茶坑村立于不败之地的根基。但是，眼下，跟在他身后的梁宝瑛的确是一个不争气的儿子，最终苦读二十多年也没有超越他老子，他略略回头瞥了一眼，眼神中流露出诸多的不屑，想说什么，却没有说。

梁维清燃了三炷香，肃立于叠绳堂的正中，闭上眼睛，他的身子仿佛恍然升腾到了在天至高的祖先处，他依稀看见茶坑村村前的那条河流就是一条龙，这条龙的龙脉正附体于眼下刚刚啼哭了三声的梁启超身上；他看见不远处凤山隐隐，山之东面的大海边，便是南宋帝昺蹈海处，最聚风水处便是他们叠绳堂的祖坟，而那祖坟所在是如凤盘龙之首。既然有如此之好的风水，那么，叠绳堂的气象看来在他身后的第三代梁启超的身上或将再次得以振兴，那将是多么遂心如意。

梁维清郑重举起三炷香，高过头顶，三炷香散发出三缕吉祥如意的青烟，笼罩在叠绳堂的诸位祖上的名牌前，他以最为擅长的祭拜仪式按照家礼向先祖汇报了梁启超的诞辰，继而说出了自己对其人生的愿望和决心，希望得到祖上的荫庇。

站在身后的梁宝瑛默默随着父亲亦步亦趋地做完了所有的祭拜活动，他明白父亲心中的块垒还在自己身上，自己也在焚膏继晷地苦读，然而，此刻，他心中有一股更加神圣的使命，这是他原本想要放弃的一些念头，但在此时，这一使命在他心底重新点燃：不能放弃科考，要继续坚持，等到儿子梁启超懂事的时候，也许就是明年，他也会高中，也会像自己的父亲一样，至少做个教谕一般的职务，以不负父亲的厚望。眼下，他秉持着父亲和儒家的一切规范，谨慎行事，在乡村是有了一定威望，但他明白，这还是仰仗于自己父亲的声名和威望。

他听说了父亲梁维清在1851年的那个夏天的传说。那一年，在距离茶坑村一百多公里的广州花县，有一个叫洪秀全的人起事了，彼时，父亲依然是新会县的官员，而洪秀全的拜上帝教正在像一股瘟疫一样，迅速传遍了珠三角的四乡八村，茶坑村也没有幸免。这还了得！梁维清对这个大他一岁的洪秀全从未认可过，从他闻听洪秀全砸了孔子像以后，他就明确地表态，这是一群乌合之众，是逆贼，是中国几千年文化大统的贼子乱党，必诛之而后快。一些声音在他日后去广州赶考时就能听到，随之而来的那些邪恶的声音已经传播在茶坑村，村里的一帮年轻人悄然出入，鬼鬼祟祟，开始加入"拜上帝教"，组织学习该教会的教义，他们蠢蠢欲动，貌似安静的茶坑村难道要发生一些什么？会发生什么呢？起义！起义会怎么样？父亲问他，他不知道，也不敢回答。父亲说，就是砸烂孔子像，砸烂大清的江山；而我的饭碗就是大清给的，这是养活你们的家什，如果有人将我的这家什砸烂了，我们一家人怎么活下去，难道喝西北风去，这怎么行！父亲听到这隐隐的消息后，连夜在叠绳堂外敲响了钟声，所有村上的男子必须参加。

这是一个神圣而决绝的时刻，梁维清没有丝毫犹豫，当机立断，草拟了文书，在叠绳堂以族长和县教谕的双重身份召集村人，成立了保良会，这个会就是管好各家的男丁，维护村民安全，不信奉异教，克己奉公，尊重儒学，维持祖上得来不易的现状，不参加结社，不参与邪教，不结党叛乱，若有违反，将治其家长以最严酷的村规处罚，杖百杖，逐出村，没收所有财产，然后报官，按照朝廷规矩，以乱党处置。

一些邪教组织的青年想要站起来说话，梁维清一一按下去，而且让他们的祖父、父亲一一签字画押，具保。一场即将点燃的轰轰烈烈之火焰被梁维清轻轻熄灭了。一些"中邪"的后生悄无声息地走出村外，投奔了太平军，在他乡开始了十四年的征战。

其间，人们不时听到一些风声鹤唳的消息，有人羡慕，有人慨叹，有人后悔，村里出去的这家的后生死了，那家的后生废了，还有哪家的后生居然做了太平天国的大官；太平军攻城略地的消息不时传来，太平军杀了这个，杀了那个，太平军立了府、立了国，太平军颁布了这个法、那个法。最终，太平天国如梁维清所愿，灭亡了。

年轻的梁宝瑛在这一系列的消息中，心中慌乱，脸色多变，面对父亲梁维清在村人面前所表现出的预见性，他却顿生毫不隐讳的骄傲，他心中曾经暗叹父亲的先见之明，继而开始宣讲父亲梁维清的过人之处，而梁维清却不高调，听到哪家的后生命殒他乡，他还是沉痛地前往邻家抚慰，后来，这些抚慰的事儿就渐渐转移到了梁宝瑛的身上了。梁宝瑛走街串巷，他能从村人的眼神和只言片语中看到父亲对洪秀全的预判之精准。

梁宝瑛的心思从来不为外人所知，他照旧按部就班地在二十平方米大小的梁氏私塾教书育人，从不在课堂上评论太平天国的七长八短，直至太平天国于九年前被剿灭，他心头的一块石头才落地。也许他庆幸终究没有参与，也许他在羡慕之余心中难免惊诧：若是参与了，还不知抛尸于何方的荒草之中！哪能听到这个新生命的啼哭，万幸之幸。他心中暗想，唯有以高尚的德操维持村里的大事小情，处处按照儒家的伦理道德要求自己，以文人的标准格物致知，以父亲的家风统御家族，不断精进学业，或可考得功名，至少如父亲一般，名震乡里。

父子俩出了叠绳堂，茶坑的夜色亮堂了许多，繁星密布的天空格外迷人，梁维清仰望星空，看到了其中一颗，格外耀眼，像尚在褓褓中的梁启超的双眸一般。

回到家，梁宝瑛迫不及待地再次走进产房，看望自己的儿子梁启超和妻子赵氏。

已经被祖父命名为"宏猷"的梁启超正躺在母亲的怀抱中，睁着眼睛，好奇地打量着眼前这个要被他称为父亲的男人。他尚且不知道他被命名的两个字是什么意思，而梁宝瑛却定定地看着他，不知是对妻子，还是对这个婴儿，微笑着说："你阿公叫你宏猷，不知道，这是装着他多大的理想，这理想要大到哪里去！茶坑和新会肯定装不下，至少也是广东，乃至更广阔的天下！"怀抱着宏猷的梁宝瑛之妻，看着怀中眨巴着眼睛的宏猷，不知她此时此刻心中存有多少的期许。

多次科考败绩的梁启超之父，转而担当起了乡间秩序的维持者，一场两村之间的械斗被他苦苦化解，屡教不改的赌徒被他教化转身。

| 5. 彼时，梁氏两代之梦

梁启超之母赵氏疲惫地睁开眼睛，看到丈夫就在身边，这位没有错过，也没有为自己争过多大脸面的男人口口声声在一边安抚自己，一边像自言自语一样，说着他要将梁启超培养成什么样的人才之类的话，而赵氏内心却在想：你连自己的父亲都不如，还奢谈培养儿子；要培养，恐怕我比你要强多了。也许这位新任母亲对怀中的宏猷，心中所藏的希望要比自己的丈夫大多了。

我为童子时，未有学校也。我初认字，则我母教我。……祖父母及我父母皆钟爱我，并责骂且甚少，何论鞭挞。……我家之教，凡百罪过，皆可饶恕，惟说谎话，斯断不饶恕。我6岁时，不记因何事，忽说谎一句。……晚饭后，我母传我至卧房，严加盘诘。……我有生以来，只见我母亲终日含笑，今忽见其盛怒之状，几不复认识为吾母矣。……当时我被我母翻伏在膝前，力鞭十数。我母当时教我之言甚多。……但记有数语云："汝若再说谎，汝将来便成窃盗，便成乞丐。"……我母旋又教我曰："凡人何故说谎？或者有不应为之事，而我为之，畏人之责其不应而为也，则谎言吾未尝为；或者有必应为之事，而我不为，畏人之责其应为而不为也，则谎言吾已为之。夫不应为而为，应为而不为，已成罪过矣。若已不知其罪过，犹可言也。他日或自能知之，或他人告之，则改焉而不复如此矣。今说谎者，则明知其罪过而故犯之也。不维故犯，且自欺欺人，而自以为得计也。人若明知罪过而故犯，且欺人而以为得计，则与窃盗之性质何异？天下万恶，皆起于是矣。然欺人终必为人所知，将来人人皆指而目之曰，此好说谎话之人也；则无人信之。既无人信，则不至成为乞丐焉而不止也。"我母此段教训，我至今常记在心，谓为千古名言。

梁启超在《我之为童子时》中的这段文字，有对其母的一段长论，或许掺杂了梁启超后来的认识，但却真实地反映了幼年的梁启超所持的特定道德规范和行为准则的源头。这种道德文化氛围，即使成年后的梁启超，也每每感怀于心，影响了他的一生，如若此后的梁启超或有逾此规矩之举，他一定深深自责，定然惭愧在心，而这些童年的母亲的教诲正是好家教的开端，影响是终身的。家教之所以有如此强大的渗透力，是因为那是带着血脉的，带着体温的，自然是终身的。

赵氏出身书香门第，其祖父赵雨是举人，其父炳桃，庠生。当时媒妁之言只知道赵氏跟她母亲学了一手好女红，当她下嫁茶坑梁宝瑛之后，人们才渐渐知道赵氏人品一流，做人有底线，品性端庄，遂深得乡人赞誉。这得益于她自幼深得儒家文化熏陶，受过良好家庭教育，家教极好，能诗能文，勤劳干练，在家时常教姑嫂姐妹识字读书，女红自然不在话下，是贤妻良母式的中国传统女性。随着长子梁启超的出生，她已经不再把希望寄托在丈夫科考上，而是寄希望于儿子宏猷身上。她看着刚出生的儿子睁着明亮的眼睛，痴痴看着她，那眼神所透露出的天然睿智时，她就有一种前所未有的神圣感和使命感，她想，尽管丈夫不断败绩于科考，如今能守在自己身边，对于宏猷也不失为好事一桩，而且这个已经成为父亲的梁宝瑛在茶坑还是不错的，甚至有几件事情做得很出色。

赵氏下嫁梁宝瑛之前，曾风闻过梁宝瑛的一些事，知道他父亲是教谕，也是主管一县教育事业的官员，怎么说也是书香门第，而且据说梁宝瑛正在苦读经书，虽童子试不第，但学问还在求，功名尚在考，也是不错的。

此后，关于梁宝瑛的一件事，震动了两乡百姓。

广东珠三角地区河汊密布，水上交通方便，濒临大海，男人惯于出海揾食，而出海的人每次都面临着生命的考验，也许某一次就会有去无回，因此，这里渔民大多看淡了性命和人生，民风也异常彪悍，他们今日有酒今日喝，有钱就赌，以求换取更多的钱，进而获取暴利，至于盗窃、械斗，在动荡不安的彼时，也是惯见的。梁宝瑛时常发出慨叹，对这些民间恶习特别反感，他不抽烟、不饮酒、不赌博，可谓模范丈夫、模范儿子、模范父亲。茶坑村所在的熊子乡和临乡东甲之间多为梁姓人，而同族两乡之间却结了宿怨旧仇，三十年来争斗不息，有一帮子青年动辄呼啦啦涌到两乡交界处，另一帮闻讯赶来，开始斗殴打架。这架打了两辈人，终究没有结束的可能，原因是两乡都没有出一个真正超越前人的读书人，所以两乡之间，牛说牛大，角说角长，一个不服一个。梁宝瑛曾就此事多次两面调停，两乡关系时好时坏。正在梁宝瑛说媒赵氏的时候，两乡关系由于梁宝瑛的调停转好，两乡的人都说他的好。

然而好景不长，就在梁启超17岁中举时，两乡又开始了血流遍地的械斗，原因在于东甲乡科考登第成功的人多于熊子乡，所以，凡事都要听东甲乡的，而两乡梁姓的人都是同宗同祖，梁启超闻听此事，也愤愤然，回家问父亲前因后果，想想自己已然考取了举人，东甲乡还不服气熊子乡，岂有此理。而熊子乡的人此时皆以梁启超为荣，哪肯服气。眼看着又一场械斗在即，此时梁宝瑛对梁启超说："这正是和解的机会，不是报复的时候。"于是，梁宝瑛带着梁启超来到了东甲乡，先是通告东甲长老，带儿子去拜谒梁氏祠堂，继而再去一一拜会父老长辈，让梁启超执弟子礼，以晚辈的身份拜会东甲长辈，要求梁启超谦恭低调行事。东甲人听说中了举人的梁启超来东甲拜会长者，一时两乡关系和解，积怨就此消除，两乡再也没有发生过不愉快，甚至敦睦修好，远胜他乡。新会县内乡人在此事件的教益下，再也没有发生过乡间大规模的械斗事件。而两乡之间只要发生不愉快，有不能解决的矛盾，双方都愿意请梁宝瑛评断，梁宝瑛就成了民事调解员，但凡梁宝瑛到场出面，没有不能平息的争斗。乡人之间每有愤愤之情，想要打斗的，总是慨然说："找梁太公对质。"

一个身负公正的人总是令人起敬。梁宝瑛的此种气息自幼浸染着梁启超，他知道，在人间，这种气息是多么重要，也许他就在思考，如果天下有这么一个人，他能够在关键时刻站出身，能够振臂一呼，能够为正义发声，能够为公平呐喊，那将是多么重要，又是何等神圣！这种担当是梁启超自幼从父亲身上得来的，也是流淌在他骨子里的气质，此后，每每遭逢乱局，他就开始不辞辛苦地周旋在党派之间，演讲、谈判、劝和，使得乱局中一锅又一锅的粥样局面得以和解、统一。

梁宝瑛秉持着这种公正、善意之心，从梁启超幼年直至中举离开广州之后都没有停息，他匆促行走在乡间，走家串户，肩负着非他不可的担当，久而久之，善美和谐之风渐成，随后逐渐地波及邻县，新宁、香山、开平、恩平、鹤山等县，不乏暗下里学习梁宝瑛之人，岭南大地的乡间在乱局中靠不住清廷贪官，只有靠这些贤达之士了。

无论冬寒暑雨，梁宝瑛必定背着干粮匆忙前往调解。三十年下来，数县械斗的风气稍得平息，也算是救了不少人的性命。重要的是教化一方，形成了另外一种与刁蛮粗野之习迥然的和谐、包容的文化，这种文化至今尚存，影响着岭南的发展。

多年之后，梁启超悼念其父梁宝瑛的《哀启》中说，彼时，治理广东的官员都是鼓励赌博，以此敛财。久而久之，广东就成了"赌国"，唯有熊子乡没有赌博工具，梁宝瑛说，赌博是偷盗之源，想要化除盗贼，必须先禁赌。梁宝瑛作为耆老会的负责人，对赌博之类，深恶痛绝，严加禁止。而他禁赌，并非带着敛财的目的，唯一的目的是教化人心，心中自有一种家国担当，此种行为一开始甚至被年幼的梁启超质疑过，后来，随着梁启超日渐成长，他方才知道，这是一种大担当。作为一个人，来到这个社会，有这样无私的担当是社会责任，是大公之行为，自是梁启超倾慕心追，开始了更为广阔的家国天下的担当。只是他担当的形式有了改变，不再是像父亲一样走街串巷、走家串户，而是不断创办报纸，通过报纸告知天下人：怎么办。

一开始，一些不听教诲的子弟为了躲避梁宝瑛的查禁，要么在竹林丛中搭个草棚密室，要么躲进船里，把船藏在港汊交错之处，尤其是在刮风下雨的深夜，时常聚在一起赌博。

梁宝瑛像一个宗教徒一样执着，似乎他内心深处藏着一尊大神，驱使他奋力前行。他踩着泥水，冒着风雨，深一脚浅一脚，半夜各处寻找，在深水密林中一俟搜到他们，便以做老师的腔调开启了一场说教本行，以利害得失晓之以理，动之以情，每每援引每个家庭的痛楚得失，通宵达旦地讲，直到他们痛哭流涕，洗心革面，悔不当初。

在梁宝瑛的心目中，教化一方是他的生命职责和人生意义，这种教化不仅仅是面对孩子，更是要将他们从孩子时代开始，终生都纳入他的视野中观察、匡正、察审。一段时期后，梁宝瑛由于长期辛苦奔走而生病，赌博的乡民闻听此事，深感内疚，继而洗心革面，最后成为堂堂正正靠劳动生活的人，再也不干邪门歪道的事。久而久之，一些积习难改者，都因不忍欺瞒梁宝瑛，暗下里悄悄戒除了赌博的习气。相邻的村庄也相继受感动而严加教育子弟，民风自然得以改良。

尽管梁宝瑛也是村校的教员，但收入微薄，家庭生活过得并不是十分宽裕，梁维清当年置地十多亩，后来分给三个儿子，梁宝瑛也就分得了四五亩，然而家里张口吃饭的人越来越多，生下了梁启超之后，接连生了梁启勋、梁启业，而赵氏在生下三子梁启业时便难产而死，这对梁启超家而言更是雪上加霜，其日子的艰难可想而知。然而，儒家文化温润敦厚的滋养使得梁宝瑛不仅没有沉沦，反而更加奋发。"穷则独善其身，达则兼济天下"，而他即便是穷，也没有忘记改善其身边小区域。

梁宝瑛对外是一个教父级的公益管家，对家族内部事务也丝毫不松手，这么表达倒不是因为管事的人少，相反，此地此乡此家的确需要他这样一个人。梁宝瑛的大嫂二十五岁守寡，梁宝瑛对她简直视若母亲一般，对其子梁启昌的关心甚至胜过自己的孩子，亲自教授功课，监督辅导，要求非常严格，对其学习上的事从不姑息，错漏、遗忘、曲解、误读时总是一一纠偏。等他学成之后，被聘为学校的教员，继续跟从梁宝瑛从教，总算有了一碗饭吃。在梁宝瑛的亲自训导下，梁启昌打下了坚实的学问底子，才情很快闻名于一方。梁宝瑛有一位堂兄，二十九岁就离世了，留下寡母三子，老大老二随之相继夭折，剩下了老三，这位嫂子悲伤过度，看不到一点人生的希望，不想活了，寻死觅活。善良的梁宝瑛见这对母子如此惨状，悲恸不已，生怕她寻了短见，便一直守着这位嫂子，支撑帮扶他们过活。由于过度悲伤，长期流泪，这位嫂子不到晚年眼睛就瞎了，对于一个盲人嫂子，梁宝瑛几乎不敢离开，时常要去关照她，怕她有个什么闪失，也因此常年不敢出远门。由此才保全了这位可怜嫂子晚年得以颐养。

梁宝瑛二十八岁时，其母在离家半里路的地方突然急病攻心而亡。此时，梁启超才三四岁。梁宝瑛闻听慈母倒地不醒，这个大孝子又急又慌，一口气疾奔至事发现场，悲伤、劳累、慌张之下，他背起已经断气的母亲，边跑边哭，雨水泪水混在一起，眼前一片迷茫，脚下万端踉跄，在暴风雨中一步不停地往家里跑。从事发地到家里的半里路平日里不长，但在龙卷风夹暴雨中，一口气跑一个来回，等他到了祖屋正房，累得倒在地上，半天缓不过气来。悲伤和辛苦让这个正值青春的汉子浑身散了架，仿若天崩地裂一般难挨。梁启超判断，很可能是因为这次落下了病根，也许是急火攻心，加之大力奔跑，此后的十多年，每每有暴风雨，他便周身酸痛难忍。

梁宝瑛过生日的时候，梁启超回家一趟，专门为父亲梁宝瑛做寿，其间，梁宝瑛带他去祭祖，父子翻山越岭，梁宝瑛尚步履矫健。梁启超虽然心里大为安慰，但想起前两年见其父去日本几不相识的憔悴旧影，心里感慨万端。一路上，父子俩聊了很多，梁启超表达了自己无意于政治，眼看着袁世凯想要称帝窃国，说出自己多年来的失意，想要归隐家山，奉养亲老。不料此话一出，便引来其父的一番训斥："你与袁世凯既然已经共事，他想要篡改国体，称帝复辟，你应该想如何去匡正解救他，阻止他；如果不行，就应该想要怎么裁制他、惩治他。不致力于此事，而只顾惜自己，家国天下的担当去了哪里？如此自私，还不如留在茶坑，在京城那么大的地方，有什么用？这不是我们梁家人的做派。"梁启超心下感慨万端，在与其父的言谈中汲取了力量，在其父的催促下，不日继续北上。梁启超和袁世凯的关系时仇时亲，世人多有诟病，其实，这和梁宝瑛的教育不无关系，想要教化、善化任何一个人，哪怕他是窃国者。正是这种殉道的精神让梁启超忘记了个人的恩怨，从国家利益出发，在其身边监督、教化、匡正袁世凯，也许正是这一次其父的谆谆教诲起了重要作用。

梁宝瑛在香港生病离世时，梁启超也在香港。此时，梁启超应桂系军阀陆荣廷的邀请，加入此军，正在从军而行，而此事尚未告知梁宝瑛，也许是担心其父为此忧虑，既不敢前往医院看望，也没有写信问询。恰此时，有一家报纸刊出一则消息，声称梁启超得了疯癫病，正在入院治疗，这一消息被正在住院的梁宝瑛看到了，一时急火攻心，担心、焦虑、心痛，百感交集，原本并不是特别严重的病，在这个坏消息的激化下，病情一时又得不到准确的诊断，陡然加重，不日归西。临终前，梁宝瑛严厉要求家人，他死的消息千万不要告知梁启超，他正在为国谋出路，为民族找光焰，为家国找出口，这就是大孝，千万不要责怪他。此时，护国运动正在如火如荼，梁启超正随军在安南（越南）隐蔽辗转，音信全无。之后，梁启超从南宁到梧州，再从肇庆到广州，绕了一圈，事态变化万端。又过了几个月时间，二弟梁启勋还是隐瞒消息。等到梁启超已经到上海港口，梁启勋觉得不能再隐瞒下去了，才把实情一一告知梁启超。

梁宝瑛此时已经安眠于九泉久矣。

这是一位堪称先生的农家儒者，尽管他没有实现自己科考入仕的理想，但他以儒家的正统观念提振家声、庇护乡里、振兴学业，终究是实现了自己的人生价值。这种朴素而开阔的家风、家学也为梁启超提供了不竭的精神源泉和动力，从而构筑了梁启超报效家国、放眼世界、着眼未来的视野和胸襟。

变局中成长

梁启超自幼记忆力超群，成为一个家族的欢乐之源和期待之光。梁启超之父自此放弃自己的科考梦想，将自己的梦想寄托在儿子梁启超身上。

三岁即可诵诗，阿公和父亲看到了梁氏一门的希望之光，三代人的期盼自此寄托在了他的身上，茶坑村梁宅内不时传出欢声笑语。

1. 变得聪慧过人

梁启超未生之前，或出生时，并没有什么特异的天象出现，譬如一条龙或者一只凤落在他家的屋顶，或者大堂，他母亲也没有做出什么怪异的梦来，他父亲、他祖父祖母，都没有见什么特别的异常，他就是一个孩子，一个男孩，在动荡年月降临人间，没有什么非常之相。对于他母亲来说，只求他平安，能够学成。此外，他母亲赵氏时常注视着他，有时候觉得他特别滑稽，譬如他醒着的时候，不吵不闹，像一位老者在回忆往事，似乎心事浩茫，若已经经历过多少人间的苦难，见识人间多少的离散和哀痛一般，他的目光时常深陷在茫茫夜空，或者深不见底的远方，他不吵不闹，似乎害怕吵闹，他眼睛一眨不眨地看着一些貌似空空如也的空气，凝神不动，仿若入定的禅师。如此时间一久，赵氏甚至怀疑他的智力是否有问题，直到三岁多的时候，他还是如此，一个孩童坐在凳子上，坐在母亲怀里，躺在床上，坐在地上，都是如此，他好像是换了一张幼稚面孔的老者，在沉思，在遥望，深陷在遥远的时空中。

有一天，他的神色突然被母亲的诗句唤醒。

"关关雎鸠，在河之洲——"

赵氏怀抱宏猷，在茶坑村梁氏一间并不大的房间，看着他那宽广的天庭，饱满的额头，开始尝试教儿子背诵《诗经》中的句子。

三岁的启超顺着妈妈的念叨，随口就背起来："关关雎鸠，在河之洲——"

"窈窕淑女，君子好逑——"妈妈看着他随心所欲地念完了，格外喜欢他可爱的样子，于是接着又念了一句。

"窈窕淑女，君子好逑——"宏猷接着又念出来。

"启超啊，真不错，能全部连起来背诵吗？"妈妈笑着说。

启超说："能啊，关关雎鸠，在河之洲；窈窕淑女，君子好逑——"

他像变了一个人，而且变得很快，他的母亲后悔没有在更小的时候让他诵读《诗经》。赵氏格外高兴，像发现了一座宝藏，惊喜地看着自己的儿子，似乎发现了一块闪光的狗头金，她眼神兴奋异常，笑着说："你才三岁啊，我的儿！怎么突然变得像个孙猴子了！"

那笑声是梁宅里长久没有的，引得梁宝瑛循声而来。

"启超，给爸爸背一首诗——"妈妈见梁宝瑛进门便说。

宏猷偏着头，看着爸爸，面无表情地背诵起来。

梁宝瑛猛然听见这个三岁孩童流利地背完了《关雎》，心下大惊。这样的孩子在他有限的人生经历中还真是少见，又见妻子让孩子背这首诗，便说："让孩子背这诗，难免太早了吧？"

他妻子娇嗔地说："让儿子替我背出来不行吗？"

梁宝瑛自是诺诺不迭，然后抱着儿子，去见阿公。

"启超，来，给阿公背一首诗——"梁宝瑛抱着儿子，满面喜悦地看着父亲说。

梁宝瑛让宏猷下地，站定，开始有声有色地背起来："关关雎鸠，在河之洲；窈窕淑女，君子好逑——"

梁维清一听，惊喜地看着站在面前的宏猷，爽朗地笑起来，一边抱起宏猷，一边在宏猷的额头重重亲了一口。

"乖孙啊，窈窕淑女是什么呢？"梁维清问宏猷。

宏猷灵动地摇摇头。

"它就是诗，就是学问啊！我的乖孙，记住了吗？"梁维清看着宏猷纯净而明亮的眸子说。

"记住了，阿公。什么是学问？"宏猷偏着头问。

"学问就是能够记在心里，能够背诵出来的诗文，就像你刚才背诵的，就是学问。背得越多，就越有学问，我的孙儿，你现在就是有学问的人了！"梁维清看着怀里认真发问的孙子，也格外认真地回答。

"阿公，我也是有学问的人了？"宏猷说。

"是啊，我的孙儿，只要你像刚才这样多多背诵诗文，你将来一定是一个大学问家。"阿公十分肯定地说。

梁维清看了一眼肃立在前的儿子梁宝瑛，转头说："乖孙，阿公教你一首诗，看你能不能背下来。"

宏猷点头。阿公说："硕鼠硕鼠，无食我黍——"

宏猷跟着念："硕鼠硕鼠，无食我黍——"

"三岁贯女，莫我肯顾——"阿公摇晃着脑袋再诵。

"三岁贯女，莫我肯顾——"宏猷也跟着摇晃着脑袋诵读。

"逝将去女，适彼乐土——"

"逝将去女，适彼乐土——"

"乐土乐土，爰得我所。"阿公依旧晃着脑袋诵。

"乐土乐土，爰得我所。"宏猷也晃着脑袋诵。

"好了，真不错！"阿公将宏猷放下来，说，"启超啊，现在还能背诵出来吗？"

"嗯哦——你再教我一遍。"宏猷有点不自信地说。

梁维清将这一段连续诵读了一遍。

启超说："阿公，我能背下来了。"

梁维清和梁宝瑛相视一看，对宏猷说："乖孙，那你就背诵出来吧——"

宏猷竟然一字不差地背诵了出来。

梁维清听着宏猷背诵出来的每个字，似乎都不敢相信自己的耳朵，他惊诧地看着宏猷，如此聪慧，可真是梁氏的奇才啊！

"乖孙，以后要跟着阿公，多多背诵一些诗文啊。"阿公说着，"神童啊，我的孙。"

转而对梁宝瑛说："此子禀赋异常，你也看见了，这是少见的，家里所有的事都是小事，培养成了这个孩子，比你考个功名要好几十倍！你也不必为自己的前程过多忧虑了，多为孩子想想。你让你内人好好教养我孙，多背一些诗文，打好底子，明年就入了家塾，开始正式读书！"

"阿公，硕鼠是什么意思？"宏猷插嘴道。

"硕鼠啊，就是大老鼠……"阿公开始认真讲解起来。

梁宅里传出少有的朗朗笑声，这笑声像一把焰火，点燃了这个家族的希望。

梁维清自此以后对梁宝瑛的科考之事再也没有了兴趣，公差回来，一把抱起宏猷，便开启了他的远大理想。

梁宝瑛在次年又一次也是最后一次去科考，依旧失败，便再也不提科考之事了。

厓山慈元庙的二十四忠臣从画中走下来，家国情怀的种子深深根植在幼小的梁启超心中，这块文化富集地上的火种在他身上徐徐点燃。

｜2. 慈元庙的种子

从四岁开始，梁启超就在其母赵氏的怀里开始了四书和《诗经》的学习，偶或他的阿公梁维清在公差之余，也要补教他，至六岁，他基本学完了五经。说他学完，仅仅是指他能够背诵下来了，也能够粗浅地解释这些经典。在《诗经》和其他经书之间，梁启超偏爱的还是《诗经》，他觉得那些东西是活的，虽然历经千年，但并没有死，像一个个动物或者植物，而其他的经书却不然，远离他的生活，也远离他的理想，他觉得遥不可及。于是赵氏也因材施教，教给他一些唐诗，譬如李杜，宏猷就格外喜欢，他甚至还主动请教阿公，怎么作诗。

阿公毕竟也是一县之教谕，对孩子怎么教育，他还是心中有数的，于是，实在禁不住孙儿的纠缠，他也教梁启超一些诗歌的基础知识，譬如平仄韵律，还有对仗，然而更多是讲历史故事，他要为孙儿打开历史视野。

熊子乡有一座古老的庙宇，叫慈元庙，这座慈元庙原来是在厓山，后来迁到了圭峰山。庙里供奉的就是南宋小皇帝和杨太后，三忠祠供奉南宋三大忠臣：陆秀夫、文天祥、张世杰。庙里面藏有四十八幅古画，画的是二十四忠臣和二十四孝子。每年的上元节，祖父母都要带着启超兄弟们去庙宇烧香，每每到了庙宇，祖父都要给他们兄弟讲这些画中的故事。他叫来好奇的梁启超，说，宏猷，看，这是朱寿昌，你看他弃官寻找母亲，最终找到母亲时都七十岁了，迎接回了家中。大孝子啊！宏猷究根刨底，问个不休，为什么母子离散了？为什么中间不去找呢？为什么相隔那么远？祖父一一回答，宏猷还是不太满意。岳飞也是供在慈元庙中的一个重要人物画像。宏猷对岳飞抗金的故事最感兴趣，阿公也乐意一遍又一遍给他讲清楚。每当阿公讲到岳母在岳飞的后背刺字的时候都要说，你也要记得，你的背上也有这几个字：精忠报国。说这话的时候，宏猷就感觉到自己的后背上隐隐发疼，他说，没有啊，我母亲没有在我背上刺字啊！阿公就说，它不在脊背的肉上面，而是在肉里面。阿公的手指在他的后背缓缓游走，每一笔的收落处，阿公都要重重一顿，宏猷感觉自己体内通身充满了力量，那四个字像另一副筋骨，架着他，使他有了灵魂的力量和最初的方向，他心中暗自下定决心：等他将来长大了，要像岳飞一样，也要跨上骏马，驰骋疆场，收复国土。

宏猷挚爱自己的母亲，所以特别喜欢敬重的阿公讲给他的另外一个母亲的故事，那是厓山当地被称为李佳母的故事。

当年，南宋八岁的帝昺在三大忠臣的护卫下，来到新会厓山乡，元军的马蹄声随后追赶而至，海面上千帆竞发，此时厓山乡有一户人家，只有孤儿寡母，儿叫李佳，母叫李佳母。眼看着皇帝一行驻跸厓山，被逼到了山穷水尽之境，李佳母对十六岁的儿子李佳说："儿子，皇帝已经被追赶到了海边，走投无路，古语说，天下兴亡，匹夫有责。现在是你这个男儿去保护皇帝、杀退元军的时候了，国家需要你，快去吧！"这个十六岁的海边少年心里怯怯的，他的怯意不是怕沙场赴死，而是担心自己从军走了，这个孤寡的母亲谁来照料？于是，犹豫不决。李佳母毫不犹豫，转身就走，她走出村子，朝着大海边走去，儿子李佳远远地在后面跟着，到了海边，母亲说："儿子，你要是个男儿，停住脚步，听我说，不要牵挂我，快去救皇帝！救朝廷！"说完，纵身投海。

李佳大喊一声："妈妈——"

他跪在原地，看着厓山下面滔滔海水，哭声震天。

村上的村民赶来，才得知原来是李佳母为了让自己的孩子从军救亡，投海自尽。于是，男儿们纷纷陪着李佳，跪在原地，叩首祭拜，然后擦干眼泪，和李佳一起愤然从军杀敌去了。

此后，新会更多的男儿闻听李佳母投海为儿子解除后顾之忧去救国的故事，大为感动，纷纷辞别母亲，扛起锄头，手持大刀，走出家门，投奔厓山战场。

梁维清讲完这个故事，对宏猷说："男儿志在四方，国家是第一要义，你看，从李佳到陆秀夫、文天祥、张世杰这些朝廷忠臣，在国家面前，都有责任，责任是一样的，不要因为你不是朝廷的大臣就不去救国！"

宏猷想到阿公整日慨叹："国家要亡了，洋人打来了，葡寇红毛子来了，英伦大鼻子也来了！谁来拯救这个国家啊！"

宏猷心中暗下决心：眼下，国家也是危机四伏！和当年有什么两样呢？两次鸦片战争失败了，民族英雄林则徐被发配新疆，广州的大门被打开，泉州、厦门、上海、南京的门户被打开，洋人想来就来想走就走，不远处的零丁洋正是民族英雄文天祥慨叹赋诗的所在，此时，自己是否也应该像李佳一样救国呢？当然是，可惜自己太小了，要读书成长。

宏猷的心里扎扎实实埋下了拯救国家的种子，在他的心中，正如阿公所说，国家就是皇上，皇上没有了，国家也就没有了。

在阿公的眼里，除了陆秀夫、文天祥、张世杰之外，最重要的一个人就是新会的陈献章（陈白沙）先生。

每年，阿公都要带启超兄弟们去慈元庙，每次他们都觉得像过节，阿公会给他们买上小吃，在人山人海中穿梭嬉闹，接着就开始讲故事。对于阿公来说，这是一次良好的教育机会，然而，对于梁启超而言，他并非有多么迷恋，他迷恋的是那些民族英雄，而阿公所想的是那些忠孝思想，所以，在这一点上，阿公是失败的。

在这座慈元庙中，还有很多碑刻，这些碑刻多刻于明清时期，记述南宋覆灭经过和历代重修的历史、赞颂宋末民族英雄，现供人参观。古碑共有12块，分别为明弘治陈献章撰的《慈元庙碑》、陈献章的弟子湛若水撰的《修复厓山慈元殿大忠祠记碑》、明成化罗伦撰的《大忠祠记碑》、明嘉靖的《重修厓山全节庙大忠祠碑》、明弘治张诩撰的《全节庙碑》、明嘉靖杨以诚书的《正气歌碑》、清光绪的《重修慈元庙碑》、明区大相撰的《厓山览古诗碑》和《题全节庙大忠祠诗碑》、明鲁能撰的《白沙先生付麟诗碑》、明万历的《时万历戊申岁孟夏谷旦立诗碑》、明嘉靖何廷仁撰的《重修厓山大忠全节二祠碑》。

那些青色的、灰白色的、黑色的石碑像一个个巨人，站立在宏猷的面前，须仰视可见。它们的身上镌刻着一排排的文字，清晰可见。

其中，最吸引梁启超的是明代陈献章所撰的《慈元庙碑》，阿公也是竭力向他讲述这块碑身上的文字，一一念叨起来：

……惜宋之君臣，当其盛时，无精一学问以诚其身，无先王政教以新天下；化本不立，时措莫知，虽有程明道兄弟不见用于时。迹其所为，高不过汉唐之间。仰视三代以前，师傅一尊而王业盛，畎亩既出而世道亨之，君臣何如也？南渡之后，惜其君非拨乱反正之主，虽有其臣，任之弗专，邪议得以间之。大志弱而易挠，大义隐而弗彰，量敌玩仇，国计日非，往往坐失机会，卒不能成恢复之功。至于善恶不分，用舍倒置，刑赏失当，怨愤生祸，和议成而兵益衰，岁币多而民愈困，如久病之人，气息奄奄，以及度宗之世则不复惜，为之掩卷而涕，不忍复观之矣……

　　阿公讲，这位陈献章是了不起的人物啊，他家离我们家不远，不过时间隔了三百五十年了，他是我们的邻居啊，他可是全国人民都崇拜的人啊，他的画像可以在岭南的所有孔庙里面配享供奉，你看他的文章书法多好啊！这碑上的字正是他用自己创造的茅龙笔写出来的，你看，多么刚劲有力！

　　"他家在哪里？"宏猷问阿公。

　　"就在隔壁的白沙村。"阿公说，"改天带你去瞻仰白沙祠。"

　　梁启超从未有过的震动！在自家的旁边竟然出过这样的人物。宏猷追问："他干过什么事？"

　　梁维清这下来了精神，他的回答令宏猷更为惊讶："他改变了天下人的思想。"

　　宏猷更为着迷，追问。

　　阿公说，他是大学问家，他不在乎朝廷的官职，他在家里闭门读书十年，连门都不出，吃饭都是母亲递来送去。十年后，他出门进京，路过广州，城中百姓争相一睹他的容貌，他的脸上有七颗痣，人们说，那是北斗七星，就是方向，你找不到方向，在天上找到北斗七星，你就知道自己在什么位置了。他就是这样一个大学问家，当时天下无人与之匹敌，他学富五车，才高八斗，他在家里的春阳台写下了著名的心学著作，自成一家，所以，他才是你要学习的榜样，一个真正的文人，不慕官职，不慕钱财，而是为天下苍生的思想着想……

　　宏猷看着陈献章那遒劲有力的字势，那汪洋恣肆的文章，仔细琢磨，再三品赏，心下暗想，他能做到，我也应该做到；邻村的人能做到，我也能做到。梁启超觉得自己也应该是这样的人，以改变人们的思想为己任。

　　然而宏猷却问了阿公一个十分了得的问题："阿公，忠孝重要，还是改变人们的思想重要？"

　　阿公惊讶地望着自己的长孙，心想，就指望他了。

梁维清坚定地回答："忠孝次于改变人们的思想。尤其对你而言，改变人们的思想大于一切。"

他接着问宏猷："白沙先生写的是什么意思？南宋为什么灭亡？"

宏猷当然回答不上来。

阿公说："宏猷啊，陈白沙在这块碑上说，宋朝灭亡不在于元军，而在于自身的腐败。在北宋时，君臣没有精一学问修身，也没有革新天下，有程颢兄弟这些贤能也不能人尽其才。南宋时，国家更是没有将人才放在应有的位置，朝廷缺乏志向，日益积弱，最后还出现善恶不分、刑赏失当、百姓愈贫等情况，灭亡不可避免。"

宏猷说："和现在的大清有什么区别？"

"有。小声点，小祖宗！"阿公说，"等你读书多了，读得像白沙先生一样多的时候，你就明白了。"

宏猷懵懂地点了点头，自此"改变人们思想"的观念在他心中扎下根来，不断随着他成长，开枝散叶。

从三岁开始，宏猷就和阿公睡在一张床上，每天晚上，他总要听阿公给他讲故事。梁维清也不放过这个机会，每天都要精心准备一个故事，像那些私塾先生备课一样，好给这个寄托着数代人希望的孙子一个良好的教育。

夜阑人静，如豆灯光在床头静静持守。

梁维清开始给宏猷讲故事了。阿公先问他今天学了什么，宏猷要一一回复，其实，这就是睡前复习，等他讲完今天的课业，阿公还要格外点拨几句，然后就开始讲故事了，这个晚上，他要讲的是瞿式耜的故事。

"瞿式耜是明末著名的抗清将领、民族英雄。"阿公刚讲了一句，宏猷就打断了，并问了一个问题："阿公，为什么抗清的人都是英雄，您不就是清朝的官员吗？"

阿公的脸都有点红了，只是在被窝里，宏猷看不清楚而已。

"启超啊，这清朝是满人建立的，不是汉人，满人从东北来抢占了汉人的天下，所以汉族人就要抗击，那么抗击满人的汉人就是英雄喽。"阿公说。

宏猷心中在想，这个世界原来就是一个你争我夺的世界，这个皇位看谁本事大谁就抢走，这天下就是他的了，像阿公这样的人就是他的臣民，就为他服务。他在思考，阿公在讲述——

1616年，瞿式耜赴京赶考，中进士后做了官，后来上书崇祯皇帝，直言进谏，遭受排挤，锒铛入狱，几年后被罢官回老家，他以为自己的一生就要在耕读中结束了。二十多年后，李自成攻破北京，去抢皇帝做，后吴三桂投降清廷，多尔衮率军入关，崇祯皇帝在煤山自缢，朝廷在风雨飘摇中苦苦坚持。南明王朝建立后，用人之际，朝廷想起了被罢官的瞿式耜，他被提升为右佥都御史，巡抚广西。1648年，清军大举进攻桂林，瞿式耜和何腾蛟等人一起，坚守桂林，浴血奋战，击退了清军一次又一次的进攻。1650年，他的学生张同敞也过来与老师一起战斗，瞿式耜说他没有责任继续留守，张回曰："君恩师义，敝当共之。"二人战斗到最后，桂林失陷，师生二人被俘，立而不跪，彰显身为臣子的忠心。清廷的定南王孔有德许以高官厚禄，师生二人根本不为所动，并大骂孔有德叛变汉族，卑鄙无耻。几经劝说后，孔有德见师生二人坚定不屈，只好放弃劝说，将他们二人下了大牢，他俩在狱中虽饱受皮肉之苦，却依然保持气节。他们在狱中对坐赋诗明志，有诗云："莫笑老夫轻一死，汗青留取姓名香。""正气遥相接，忠魂刻共随。"后来孔有德收到瞿式耜写给南明将领的情报信，宣布将瞿式耜处死。赴刑前，瞿式耜赋诗一首：

从容待死与城亡，千古忠臣自主张。

三百年来恩泽久，头丝犹带满天香。

"他们为了国家，为了民族而死，值得。要是我有这个机会，我也会这样。"宏猷听完这个故事，说了一句。阿公微笑着，为他盖好了被子，拍了拍他："你不是武官，怎么能和他们一样呢。你要学习的是陈献章，要有一肚子的文墨，你要做的是改变人们的思想，这个你可不要忘了，改变了思想，自有守城、保家、卫国的人，可不是和他们一般的人哦……"孙儿含混答应着，已经打起了轻微的鼾声。梁维清心中有说不完的幸福：多么懂事的孙儿，他的心中已经有了民族国家，值得期待。梁维清也满足地构想着次日的睡前故事，缓缓进入梦乡。

次日晚，梁维清上床搂着孙儿宏猷，问："昨晚我们讲的那个故事还记得吗？"

"瞿式耜血战清兵，人在城在，城失人亡。"宏猷说。

"嗯，没错，如果你是瞿式耜呢？"阿公这一次想好了，要启发宏猷开启超人的模式。

"要是我……"宏猷想了又想，说，"我就要让我的官兵四散到其他城池，隐藏起来。"

"为什么呢？"阿公不解，认真反问。

"我不知道瞿式耜能不能像陈献章一样，将他的思想灌输给所有的人，如果像陈献章一样，所有的人都接受他的思想，那么他手下哪怕剩下几百人，散开在其他城池，他们再以自己的想法发动广大的群众抗击清兵，如此，说不定现在就没有大清王朝了……"阿公听他如此说，又是激动，又是害怕，急忙捂住宏猷的嘴巴："我的小祖宗，你不要命了。以后可不能这么说，这话是要掉头的。记住了吗？"

宏猷被捂着嘴巴，在如豆的灯光中眨巴着亮晶晶的眼睛，一丝恐惧掠过他的心头，从阿公的神色来看，似乎已经有万千的清兵涌在他家门口。他点了点头。

"以后千万不能再说这样的话。此一时彼一时也,"梁维清松开手,又怕孙儿受到打击,接着说,"如今是大清的江山,那时候已经是历史。你的想法放在当时,自是非常正确,但现在就不该这么说了……我们另外讲一个故事。"

梁维清接着讲了李定国的故事:"李定国原本是一个贫苦农民家的孩子,崇祯三年(1630),也就是两百四十多年前,张献忠在陕北发动农民起义,将少年李定国收为养子,后赐姓张。从此,他跟随张献忠转战南北。李定国长大成人之后,深受张献忠的影响,勇敢善战,张献忠也特别喜欢他,在成都建了大西国之后,李定国被封为安西将军,监管十六座军营。这时李定国才二十四岁,他身高八尺,相貌英俊,做事有度,在军中威望很高,以宽容和仁慈而出名,是大西军中智勇双全的战将。张献忠死后,起义军也就节节败退,最后他归顺了南明小王朝……"

"启超,南明小王朝就是崇祯皇帝死后,明朝的皇族后人在南方建立的小朝廷。"宏猷点点头,要求阿公继续讲,"永历六年(1652),也是清顺治九年初,李定国经充分备战,出兵八万攻湖南。先取沅州、靖州,继攻广西桂林,大败清军,清军主帅、定南王孔有德自杀。七月初李定国占领桂林,随后,直下柳州、衡州等四州,剑指长沙。清廷闻讯大惊,增派十万大军驰援。为避清军锐气,李定国暂时撤离长沙外围,退守衡州。清军主帅、亲王尼堪率军尾追,李定国设伏将清军团团包围,四面猛攻,清军大溃,尼堪被阵斩,全军覆没。李定国夺得桂林、衡阳两大城池,为南明抗清开了一个新局。"

"李定国最后呢?阿公,他最后结局如何?"宏猷追问。

"李定国后来想要攻下广州,他首先要攻下我们新会,不料清军调集四十万大军,他所带领的农民军未能攻下新会城,只好带着六七十万老百姓逃离新会,一路转战到海南,又到了缅甸,最终突发疾病,四十二岁死于缅甸。由于他能与新会老百姓共存亡,所以新会百姓崇拜他。"阿公讲完了李定国的故事。

"阿公，当时明朝气数已尽，他最初的选择就是错误的。"宏猷说。

阿公惊讶于宏猷的这种理解，鼓励他说："是啊，人生在关键时刻的选择太重要了，和谁在共事，站谁的立场，就决定了他的命运，所以选择你的方向，实在是太重要了。"

彼时，宏猷也许已经在想，将来要和谁共事，这是重要的，可惜，他后来共事的人也许皆非正确选择，也许他在彼时忘记了和阿公在这个夜晚的这场对话，也许是出于无奈，或者出于权重的失衡。

江涛汹涌，厓山改变了他。

梁氏祖先的墓地选择也许是费了一番功夫，正在南宋帝昺蹈海处的厓山厓门。每年春节、清明、上元节，阿公都要带领儿孙们乘船去厓山祭祖。

江水滔滔，小船晃动其上，一脉长水上，宏猷每次都有一种摇晃在历史巨浪上的感受，尤其伴随着阿公苍老的讲述，每一次都是灵魂的洗礼。

"看，远处江水两岸的两座山就是金屏山和厓山，两山夹住江水，像一道门，所以此地就叫厓门。那一年已经是六百年前，就在那一段海面上，一场惊天动地的战争正在进行。"阿公绘声绘色地讲述，涛声轰鸣，仿若万千军人的吼叫和杀伐。

"敌我两方分别是元军和南宋军民。八岁的南宋小皇帝赵昺和他的'宋末三臣'文天祥、陆秀夫、张世杰，他们率领的是近二十万军民、文官、宫女、大臣，总之整个小朝廷都在浮荡在海面上的千艘船只上；敌方是投降元军的汉人张弘范，他率领着三十万元军。海面上风雨交加，宋元两方正在进行最后的生死决战，海面被鲜血染红，泛起的波涛像一股又一股的血浪。经过一番激战后，南宋战败，就此亡国。近二十万南宋军民或战死、或投海；陆秀夫背着帝昺，蹈海殉国。据元朝编撰的《宋史》记载，七日之后，海上浮尸近十万具。"

"那么，阿公，陆秀夫为什么不逃跑呢？"宏猷偏着头，问阿公。

"那天晚上，风雨如晦，昏雾四塞，咫尺之间，人不可相辨，张世杰派小船到宋主那里，想要奉宋主到他的船上，策划乘机突围，但陆秀夫害怕被人出卖，或被俘受辱，固执着不肯带宋主上船。后厓山被攻破，眼看着性命难保，陆秀夫护卫帝昺的船一起逃走，而其他人各自四散。陆秀夫考虑到难以逃脱，先将自己的妻子儿女赶下海去，自己背着帝昺蹈海。当时陆秀夫年仅四十四岁。"

"人生自古谁无死？留取丹心照汗青。"宏猷说，"那么文天祥呢？"

"文天祥在潮州一战时就被俘虏了，被押解潮阳，见张弘范时，左右命他行跪拜之礼，文天祥哪里肯拜。张弘范自知投降没有脸面，也不追究，同他一起到了厓山，要他写信给张世杰招降。文天祥自然不写，因多次被强迫索要书信，于是递上他写的诗歌《过零丁洋》给他们。厓山战败后，元军置酒宴犒军，张弘范对文天祥说：'丞相的忠孝都尽到了，如今改弦易辙奉大元皇上，继续做宰相，岂不更好？'文天祥泪流满面：'国亡不能救，臣子死有余罪，岂能有苟且偷生之心！'张弘范只好将他护送到京师。文天祥一路八天不吃饭，没有死，醒过来，才又勉强吃饭。到达燕京，馆舍侍员殷勤、陈设奢豪，文天祥没有入睡，坐待天亮。于是移送兵马司，令士卒监守他。当时忽必烈多次搜罗南宋官员，有人说：'南宋官员中没人比得上文天祥。'于是派遣王积翁去传达圣旨，劝说文天祥效力元朝。文天祥说：'国家亡臣死，尚算报国。如果皇帝宽赦，能以道士之名，赐我回归故乡，他日以世俗之外的身份顾问朝廷，说不定还可以。如果立即赐以高官，等于让我抛弃了自己的平生抱负和追求，我怎么能效力二主，任用我有什么用呢？'元廷大臣等十人一起恳请忽必烈赐文天祥为道士，可是有人不同意，怕放出后，他又在江南号召抗元。文天祥在燕京留置了三年。

"至元十九年（1282），中山有一狂人自称宋主，有兵上千人，想救出文天祥。消息传到京城，元廷顾虑重重，正好元廷截获一封未署名的书信，说某日火烧蓑城苇，率人作乱，丞相就没有忧虑了。当时正有一位大盗刚刚暗杀了元朝左丞相，元朝廷怀疑信上说的丞相就是文天祥。

"元廷至此决心要杀了文天祥，于是转告他忽必烈的话：'你有什么愿望？'文天祥回答说：'只求一死。'文天祥在刑场上从容不迫，面南跪拜，被处死。"

梁维清讲完，长叹一声，指着海边不远处的一块巨石，说："看看那块巨石，能看清楚上面写了什么吗？"

"元张弘范灭宋于此。"二弟启勋抢先读出来。

"无耻至极！"宏猷坚硬地说。

"你说谁无耻？"启勋尚小，反唇相问。

"我说那块大石头。"宏猷指着那石头说。

梁维清慨然抚着宏猷的头，琅琅诵起陈独漉（陈恭尹）的《厓门谒三忠祠》：

> 山木萧萧风又吹，两厓波浪至今悲。
> 一声望帝啼荒殿，十载愁人拜古祠。

当梁维清诵到"海水有门分上下，关山无界限华夷"两句时，一下陷入忘我之境，他昂首挺身，起立于船首，声调陡然拔高，拖着长长的声调，高亢悲沉，沧桑无极，宛然一个灵魂出窍、高大无比的伟人。梁启超看到了一个从未见过的阿公，似乎原来的阿公是另外一个人，他变了，变得像在另外一个世界。梁启超想，假如阿公当日是文天祥、陆秀夫或者张世杰，他又当如何？

继而，梁维清又低调续诵：

"停舟我亦艰难日，畏向苍苔读旧碑。"

在这样的吟诵之后，宏猷觉得自己也在变，变得有了方向，有了标准，他尚且不能精准描述这是什么方向，是做什么的标准，但他有了，他相信，阿公的这些言传身教以及那些读过的经书，已然将他带入了另外一个超然之境，眼下学业不仅仅是为了科考，而是另一种无形的力量，像自己的一个灵魂，在不断加持自己，这力量当中有两个人：一个是陈献章，一个是文天祥。

梁启超的人生基石就此奠定，那就是救国大于一切，家国天下就是他的人生目标。后来他在回忆童年所受的教育时写道：

吾乡有一庙宇，中藏古画四十八幅。……写历史上二十四忠臣二十四孝子之故事。……上元佳节，祖父每携诸孙入庙，指点而示之曰：此朱寿昌弃官寻母也，此岳武穆出师北征也。岁以为常。高祖毅轩之墓在厓门，每年祭扫必以舟往，所经过皆南宋失国时舟师覆灭之古战场。途次一岩石突出于海中，……上刻"元张弘范灭宋于此"八大字。……舟行往返，祖父每与儿孙说南宋故事，更朗诵陈独漉《山木萧萧》一首，至"海水有门分上下，关山无界限华夷"，辄提高其音节，作悲壮之声调，此受庭训时之户外教育也。

——《梁任公先生年谱长编初稿·谱前》

变局中的学问世界

初试虽然失败，但他以敏捷的才思和超群的学识博得了一个广府「神童」的美誉。

　　十岁读遍诗文，在去广州参加童子试的水路和广府豪门之上，他面对众多应试者和前辈，侃侃而谈，从容应对，尚未考试，声名已然远扬，可惜诸多博彩者押在他身上的赌注却输了。

1. 一扇大门徐徐打开

　　梁启超刚满十岁，新会县教谕梁维清就按捺不住自己蠢蠢欲动的终极梦想，要他去广州，应童子试。

　　在做出这个决定的前一个月，梁维清和儿子梁宝瑛在书房里聊了很久。

　　"从六岁到现在，已达三年；宏猷交你手中，这三年究竟学业如何，你总是心中有数吧？"梁维清呷了一口茶，以严父加官员的口气问儿子。

　　梁维清和儿子梁宝瑛之间的对话总是如此，像一个考官在提问学生，又像一个官员在审问下属。而梁宝瑛也总是唯命是从，几乎不敢抗辩，至多也是委婉解释几句。

　　"竖子深得高堂教诲，六岁前的学业功底是您和拙荆所筑，确乎超乎其他幼童，尤其是四书和《诗经》，几乎完整修毕，没有什么问题，提起此话，孺子自是惭愧。在家学堂主读五经、《中国略史》，辅之以《史记》，自三皇五帝始至大清建朝，无所障碍，目的在乎习得司马笔法；《纲鉴易知录》再附于《史记》读习，便于其得其思想精要。竖子记忆尚可，同时修习《古文观止》《汉书》《古文辞类纂》，目的原为加强文字学，业已全乎无误学毕。至此，孺子强调其习作八股，便于应试，习乎《古文观止》中诸多策论，眼下算是可照猫画虎，写出千言尚可勉力完成。"梁宝瑛不疾不徐，似乎是在述说自己的学业，头头是道，虽无惊涛骇浪，却也自信满满。

"这些我自是明白，我是想问，他写文章可否篇篇出新？"梁维清再次追问。

"宏猷作文出新是自觉的，多少总是有的，至于出新程度若何，孺子是不敢保证。"梁宝瑛这一次怕说错话，谦虚地留了余地。

"这孩子啊，我还是……"梁维清想要夸两句，碍于在儿子面前，话到嘴边又打住了，转而说，"你还记得他六岁于外傅张乙星受学时，那对子吗？我只记得上联是'东篱客赏陶潜菊'，他对的下联是什么？"梁维清又变了话题。

梁宝瑛当然记得清楚，他以为父亲是要赞誉儿子，所以也就略带笑容，松弛下来说："宏猷所对的是'南国人思召伯棠'。"

"这小子，也还真是有一点小才。"梁维清突然再转话题，"那么，你呢？"

"我，我……我就不打算做什么了，只要，唯他能出人头地，我自甘沉沦……"梁宝瑛唯唯诺诺，站在一边，诚惶诚恐。

梁宝瑛的这种惶恐来自多年来的科考失败，脸面全无地归来，自去年科考失败之后，梁宝瑛再也不想去应试了。面对已经十岁的长子梁启超，眼看着他天赋异禀，见证着他日日学业大进，超越自己很多，梁宝瑛终究明白，上天给人的禀赋不同，这就是命，于是痛下决心，放下舍得，俯首设私塾，专心打造儿子，不再沾染科考。

"你也是慢慢全盘执掌茶坑一方，甚至熊子乡一方的人了，不要总是这般唯唯诺诺，坐下说吧。"梁维清对儿子总是有一些不满，这些不满似乎也不全是因为科考无门，梁维清是想让他成为本地一位有权威的乡绅，执掌一乡话语权，如此，他们父子可以联通县乡村，这小小的茶坑就是他们的天下了。

梁宝瑛自是明白，点头坐在一侧。

"你处置茶坑赌徒一事，在县城是有传闻的，这比什么都强，那些科考的事，我也同意你的想法，眼下，你已是三个孩子之父了，要做的不是科举，是坐实本土，提掖后生，这就对了，他日你的儿子能在省城博得声名，远远超过你自己考取功名了吧？"梁维清再呷了一口单丛茶，看了梁宝瑛一眼，似乎是看了一眼自己过往的理想，继而再看一眼，就是在注目眼下的期待，他的眼里充溢着神圣之火，接着说，"这孩子是不错的苗，是一颗读书的种子，这话不是我说的，是眼下他的师傅周惺吾先生所说，这一段，在他的教育下，宏猷学业或许有了进步。你教学多年，学习多年，见过多少生员，想必也做过比较，虽则优秀，却未必皆如你我所想。只是凡事低调，未有成事，不敢张扬，这关乎我家族的声誉，这个你想必也明白。"

"孺子自是明白，我亦怕宏猷有失为父之期待，若有闪失，您可要多担待。"梁宝瑛这话说出来，梁维清心里暖烘烘的，暗下想：他虽然多年未曾考取功名，但毕竟是读书多年，道理他是明白的，这就对了。

梁维清暗许地点了点头，说："你也不必心忧，富贵在天，命由心造，相由心生。他中不中，你努力了就好，再说，至要在乎树立他远大的理想，让他走远，走得开阔，不要如你我一般，限乎这井底一般的一隅，看不见外界究竟发生了什么，听不到至关紧要的朝政之声，那么，他哪里知道自己该干什么？"

"父亲所说至理。"梁宝瑛诺诺点头称是。

"最近，你要加强他对范文的深思默想，加强作文出新，能够高于、胜于他人，这才是紧要的。"梁维清再次以过来人的经验教导儿子。

梁宝瑛诺诺颔首。

这一场父子俩关于梁启超教育的最惬意的交谈，似乎一下打破甚至超越了他们以往三十年来的谈话边界，他们像一对倾心的老朋友一般交谈。梁宝瑛自此心中暗藏的一些对父亲的抱怨消失净尽，而梁维清对儿子原本的失落埋怨也自是打消，他们达成了一致：全力打造这一颗未来之星，让他变得阔大，走得遥远。

光绪九年（1883）春二月，熊子乡和周边乡村的七八个应试者早就聚在一起商量了今年赴省城广州赶考的事。那时候，广州是很遥远的，虽然说起来也就上百公里，但河道未通客船，全靠自己备船前往。这是乡村的一件大事，早就成为人们热议的话题，人们都知道，今年新考的人是谁，持续参考的人是谁，谁放弃了，谁又来了，等等。梁宝瑛没有说自己放弃的话，只是主动东奔西跑，召集大家商议赶考事宜。首要的是怎么去广州，经过商议，大家一致认为与其租船，不如买一条船，况且三年两头都要用，不如置办了，每次专用，也可以转卖。大家在这件事情上基本一致，接着集资，购买了一条新船，商量好了出发的码头，虽然离有些人远一些，但这个名字好，叫三阜码头，三阜不就是三福吗？这是多么吉祥，也许从这个码头出发，今年所有考生都将改变命运，走出新会，至少跨入广州，成为省城的读书人呢。大家对梁宝瑛的提议皆表赞赏，接着就是单等吉日吉时到来，从三阜码头出发。

二月二，龙抬头。这就是吉日，算定了吉时在巳时，大家一早就剃了头，穿着整洁，陆续涌往三阜码头。其中有的是老人，四五十岁的有之，二三十岁的也不在少数，十多岁的居多，十岁的只有梁启超一人。他们挑着担，有钱人带着仆人，贫苦人家的自己背着干粮，也有自家父亲陪考的，还有儿子陪考的，当然是少数了。

梁启超一出现在三阜码头，立即招来了众人的关注。

有人问梁宝瑛："这是父子同考？"

梁宝瑛笑曰："陪考。"

"父陪子，还是子陪父啊？"

"届时再看吧。"梁宝瑛笑眯眯地说。

人们不再追问，看着这个庄严肃穆的少年，携带行李，与父亲登船，然后立于船首，在送行人的一片安顿声中，船在水中，欸乃一声，轻悠悠像一条大鱼，向江心驶去。

河岸边的鞭炮声响起，锣鼓喧天，原本是为即将开始的赛龙舟准备的，如今，这第一艘龙舟算是提前划入江中，向他们的目的地驶去。

站在江岸的人们喊着吉祥的祝福，和鞭炮声交织在一起，给这一船的应试者增添了几许信心和勇气。

船渐行渐远，梁维清站在岸边，看着自己心爱的孙儿带着数代人改变家声的梦想，消失在河汊的转弯处，消失在一片灿烂的羊蹄花丛中。

空气清新，这个世界如同刚刚开启一般。眼前花开得热热闹闹，正合了梁维清的心绪，身边的人都认识这位官员，都为他亲临码头送别投考诸生而心存感念，说着客气的话，也有请他去喝茶的，也有请他去书斋聊天的，他都婉拒了。

他要看看赛龙舟，这是一年一度在村人心中胜过科考的大事。在鞭炮响过，锣鼓喧天之际，各村的龙舟陆续开出来，正如正在赶考路上的各个考生，他们也似龙舟，在即将开启的考场上以最佳的状态，为前程一搏。

去广州走水路，行程三天。这是一场漫长的旅程，好在这些考生都特别在乎这个缘分，有的认识多年，有的是新晋的对手，老老少少，好不热闹，唯有梁启超，寡言少语，默默看着不断变换的风景，看着宽阔的江面上不时跳出水面的鱼儿，不时传来锣鼓声，不时绽放出一树的繁花，不时划来一串竞赛的龙舟，随之传来阵阵的喝彩声……

船上的学子们也没闲着，各个试探对方的学问，有的直接抛出问题，譬如贾谊的《过秦论》中最精彩的句子是什么？也有即景诵诗，如"潮平两岸阔，风正一帆悬。""江开平岸阔，天远去云迟。""两岸猿声啼不住，轻舟已过万重山。""白日放歌须纵酒，青春作伴好还乡。"等等。接下来，时已正午，是开饭的时候了，有人指着盘中的咸鱼，以此为题，请大家对联。这就是竞赛了，确如龙舟赛一般，看谁对得快，对得奇，对出了新意。梁启超站在船首，原本被人们忘记了他的存在，还以为他真是陪考的，谁也没有在乎他是否参加，而他却缓缓回首，在人们想破脑壳的时候，他对曰："太公垂钓后，胶鬲举盐初。"

这一对，立即惊呆了所有人。

有的人正要说出一些庸俗不堪的对子，然而面对这个绝对，再也不敢说出口了；有的人正在抓耳挠腮，找不到任何可抓取的素材；也有的人正在调集脑海中的诗词，寻典觅古，却听见他对了这个联，实在是太令人敬佩了。

梁宝瑛正在划船，听到儿子的这副对联也吃了一惊。他原本想呵斥一声，却只是停顿了一下，压抑着心中的喜悦，面带愠色，用低沉的声调说："启超啊，一船学士，满腹经纶，哪挨上你嚷嚷，还不一边去坐着？"

"唉，梁兄，此话差矣！孺子此联怕是你我也对不出来，有谁能对出来吗？有吗？有的站起来。"一位五十岁的老生说，"没有吧，那么大家说，这联对得好不好啊？"

老的少的一致喝彩。

那老生说："这联是我出的，说实话，我有私心，心中也藏有一联，原本想适时抛出来供大家斧正，眼下，说实话，我是不敢拿出来了，面对这样的'神童'，我是服了。"老生转而拱手作揖，口口声声说，甘拜下风，继而又说："那么今天这鱼谁先吃呢？"

大家一致说，当然是启超了。

那老生再次拱手曰："梁兄，请——"

梁宝瑛急了："竖子不敢造次。快快，大兄，他是晚辈，哪敢哪敢，你快请——"

那老生说："学问才情不在乎年龄，曹植七步为诗，王勃六岁咏鹅，怎么能以年龄论呢！岂敢倚老卖老，论资排辈呢！今日这鱼，他不吃，谁敢吃呢？"

大伙异口同声："非他莫属。"

"哦，不就一条鱼吗？我也自有办法——"正在梁宝瑛惶惑之间，梁启超来到船中央，持筷子，夹起鱼目，站起身来，看着老生，缓缓说，"长辈在上，在下岂敢，谢长辈高看晚生——"

说着，将那鱼眼轻轻投放在老生的碗里。

老生立即起立，肃然长揖曰："今日一睹公子风采，才学人品一流也，实乃老生三生有幸啊——"

梁宝瑛这才放心地坐下来，继续坐船。江水温柔，满河粼光。

三天的水路像一场豪华旅行，他们一行终于抵达繁华的广州。他们的船终于停靠在珠江边的天字码头，北京路就在眼前，沿江的楼房、穿梭的人群、华丽的饭店、讲着英文的洋人、奢华的四轮马车、华美的八抬大轿，这些对乡下的学子们来说已然是新奇无比。他们像走进了另外一个世界，听广州人说着雅致的白话，一个文明的城市展现在他们面前。他们惶恐、惊讶、畏惧，他们又自信、儒雅、文弱，他们相信这个世界的主人将来或许就是他们。

梁启超这一次跟随父亲进城赶考，晚上住在秀才李兆镜家。李家的正厅对面有个杏花园，第二天早上，梁启超起来就到杏花园里玩耍。杏花园里的杏花开得正繁，朵朵争奇斗艳，十分可爱。梁启超禁不住诱惑，悄无声息地摘了几朵。这个时候，传来了由远及近的脚步声，父亲和李秀才来了。梁启超急忙将杏花藏在袖子里，但还是被父亲看见了。父亲不好意在朋友面前责备儿子，只好用作对联的方式暗示他。父亲说出上联："袖里笼花，小子暗藏春色。"梁启超仰头凝思，突然，他看到了对面厅堂屋檐上挂的挡煞大镜，立即念出下联："堂前悬镜，大人明察秋毫。"李兆镜拍手叫绝，也要考考这位贤侄，随口说："推车出小陌。"梁启超对曰："策马入长安。""好！好！"李兆镜十分称好。在欢悦的气氛中，父亲饶过了梁启超的过错。

考试总算结束了，不知道各自将有什么样的命运在等着他们，但他的"神童"之名却早就在考生之间传开了，这些传播者有广州的秀才李兆镜，有同村的生员，也有同船赴考的学友。这位年纪幼小而额头宽大的梁启超在考生中早就成了神一样的存在，他的对联神话在广州城中很快传为佳话。

一些预测在民间早有耳闻，甚至一些民间博彩机构开始押宝，许多人首选的就是神童梁启超。

然而，广州的许多博彩者输了。梁启超这一年试败。

这一次考试他倒结识了不少学子，也长了见识，有人慕他声名，给他赠送了一套书，正是张之洞的《书目答问》，这让他眼界大开。等他回到家，细细品读之后，方才明白，原来这世间可做的学问还多着呢。《书目答问》是一本举要性目录书，是张之洞在37岁任四川学政时，为指引学生读书门径而编撰的，全书共5卷，收书2200余种，所收图书都经过精心选择，较注重收录清后期的学术著作和科技图书。按经、史、子、集、丛书5部分类编排，著录书名、作者姓名、版本等，重要图书还撰有按语，指明阅读方法，书后附《别录》和《清朝著述诸家姓名略》。他当时大感不解，著作者张之洞是谁，后来也由此得知，张之洞在他出生前十年，参加会试、殿试，中一甲第三名，进士及第，进入翰林院，被授予七品衔编修，此后，张之洞做过浙江、湖北、四川的乡试副考官、学政，可见其人学识渊博不是一般。他也才知道，张之洞此时正是山西巡抚，在山西办了一个令德堂的学府，而校襄正是后来被称为"戊戌六君子"的杨深秀，这是多年后梁启超到京城赶考时，才知道的事。从这本书开始，张之洞在梁启超心目中，是这个世界上学识超群、官职至高的第一人，梁启超也由此种下了一颗种子，后来为张之洞立了传，这是后话不提。紧要的是，梁启超从这本书中初步知道了世界的样子，从那些科技图书来看，这个世界上原来还有火车，还有地铁，还有远洋游轮货轮，还有望远镜，还有自行车，还有手枪炮弹，而这些为他勾画了另外一个世界的样貌。他写信给广州学友，又得了张之洞的另一本书《輶轩语》，这本书是专讲治学方法、科学时文和有关程式的。而此书又为梁启超打开了学问之门，他始才明白，学问根本远非阿公和先生周惺吾所讲的那么简单。直至十三年后的1896年，梁启超在给张之洞上书时说："启超乡曲陋学，十三（应为十一）以后，得读吾师训士之书，乃知天地间有学问之一事。"可见此书对他影响深远。

童子试一举成名，十一岁的梁启超深得三品大员叶大焯的青睐，以此求得一篇令他阿公荣耀无比的祝寿文，一时，茶坑荣耀无比。

2. 一脚踏进学海堂

1884年，梁启超第二次到广州应学院试，已经有了考试经验的梁启超一举成名，这一年他十一岁。他在学政叶大焯的公署内聊得正欢，茶坑梁氏的门前已经是人声鼎沸，炮仗声不断于耳。

放榜当日，梁启超和所有的学子一样，站在榜前享受着自己的成功喜悦，同时也接受着来自四面八方学友的祝贺，正当他们在广州学宫门前交流畅谈之际，提督学院的衙役站在榜前高声喊道："梁启超，有人吗？梁启超——"

嘈杂声安静下来，学子家长们都侧耳倾听这位衙役再次用官话喊道："梁启超在现场吗？"

身边的学友捣了一把梁启超，他才应声道："学生在此。"

人群闪开了一条道，所有的人都扭过头来，面向梁启超。

"你跟我走，学政叶大人有请——"那位衙役在榜单前略带吃惊地招呼。

"这么小啊——"

"这就是梁启超啊——"

"学政大人召唤，可是不一般。"

在一片议论声中，梁启超从分成两半的人群中走上前，那人群像一扇门为他打开。那位衙役做出请的手势，他们一前一后向设在学宫的提督学院走去。

学政相当于当下的教育厅厅长，也是大学问家的代名词，而叶大焯其人自是名副其实，此前梁启超从老学友口中得知了一二。叶大焯于咸丰九年（1859）乡试获捷，同治七年（1868）考中进士，选翰林院庶吉士，同治十年（1871），散馆授职编修。光绪元年（1875），翰林院考试时，叶大焯名列二甲，转迁赞善一职，充《实录》总纂官。次年，升詹事府洗马，充湖北乡试正考官。如今他刚刚来到广东不久，梁启超从爷爷口中得知，这位叶大人来到广东后，第一件事就是在广东各个县府察看教育状况，尤其是检查考试作弊的问题。当时科举考试的作弊手法十分多样，给监考主官下泻药，等监考官离开后就可以变着花样在试卷上做手脚；又如在试卷上做记号；还有的干脆跟监考官私通，找人替考。对考生来说，只要保我榜上有名，有能人替我考试，何乐而不为？而对作弊群体来说，"买中"了榜单，意味着巨额赔率。叶大焯放开手脚，处理了教育系统的官员，遏制了广东各级考试的流弊，深得百姓信赖。如今他点名召唤自己，不知究竟何为，是否和考试作弊有关，亦未可知。

梁启超心里忐忑不安，在霏霏细雨中，跟着衙役，来到了学院的一间房前。

衙役进去，报过名号，梁启超进门行叩拜之礼："学生梁启超见过大人！"

继而抬头正视，原来眼前的叶大人正是前几日的审考官。

在日前的这场考试中，叶大焯发现在考试名单中，梁启超年龄最小，调起卷本查看，策论文章屡出新意，文采斐然，辞藻华美，想要亲自考审其文艺，岂料梁启超果然博闻强识，对答如流，深得叶大焯赏识，于是才有了今日再见。

　　而梁启超当时哪敢请教大人尊姓大名，哪里知道当时坐在面前的考官竟是叶大人。

　　"学生梁启超有眼不识泰山，考审时尚不知正是大人。还请恕罪。"梁启超又举双手作揖道。

　　"免礼免礼，不必拘束，这一次又非考试，不必拘礼。祝贺你此次考中。"叶大焯微笑着说。

　　"谢先生宽容。"梁启超见叶大焯如此和蔼，倒也不再拘束，大概打消了考试作弊的疑问。

　　"你的家乡在新会熊子乡，据说熊子乡的熊下面在当地写为三点，可有其事啊？请坐下讲话，不必拘束。"叶大焯看着这位十一岁的才子少年，心中自是喜悦，"给新贵启超看茶——"

　　"谢大人抬爱！大人，是有其事，据传说熊子乡有熊三足，故得名，也是旧闻。我们家乡人把'熊'读作'泥'，也不知为什么。"梁启超答曰。

　　"哦，原来是这样读音的，长见识了。饮茶饮茶，我也是初来乍到，对岭南风物不甚了了。"叶大人客气地说道，"据说，你们茶坑村有一座塔，很是有名，不知道有何来头？"

　　"是的，大人。家山叫凤山，凤山顶上有一座塔，叫凌云塔，也叫熊子塔，又叫龙子塔，建于明万历三十七年（1609），为新会知县王命璇所建，清顺治十一年（1654）曾遭破坏，随后又修复。古塔在凤山顶上擎天柱立，像一支如椽巨笔直插云霄，气势雄伟壮观，自建成以来就成为新会的名胜，新会旧八景中的'熊子归帆'和新八景中的'银洲塔影'，便是指此。"梁启超如数家珍地介绍。

　　"你登过这座塔吗？"叶大人又问。

　　"学生家就在山下，自幼登过无数遍。"梁启超说，"还作过一首

《登塔诗》①……"

"哦，还请诵来共赏哦——"叶大人兴致很高。

"这首诗曾被我阿公批评过，学生不敢诵读——"此时的梁启超童趣顿生，显得唯唯诺诺。

"唉，无妨，你阿公又不在，何怕之有？但诵无妨。"叶大人呷了一口茶，像看待一个小孩一样，也来了兴致。

"那学生就献丑了，只是其中涉及孔圣人，还请大人不治学生过错——

> 朝登凌云塔，引领望四极。
>
> 暮登凌云塔，天地渐昏黑。
>
> 日月有晦明，四时寒暑易。
>
> 为何多变化？此理无人识。
>
> 我欲问苍天，苍天长默默。
>
> 我欲问孔子，孔子难解释。
>
> 搔首独徘徊，此理终难得。

还请大人指教斧正！"

叶大焯听了，喜不自胜，心想这孩子才多大年纪，就开始穷究天地之理，参悟宇宙之妙，真是罕见。于是，朗然笑曰："这诗也算是好诗啊！那你阿公缘何要批评你呢？"

梁启超抠着头皮说："阿公说，我小小年纪，狂漫无知，竟敢指天画地，评说苍天和孔子。还差点挨了揍。"

"屈原能'问天'，苏轼也能'把酒问青天'，你梁启超问天何错之

---

① 见吴天任：《梁启超年谱》，第一册，第20页。也有学者认为此诗为伪作。

有？不怕，没错。只是孔子是否明白这道理，那就谁也不知道了，院内就有大成殿，想必你也问过了，你还可以再去问问他嘛。"叶大焯哈哈大笑之后又问，"看来你阿公也是读书人，不知何为？"

"阿公梁讳号维清，曾中秀才，又考了，不，捐了个新会县教谕……"梁启超本来要说阿公是考取了教谕一职的，但他想起母亲对他人生唯一那次责罚，他瞬间说出了真话。

叶大焯见梁启超如此天真烂漫，又如此诚实，实在可爱极了。他本来是要笑出来，却又打住了。

"你家阿公贵庚几何？还在任上？"叶大焯又问。

"我阿公今年正好七十岁，已然卸任在家耕读。哦，大人，学生有个不情之请，可否求大人圆此念想？"梁启超见大人根本没有官腔官势，也就放下心来，想到阿公今年十一月的大寿，斗胆想要求得叶大焯一幅墨宝。

叶大焯原本想，如果梁维清还在任上，说不定也是乡试腐败者之一，再听，已经卸任，说明梁维清并非污浊之辈，也就放下心来，爽朗曰："哦，请求什么，但说无妨。"

"大人，学生四岁起开始和阿公同卧一榻，晚睡早起，每每得阿公讲习文学影响，每晚总有义士英才、英雄侠客、时下贵胄之故事相说，日夕相伴，亦师亦祖，眼下年届七十，弧矢之期，今年冬月二十一日乃阿公寿辰，若得大人只言片纸回去，以此为寿，也算是为阿公延年益寿，同时也可慰藉我阿公对我的一片痴心，聊表我的孝思存心，尚且在我荒野村上，得大人片纸吉言，也可谓光宗耀祖，不知大人可否赏学生脸面？"梁启超没有想到自己今天竟敢向叶大人求字，既然说出口来，连自己也不相信还能有如此之多的理由，心下哑然失笑，脸上泛起红光。

叶大焯一听这孩子见机行事，有随机应变之才，且这一番述说有理有据，有情有义，联想到梁启超适才所说他阿公教训批评他的事，顿觉这阿公也是一个有持守的老者，既然是教育同行，又是梁启超这位可爱的小新贵求请，竟然觉得也是乐意为之，遂欣然答应。

叶大焯这位三品大员没有敷衍眼前的梁启超，并非写了一副对联或者横额，而是大费周章，满满当当为梁维清写了长长的《镜泉梁老先生庆寿序》一文，引经据典，文采斐然，表赞茶坑人杰地灵，梁氏教子有方，启超聪慧伶俐，前途无量，也诚勉他戒骄戒躁，巩固旧学，努力进取；同时祝贺梁维清七十大寿。

梁启超和叶大焯相聚半日，出门携得朝廷三品官员的墨宝，喜不自胜，同来赶考的学子纷纷拥上前，打听何故留滞半日，大惊小怪。却见梁启超带着叶大焯大人的书法墨宝，一时有人惊叹不已，有人酸水倒流，更有人妒火中烧，也有真诚相贺的，总之各种复杂况味呈现，消息一出，广东考生莫不如是，可惜才不如人，又奈之何。

梁启超轻舟还乡，同归学子无不为之骄傲，当船靠岸边，早就有乡邑庠序之人聚于码头等候，一时水上锣鼓荡起一圈细细的水纹，岸边舞狮卓健腾跃，老人小孩各个睁圆了眼睛，以此为榜样，老人教导小子："长大应作如是。"

回到家，梁启超在阿公的引领下，带着梁氏所有男人，来到叠绳堂，献祭献馔，叩首作揖，祭告祖上，梁氏门第总算又有人中了秀才，赓续了荣光。

一时鞭炮作响，族人将一匹匹红色绸缎裹在梁启超身上，那红色显得这个俊朗的少年更是神采飞扬，卓然不群。

接下来是拜谢阿公、叔公、父母、兄弟。

梁启超叩拜阿公时，格外的认真，阿公喜不自胜，让他意外的是梁启超从怀里取出了一件书法长卷，叫二弟小启勋上前来，将那长卷徐徐拉开，横陈在阿公面前。梁维清睁圆了双眼，看那书法，书风老辣，细细看到了卷尾，落款竟然是叶大焯！叶大焯何许人也？在场的谁也不知道，只有两人知道，一个是梁启超，一个是梁维清。

梁启超见阿公看完了内容，才徐徐说："阿公在上，不肖孙子梁启超谨记阿公教诲，虽有略微成绩，自不敢骄矜，定当在诸位前辈兄弟的约束下，更加努力，为家族争得更大荣耀。此次去广州，孙儿为阿公求得一幅祝寿文，今日献上，祝阿公福寿绵延！"

梁维清徐徐点头："好啊，转过身去，都看看，这是谁的大作。"

梁启超说："启勋，叶大焯是谁，知道吗？"

小启勋说："请兄长赐教。"

梁启超才徐徐介绍，叶大焯，同治年进士、翰林院侍读学士、岭南学政、大儒。

这一说，梁氏家族内外的人一下惊得不小，确实出乎大家的意料，个个脸上有光，喜上添喜，笑逐颜开。

梁氏门庭一时耀眼夺目，前往贺喜者川流不息，这座小小的院落一时成为新会的焦点，那张悬在正厅的祝寿文像一张吉祥神符，将这个小小的海滨村落照耀得无比夺目，平凡的耕读门楣顿时蓬荜生辉，人书辉映，盛况无二。

消息从新会到江门，传得快，传得广，茶坑神童中秀才，一时成为岭南士子的一大话题。关于梁启超对联、作文、登塔的逸闻趣事，哪个士子说不出几句，都不好意思在公众场合插嘴说话。

突然失恃，令正在学问世界中自在游弋的梁启超悲伤不已，慈母离他而去，他的世界被哀伤淹没。

3. 变得广阔而悲戚

考中秀才，也就"进学"，即拿到了进入官学深造的资格，这是一张荣誉书，也是一张入场券。次年，梁启超进入学海堂读书。

学海堂地处广州的越秀山，风景秀丽，山在城中，城居山下，有湖光山色，林泉佳木，更有广州标志性的建筑镇海楼。这个学堂是前任两广总督阮元设立的。仅凭着此人的名号，就读这所学校，也是与有荣焉。

阮元出身扬州官宦世家，不仅仅是官员，也是当时著名的经学大家，最著名的学术著作是《十三经注疏》。嘉庆二十二年（1817）八月，阮元任两广总督。其间，阮元看清了英国人的真实面目，建议禁烟，对英商政策严厉，他曾上书朝廷，认为对英国人应该镇压，宣德教化是没用的。同时，他时刻警惕英人，防止其异动。他到任的三个月后，奏请建造了大黄窖、大虎山两炮台。1817年正月，又奏请增兵200人防守大虎山、蕉门炮台等处。二月，密陈《预防英夷事略》，认为英人恃强贪利，如果外国货船擅入内洋，则以停止贸易、断其食用买办、开炮火攻等措施加以惩创。他清楚一旦英国人登岸，他们依仗船坚炮利，后患无穷。而仁宗不以为意，朱批云："总须德威相济，不可妄动，慎之。"嘉庆二十四年

（1819）闰四月，阮元奏请筑桑园基围石堤，减轻了广东珠江三角洲的水患。阮元不仅对时政敏感，同时也关心民瘼，作为一个学问家，他心心念念，要为广东学子再设一家官立学堂。嘉庆二十五年（1820）广州已有"菊坡精舍""越华""粤秀""广雅"四大书院，但远远不能满足广大士子读书的需要，阮元便下决心在越秀山辟地创立学海堂书院。学堂设立了，但是学堂运转需要经费，学生需要奖学金，这些钱从哪里来。阮元从长远出发，慷慨解囊，捐出自己六年的"廉俸"，一部分用于放贷生息，一部分用于建铺出租，一部分购地出租，所得收益，用作学海堂的费用津贴。在他的长远谋划下，学海堂软硬件很快赶超了四大书院。

学海堂是一所有特色的书院，像专科学校一样，专治经史训诂，这也是清代学术界的显学。学海堂从一开始就定下了一个规矩，不设山长，实行学长制，也就是学长做老师，书院内的大小事宜均由八位学长共同商议决定。每年四课，每课设管课学长两人，兼管日常事务。如此，学术氛围非常宽松，师生互相质疑、互相切磋成为惯常，而且也没有格外的师道尊严，学长负责出题评卷。书院实行季课制。每年设四课，由学长出经题文笔，古今诗题。限日截卷，评定甲乙，分别散给膏火（奖学金）。季课就是按季节考试。这与当时一般书院流行的月课形式差不多，但内容完全不一样。一般书院设月课，而学海堂则每一季度出题征文，张榜于学海堂门外，在考题上标明截卷日期；学生们根据所出题，查阅经书，登堂向学长请教疑难，然后写出课卷；课卷由八位学长共同评定，分别优劣，对优秀的予以奖励，并将课卷选入《学海堂全集》。

梁启超师从的吕拔湖、陈梅坪、石星巢等，在当时算不上一流学者，但在汉学方面还是有扎实的根基的。通过三年的学习，1888年，梁启超考取了正班生，这就意味着能够拿到不菲的奖学金。这所笼罩着乾嘉考据学风的高等学府，强调的是词章训诂、典章制度，而梁启超恰恰不重视这些考据、辨伪、辑佚、补正等与时文无关的东西，尤其不重视作为科考进阶的八股文，十三岁师从吕拔湖先生，这一年他才知道还有戴段王训诂之学，一时非常喜欢，大有放弃帖括的意思；他把这个想法向同学陈千秋流露过。十四岁这一年，受学于陈梅坪，这位佛山人刚刚充任学长，每个月讲两次课，而每每讲得精彩；十五岁，梁启超受学于学海堂的石星巢先生，和陈千秋同年肄业于学海堂。这里所说的肄业并非没有完成学业，而是学海堂的一种学业制度，学院有经学、史学、小学、文学、理学，后来还增加了一门数学，学院不要求每位学生全面学习，学生可以根据自己的兴趣爱好，"自择一书肄习"，如果能力可及，也可以多习几门。学业经学长考核，即认为完成了学业，就是肄业，也就是完成了专科学业。梁启超在学海堂学习的同时，也到其他四大书院做旁听生，广闻博采众家之长，四年的学习，使他大开学术眼界，他才知道原来在帖括之外，还有如此众多的学问路子可走，他清醒地跳出了学术小圈子，决心放弃帖括，专门从事汉学研究。这位当日的神童一旦静下心来，在变化中找到方向，便潜下心来，如饥似渴地开始游弋在学海中，由于他的学术视野开阔，思维缜密而不拘于一种范式，很快便成为学海堂的优秀学生。十六岁季考当中，四次均得第一名，进而获得了不菲的膏火。他总是以此来购置自己喜欢的书籍，如《皇清经解》《四库提要》《四史》《百子全书》《粤雅堂丛书》《知不足斋丛书》和二十二史等，都是他的膏火所购。每每背回家里，阿公和父母见了深为慰藉。

十五岁这一年，梁启超一生中最大的一件憾事发生了。

五月初六的深夜，梁启超做了一梦，梦见母亲赵氏满身污血，却笑意盈盈，立于他的床榻之侧，握着他的手，微笑着说："我儿，我要走了……我平生从来没有责骂过你，只有一次，你记得便好。你要好好治学，将来为家族争个名气，这个家就靠你了……"母亲说完这些话，便依依不舍、扭头再三地从门口消失了。梁启超想要追赶出去，拽住母亲，无奈手脚似乎被缚一般，动不得半点，他挣扎着，哭喊："母亲大人，你别走啊，等等儿啊——"

梁启超被自己的哭叫声惊醒，翻身坐起身，回想刚才的噩梦，心想，这梦好不吉利，我母亲大人好好的，怎么会有这样的梦呢。梦毕竟是梦，他也不多计较，只是一时想起母亲的许多往事来，泪水再次涣漫双目，他禁不住哭出声来……

他站起身，走出室外，一弯明月正在东天，远处的树丛中有子规鸟在长长短短地啼叫，似乎在召唤什么人，又似乎在告知他，一个人刚刚从这里走出去，不知走向何处；而这个人定然是自己的母亲。月光如薄纱，笼罩着越秀山，白日溽热之气消沉了许多，一股清爽之气弥漫着天地，似有什么东西被这情景遮掩着，同时也遮蔽了他的眼睛，他想要看清楚，却只能靠往日的记忆，想起三四岁启蒙时，也是在这样的月夜，母亲将他款款搂在怀中，她满面浮荡着温柔的笑意，一面看着天上的明月，一面轻声诵读着诗句："床前明月光，疑是地上霜。举头望明月，低头思故乡。"

到了六岁那一年，他忘记了因为什么事说了谎，被母亲发现，母亲当时没有揭破他的谎言，而是等他吃完了晚饭，正要准备在如豆的灯光下学习时，把他单独关在了卧室，母亲一反惯常的慈祥宽容的微笑，第一次拉下脸来，将他按倒在自己的膝盖上，举起鞭子，在他屁股上狠狠打下去，一边打，一边拖着哭腔问："再说谎不说了？"十鞭下去，在母亲声泪俱下的叱问声中，他终于承认自己说了谎。母亲又责问他："以后还说不说谎？"他承诺以后再也不说谎了。母亲这才停下手中的鞭子，一边哭泣，一边给他讲道理："人为啥要说谎，就是因为他做了不应该做的事，怕别人追究责任，为了推卸责任，才说谎；做不应该做的事，应该做的事又不做，这就是罪过，如果不知罪过，尚可原谅，明明知道自己有罪过，却故意犯，欺瞒他人，以为自己这一次成功了，那么这和盗贼还有什么区别？天下的万恶都起源于说谎，欺瞒他人。然而，欺瞒别人最终有被人发现的一天，等到人们知道的那一天，所有的人都将指着他，侧目而视，说：这就是那个说谎的人。从此，还有谁相信他。既然没有人相信他了，没有人帮助他了，只能沦落为乞丐还不止。"①

梁启超记住了母亲的话，也记住了那天晚上的那一餐。母亲不想因为自己的责打让儿子饿着肚子，她一定早就气闷难当，但她还是忍着怒气，让儿子吃完了这一餐……眼下，他忽然惊醒，如果母亲真的有一天离开了自己，离开了这个世界，还将有谁能对他这般疼爱呵护，他眼前的世界一片蒙眬。

接下来的好几天他变得少言寡语，好友陈千秋问他，他也不说，只是说没什么事，很正常。终于在五天后，他真的收到了二弟梁启勋一份家书：母亡。

彼时，从新会到广州的船只还没有通航，也没有电报电话，所以，这份家书捎带着家人的苦痛，辗转多日，转到手里时，已然到了第五天。

原来母亲是在生三弟启业时，因为难产而终。

梁启超不敢相信这是真的，难道冥冥之中，母亲的亡魂真的前来和他的儿子辞别了吗？他流着泪，匆匆向陈千秋告知了情况，当即返回家乡。

梁启超日夜兼程，回到茶坑，母亲已经安葬完毕。

五月的珠三角已经热得沸反盈天，尸体放置一两天尚可，时日再长，难免腐烂，加之到广州道长且阻，就算租船去接他回来，一个往返，至少也得花八天时间，哪里等得了啊。家里只好将其母赵氏安葬了。

母亲已经变成了一座土丘，新翻的泥土被一场雨淋过，已然变得略带陈旧，像母亲在梦中回头再三，断然离去的身影。梁启超趴在坟前，手捏一把红土，如握住了母亲的手，摇摇晃晃，拽来拽去，口口声声叫唤着，却再也听不到母亲那慈祥的声音，看不到母亲那可亲的面容。那温热的泥土似乎满含着母亲的呼吸，像那个责打他的晚上，最终紧紧搂着他，哭泣

① 《饮冰室合集·文集》第十一《我之为童子时》。

着呵出来的气息。他将自己的脸紧紧贴在那土丘上，面对泥土，声声呼喊，希望自己的声音透过红土，渗透进墓穴，让母亲听到。这对他而言是何等的残酷和不舍……

经此变故，梁启超的心性发生巨变，他变得寡言少语，他欢快的少年眉眼从此消失了，取而代之的是庄严肃穆的面孔。他失去了母亲，也失去了人世间最大的幸福源泉，他变得孤独而寂寥。

梁启超长大了。

慧眼识珠的李端棻自此成为梁启超的贵人，招他入赘，甚至不惜为他献出了自己的前程。成人之美，美人之美，李端棻将他高高托举起来。

4. 美人之美

1889年9月，广东乡试正在举行。据上海《申报》9月6日所载，考题是：一、"子所雅言诗书执礼"至"子不语怪力乱神"；二、"来百工则财用足"；三、"离娄之明，公输子之巧"，诗"荔实周天两岁星"。梁启超得星字，即第三考题。

张榜之前，内阁大学士、本次广东主考官李端棻被眼前的一份试卷吸引了。他认为该生文笔熔经铸史，灵动多变，原以为是一位饱学宿儒，李端棻非常欣赏，只是没有言明，随手将试卷递给副考官王仁堪，请他一阅此卷。王仁堪接过答卷，看也不看就说："此卷答者绝非等闲之人，有天赋，更有学养，非呆板僵持之书生，此生必将出人头地。唉，李大人既然看过，缘何不发表看法，却转手交我，听我絮叨？"

李端棻这才说："文笔熔经铸史，布局灵动多变，才思跃然纸上。我所见者，广东只此考生最佳之一。"

两位考官对此卷大为赞赏，慨叹粤地多英才。于是将此卷者录取，榜上排名第八。李端棻想，这考生定然年纪偏大，名次拔擢过高无益，还是要把年轻而略显幼稚者擢起，以便于将来为朝廷大展才华。

既然榜单已发，两位考官心心念念想，何不调出其档案看看究竟。

这份试卷正是梁启超所答，而李端棻阅卷时，哪里知道梁启超是什么人，年龄、身份、家庭、住地一概不知，这些都是保密的，是他慧眼识拔了梁启超。

于是，招来文书，请他提取梁启超案卷来。很快，文书将梁启超案卷摆在他的案头，他一看，吃了一惊：这梁启超才十六岁，竟然如此卓著，真是亏待他了。转而一想，也不全是坏事，拔擢太高，恐怕不利于其后发，在略带愧疚的心思下，他突然想到了另外一件美事，他想唯有如此，便对得起梁启超，或可在他将来的仕途中助他一臂之力。想到这里，他合上梁启超的案宗，兀自微笑着，召唤文书前来："传梁启超来。"

又是主考官传唤。梁启超心中七上八下，虽然没有高中榜首，只是第八名，却也心安理得，又想起童子试时，叶大焯大人就亲自召见他，赐他阿公祝寿文，令他显赫一时；而这次内阁大学士李端棻又亲自召见，这等于皇帝身边的人召见，或是好事亦未尝不可，也许还能赐给他什么，亦未可知。可是，这一次他万万没有想到，赐给他的竟然是终身伴侣。

于是，匆促整理了着装，翩然来到学宫，拜了孔子像，也拜了并祀的老乡前辈——他的偶像陈献章，才来到了李端棻的书房。

李端棻正在端坐静思，只见文书带着翩然一少年来到门前："大人，举人梁启超到——"

李端棻抬头看，这梁启超果然是英俊少年，印堂发亮，额头宽大，目光炯炯有神，身材纤细，着装整洁，凛然有度。他一下喜欢上这个少年了。

"学生梁启超拜见大学士大人！"梁启超叩首。

"免礼。祝贺你中举！给梁举人赐座。"李端棻沉着曰。

"学生谢大人拔擢。"梁启超更显老成持重，丝毫没有惧怯之意。

李端棻一看这梁启超才十六岁，竟如此持重，也是罕见。想想自己二十九岁中举，次年中进士，殿试时却心惊胆战。如今这眼前的后生真令人刮目相看。

"梁举人，得知你家住新会，家中是什么情况？"李端棻也不兜圈子，直奔主题。

梁启超一听便知他已然看过他的卷宗，于是也坦率相告："大人，学生家中阿公梁维清乃前新会教谕，父亲在家半耕半读，设留余堂教习族中后生。我母去岁离世，学生已然失恃，眼下学生只是一个无娘的学子，身后尚有两个弟弟读书。其余无他。"

李端棻一听，其中一个词戳中了他的软肋——失恃。他猛然想起自己年幼失怙，和母亲相依为命的苦楚来，一时竟失语。

梁启超说完，见李端棻无语而坐，便补充道："母亲幼时教我《诗经》、四书，阿公和父亲教我《史记》、古文之类，后来读学海堂，外读菊坡精舍、粤秀、越华，多有受益，但自知书如大海，学生只知其一二者也。"

"如今，你阿公身体尚好？"李端棻不问学业，却关心起他的家事来。

问完这句话的那一刻，李端棻心中那份念想更加肯定，他阅世无数，阅人无数，没看走眼的。

"阿公身体尚好，他崇尚耕读，每日还要下地看看稻田，闲暇读书，无他。只是苦了父亲，又是耕田教学，又要关照两个弟弟，亦父亦母，不堪重负。"梁启超诚然曰。

"不知你是否婚配？或有婚约？"李端棻此刻再也不想拖宕，直陈其事。

梁启超一时有点羞怯，这个少年第一次听到媒妁之言，加之又是当朝内阁大学士，虽受宠而不惊，只是微红着脸，略有扭捏之态，以诚相告："学生自十二岁来广州读书，学业繁重，至今四年，无暇他想，确无婚约。"

梁启超突然觉得自己长大成人了，十六岁确乎是该有婚约之年了，然而自己包括家人，从来也没有想过、提过这事。而眼下此事唐突而来，像突然撞到了一团巨大的花簇，其色泽、状貌令人惊喜，不免如怀揣小兔，忐忑不安起来。

"鄙人有一堂妹，尚待字闺中，亦未婚配，不知阁下有无此意？"李端棻说完，又怕吓着这个十六岁的孩子，于是急忙说，"你不必着急回应，堂妹的其他情况我随后修书告知，你暂缓斟酌不迟，毕竟这也是人生之大事。"

梁启超只好揖拜，吞吞吐吐曰："学生谨遵大人安排……"

李端棻看出了梁启超的局促，但他还是持守有度，既不当即表态，也不当即否决，可见自己的判断更是不错，遂朗然笑曰："喝茶喝茶，安排是不敢的，这是你的人生大事，还是你自己做主哦！"

梁启超喝了一杯茶，又说了两句闲话，告辞出门。

广州学宫院内高大的木棉花这才开放，有那么一朵，在他抬头仰望天空的时候，端端落在他的头顶。

"叭"的一声，梁启超的头皮有点疼，下意识摸头，取下来，竟是一朵赤红绽放的木棉花，梁启超拈在手中，微笑着看了又看，心中难免惊诧：难道这桩婚约真的是上天的安排不成？

梁启超前脚出门，副考官王仁堪后脚跟进来。王仁堪来干什么，李端棻着实未曾料到。

此时李端棻正沉浸在梁启超这位少年的不拘一格又稍带矜持的言谈中，因自己为堂妹保了一个好媒而格外陶醉，同时也为这个才子未来的前途略作擘画。这时，王仁堪来了。

李端棻此刻心绪大好，格外热情地招呼王仁堪落座，喝茶。继而，也不管王仁堪有何事，自己先聊起了一个事关这次答卷的话题。

"不知王大人可曾记得当日我给你的那份梁启超的答卷？"李端棻笑眯眯地说。

"我岂能忘记哦，大人。梁启超真乃才子啊——"

"实话相告，当日我就想请你印证我的判断，我要谢谢你啊，王大人！"李端棻朗然笑起来，笑得王仁堪丈二和尚摸不着头脑。

"李大人谢我？这实在令在下莫名其妙。"王仁堪说。

"王大人，实不相瞒，我的确看好这个才俊，你我相契相投，无话不说，我也就不瞒你了，我想把我的堂妹许配于他，您看如何？"

王仁堪一听，脸上掠过一丝失落，继而却也坦然道："哦，大人真乃与我相契相投，所想的事也大略相同。实话相告，我也是有此想法，我本来是有心为他做媒的，既如此，那就再好不过了。如若需要，在下愿意为您效劳。"

王仁堪这番话令李端棻万般感叹，此前他俩在一起饮酒聊天，王仁堪眼下最是牵挂自己的小女儿，若能嫁个如意郎君，他此生也就无憾了，至于仕途，他是早就看透了，一把年纪再也不想自寻名缰利锁。如今，王仁堪虽是这么说，李端棻却已经明了，王仁堪原先所想绝对不是为他人做媒，而是想要请李端棻为自己的女儿做媒，是想让梁启超做自己的女婿。

这多少有点尴尬的事突然而至，令两位多少有点意外。

李端棻一听王仁堪愿意为自己的堂妹亲自做媒，的确为王仁堪的人品所折服。这位十二年前殿试的状元，可不是一般的豪迈，就在他大魁天下的第三年（1879），崇厚在沙俄的胁迫下擅自签订了屈辱的《里瓦几亚条约》，将新疆大部分土地割让给了俄国。新科状元王仁堪便与前科状元曹鸿勋等联名上疏，"请斩崇厚以谢国人"，直声震动朝野。这可说是初露锋芒，已触权贵所忌。清廷也未予批准，并改派曾纪泽赴俄修约。经过交涉，中俄签订《伊犁条约》（《中俄改订条约》）。中国虽争回了崇厚划失的伊犁绝大部分，但伊犁西部还是让给了俄国。这位敢于直言的王仁堪，在1888年，面对慈禧太后为了筹备寿辰，挪用建海军的巨款，续修颐和园时，再次上书切谏，大敌当前，应停止这项巨大工程，切勿铺排奢华。尽管其措辞非常委婉，但专横已惯的慈禧太后自是心中不快，这位工部尚书于光绪十六年（1890）十一月被外放江苏，任镇江知府。光绪十七年（1891）三月，镇江发生了丹阳教案。当地人发现在洋人的天主教堂内有死婴七十多具。当地民众公愤群起，焚毁了教堂。洋人借口提出种种无理要挟，王仁堪刚强有力，逐一严予驳斥。最后由地方当局赔偿教堂的损失，不追究焚毁者责任。这种结局对当时软弱的清廷而言，已是非常不易，既保全了国体，也保护了人民。清政府和当地百姓对他赞誉有加。然而，天不假年，两年后，积劳成疾的王仁堪在忧愤中辞世，时年四十五岁。这是后话不提。

李端棻当时听了王仁堪的话，立即起身抱拳，躬身相谢说："您王大人贵为本朝福建第二位状元，朝野谁不知道您的名节气派，包括您的书法、学问、品行、气概哪个不是一流，就凭您'请斩崇厚以谢国人'的豪迈，天下人哪个不服。我是首先敬佩之至。说实话，就这一次吧，若不是您此前说过这句话得罪了朝廷某些权贵，这个主考官岂能是我李端棻啊！因此，即便做媒，我也不能让您出面，他梁启超虽初出风头，但是，让您出面，他还不配，这个不敢，万万不敢！"

"李大人言重了。"王仁堪也抱拳，继而两人落座，他接着说，"人中俊才，谁不相慕，我王某不是嫉才妒才之人，人中龙凤不多，你我有共识，美人之美，美美与共，这是我等士人的基本修为，我知道您李大人的心思，不足多虑。这媒不让我保，您是说不过去的。我自有安排，李大人等好消息便是。"

李端棻见此情景，再也无话可说，心中甚为折服。

过了两天，梁启超又接到考院的约请，约定次日去学宫，副考官王仁堪大人召见。

梁启超先是被主考官李端棻召见，继而又是副考官王仁堪召见，心中七上八下：莫非他俩政见不一，又要发生变故？还是另有他事？他正在为李端棻大人的赐嫁堂妹而困惑不安，尚且不知如何处置，又不敢询问他人，原本不想告知家人，思来想去，兹事体大，闷了两天，还是恭恭敬敬写信拜托他人专程带往家里，征求家人意见。然而，家书未至，回音未归，假如王大人为此事而约，将如何处置？梁启超一夜辗转难眠，最终心里也已有了大概，不如届时前往，见机行事再说。

次日，梁启超如约来到学宫，拜见王大人。

王仁堪怕梁启超太过拘谨，所以也不多客气，两人就时政外交等聊了几句，继而王仁堪单刀直入，向梁启超贺喜。梁启超知道王仁堪道喜何来，却说："不敢不敢，王大人抬爱了。学生区区第八名，何足挂齿。前者才俊如北斗七星，罗列其次，在下仰望不及，哪敢劳大人道喜。惭愧惭愧！"

王仁堪一听这话，心下更是喜欢这梁启超，他把前七名比作北斗七星，罗列其次，可见这少年的纯净之境，心下更是喜欢，不免有一点遗憾，但他当然不会为此微小的心理变动而影响这场谈话的主题，他说："嗯，北斗七星，罗列其次，这话说得好，启超，你也不必过于谦恭，这个名次暂不是格外重要……只是中了才是大事。王某中举也已经是二十二岁大龄，若和阁下相比，王某才情哪敢相比于汝。此话暂且压下不表，我此次道喜是为你的婚配而来，你可知道？"

梁启超做惊讶状。

"你虽然只是第八名，可是前七名哪个也没有你的这份福运啊！我要保的不是别人，正是主考官李大人的堂妹李蕙仙啊！"王仁堪笑意盈盈地说，"这个李蕙仙可不是一般女子哦——"

梁启超有心将自己的想法说出来，又怕折了王大人的面子，况且也正苦于对李蕙仙一无所知，只好津津有味地听起了这位工部尚书的描述。

"这个李蕙仙，可是京城公认的才女啊，幼承庭训家学，熟读古诗，善于吟诗作文，且擅长琴棋书画，无一不通。只是她的父亲去世了，所以，李大人对堂妹的事格外上心。"

梁启超听到这里，心有所动，自己去岁失恃，她去岁失怙，倒是心有戚戚焉。

王仁堪继续说："李蕙仙的父亲李朝仪，正是李大人的叔父，他对李大人格外垂青，视若己出，李大人和堂妹也自是若亲兄妹一般。他曾为顺天府尹，道光二十五年（1845）中进士，分发直隶做知府，后任直隶平谷知县、三河知县、大兴知县、晋南路厅同知、东路厅同知。咸丰九年（1859）英军进攻大沽，他协助僧格林沁击退大沽英船，……后任河道八年，修永定河有功，成绩卓著，过世后人民为之立祠。光绪五年（1879）四月升山东盐运使，九月署山东按察使，十一月改任顺天府尹……你看，这样的好事，岂非从天而降？不是大喜，又是什么？"

梁启超闻说，沉默一刻，继而说："大人，她出身名门贵族，而我出身海边陬隅，乡下十代农人之家，身份差别实在太大，我怕是攀不起，也不敢耽误她金身玉体。"

"启超，你知道李大人缘何看上你这个妹夫了吗？"王仁堪问。

梁启超羞怯地说："学生无以匹配。"

"乃小弟之才情也！他之所以敢做主婚配堂妹，是深知其妹的才情主张的。李蕙仙也是爱才不爱钱的人啊，京城多少富家子弟，哪个能入得了她的法眼。李大人一片痴心，你可不要辜负，有一些话，眼下就不多说了，还请你斟酌再三，你若再推辞，恐被天下人笑你狂妄了。"王仁堪一番述说之后，暂离厅堂而去。

此间，早有下人悄声对梁启超说："贵人不知王大人心思，他是想扶你上马，驰骋官场，千万不敢推辞了。他的女儿也待字闺中，原本还想要婚配与你……但是，李大人先他提出，他慨然为你保媒，你可要知趣哦——"

梁启超一听，心下大惊，天下还有如此高洁之人，幸亏此下人提醒，否则真是亏欠他们了。

王大人回来，微笑着问梁启超，可否请李大人来，共进午餐。梁启超诺诺不迭。

与其说是一餐，不如说是两位朝廷大员对他的再认识，梁启超机敏发挥，席间谈吐质朴超然，尤其对西洋的辩证看法更是和两位大员一致，虽然梁启超其时观点尚显空泛，在他俩的眼神中却明确无误地流露出对他的激赏，恰似找到了知己一般。他相信，这位李蕙仙定然也非凡俗之辈，定能助自己一臂之力。

次日，梁宝瑛已经风尘仆仆地赶来了。

"父亲何故来得如此匆匆？"梁启超问其父梁宝瑛。

"王仁堪大人专人快马告知，岂能耽误？"梁宝瑛面带喜气。

"我还想，家书岂能如此之快就到家了。我正打算今明两日回家再说不迟。"梁启超说。

"婚姻大事，岂能儿戏。"梁宝瑛自是郑重。

原来就在梁启超的家书还没有送达家中的时候，中举的消息和婚约之事已经有一名官府衙役专程来到茶坑梁家，专门告知。而这位衙役正是王仁堪大人派去的。

梁启超这才说了昨日和王大人、李大人相聚之事，慨叹王大人的举动，将近日发生的前前后后之事一一向父亲说了个大概。梁宝瑛听了自是一番感慨："看来这人中自有高贵者，不得不佩服备至。吾儿，你眼下的境遇和见识已然超越了多少人，就凭这两位大儒的行事做派，也够你学一辈子了。那么，我还要亲自去拜访李大人和王大人，毕竟我们家也算半个书香门第，不可轻慢。"

梁启超遂引领父亲拜见了王大人，又协同王大人一起拜会了李端棻，如此，此事算是在家长的层面上确定下来。

随后梁启超和父亲打点行装，在李端棻和王仁堪的安排下，回乡祭祖。新会熊子乡茶坑村里里外外早就得知梁启超中举的消息，但等他回来，发放喜报。

舟停岸上，启超登岸的一刻，锣鼓喧天，炮仗沸反。

梁氏门庭再次光耀无二，而谁也不知道他已经是京城官宦之家的新贵。这等心中独享的喜悦更令他春风满面，若遍野盛放的羊蹄花。

父子俩进了家门，拜了阿公，梁启超微笑告知中举之事，其他不提。转而梁宝瑛恭敬相告拜见李王两位大人的经过，阿公便知此事成矣。

梁维清知道，命运的一扇大门打开了，这是变机，这变机不仅仅是对孙儿梁启超，更是对他梁氏门庭。

康门之变

自此，梁启超和他的人生伴侣李蕙仙情定终身，再也没有分开，无论风雨如晦，还是誉满天下。

从岭南的乡下一步跨进北京李府，他的学问和才情征服了这个将陪伴他一生的女性，曾经的考官变成了妻兄，这位识才的伯乐为他打开了京城的大门。

| 1. 情定李蕙仙

这一年春节过后，梁维清已经谋定了孙儿去京城的事，一则要去参加会试，二则要去下聘李蕙仙。尽管李蕙仙在千里之外的京城，但下聘之礼是不可或缺的；虽然梁启超家境较之李蕙仙家有天壤之别，然而对于梁氏而言，家境不富，但礼节不可少，这是梁维清这位阿公为孙儿和家族维护尊严所设的最低限度。

而下聘也不能让一个十七岁的少年单独前往，梁宝瑛必须随行，一则梁启超年龄尚小，二则这是终身大事，岂能儿戏；再者，梁启超还要参加会试，恐怕很多事情需有人关照才算安妥。

梁府上下紧锣密鼓，到年后方才选了吉日，梁宝瑛父子正式启程。村里的人早就知道梁启超不仅中了举，还被考官看中，要去京城做乘龙快婿，这对茶坑这个偏远小村而言，的确是头一遭，因此，平日这个半耕半读的庭院如今在村人看来已经是一个府邸，虽然那些房屋还是那么简陋，虽然留余堂还是那么矮小，但是，其小主人梁启超未来的远大前程和即将要迎娶来的这位千金已然使这座门庭光耀无比。

　　谁也不敢预测这个乳名被唤作宏猷的梁启超将来会是一个什么样的人物。

　　梁氏门庭上下迎来了家族百年未有的大变局，这个变局是醒目的，是梁维清从未想象过的，确确实实是这个聪慧的孙儿一次又一次带来的，他也如村人一样在默默地想：我这孙儿将会是一个什么样的人呢？这清廷眼下的确已经腐朽不堪，对外连连吃亏败绩，对内民不聊生，尽管沿海的城市还在洋人的影响下，开始做一些事情，尚可勉强度日，而内地多起起义，混乱不堪，清廷怎么能力挽狂澜，还是另有新图？面对列强这一簇簇雪山压顶般的态势，小小的梁启超怎么做？又能做出什么事呢？

　　梁维清可以看见的是孙儿必将会在京城做出什么的，因为眼下有李端棻这位妻兄帮衬，还有王大人这样的高尚之士扶携，就说中不了进士，要在京城做事，基础依然夯实了，何怕之有。梁维清细细安顿了梁启超一行所要携带的聘礼，也大费周章地在广州采买了一些特色工艺品，如彩塑的瓷盘、茶具，要送给李端棻；如顺德香云纱，要送给李蕙仙；还有海鲜鱼干也要适当带一些，毕竟是茶坑海边的东西，要让李蕙仙闻一闻这味道，或许他将来的重孙生下来就会带着海腥味。下聘之礼自然少不了酒水，当地的土酒虽然比不上上好的内地名酒，但也得带上两坛，喜事岂能没酒。总之这三代人没有一个女主人可安排，所以，事情虽然推进，梁维清心中凄然，没娘的孩子办这些事情，总是有些苦楚，但只要迎娶来了李蕙仙，这个家可就大不一样了。

　　梁维清打起龙马精神，以十倍的精神安排妥当了这些事，然后打发父子启程了。

　　村口站满了送行的人，有的帮忙提携行李，有的问长问短，前呼后拥，好不热闹，直至将这父子俩送上船，在一片告别声中渐行渐远。

　　梁维清坐在码头上，看着西江上面一只白鹭悠然飞翔，那仿佛就是他自由自在的孙儿。

自此，梁启超的人生将要打开新的篇章了，却也没有阿公和村人想象的那般悠闲。

到了京城，自有李端棻接应，诸事他已然安排妥当。就连梁启超父子所住的客栈都一应安排周至，但等他们上门下聘。

李端棻此时已经把梁启超看作门生，也是妹夫，又是知己，更是小弟。所以，他没有安排格外的大礼，只是请了李家的亲人前往家里，另外王仁堪大人是不可或缺的。

且说李蕙仙整日在家读书作诗作画，单等堂兄李端棻大人回家。李端棻从广州回到家，首要的是见堂妹李蕙仙，问她学业作息，此后便说："为兄此次广东主持乡试，遇到了一位才情过人的才子，由于两地相隔太远，来不及征求你的意见，为兄恐有变故，擅作主张，为你订了一桩婚事。"

李蕙仙对兄长平日敬之如父，一则兄长学问精深，二则官位至高，最重要的是将自己视同胞妹，因此，从来未敢反驳兄长半句，每每兄长出门，总是悉心照料他的衣着携带之物，细致周详。而今，猛然闻听此话，羞得脸色泛红，不敢发声。

"你不必担心，因为路途遥远，虽然不便征求你的意见，但正好我在广州，大概订了。"李端棻看着堂妹李蕙仙低眉无语，便急忙说，"此人不凡。答卷若五十老翁，文笔老辣，观点持重，我原本以为年龄偏高，只判了第八名，孰料张榜之后才知道，他年方十七岁，小你四岁。嗯，文章精彩，思想深邃，文笔熔经铸史，布局灵动多变……"

李蕙仙侧坐聆听，颔首不语，一言未发。

而坐在一侧的嫂子却有点着急："你说了半天他的文章，此人究竟姓甚名谁，家住何方，家境如何？"

李端棻这才笑着说了详情，且说了不日这位举子将上京下聘。

李端棻还特意将梁启超的答卷抄了一份，递给了李蕙仙："妹妹读书不少，其他不说，就看这份答卷文章，便了然于胸了。"

李蕙仙接过来，细细读下来，脸上慢慢露出了笑容。

这是一场看似低调，实则郑重的婚礼。

"如何？"李端棻夫人看着李蕙仙的表情，盯着她微红的脸庞在一侧笑着追问。

"兄长嫂嫂做主便是，文章是为兄亲笔所判，我岂敢妄下结论……"

"那便是了。"嫂嫂笑着说，"你家兄长说，副主考王仁堪还想要这个梁家后生做他的女婿，幸亏你兄长话在前面，才有了你的今日。"

李蕙仙一听，更加羞笑难耐。

梁启超和其父梁宝瑛到了北京，安排好了一众事情，便郑重前往李府下聘，签订婚约。这些既定的事项在谈笑中一一进行，好在梁宝瑛已经拜会过了李端棻和王仁堪，因此也不至于格外陌生。

如今，人来了。李蕙仙惴惴难安地见了梁启超。

两人几乎没多说什么，在众多兄妹的闹腾下，大家一致请教梁启超，这聘礼中的香云纱究竟是什么材料做的，怎么从来没有见过，甚至闻所未闻。

大伙儿实则是想看看这个未来的李氏家族的女婿究竟是一个什么样的人物，只是听李端棻此前所讲，当然远远不能满足他们的好奇心。

梁启超明白这些兄弟姐妹的心思，他指着香云纱，侃侃而谈："香云纱也是由吃桑树叶长大的蚕吐出的丝所织，和江南的绸缎本质上材料一样，但这远远不够，就像一个人，从农家院落走出来，不经社会洗染熏陶，断然成不了大器。这纱要变成香云纱，还有两个重要的环节，必不可少，一是薯莨染，二是河泥淘。薯莨是什么，你们知道吗？"

大家都摇头，从来没有听说过。

"这是我们岭南老家的红土地上生长的一种薯，当然和山东河南中原一带的红薯是一个科属，但是它格外瓷实，长得七扭八曲，煮熟吃的时候，像木头一样，质地坚硬，其味却醇厚无比。它体内有一种汁液，紫红色，像人的血液一样。将这紫红汁液染在纱上，这纱的颜色就变成了紫红色。这还不够，就像一个人还没有彻底变得成熟，没有经历沧桑变故一样，当然尚显浮躁，只是色彩绚烂，自是不够。接下来，还有一道工序，非常奇葩，就是将河涌的沉泥挖出来，将这些沉泥搅在纱上面，晒在晒场上……"梁启超的话被打断。

一个年纪尚幼的小妹问："你，哦，不，姐夫，你说的河涌是什么？"

大伙听见小妹的提问都笑了，李端棻和王仁堪也笑了。其实，大家都不懂梁启超说的河涌是什么。

"哦，小妹，河涌就是小河流，水道，比大河小，比小溪流大的河沟，我们岭南就叫河涌。这河涌的沉泥也是染料，将这些沉泥从河内打捞上来，涂抹在纱上面，这纱就像泥皮一样厚厚的，然后就晒在太阳下，岭南的阳光可是暴晒啊，但又不能晒得太烈，看看，这一来，这纱就从娇滴滴的大家闺秀变成了经历过染色、泥巴涂抹的另一种物什了，它肯定变了，变成什么了呢？变得能够承受风吹日晒、历经泥浆淘洗的纱了，其中怕是渗透着男男女女做工者的若干汗水，最后再将这泥沙淘洗干净，用清澈的河水冲洗再三，晾晒干了，就是摆在你们眼前的这纱了，你看它的颜色，说不准是什么颜色，有暗红，也似暗紫，又似暗黑，还似暗灰，这些颜色就是它的经历，将它们全部叠加在一起，就是眼下的颜色；它虽然叫香云纱，听起来如此娇气，其实，它是经历了千难万险，不断磨炼淘洗之后才成了今天的样子，也许它还需要更多的挫折，但是，这必然会注定，它是一块不凡的纱料！"

梁启超这番介绍令在座的连连称道，刚才那位提问的小妹似乎懂得了这块纱的贵重，小心慨叹着，用手轻轻抚摸，似乎在抚平它身上的创伤；

年纪和梁启超上下的兄弟姐妹似乎也听出了什么，若有所思；年长一些的夫人自然是听出了门道，微笑点头称是；就连坐在客厅里正座上的李端棻和王仁堪也大为惊叹，这梁启超是在以物喻人。

只有梁宝瑛一声不吭，他嫌自己的儿子太过炫耀、啰唆。

梁启超这番话似在介绍献给李蕙仙的香云纱，又似在暗喻自己，也似在暗喻李蕙仙，总之，听来如此熨帖。

"好个香云纱，如此贵重，好像我还不配一样？"李蕙仙此时故意使出了女孩子的小心眼，想看看梁启超的反应。

梁启超说："当然是最配小姐了，你贵为蕙兰仙子，蕙质兰心，这纱，正配得上你。"

大伙儿开始起哄，李蕙仙听得入耳入心，"蕙兰仙子""蕙质兰心"巧妙地将她的名字嵌入其中，不愧是才子。

李蕙仙微红着脸，噘着微笑的嘴巴说："谁让你夸我蕙兰仙子。"

里里外外的大伙儿都笑了。

李蕙仙却将这块香云纱搭在身上，左右比画。

梁宝瑛和王仁堪、李端棻在一旁品着岭南的单丛茶，频频点头称好。

梁启超连同陈千秋会试失败了。

他俩都很沮丧，准备告别京城，回炉再造。

临走前，梁启超去见李端棻。

"兄长大人，我计划先回去，继续修习学业。"梁启超来到李府，坐定，看茶。李蕙仙也在一旁侍坐。

"知道你心气不顺，正要找你聊聊。"李端棻说，"知道这次考试为什么是这样的结果吗？"

"在下一概不知。"梁启超说。

"如今，朝廷分为两派，一派主战，一派主和；一派主洋务救国，一派主保守不变。如此形势下，会试的结局可想而知。"李端棻的话一下点醒了梁启超。

"那么，启超兄的答卷是怎么写的呢？"李蕙仙说。

"鄙人正是倡导洋务救国……"梁启超讪讪而语。

"那么结果可想而知了。"李蕙仙说，"何必气馁。这次会试你知道了朝廷内情，再来一试也不迟，你忘记了你们的香云纱是怎么做出来的了？"

李端棻朗笑曰："正是，小妹所言极是。不必气馁，再接再厉。"

当下，李端棻安排一起吃饭送行，之后，私下送了梁启超一些银钱。

孰料临走之际，李蕙仙暗送秋波，带他进了自己房间，私授了一块贴身玉佩，另外包了自己私存的几两银子，塞给了梁启超。

拜至康有为门下，梁启超的学问眼界大开，万木草堂自此熠熠生辉，他洞悉了读书的目的，并开始为之而努力。

2. 康门大开

梁启超归来经过上海，在上海略作逗留，在书肆逛游，无意间购置了一本对他未来影响巨大的新书，这本书正是上海制造局所译的《瀛寰志略》。回来的途中，一路读下来，等回到广州，随着眼前的珠江已然宽阔了许多，正面向大海，滔滔而去，似乎自己的心绪和眼界也在缓缓打开，他觉得自己不是归来，而是走在越来越阔大的路上，他才知道，这个世界远远不是自己所认识的那样狭小和逼仄，而是远大无比。他才知道自己住在一个巨大的地球上，而地球分为东西两半球，两半球上有亚洲、欧洲、非洲、美洲，以及各洲上各国的风土人情。他才知道印度文明、阿拉伯文明以及欧洲文明其实也有中国文明不及的地方，远非夫子所讲，古书所写的中国就是中心，还从书中了解到西方文明源头基督教的情况，可见当初的教义并非邪恶，只是到了不同人的手里有不同的解释，有不同的宣讲，所以，到了中国，这些宗教已经为政治所利用，已经变形，由此梁启超明白中国人对西教深恶痛绝的缘由。最要紧的是书中为他展现了西方民主制度，这是他闻所未闻、连想也不敢想的一种政治治理方式，尤其是对于英国议会制度的介绍令他心绪澎湃：

都城有公会所，内分两所，一曰爵房，一曰乡绅房。爵房者，有爵位贵人及耶稣教师处之；乡绅房者，由庶民推择有才识学术者处之。国有大事，王谕相，相告爵房，聚众公议，参以条例，决其可否。复转告乡绅房，必照乡绅大众允诺而后行，否则，寝其事勿论。其民间有利病欲兴除者，先陈说于乡绅房；乡绅酌核，上之爵房；爵房酌议，可行则上之相，而闻于王；否则报罢。民间有控诉者，亦赴乡绅房具状，乡绅斟酌拟批，上之爵房核定。乡绅有罪，令众乡绅议治之，不与庶民同囚禁。大约刑赏征伐条例诸事，有爵者主议；增减课税，筹办帑饷，则全由乡绅主议。此制欧罗巴诸国皆从同，不独英吉利也。

他坐在轮船上，看着滔滔海水，暗自在想：如果有一天中国也实行这样的制度，那么这世界是不是要变得更加规矩，百姓是否会更加有权利？

在这本书的伴读下，梁启超回到了广州学海堂，而迎接他的第一个人就是同学陈千秋。

两人见面格外热络，这来自见证和共识。

陈千秋见证了他中举、李王两位大人对他的厚爱，他俩一同走过了京城会试的败局，所以，两人见面后先是寒暄见闻经历。

梁启超将《瀛寰志略》推在陈千秋面前，力荐他阅读，同时滔滔不绝地讲书中的主要内容和他的读后感，陈千秋一面听一面想，梁启超的思想正在飞速变化，他对新鲜事物的接受可谓一日千里。陈千秋略有惭愧，但他也不甘落后，他讲起了康南海和其新创办的万木草堂，讲起了他从京城回来，拜师康有为门下，所听到的康之"非常异义可怪之论"，讲述康有为从京师失败归来，在长兴里开办了万木草堂，开始大讲改良，尤其说道，康有为已经拟定了《上清帝第一书》，呈上了当朝皇帝，只是没有收到回音。梁启超一听，这下正中下怀，他所读的《瀛寰志略》中所讲的议会制正是他想要说出来的改良思想，何不去拜会康有为，听听他的见解呢。

于是，当即让陈千秋引荐，去拜见康有为。

这一天早晨七点半，陈千秋和梁启超来到长兴里，看着正对面的城隍庙，再看"万木草堂"四个遒劲有力的字，似乎看见了这位庄严肃穆的康有为。梁启超阅世无数、读书万卷，不再是毛糙粗疏，而是大气磅礴，大有宏图待展的气势，因为学堂也是刚开设不久，透射着一股宏大无比的正气，似乎要震慑他，而他还不太服气，想要进去之后，一探深浅再说。

陈千秋敲开了万木草堂的门扉，直入书房，拜谒康有为。

康师此刻正伏案挥毫，似乎根本顾不上眼前的两人。

陈千秋、梁启超不便打扰，恭敬地站在一旁。

陈千秋谨慎地问好："康先生，早晨。"

"唔——"康有为发出一声鼻音，连头也不抬。

梁启超见此状况，略有尴尬，无声地站在一旁。他扫视了一下室内陈设。只见后墙挂着一幅书法，遒劲苍老，饱含碑体风骨的条幅上书"变者天也"四个大字，下款：南海康长素。梁启超的心骤然一跳：把"变"作为座右铭，这在时下真是见所未见。这也正吻合了自己的内心主张：变，像英国一样变。这让梁启超对康有为肃然起敬。再看四周，除了陈设着的四张古朴的酸枝靠椅，别无他物。最后，梁启超的视线停留在主人身上：那是一个三十开外的壮年男人，中等身材，肤色黧黑，天庭敞亮，一对弓形黑眉下，双目炯炯有神，嘴唇上方留着整齐的黑须，虽为一介书生，却有孔武之气。

梁启超正看得出神，耳边又听到陈千秋的话声："康先生，新会梁启超特来拜见。"

康有为又"唔"了一声，还是没有抬头。

梁启超脸色微红，心下发怔，他想："这康先生还真是怪人，'客来主不顾，应恐是痴人'。未免太傲慢了。"

他把自己看作是贵客上门，忘记是前来访学的。

陈千秋扯了一把梁启超的衣袖，又朝康师方向努努嘴，示意叫他先开口。

梁启超无奈，上前作揖："康先生早安！学生新会梁启超拜见。"

康有为听到梁启超请安声，这才停住笔杆，略微仰头，以少见的威严扫了梁启超一眼，继续埋头写作。

陈千秋和梁启超相视一笑，难免尴尬。

过了一会儿，康有为才漫不经心地边写作边问："你就是11岁中秀才的那个梁启超吗？"

梁启超略带得意地说："学生正是己丑恩科中式第八名举人梁启超。"

康有为霍地掷笔案上，眉毛一挑，用冷峻的目光盯着梁启超问："照此说来，举人满腹经纶了。"

梁启超听得出他话中暗藏玄机，心想，这"老夫子"是在挑战自己的学问，看你能考我什么。便坦然说："学生不敢当。不过，举凡经典古籍、诂训词章、史、子、杂、说，大体过目。"

康有为旋即追问一声："可曾读懂？"

梁启超一时语塞，心想，谁敢说自己读懂了全部的典籍，心下难免惶恐，不知如何作答。

陈千秋着急了，看着他俩言辞交锋，暗暗叫苦：老师啊！你何苦过于执拗傲慢；又看了一眼梁启超，心想，老弟啊！在他面前你何必恣意逞强？他担心局面愈弄愈僵，暗中用脚尖踩了一下梁启超的足踝。

梁启超会意，正想开口请教，只听得康有为又瓮声瓮气地追诘："那些古文经书价值几何？"

梁启超赶忙打躬作揖说："学生愚昧，请先生赐教。"

康有为这才露出了一丝不易察觉的宽容，霍然站起，离开书案，俯首踱步，朗声而言："古文经学，不足为训！乱圣制者始自刘歆，终于郑玄。布行伪经，妄篡孔统；历朝礼制，皆奉此伪经为圣法，荒谬绝伦！哼！夺孔门之经，篡先圣之法，于兹何用之有？"

梁启超与陈千秋惊慌对视，瞠目结舌。

梁启超从未听人敢于对古文经学如此鄙视，这真是天下奇谈。

康有为声调更高，大声疾呼："当今之势，外患日亟，国势日衰，人心日离，必须发扬'经世致用'之学，'通三统''张三世'，以改革政治、改革社会，才能挽救国家危局，才能治国平天下！否则，死读那些经学故旧何用！"

梁启超听了康有为这番慷慨激昂的宏论，不由佩服得五体投地，他虔诚地说："请教先生，何为'通三统''张三世'？"

"夏、商、周三代不同，须因时变革，是为'通三统'；'张三世'是说据乱世、升平世、太平世，社会才逐渐发展、进步。"

梁启超稽首说："蒙先生指点迷津，学生顿启茅塞，先生真吾良师！"

康有为有点得意，突然转了话题说："我听礼吉说，你童年曾吟《登塔诗》，探求格物变化之理，至今有何心得？"

梁启超谦逊而言："学生学识肤浅，愿闻先生宏论。"

康有为昂首朗声说："变者，天也。天地万物，无时不变，格物社稷，均同一理。昔孔子改制，统于《春秋》，其微言大义犹存，即孔子改制之学问。不求进化，泥守旧方，是失孔子之道也！《易》曰'穷则变，变则通'，今若再不适应世界潮流，再不改变祖宗成法，再不向西方寻求真理，国将不国矣！"

梁启超连忙恳求说："先生之论，实乃安邦定国之策，学生诚心折服，愿拜先生为师。"

康有为纵声大笑："我乃布衣之身，岂敢抑塞你这举人之志？"

梁启超忙道："先生何出此言？学生自少厌弃八股，寻觅新方，终未有所得；今遇先生，乃遂平生之愿，请先生万勿推却。"说完跪地，纳头便拜。

陈千秋亦下跪请求："卓如出于至诚，请先生成全他的心愿。"

康有为坐在椅上，默默凝思，仍未开口。

这时，后堂传出一道琅琅的女声："老夫子，你这是干什么呀？"

梁启超心下一惊：竟然有人敢这样对康有为说话。他顺着声音，扭头看过去，但见声音来处，一位年近三十、珠圆玉润的妇人翩翩而来，仪态雍容，气度不凡，面带娇嗔。

陈千秋见这位夫人出来，顺势求援："师母，今有新会梁启超愿归门下，请求先生收纳。"

原来此女子便是康有为的原配夫人张云珠。

张云珠打量着梁启超，开心地说："好事好事。听说是个神童呢，耳闻不如目见。难得人家诚心啊！老夫子，为什么不开口？"

康有为睨了妻子一眼，不温不火地说："你既然愿当师母，我如何不当师父？好吧，起来。"

梁启超闻言，再次叩拜师父师母收徒之情。

康有为夫妇这才呵呵笑起来。

陈千秋这才暗下舒了一口气，心上的石头终于落地。

梁启超拜师康门的情形在他《三十自述》中作了生动描绘：

其年秋……乃因通甫（即陈千秋）修弟子礼事南海先生。时余以少年科第，且以时流所推重之训诂词章学，颇有所知，辄沾沾自喜。先生乃以大海潮音，作狮子吼。取其所挟持之数百年无用旧学更端驳诘，悉举而摧陷廓清之。自辰入见，及戌始退。冷水浇背，当头一棒，一旦尽失其故垒，惘惘然不知所从事。且惊且喜，且怨且艾，且疑且惧。与通甫联床，竟夕不能寐。明日再谒，请为学方针。先生乃教以陆王心学，而并及史学西学之梗概。自是决然舍去旧学，自退出学海堂，而间日请业南海之门，生平知有学自兹始。

进了这道门，梁启超似乎看到了另外一个世界，见到了另外一种境界，他惊惧、战栗、心动、激越。这个人的言谈像大海掀起的排空巨浪，扑面而来；又像一头狮子，面对着他在近切之极处发出吼叫。康有为将数百年的没用的旧学一一批驳倒下，从而作了全面的廓清。从早晨七点到晚上八九点，像寒冬里被一盆凉水兜头浇下来，又如当头棒喝，像自己固守的城池被他一一占领，梁启超的学术阵营土崩瓦解，一时惶然不知何去何从，似乎原来所做的学问都是空的，虚的，假的，根本算不了什么。他又惊喜，又暗自怨悔自己所走的路原来并非大道。

晚上回去，和陈千秋住在一起，通宵不能安睡。次日再次拜谒康南海，请教治学方向，康有为为他剖析陆王心学，以及史学和西方政治体制、哲学、历史学。康有为的学问和见解将他彻底击败，他几乎是心服口服地拜倒在康门之下。

其时，康有为已经经历了多次变故，他的人生已大有见识。

出身书香门第的康有为，经万卷图书的浸泡，在自由自在的游历中，视野大开，他想要改变这个世界。

| 3. 南海康氏门庭

距离梁启超老家新会向北不到八十公里，便是广州南海，南海有个银塘村，银塘村不大，却在清嘉庆年间出了两个响当当的人物，一个是康赞修，一个是康国器，一文一武，像两颗闪耀的巨星，使南海康氏门庭光耀无比。

康赞修的父亲康辉，就是举人，专事教授门徒，康赞修在其父的教导下也中了举，历任钦州学正，合浦、灵山、连州训导。康赞修甫到连州上任，便到各地督导学风，奖罚分明，为鼓励好学之士，他每月定期亲阅州中秀才的课卷，择优重奖。他还减免了许多贫困生的学费，使有才能的贫困生有成才的机会。他在任期间，连州各书院、学馆全部满员。

光绪三年（1877）四月末，连州洪水暴涨，康赞修为抢救圣庙中的祭器不幸被洪水吞没。清廷下旨康赞修以四品礼祭葬，并且荫其长孙康有为充四品衔。由于康赞修任连州训导，又在连州殉职，因而其南海后人尊称他为"连州公"。

康氏家族另外一个显赫的人物，正是康赞修之弟康国器。康国器原来是衙门的小吏，太平军起义之后，两广地区情势危急，他私募三百壮士，增援清兵，稍有战功。咸丰十一年（1861），广东巡抚耆龄奉旨剿杀阳山太平军。其时，太平军据守蓝山，依靠山势绝境，负隅十多年而不能被剿灭。康国器率领精壮兵卒，攀上悬崖，攻破其营寨，抢夺了炮台，捣毁了起义者的老巢。然而，他在这次战斗中伤了脚，从此足跛，军中号称康拐子。咸丰、同治间转战赣、浙、闽、粤等省，屡建功勋，官至福建按察使、广西布政使、护理广西巡抚。这个小地方出了二品官，对于这个家族而言，自是荣耀无比。

康赞修之子康达初曾补任江西知县。康达初生有二子，长子康有为；次子康有溥，字广仁。康广仁出生仅7个月，康达初就病死了，家道中落，两兄弟赖祖父康赞修教养成人。

1858年，康有为出生了。他长梁启超十五岁，他们都有一个做过教谕的阿公，都受教于阿公。但这并非巧合，在晚清社会巨变、民不聊生的社会背景下，有书可读的人不是富豪官宦之家，就是耕读世家，普通人家的孩子是没有机会读书的，即便读书，能上个私塾，考个秀才，已经是撑破天了。但是梁启超的祖父梁维清只考了个秀才，一生没有出过新会地界；而康有为高祖、祖父都是举人。22岁前，康有为一直随祖父康赞修求学，1868年，康有为父亲去世，1870年他随祖父从连州调返广州。接着，康有为回到银塘，银塘村虽小，书却不少，这些书来自康国器所筑的藏书数万卷的澹如楼。康有为勤敏好学，博闻强识，经史子集无不涉猎，按照祖父的想法，康有为必然是要走科考仕途的。1876年，也就是他祖父去世的前一年，康有为师从当时颇有名望的经学家、其父之师朱次琦先生，在离家不远的南海九江礼山学堂求学。此后，屡次童子试不中。

1878年，康有为入银塘村西面的西樵山读书，其间结识了翰林院编修张鼎华，两人时常相聚广州，探寻京华掌故、政治风云，同时认识了梁鼎芬。康有为结识了有眼界的人，同时也读了视野开阔的书，那就是澹如楼新到的图书《西国近事汇编》和《环游地球新录》，此二书让他了解了欧美政治、风俗，康有为才知道世界很大。1879年，康有为游览香港，至此他才亲眼看见："览西人宫室之瑰丽，道路之整洁，巡捕之严密，乃始知西人治国有法度，不得以古旧之夷狄视之……复阅《海国图志》《瀛寰志略》等书，购地球图，渐收西学之书，为讲西学之基矣。”

康有为屡次试败童子试，但其祖父殉难后，他得荫监生，可以直接参加乡试，考举人。1882年，他入京应乡试亦不第，南归游览扬州、镇江、南京，途经上海，购买了大量的西学书籍，还订购了劝导中国改革的《万国公报》。1888年再赴京应乡试，又不第。但他在京城结识了主张变法的“后清流派”骨干人物盛昱、王仁堪、黄绍箕、屠仁守。

于是他写下了万言书《上清帝第一书》。此书主张“变成法”“通下情”，即改变古老的封建治理体系，采用西方的议会制。此书上去，最终没有下文。1889年底，南归广东。1890年春，康有为在其曾祖在广州的旧宅云衢书屋讲学，陈千秋为开门弟子，后收梁启超。继而讲学于广州学宫孝悌祠，梁、陈二徒招来亲朋好友二十多人，次年在长兴里设长兴学舍，康有为在西樵山所结识的梁鼎芬为他写来一首诗《赠康长素布衣》：

> 牛女星文夜放光，樵山云气郁青苍。
> 九流混混谁真派，万木森森一草堂。
> 岂有疏才尊北海，空思三顾起南洋。
> 搴兰揽茝夫君意，蕉萃行吟太自伤。

在梁鼎芬诗中可以见得，康有为形象高伟，堪比诸葛丞相，而且对康氏在万木草堂讲学授徒活动，梁氏亦寄予很大期望。康有为由此将长兴书舍改为万木草堂，并亲题额匾，高悬于门楣，一时逾百人的学子蜂拥而至，万木草堂成了培养维新运动骨干的重要基地。

梁启超在万木草堂如沐春风，在康有为的耳濡目染下，他的思想体系渐成，他要走出去，到更加阔大的世界中闯荡。

4. 万木草堂因他而变

岭南海潮涌动处，自有新风吹来，万物葳蕤而生，繁花似锦，各色花卉装点，是为花城。

万木草堂掩映在奇花异木之中，四时皆有花开，四时皆有花落，羊蹄花最为常见，如一颗粉红色的星辰，高挂天际，花瓣扭力盛放，似乎是积累了莫大的力气。三角梅更为普通，常年开放，若天上彩云；常年败落，落花成阵，恰似一派败局，正如这个时代一样，不断兴替，似普通的民众，如在等待，又如在发起。木棉花开放在初春日，那一簇血团，喷洒在天际，溅出了血痕一般，多少志士仁人将从这里走出去，如木棉花一般，将血溅长天，继而落下来，犹如枯干的血块，倏然落地，震得地面一颤。

至于低处的兰蕙，若草堂底色，径自绽放着幽香，这是几千年的中国文化陶冶出来的味道，不事张扬，君子自洁；却又担当着"穷则独善其身，达则兼济天下"的理想抱负。

康有为在《万木草堂诗集》序中说："吾授徒于粤城，所居曰'万木草堂'，自忧国上书，首请变法，事既奇创不达而归，绝意时事，以讲学著书自娱，及所著《新学伪经考》被劾先遭焚书，避地而游于罗浮桂林，又再讲学于桂。门人每进焉。自庚寅至丁酉八年间，隐居粤中及游桂之作，都为《万木草堂诗集》。"

梁启超后来在给康有为祝寿的祝文中还念念不忘万木草堂的优游岁月。"每月夜，吾侪则从游焉。粤秀山之麓，吾侪舞雩也。与先生或相期或不相期。然而春秋佳日，三五之夕，学海堂、菊坡精舍、红棉草堂、镇海楼一带，其无万木草堂师弟踪迹者盖寡。每游率以论文始，既乃杂遝泛滥于宇宙万有，芒乎泬乎，不知所终极。先生在则拱默以听，不在则主客论难锋起，声往往振林木，或联臂高歌，惊树中栖鸦拍拍起。於戏！学于万木，盖无日不乐，而此乐最殊胜矣。"

不过，戊戌政变后，慈禧太后下令查抄维新人士家产。据《康南海自编年谱》载："二十二日封万木草堂，以吾所藏画及藏书三百余箱，尽付一炬，所著行之书，亦已行各省毁板（版）矣。"

而发轫之初的万木草堂，就连教学方式也大为改变，梁启超和陈千秋两人任学长，同时又是康有为的助手，他们一反惯常的教学方式和教学内容，不再要求学生诵读通行的四书五经、陈腐八股，而是以孔学、佛学、宋明理学为体，重点讲述时文、经学，反对古文经学，课堂上康有为纵论天下，从西方文明到列强欺凌，从汉唐典章到当下政治，无所不讲，贯通中西，穷究短长，对比西方文明得失，试图推演当下之答案。

1891年，康有为写了一首诗，基本表达了他的学术观点。诗题罗列了一长串门人的名字，不知道他为什么如此看重这些名字，似乎他这样一定会使得弟子们引以为傲，并为之效命终生一样。《门人陈千秋、曹泰、梁启超、韩文举、徐勤、梁朝杰、陈和泽、林奎、王觉任、麦孟华初来草堂问学，示诸子》：

圣统已为刘秀篡，政家并受李斯殃。

大同道隐《礼经》在，未济占成《易》说亡。

> 良史莫如两司马，传经只有一公羊。
>
> 群龙无首谁知吉，自有乾元大统长。

在万木草堂，康有为认为中国所有的最精华的著作都被刘秀篡改得面目全非，那些优秀的政治家都被李斯残害；大同世界的大道隐藏在《礼经》之中，所有的物理都无法穷究；相对真实的历史著作莫过于司马迁的《史记》和司马光的《资治通鉴》，真正称得上传承经典的只有《公羊传》。群龙无首，思想界没有领袖人物，学说思想之高下难分，因此，需要一个一统乾坤的人物出现，才是近切的正道。

谁是乾坤大统的人呢？似未明说，却大有不言自明之暗示。

基于此，康有为最先让学生读的书就是《公羊传》和《春秋繁露》，因为这两部著作是今文经学家发挥其理论的重要经典，也是他最喜欢的，更是他的学术认同之作。不过除此之外，他大力提倡学生阅读西洋书，购得江南制造局翻译的关于科学（声、光、电、化）等的著作一百多种，还有容闳、严复翻译的西书等。

万木草堂一改传统的课堂听讲、背诵之类的学习方法，学生主要靠自己读书、写笔记、记功课簿。学生们在听讲、读书有心得和疑问时，都记在自己的功课簿上，每半月呈交一次。康有为就根据功课簿所反映的问题，或做批示，或做讲解，循循善诱地引导学生进行生动活泼的学习。

梁启超在《"万木草堂"回忆》中说："读书莫要于笔记。朱子谓当如老吏断狱，一字不放过。学者凡读书，必每句深求其故，以自出议论为主，久之触发自多，见地自进，始能贯串群书，自成条理。经学子学尤要。无笔记则必不经心，不经心则虽读犹不读而已。黄勉斋（明代学者，王阳明弟子）云：'真实心地，刻苦功夫。'学者而不能刻苦者，必其未尝真实者也。"

在万木草堂，有一本厚厚的《蓄德录》，每天顺着宿舍房间依次传递，周而复始。每人每天都要录入几句古人的格言、名句等，随各人意志所好，写什么都可以。隔上三五日，康有为便拿去翻阅一次，从中观察每个人的思想动向，以便不断地改进教学的内容与方法。《蓄德录》是一本记录簿、观察簿、思考簿、发现簿，更是辩解簿、改变簿、提升簿。在这一本师生"合集"中，康有为在改变学生、统一学生、教习学生，同时一个有一致的思想、一致的作风、一致的精神追求的知识分子团体渐渐形成，从而成为一股文化力量。而这一股文化力量即将改变中国的思想和精神，改变中国的体制、中国的舆论、中国的面貌。

与此同时，万木草堂对学生写作能力的培养也很重视，这也是万木草堂的重中之重。康有为让部分年龄大、造诣深的学生协助他著书。每写一部著作，由他规定内容、论点、体例、要求和参考书目，然后分配学生分工查阅资料和从事编纂、校雠。梁启超和陈千秋等人，就是他著述的主要助手。康有为的两部名著《孔子改制考》和《新学伪经考》以及其他部分著作，就是用这种方法集体编撰出来的。

康有为两部著作的出版印行对参与编撰、校雠的学生们来说，震动很大，尤其对梁启超，他深受触动，在这些著作出版的具体操作中受到启发，"各斐然有述作之志"[1]。

同时，这些青年学子也为师傅康有为的家国情怀所感染，只要康有为讲到彼时的国家处境，百姓生存状况，所受外敌的欺凌，便慷慨愤怒，慨叹不止，有时候甚至满面泪流。可以想象，一位三十多岁的青年俊杰，在其学生面前如此慷慨激昂，这些二十岁左右甚至更大一点的学生岂能不受到感染。家国情怀自此深深埋在心头。"抑先生虽以乐学教吾侪乎，然每语及国事杌陧，民生憔悴，外侮凭陵，辄慷慨唏嘘，或至流涕，吾侪受其教，则振荡怵惕，凛然于匹夫之责，而不敢自放弃自暇逸，每出则举所闻以语亲戚朋

---

[1]　吴天任：《梁启超年谱》第一册，广东人民出版社2018年版，第35页。

旧，强聒而不舍，流俗骇怪指目之，谥曰康党，吾侪亦居之不疑也。"①

在这四年当中，梁启超和其他同学从心理认同到学术认同两方面渐次趋同，那些原本来自各个角落的学问和思想，在四年当中融会贯通，完全沉浸在他们自己所葆有的学术思想当中，每每出门在外，只要见到亲戚朋友，一谈到家国情形，总是要拿出万木草堂康先生的理论来宣讲，若略有异见，甚至和别人开始争辩，久而久之，被人称作康党，他们也很是受用，以此为荣地默认了。

万木草堂的学生生活，除读书著述之外，还必须习礼。对礼的重视，其实是为了划分等级，彰显自己的地位。这是康有为对儒教礼仪的活化利用。如今看来，似乎是非常滑稽，而在当时，无疑是一种教学创新，可以想象，学子们在他的带领下，认真举行礼仪的盛况。

要想活化礼仪，必须要有乐的配合。其时，澳门的教会学校已经名正言顺地开设了音乐课，西方乐器已然传入中国。康有为开创民办学校礼乐课程的先河，把体操、音乐纳入课程范围，在当时确实是个创举。为了音乐教学的需要，康有为购置了各种乐器、礼器，设置了一个礼乐器库，供师生每月一次习礼之用。康有为自制一套《文成舞》以授生徒。据梁启超回忆，每次在康有为主持下习礼时：钟磬齐鸣，干戚杂陈，舞姿英发，礼容甚盛。学生们还将康有为平时的讲学内容作了记录，辑成《南海康先生口说》②一书，书中乐学部分记录了康有为有关音乐的本质、作用、乐律沿革、中西乐知识等内容的论述。万木草堂的音乐教育给康门弟子留下了深刻的印象。梁启超曾追忆当年每逢月夜学生们联臂高歌，惊起树上栖鸦拍拍而起的情景。③康有为将西方乐器活用于中国儒教，尤其是在孔子

---

① 吴天任：《梁启超年谱》第一册，广东人民出版社2018年版，第35页。
② 吴熙钊、邓中好点校，中山大学出版社1985年版。
③ 金世余《我国近代教会学校音乐教育影响管窥》，《交响——西安音乐学院学报》（季刊）第27卷，2008年3月。

诞辰日进行演奏。届时，乐声融融，古舞蹁跹，尊孔之礼可谓盛矣。在万木草堂这个文化团体中形成一套礼仪规章，自始而树立起了自己的崇高地位。

这在如今看来十分滑稽的活动，在当时可谓创意教学。加上弟子们乐此不疲地参与，其盛况可以想象，可谓盛大的文艺表演活动，其钟磬齐鸣之声，定然吸引了广州周边的居民前往参观。

康有为带领弟子们习礼，是他变法维新活动的一个组成部分，其目的就是在尊孔的形式下对封建制度进行改良。在当时，他为儒家教育注入新的内容，利用孔丘的权威，改革某些制度，应当说是一种聪明的办法，具有进步意义。但也表现了资产阶级改良派的不可克服的历史局限：他们不能也不敢同封建思想彻底决裂，时刻将孔子置于至高无上的地位，在这个旗帜下实现小范围的社会理想。

万木草堂没有正式的考试制度，完全靠功课簿观察学生功课的好赖，造诣的深浅，学生之中也不分班次，只在先入学的学生中选举出两名高才生作为学长，带领学弟们进行学习。

梁启超和陈千秋就是第一批学长。

然而这样的教学方法很快引起了家长的不满，万木草堂从学习的形式到内容似乎都不是冲着科考而来的，而家长都想让孩子通过在万木草堂学习进而取仕，长此以往，家长和孩子的梦想岂不是都破灭无疑？

这些问题有的间接传到康有为耳朵里，也有家长上门直接责问康有为。康有为笑着说："谁说万木草堂的学生不参加科考？我康某就是第一个要考举人的，不信明年看，我亲自带领他们上京赶考。""时代正在发生翻天覆地的巨变，汝等以为背诵一些四书五经，写一些八股文章就能取仕？笑话。看看西洋的船坚炮利，看看西洋的议会治理，看看人家怎样开船围绕着地球转圈，你们还沉浸在四书五经当中，你知道出题的翰林院也是这么想的吗？当下重要的是变，变乃天也！……"家长闻听此等宏论，自是无语辩驳，心生佩服，带着羞愧，悄然离去。

梁启超早就打好了学业的底子，如今在康有为门下只是改变学习方法，按照他的学术理论，接受他整套改良主义的思想体系，同时通过帮助康有为整理著作，不断思考完善康有为的这一套思想，实则也是苦苦思考中国的出路问题。

1890年至1894年，梁启超就在康有为门下如饥似渴地学习，接受了康有为整套改良主义思想体系。1892年，他在《读书分月课程》中比较详细地记载了他学习的内容和方法。他认为读经以明大义，读史为了证经，"百史皆经"。经以《公羊传》为主，史以《史记》《汉书》为主，兼读外国史。在此思想指导下，梁启超以今文经为主，博览群书，不断地充实自己。他的学习方法亦有不少可取之处，如博约结合，精读与泛览结合："学者每日不必专读一书。康先生之教，特标专精、涉猎二条，无专精则不能成，无涉猎则不能通也。"①

1927年，梁启超在康有为七十岁生日时写了《南海先生七十寿言》，深情回顾了在万木草堂的点点滴滴：

吾侪之初侍先生于长兴也，徒侣不满二十人，齿率在十五六至十八九之间，其弱冠以上者裁二三人耳。皆天真烂漫，而志气蹕踊向上，相爱若昆弟，而先生视之犹子。堂中有书藏，先生自出其累代藏书置焉。有乐器库，先生督制琴笙干戚之属略备。先生每逾午，则升坐讲古今学术源流，每讲辄历二三小时。讲者忘倦，听者亦忘倦，每听一度，则各各欢喜踊跃，自以为有所创获。退省则醰醰然有味，历久而弥永也，向晦则燕见，率三四人入室旅谒，亦时有独造者。先生始则答问，继则广谭，因甲起乙，往往遂及道术至广大至精微处，吾侪始学耳，能质疑献难者盖尟有

① 《饮冰室文集·专集》之六十九，第15册之《读书分月课程》，上海中华书局民国二十一年（1932年）。

之。则先生大乐益纵，而所以诲之者益丰。

每月夜，吾侪则从游焉。粤秀山之麓，吾侪舞雩也。与先生或相期或不相期。然而春秋佳日，三五之夕，学海堂、菊坡精舍、红棉草堂、镇海楼一带，其无万木草堂师弟踪迹者盖寡。每游率以论文始，既乃杂遝泛滥于宇宙万有，芒乎汤乎，不知所终极。先生在则拱默以听，不在则主客论难锋起，声往往振林木，或联臂高歌，惊树中栖鸦拍拍起。於戏！学于万木，盖无日不乐，而此乐最殊胜矣。

光绪十七年（1891）十月，梁启超接到李端棻来函，催他北上京师完婚。他想，这是人生大事，须有家长同去才妥，便写信给父亲，央求他陪同上京。但梁宝瑛回信说：自己在京没家没舍，如何去主持婚礼？叮嘱儿子自己前往，照新郎入赘的规矩行事。于是，梁启超便遵从父命，准备取水道，从广州经香港北上。行前，梁启超到万木草堂向康师辞行。康有为格外热情，立即吩咐康广仁添置酒肴，设宴为弟子饯行。

一年万木草堂学习生活之后，梁启超赴京完婚。康有为赋诗相赠，作《送门人梁启超任甫入京》三首：

（一）

道入天人际，江门风自存。

小心结豪俊，内热救黎元。

忧国吾其已？乘云世易尊。

贾生正年少，诀荡上天门。

（二）

登台惟见日，握发似非人。

高立金轮顶，飞行银汉滨。

午时伏龙虎，永夜视星辰。

　　　　　碧海如闻浅，乘槎欲问津。

　　　　　　　　（三）

　　　　　悲悯心难已，苍生疾苦多。

　　　　　天人应上策，却曲怕闻歌。

　　　　　冰雪胎终古，云雷起大河。

　　　　　系辞终未济，吾道竟如何？

　　珠江岸边的天字码头，送行的同学们已等候多时，见梁启超到来，便蜂拥而上，有的相赠盘缠，有的馈送红包。

　　汽轮升火了，陈千秋难分难舍地塞给梁启超一封信函。

　　"呜呜——"轮船的汽笛长鸣。

　　梁启超向岸边的同学们一再挥手告别，渐行渐远，广州城越来越小。同学们想必已经走在回去的路上，梁启超思潮起伏，他从衣兜中掏出陈千秋相赠的信函，展开来，是最为相投的同学所赠的送别诗：

　　　　　岂无江海志，跌荡恣游遣。

　　　　　苍生惨流血，敝席安得暖。

　　　　　……

　　再见了，万木草堂。

完婚之日，朝廷衮衮大员的笑脸为他绽放；在京城，这位年轻的才子的道路越来越宽阔。

5. 成为丈夫和父亲

十月，梁启超只身赴京"就婚李氏"，北京的天气已经寒凉。具体的就婚时间是哪一日，史料没有准确的记载，总之这一切妻兄李端棻都为他准备好了。

这一次的完婚大礼，远非订婚时那般低调。

李公馆门前高悬着一对绣着"囍"字的红绸灯笼。朱漆大门两旁贴着副对联，红底金字写着：彩笔题鹦鹉，焦桐引凤凰。横批：珠联璧合。

门口石阶周围，满盖着殷红色、五彩色的爆竹纸屑，像堆砌了一层厚厚的紫荆花瓣。侧边一座临时搭起的八音棚里，穿着大红长衫的乐工正在吹奏百鸟朝凤的乐曲。锣鼓声、唢呐声震耳欲聋，门前街道两旁，车水马龙，贺客络绎不绝。

内阁学士李端棻，这天头戴蓝顶双眼花翎帽，身穿补子礼服，脚蹬蓝缎宽口靴；满脸红光，笑容可掬，站立在二道门旁，抱拳作揖，迎接着贺客。这些天，李端棻尽管操劳过度，但依然神采奕奕。尽管厅房布置、发帖请客、酒席菜肴、婚仪嫁妆、大小事务，有子侄管家、内亲挚友帮忙料理，到底自己是一家之主，而且这桩婚事又是自己的主张，所以凡事都亲力亲为。按照门第观念，本应红门对红门。可是，自己却因爱才而选择这个寒门儒生，也有人说长道短，但他坚信自己的眼力，所以什么俗例也在所不顾了。从"下茶"到"纳采""问名""纳吉""纳征""请期""亲迎"这"六礼"，他都免的免、代办的代办，完全不需男家费心。

当李端棻正忙着招呼来宾时，一女仆传话说，夫人请他进后堂去。后堂金碧辉煌，光彩照人，中壁挂着一幅绣着金字的大喜帐，两壁悬满贺帐贺屏，琳琅满目。一式乌光闪亮、中嵌云母石的酸枝台椅，古色古香，摆列整齐。中间摆着香案，一对龙凤大礼烛爆出大大小小的烛花。李端棻刚跨进后堂，坐在椅上的李夫人就催促着说："快坐下来，时辰到了！"

骤然间，设在天井侧厅的八音奏乐了，乐队擂响了"八仙贺寿"的锣鼓。在震耳欲聋的音乐声中，甬道里传出嘻嘻哈哈的笑声，男女傧相、喜娘拥着盛装的新郎、新娘出厅堂。新郎梁启超头戴簪花的礼帽，身穿藏青色长衫礼服，肩披一条长红；新娘李蕙仙上身穿着红绸缎子大褂，下身穿着深红绣花百褶裙，小巧的金莲蹬着绣花缇边的红缎鞋。一张大红罗帕把头上的凤冠盖得隐隐可见。只有在她走动时才隐约可见流苏、簪钗摆动的影子。

梁启超从未见过这般阵势，此时他像个木偶一般，任人摆布履行礼仪。新人在傧相的扶持下，拜天地、拜祖先、拜亲长。直到施礼完毕，才由傧相送入洞房。

新房布置得华丽无比，梁启超内心充满喜悦。当他置身这喜气洋洋的官邸、当他瞥见一身花团锦簇的新娘时，内心已然无比满足，从海边渔村来到京城，如愿得到了心仪的新娘，自是荣耀。然而，无数的繁缛礼节还在持续进行，简直如折磨一般。

"姑爷，老爷有请。"丫鬟秋菊站在房门口高声地说。

梁启超徐徐站起身，跨出新房。

清雅的小客厅里，李端棻正神采飞扬地和一班达官贵人寒暄。看见梁启超进来，连忙呼唤道："卓如，快来拜见各位年伯年兄。"

大厅里倏然起了小骚动，人们的视线不约而同集中到这位新郎身上。

李端棻将梁启超带到一位年逾花甲、鬓须斑白、面貌慈祥而精神矍铄的官员面前，介绍说："这位是帝傅、加太子太保衔协办大学士翁大人。"

梁启超见这赫赫有名的翁同龢，的确气度不凡，恭敬地作揖："翁大人请受晚生一拜。"

翁同龢捋须微笑："免礼！免礼！"

李端棻又引梁启超向侧位坐着的老态龙钟、容颜清瘦的官员说："这位是侍读学士徐大人。"

梁启超作揖下拜："徐大人福安。"

徐致靖眉开眼笑："梁生免礼！老夫久闻南粤神童之名，今日得见，幸甚！"

李端棻又带梁启超到西边首席，指着一位年约三十岁、举止潇洒的官员说："这位是当朝太史公、翰林院编修文大人。"

梁启超正想施礼，文廷式连忙拦住，饶有风趣地说："梁生后生可畏，焉知来者？我看将来定主史笔呢。"

梁启超一揖："文大人过奖了。"

李端棻欲再介绍，只见举止文雅的杨深秀说："文兄所言极当。吾尝闻梁生十一岁吟出《登塔诗》，甘拜下风。"

李端棻对梁启超说："这位就是刑部主事杨大人。"梁启超又是一揖："杨大人过爱，学生失礼了。"

李端棻见时候不早了，便邀请同僚入席；梁启超也随男傧相前往大厅敬酒。

梁启超经过这番拜见，有幸和大官员谋面，立时觉得自己和官场的距离近在咫尺，内心暗自欢喜。在和新娘一起前往每围酒席敬酒时，脸上显露出少年得志的神采。他俩在男女傧相陪同下，首先来到首席桌前敬酒。这是李端棻伴饮的官员席，除了刚才介绍梁启超相识的几位大人物之外，另外还有几个知心好友，他们谈笑自如，神采斐然。各人从傧相端着的红漆托盘里拿起酒，一饮而尽，并纷纷掏出红包，放到托盘。

新郎、新娘同时施礼答谢。文廷式风趣地说："看到这对可人儿，酒不醉人人自醉啊！"说得众人哈哈大笑起来。

笑声中，新郎、新娘又转到另一席去了。

首席间的笑声依然未断。在觥筹交错的气氛中，李端棻对侧身的翁同龢悄悄地说："叔平兄，太后'归政'两年有余，为何皇上励精图治之心未显？"

翁同龢苦笑："'归政'？皇上依然受掣，奈何？"

李端棻朝他对面的文廷式问："文兄，你消息灵通，皇上决心若何？"

原来，文廷式曾在广州将军长善那里当过幕僚，与其子嗣志锐格外友善亲近。志锐的从妹瑾妃、珍妃于前年受宠，被光绪皇帝册封嫔妃，称呼文廷式为三哥，文廷式常得入宫晋见之机，获知宫闱讯息。文廷式见问，答道："皇上吗？最近挑读冯桂芬著的《校邠庐抗议》呢。"

杨深秀愤然说："皇上虽有变法之志，奈何狐群满布，不清君侧，何以施为？"

几双惊异目光注视着杨深秀，气氛突然一变。人们默默地投箸起杯。

徐致靖胸有谋略，慢条斯理地说："愚见以为，救国之道，首在人才；人才之现，须有伯乐。李学士为吾侪做出楷模，可敬！可敬！"

翁同龢语带幽默："我家缺凤，何能求凰？"

众人不禁大笑。①

---

① 陈占标、陈锡忠：《一代奇才》，花城出版社1989年版。

那些朝廷大员的笑容和褒扬之词将梁启超一下拖入了一个现实的梦幻之局，他似乎可以预见，这些人的这些笑容，像一扇又一扇的大门，似乎在向他大张，似在告诉他：请进来，大胆进来，你看到的将是另外一种风景。

那将是什么样的风景？他未曾预料，他只是痴心于这个国，这个朝，对这个世道的改造，他想起同学陈千秋在他临行前赠诗中的一句："苍生惨流血，敝席安得暖。"而此地，也就是京华，此刻却早已远离苍生了。那么这些大员们、妻兄李端棻大人的这番安排，这一扇扇的大门难道是为他远离苍生而开的吗？如果是这样，他还要进去吗？既然要进去，又如何改造这个王朝？若如康师的《大同书》中所写的一样，打造一个"大同无邦国故无有军法之重律，无君主则无有犯上作乱之悖事"，"天下为公"的世界，那么，眼下的这个局面不就是梦境吗？没有君主，哪有大臣？而这些为他笑意盈盈的人们都是大臣啊……唯有杨深秀，他倒是最为痛快，"不清君侧，何以施为"，而"清君侧"为了什么？就是施展自己的抱负！对，这是最正确的路线，果然是果断的壮士，这和康师的见解是因果关系，必须如此，才是立足"大同"的起点，才是"天下为公"的必要前提。

酒宴总算结束了。洞房内飞彩流金，芬芳四溢。且不说装饰温馨豪华，主要是此间有一位长梁启超四岁的妙龄女子，唯有她的存在才使得梁启超仿若从梦中回到现实，又似还在梦中。这个曾经见过一次的女子从此便是他的妻室，不知道上天在此刻的安排，意味着漫长的人生将是怎样的况味，在这个女子的相伴之下，他不知道他将放手四海，一个越来越庞大的家庭，将由对面这位凤冠霞帔的女子来操持，并让他在任何时候都没有担忧，他时而想起，时而忘记，一年半载不得相见将成为常态。这枝后庭之花，也未曾想到，此后她将多数时候独守空房，伴随着她的将是梁启超在海内外的不断回响的大动静，尽管天下人人皆知，然而，唯独她知道，这青灯书卷、含饴弄子的将来是何等的况味，是担忧，是怨怼，是自豪，是等待，是一次又一次的离别，是再而三的担惊受怕，是对他著作的精心整理。谁也未曾料到，他们的人生便如一个无形的小说家之手开始操控起来，如梦境一般。

这梦境正如罩在李蕙仙头上的红盖头，究竟是要掀开的。

掀开盖头。一个全新的人面对他。

接着打开朝门。一个全新的世界等待他。

婚后，李端棻不时将朝中动态告诉梁启超，不时暗示他这个世界的样子。

此间，梁启超应致函茶坑，告知祖父和家人他在京城完婚的情况，这是他作为一个长孙的起码礼节，然年谱和家书中均无收录。

直至春宵度过，春节过完，二月之后的三月初三之前，梁启超才收到家信：祖父镜泉公（梁维清）于正月二十日见背。自然，回去来不及了，只好修书致哀。同时也致函康师："……此时正公车咸集，忽于前数日接到家书，家王父（阿公）已捐馆舍。……启超叩禀，三月初三日。"① 显然，眼下已经是天下举人汇聚京城，准备参加会试，而考期自乾隆始，为三月初九、十二、十五日。

可见梁启超婚后至三月并未回粤，正是为了在京参加会试。而他在《自述》及《戊辰笔记》中又说："正月二十日，祖父镜泉公见背。二月，先生入京会试，夏南归。"显然两处书信函矢相攻，自相矛盾。

梁启超在李家准备考试，李端棻暗示他，准备私下打通关节，透会考试题。他把这话告知了妻子李蕙仙，李蕙仙大不以为意，问他自己怎么想，他支支吾吾，不敢面对妻子的质问。

李蕙仙自是明白他的心思，又问他："你自幼熟读《史记》，还记得

---

① 吴天任：《梁启超年谱》第一册，广东人民出版社2018年版，第64—65页。

司马迁是怎样为张汤、杜周写传的吗？"

梁启超心里一震，他岂能不明白此两位都是刀笔酷吏，妻子的意思是咱们不能像他们一样，在历史上留下污点，被人写入史册，遗臭万年啊。眼下，李端棻新任春闱副总裁，春闱副总裁是什么？主考官称总裁，副主考官为副总裁，同考官十八人，由皇帝钦派。李端棻是会试专员，大权在握。显然，早有人盯上了他，只要稍有不慎，他恐怕还没有走出考场，早已经臭名昭著，还怎么立身于当今，何况这也是授人以柄，将自己的妻兄置于死地的险棋，这自是千万走不得的啊！

梁启超越想越害怕，他早已明了妻子的好意，于是嗫嚅道："我已经答应了，怎么办呢？"

李蕙仙微笑道："解铃还须系铃人，办法你自己去想。"

这一晚，梁启超躺在床上辗转反侧，他想起自己的母亲平生唯一打过他的那个夜晚，想到眼下妻子的劝告，祖父和父母的庭训，心中愧疚难当。而令他格外敬佩的是李蕙仙，虽然她是一介巾帼，但在这关键时刻，却格外令人感慨，幸亏是她，如果遇上一个急功近利者，他的名节怕是被这次会试给毁了，那么自此以后，他还凭什么立世做人？

想来想去，他格外后怕，又万分庆幸，这位智慧的贤妻真如他的老师一般，这才是好妻子，在关键时刻，为他作出了慎重的决定。

李蕙仙见他痛苦不堪，便提醒他："兄长是无意间出此下策的，你用激将法，不就令他改变主意了吗？"

经妻子这么一点，梁启超终于想出了好办法。

一个好女人就这样让一个聪明的男人在关键时刻醒悟过来，教他成长、成熟，成为自己。

第二天早上，梁启超梳洗毕，便向李端棻书斋走去。

李端棻习惯早读。这时他正襟危坐捧读《资治通鉴》，看见梁启超到来，以为他来索试题，便说："过两天才可以。"

梁启超微笑着说："不，春闱副总裁，我是送一件东西来的。昨晚偶忆先朝姚文田公出典主考之际，尝撰联张贴，今书以奉献，未知合内兄意否？"

李端棻接过纸笺，只见上面写着：

科场舞弊皆有常刑告小人毋漏法网；
平生关节不通一字诫诸生勿听浮言。

李端棻一看妹夫这件书函，心中自是明白十分，对梁启超更是敬重有加，心想自己还是没有看走眼。只是欣赏地点头微笑了一下，便彼此明了。[①]而他哪里知道，这是自己这位深居闺阁的读书妹妹的杰作呢。

这件事情对梁启超的震动应该不小，绝不亚于其母幼时搂他，为他讲述说谎可致行乞的道理。然而，其史料均无记载，许是自愧羞惭，无意笔记；许是春宵一刻，无时间记录；许是会试在即，读书备考忙碌。否则，对于一个一生书写1400万字著作的梁启超而言，这些震撼心灵的大事，应该有所书写。

此年的春试自然试败了，但梁启超通过这场考试，得到的是高贵的至理。而送他这一礼物的人便是他的爱妻李蕙仙。

这一年的夏天，梁启超带着爱妻李蕙仙南归，李蕙仙倾其私房钱，为他购买了江南制造局的诸多图书。他们来到茶坑，行李其重无比，家人以为必是黄金首饰，岂料全是图书。

可以想象，李蕙仙随夫回乡是怎样的一种盛况。在这个偏狭的茶坑村，人们听说梁启超带了京城大官人家的小姐归来，谁不想一睹她的芳容。

---

① 　陈占标、陈锡忠：《一代奇才》，花城出版社1989年版。

梁家再次成为众人瞩目的焦点。村上不管是梁氏还是其他姓氏的都前往梁家，道喜祝贺，实则是看这个来自京城的大小姐。至于那些女孩子们，万般羡慕，却也不敢跨入梁氏大门去张扬，而她们心里在痒痒，聚在一起，将从别人嘴里得来的李蕙仙的言行举止互相告知，议论纷纷，都想看看她那京城的梳妆打扮，可惜无缘一睹芳容。

梁宝瑛也没有专门为他们收拾房间，只是让梁启勋腾出了一间相对比较宽敞的房间，安置了桌椅板凳，算是新房了。梁宝瑛是想让这个儿媳妇明白这个家的真实境地，好让她从此开始，打理这个家，为这个家的实际着想。

李蕙仙没有嫌弃这个家，她亲自和梁启超一起收拾了一下，安置好了行李。她特别喜欢那扇不大的窗户，从那里看出去，就是不远处的河流，以及河面上不时滑翔而过的白鹭。小河一派悠闲自得，似乎专为她的到来而设的。岸边是开满各色鲜花的树丛，羊蹄花最多；田野一片黄金稻浪；交错的河涌，鸭群戏水；红熟了的荔枝，挂满枝头；金黄的香蕉，弯弯欲坠；翠绿蒲葵迎风摇曳，遥遥向她颔首致意，她时常为这如画美景所陶醉。

而她所在的这个院落之外就是无数个互相依赖的大小院落，它们紧紧依靠在一起，像一群相依为命的人，这群人的背后就是熊子山，山上就是凌云塔，近在咫尺。

熊子山上那凌云塔是她早已从梁启超口中和他的诗歌中所了解的了，那叠绳堂也是她早已熟悉的。如今，首先要做的是去叠绳堂祭祖。

梁启超夫妇在梁宝瑛的带领下，沿着石板铺出的小路，亦步亦趋，似乎是去见阿公。叠绳堂在梁启超眼里，原本就是一个个先祖的牌位，是一缕香火缭绕的气息，是无声的家族威严。而今看来，却是阿公的一个所在处。与其说是去拜祖先，不如说是去拜见阿公。

而对于阿公，李蕙仙从梁启超口中所知甚多，可谓熟悉。二月底的时候，当梁启超收到家书时，他脸色苍白，在李蕙仙的反复追问之下，他才颤抖着双手，将那份家书递去。原来是他心心念念的阿公去世了。李蕙仙懂得梁启超悲痛的心情，她陪着梁启超来到小河边，寒风料峭，她为他的阿公点燃了一卷纸，火光中，梁启超的眼泪滑落下来……

他们走过不远的一段路，不远处都有女孩子和小媳妇站在街边，向他们问好，嬉闹。也有族人男子不时上前，问梁启超好，之后随他们一起去祖堂。

祖堂的大门缓缓打开，那声音暗哑，似乎带着多少的阻挠，似乎是在质问这个女子将能为梁氏做出多大贡献，为这个家养育多少人丁，这些人丁能为这个家族博得多大的荣耀。谁也不知道，这个名叫李蕙仙的女子此后将为丈夫做出巨大的牺牲和贡献，为梁氏构建一个人丁兴旺的大家族，培养出顶端的优秀才子和佳人。事实上，李蕙仙在后来的时光中展现了她非凡的才情，真正成了梁氏家族和中国的巨大的贡献者。

叠绳堂周围已经聚了很多孩子，也有一些梁氏的男子，前后打过招呼。但是没有多少人知道梁启超此时的心境，他急于在叠绳堂找到阿公，找到他的任何蛛丝马迹。叠绳堂的祖上牌位中新添了一块崭新的木牌，上面写着阿公梁维清的名字和生卒年月。字是端庄无比的隶体写成的，他一看就知道这是父亲的笔迹。阿公尚在的时候，多少牌位都出自他的手笔，那是他喜欢的陈白沙的书体，飞动有力的行草，而且要努力写出逝者的人生况味。

梁宝瑛早就安排二子启勋打扫干净了祖堂。他取了三炷香，点燃，三稽首，告知先祖，梁氏启超之妻李蕙仙认祖归宗，继而，带他俩三叩首。

梁启超再取三炷香，也是循着父亲的样子，带着李蕙仙一起再叩拜，叩首。他的眼神这一次专门盯着阿公的牌位，想起阿公当日领着他进入慈元庙的情景来，那些英雄志士在阿公的口中传递到了梁启超的耳朵里，至今回响不绝。

接下来的日子里，他们逗留盘桓在阿公的墓前，他们在船上看大海，看厓山，看忠烈祠，这个熊子乡，这个茶坑村，这里的江海礁石，大海的深处都成了李蕙仙特别喜欢的所在。这种喜欢是她自己无法想象的，虽然在他们定亲之后，她就开始无数遍地虚构，然而摆在面前，她还是爱屋及乌，进而发自内心地喜欢：旷远无羁的海水，巨浪滔天的海岸，淳朴彪悍的民风，朴素无饰的百姓。

之后他们专门去拜见康有为。师母欢喜无比，万木草堂焕然一新。这个曾经的学长时隔半年归来，自是有一番交流，师生欢聚，他将京城的所见所闻一一描述给他们。

1893年春节过后不久的二月二十八日，梁启超成了父亲，他的长女在茶坑降生，一声啼哭，给梁氏家族又带来一番喜庆。梁启超给她取名思顺，为的是纪念李蕙仙的出生地顺天府。

这一年梁启超继续在万木草堂讲学，此后和万木草堂的师弟韩云台讲学于东莞。此间，他除了讲《公羊传》之外，主要讲述康师在《大同书》中的思想，开始向弟子传播世界大同的思想，对一个世界的改造之法逐步清晰起来。这些思想如今看来似乎显得幼稚而空想，但在当时确领风气之先。在他慷慨激昂的讲学中，学子们知道需要他们做的是改变这个世界。如何改变？首要的是变法。他的变法思想也是在这一系列的讲座中渐次形成的。

梁启超在《清代学术概论》一书中将《人类公理》（后改名为《大同书》）的内容概括为如下几个方面：

一、无国家，全世界置一总政府，分若干区域。

二、总政府及区政府皆由民选。

三、无家族，男女同栖不得逾一年，届期须易人。

四、妇女有身者入胎教院，儿童出胎者入育婴院。

五、儿童按年入蒙养院及各级学校。

六、成年后由政府指派分任农工等生产事业。

七、病则入养病院，老则入养老院。

八、胎教、育婴、蒙养、养病、养老诸院，为各区最高之设备，入者得最高之享乐。

九、成年男女，例须以若干年服役于此诸院，若今世之兵役然。

十、设公共宿舍、公共食堂，有等差，各以其劳作所入自由享用。

十一、警惰为最严之刑罚。

十二、学术上有新发明者及在胎教等五院有特别劳绩者，得殊奖。

十三、死则火葬，火葬场比邻为肥料工厂。

上书！维新！变法！

两大巨人历史性地擦肩而过；就在康有为著作惨遭毁灭，康有为面临灭顶之灾，梁启超动用所有人脉斡旋拯救之际，康有为中举了。

一悲一喜。可悲的是两大巨人遗憾错过握手，可喜的是康有为中举之后，在家乡南海策划了一起"夺印哗变"，为他下一步让其声名大振的变法运动做了一次综合演练。

1. 毁书！哗变！

光绪二十年（1894）春日的一天，万木草堂门口出现了两位俊朗的年轻人，个头稍矮的一位穿着新式青年装，目光如炬，闪耀在白色的礼帽檐下，手提文明棍，卓然不群于俗流。另一位身材稍高一点，也是穿着新式装，手提公文包。他俩来到文明门，左拐百米处，便是万木草堂。这两位便是孙中山和陈少白。

他俩站在万木草堂的门口许久，仰望着康有为亲笔题写的"万木草堂"四个字，似在窃窃议论，正好有一学生看见，迎上来，他们也同时礼貌地轻扣了扣门扉。那学生一看这两位的着装格外新潮，便问："两位来此，有甚见教？"

"这位是毕业于香港西医学院的医生孙中山先生，我是他的同学陈少白，欲拜会康有为先生，烦请通报一声。"陈少白上前介绍道。

这位学生早就听闻有一位叫孙中山的，从香港西医学院毕业后，在岭南行医，似乎还在秘密结社反清，便急忙说："先生院内请——"

这位学生将孙中山二人引至客厅，便急忙向学长和师母禀报。师母张云珠一听是孙中山，心中自是敬畏，她早就从康有为口中听闻此人，如今需慎重接待。她急忙让学生将孙中山二人请到了家里的客厅。

孙中山和陈少白互相致礼介绍，孙中山未明就里，心想怎么康有为不出来相见，而让其妻子出面，便说："康先生讲授西学，著书立说，提倡大同，实为救国之真理，在下也拜读了他的著作，我们应该是同志，有许多共同的志向，我们应该在一起，拯救国家危亡，寻求救国出路。我二人愿意和康先生共同商讨……"

张云珠才知他们是来拜访沟通的，便不无遗憾地说："先生，甚为抱歉，三月初，他和其弟子梁启超上京去了，实在遗憾。"

孙中山自是失望，说务请康先生回来和他联系，若是下半年回来，有可能他在美国，还请设法信函联系，同时还留下了美国檀香山的地址，眼看不便多说，便遗憾告辞。

他们的这次擦肩而过，乃历史性的遗憾；若有这次会晤，历史或将会改写。

五月初六（6月9日），康有为在京外出乘车不慎伤了脚，只好回广州，却也没有和孙中山联系。同年十月二十七（11月24日），孙中山在檀香山组建兴中会，并决定归国实施起义。次年，康梁途经上海，和陈少白在上海会晤，陈少白陈述了他们的立场，三人叙聊融洽，对时局、对列强的看法大多相近，只是在谈到对清政府的态度时，康有为绝对没有推翻的意思，却也没有明确表达。一场含混的谈话就此画上了句号，两个立场已然泾渭分明：一个要保皇，一个要灭清。实则是两条路上的人。

就在孙中山他们前往万木草堂之前的三月，梁启超携妇将雏入京，寓居琉璃街新会馆驿。与其同行的还有师傅康有为，入京会试。六月，甲午战争爆发。是时，朝野不安，张之洞任两江总督，积极筹备对日作战，大有联手英国和俄国制衡日本的议论，清廷也有此想法。张之洞建议将东三省割让给俄国，将西藏割让给英国，以此为条件，联合抗日，而朝廷多数大员都想要联合俄国。据李端棻的消息，总理衙门已经和俄国达成了口头协议。梁启超在《南海先生诗集·卷二》中有按语说："当时两江总督张之洞建议割东三省与俄，西藏与英，赂使助我拒日，而盈廷联俄说尤盛，总署与俄使已有成言。"

梁启超在京积极和夏曾佑（字穗卿，时任礼部主事）、汪康年（字穰卿，1904年任内阁中书）多次书信联系，"广求天下人才"，"求人才总是第一议"。梁启超广求人才干什么呢？目的是传播救国、改良、变法的思想。这也是后来他的思想学说在青年学子中大张其道的原因。

七月，一件大事发生了。

给事中余联沅上了一道奏折，说康有为的《新学伪经考》刊行海内，非圣无法，蛊惑人心，煽动学子，号召生徒，离经叛道，比附孔门，在学堂内像孔圣人一样赐封陈千秋为"超回"（"回"指颜回）、梁启超为"轶赐"（"赐"指子贡）、曹泰为"越伋"（"伋"指孔伋）、韩文举为"乘参"（"参"指曾参）等，建议下令销毁《新学伪经考》，解散学观，惩办康有为。

此时，帝师翁同龢则称此书是"说经家野狐禅"，御史安维峻也奏请朝廷"将南海于义究办"。

随后，慈禧太后命令两广总督李瀚章"依议办理"。

当时客居北京的梁启超闻讯后，紧急求教李端棻。李端棻经过一番周密筹划，一则亲自出面致函运作，另则教梁启超如何运作，两人四处奔走，多方通力营救：请沈曾植①、黄绍箕②疏通李瀚章（李鸿章之兄），又

---

① 沈曾植，字子培，浙江嘉兴人，清末民初学者、诗人、书法家。沈曾植于光绪六年（1880）中进士，历官刑部贵州司主事、郎中、总理衙门章京。光绪二十一年（1895），与康有为、梁启超等参与成立"强学会"。

② 黄绍箕，浙江瑞安人。光绪六年进士。授编修，官侍讲，爱才好士，曾为康有为延誉。"戊戌政变"失败后，闻讯冒险告康有为，使康免于难，遂为荣禄所恶，辞官归里。不久，起用为湖北提学使，卒于官。

请盛昱①、文廷式致电广东学使徐琪②营救，还求张謇、曾广钧（曾纪泽的儿子）向翁同龢说情，亦说动曾广钧致电李鸿章。李瀚章命准补电白知县李滋然③核查。李滋然按照李瀚章的用意，在禀覆中轻描淡写地说《新学伪经考》虽然"自信过深，偏见遂执……岂足为定论乎？"意在开脱余联沅列举的罪名，几经周旋，李瀚章上奏朝廷：康有为"溺苦于学，读书颇多"，本意是想尊崇孔圣，乃至怀疑儒经及传经的儒学家，立言虽不免乖违，但还算不上"惑世诬民"，因此，由此方官谕令"自行销毁，以免物议"，对康有为本人则"拟请毋庸置议"。这份具有折中色彩的奏章得到了朝廷的认可。

《新学伪经考》"奉旨毁版"，而风波并未平息。有的守旧官僚认为李瀚章这样做"意在保全康有为，实为逆犯谋乱我中国张本"。广州城内也对康氏"谤议沸腾"。康有为只得避走桂林等地讲学。另一方面，所谓"自行销毁"事实上又不能禁绝此书及其观点的流行。

梁启超起用李端棻的官场关系，经过一番苦苦运作，总算保全了康有为。

甲午战争还在激烈地进行，战事越来越紧，一场更大的恶战是难免的。十月，在李端棻紧急安排下，梁启超和李蕙仙各自回乡，李蕙仙带着孩子回了贵阳，梁启超则黯然神伤，回了广州，写下了离别《寄内四

---

① 爱新觉罗·盛昱，字伯熙，隶满洲镶白旗，肃亲王豪格七世孙。光绪二年（1876）进士，授编修、文渊阁校理、国子监祭酒。因直言进谏，不为朝中所喜，遂请病归家。

② 徐琪，字玉可，浙江杭州人。光绪六年（1880）进士，授翰林编修。光绪十七年（1891），出任广东学使。三年任满回京，官至兵部侍郎、南书房行走。后遭弹劾免职。

③ 李滋然，重庆长寿人。光绪十五年（1889）进士。签分广东，任电白、文昌、曲江、揭阳、顺德、普宁、东莞等县知县。四充广东乡试同考官。光绪末年（1908），因力主办新学，废科举，遭上官驳诘。据理直陈，语刺督抚，被弹劾去官。

首》，其中两首这样写道①：

　　一缕柔情不自支，西风南雁别卿时。年华锦瑟蹉跎甚，又见荼蘼花满枝。

　　三年两度客京华，纤手扶携上月槎。今日关河怨摇落，千城残照动悲笳。

　　回到广州之后，意外的一场惊喜却在等着康有为。

　　原本差点被查办的康有为竟然中举了。这番戏剧一般的逆转，是康梁二人未曾料想到的。其中自然少不了前段日子里的多番运作的效果，更是少不了李端棻的努力。

　　然而苦苦等待来的中举，对康有为而言，并非全是喜庆，沮丧接踵而来，却为他次年举事奠定了基础。

　　这位先生带着这帮高徒，如今总算和弟子们学历相当，甚至大有赶超之势。他心中自有快意，万木草堂的门庭自是光耀无比，广州城内对康有为的诽谤自止，他甚至赢得了更多人的敬意。梁启超和学弟们选了一个吉日，托举着为康有为编纂而成的著作，作为献礼，郑重恭贺康有为中举。

　　面对众弟子的敬重，康有为内心的高兴是不言而喻的，但嘴上却说："我根本就无意科考，只是你们的师母整日絮絮叨叨，你们弟子都有几个举人了，老朽依旧如故咋行，老夫被她逼迫参加考试的，算不得什么喜事。"

　　康有为嘴上这般说，其妻早已安排了酒席招呼众人，免不了大作乐事，钟鼓齐鸣，馔玉排布。

　　获得了举人头衔的康有为虽遭弹劾毁书，但他也不是就此消沉的人，

---

① 方志钦、刘斯奋编《梁启超诗文选》，广东人民出版社1983年版。

他想要做一件事。他素闻家乡南海盗贼猖獗，而当时在籍知府、劣绅张嵩芬却私下与盗贼分赃，包括他们康氏家族也未能幸免。而他中举之后，正是声名鹊起，康氏族人多次向他苦诉这件事，而康有为也无力改变，整日唉声叹气。不料弟子陈千秋出谋划策，建议康师联合三十二名南海乡绅，弹劾知府张嵩芬，迫其将印鉴交出来。最终印鉴给了这位同是南海人的弟子陈千秋。陈千秋掌印之后，大力禁赌，原来的积习被彻底荡清。

康有为说：“大禁赌，宿弊尽清。而以禁赌持正过烈，又乡有被杀者，疑案也，礼吉以某富人行赂，疑其杀，持之甚坚，以是为众怨所丛，诸功未竟。”陈千秋其实就是康有为的一只手，而这位弟子也为这场夺印之变搭上了性命，在随后办理西樵乡同人团练局时，操劳过度，于次年二月十八日咳血而终。这位追随了康有为多年的聪慧弟子没有看到康有为和梁启超在中国大地上掀起的变法巨浪，死不瞑目地黯然离去。随后，南海县令杨廷槐乃追缴局印交还张嵩芬掌管。

而年前十月，康有为的另一个弟子、梁启超师弟曹泰也因感染瘟疫而死，四大门徒，两人休矣。

这场“夺印哗变”像一场闹剧，明里失败，实则成功。这次三十二乡绅联名罢官的成功，使康有为看到了另外一道巨大的曙光，这似为他随后策动“公车上书”的提前演练。

割地赔款的《马关条约》签订的消息传来，点燃了六百名来京参加会试的举人的怒火，梁启超等康门一众借此聚拢十八省举人，祭出了举世震惊的"公车上书"。

2. 公车之变

光绪二十一年二月十二日（1895年3月8日），梁启超陪同康有为北上参加会试，途经上海，在洋泾浜全安客栈和上京会试的谭镳邂逅，不胜欢悦。谭镳告诉他："陈少白也住在这里，此前来过，向我探问康先生住房，想拜访康先生。"

梁启超得知陈少白来找康有为，心下明白陈少白的心思。

谭镳却说："听说有人劝闻韶（陈少白原名）不要去见康先生呢，说康先生脾气古怪，谈不来就随便骂人。"

梁启超说："仲鸾（谭镳之号），我们快去找闻韶。"

两人来到陈少白所住房间，空无一人。找来茶房一问，也说不知道房客去了哪里。当梁启超折回自己住房时，忽听到房里有谈话之声。他从门隙窥望，只见和康先生对坐倾谈的是一位风度潇洒、气宇不凡的青年人，他估计就是陈少白了。为不干扰他俩的交谈，梁启超便坐在门外椅子上侧耳倾听。

"孙逸仙先生仰慕康先生崇信西学，有志于政治改革，去年本人随孙先生一同到万木草堂向康先生致意，希望结交，因故未谋面。"这是陈少白的声音。

"唔，似有其事。我要他具门生帖子前来，他没有来。"这是康有为不紧不慢的声音。

"现在孙逸仙先生派我来拜访。"

"有何见教？"

"目下国土沦丧，危在旦夕。而清廷腐败无能，不改革无以救中国。"

"很对。你们有何打算？"

"孙逸仙先生去年11月24日在檀香山火奴鲁鲁埠成立了兴中会，誓词是：驱除鞑虏，恢复中国，创立合众政府。宗旨是振兴中华、维持国体。"

"什么？维持国体，应该维持大清国体。"

"这个……"

梁启超见他俩话不投机，为打破僵局，只好推门而入。康有为正襟危坐，看见梁启超进来便向客人作了介绍。陈少白握住梁启超的手，热情洋溢地说："我们是同乡，亲不亲，故乡人。久闻盛名，今日幸会。"

梁启超也是热情地说："听说你名列'四大寇'，也是英雄啊！"

三个忧国忧民的志士围炉而谈，直到午夜方散。

拍碎双玉斗，慷慨一何多。满腔都是血泪，无处著悲歌。三百年来王气，满目山河依旧，人事竟如何？百户尚牛酒，四塞已干戈。

千金剑，万言策，两蹉跎。醉中呵壁自语，醒后一滂沱。不恨年华去也，只恐少年心事，强半为销磨。愿替众生病，稽首礼维摩。

抵京后，梁启超创作这一阕《水调歌头》时，文华殿大学士李鸿章已经与日本总理大臣伊藤博文签订了丧权辱国的《马关条约》，中国割让辽东半岛（后因三国干涉还辽而未能得逞）、台湾岛及其附属各岛屿、澎湖列岛给日本，赔偿日本白银二亿两。中国还增开沙市、重庆、苏州、杭州为商埠，并允许日本在中国的通商口岸投资办厂。

梁启超得到消息，愤然填词以抒愤懑之怀。

二月二十五（3月21日），消息电报至北京，从朝廷到地方，各级官员和上京参加会试的各省举人顿时炸了锅，义愤填膺。

见此情景，梁启超再也按捺不住愤慨之情，随后就去找康有为。

梁启超将情形向康有为作了介绍，随后说："先生，如今情势如此，我等该有所作为。"

康有为慨然说："情况我也大概知道。还记得去岁三十二乡绅联名夺印之变吗？"

"弟子自未能忘记。"梁启超说。

"眼下，同样的良机来了，确是举事的良机，联动全国举人，让他们明白天下局势！在此层面亦为学子联手的好契机，否则，以后再想联动，何其之难。"康有为双目炯炯，似有火光在燃烧，他知道这是何等难得的时机。

此时，梁启超看着眼前的老师，脑海蓦然涌出陈千秋在谋划联动南海三十二乡绅签名夺府印的事来。康有为也定定地看着梁启超，目光投射出一股令人难以琢磨的执着和坚定，他喃喃自语道："千秋啊，千秋，就这样做吧！"

梁启超见先生眼睛一眨不眨地盯着他，嘴里却念叨死去一个月的陈千秋，内心毛骨悚然，他说："先生，千秋已死，启超还在，您不必过于焦虑。"

"哈哈——，他没有死，他就站在我面前。"康有为的眼里闪烁出一股火焰般的光束，接着说，"通甫聪明绝世，曹泰好学奇文，人难伦比。

今不幸短命而去，奈何？卓如，汝算硕果仅存了！像他们一样，将此事业干下去：联名上书！"

梁启超恍然醒悟，康有为这是要将天下举人捆绑在一起，向朝廷上书啊！妙招。

梁启超和麦孟华穿街过巷，四处游说，终于串联了包括广东香山弗寿波、增城赖际熙、新会谭镳、新宁梁伯隽等各省一百九十名举人，起草请愿书，力陈台湾、澎湖万不可割。

当他们将请愿书递交至都察院，这里的官员却断然拒收："这等请愿，非我司之职责，汝等让我收下此书，递交上去，岂不是意味着我和汝等串联。"故未能上交。

在诸多的上书中，有两份来自广东，其中一份上书是《广东举人梁启超等呈文》，这一份有八十一人签名；而另一份是《广东举人陈景华①等呈文》，签名者多达二百八十九人。

其他各省举人均有一份呈文，缘何唯独广东有两份呈文，其中自有一段因由。原来康有为一直认为他被毁书禁言的弹劾是陈景华贿买他人所为，所以，他没有出面，而是让梁启超挑头，但无论此事真伪，康有为和陈景华互相敌视是无疑的。另则，康有为刚刚被毁书禁言，"粤城谤不可闻"，参加上书的多数举人皆不愿与之为伍。至于康有为有没有别的计划，亦未可知。陈景华是香山人，是孙中山的坚定支持者。由此可见，仅从人数看，革命党人的签名人数已经远远大于康梁保皇派，这种局面已然铁定。而此时，他们却是一致的，对这份条约的签订，他们同仇敌忾。

此时，梁启超之前延揽人才之举显示出了无尽的力量，他立即东奔西簏，日夜不息，联络十八省举人，站起来，一致上书反对。广东、湖南同日先上，各省随之而动，台湾举人上书时恸哭不休，眼看着痛失家园，

---

① 陈景华（1863—1913），字陆畦，自署无恙生，广东省香山县南屏镇人，中国近代民主革命家。光绪十四年（1888）中举人，曾先后出任广西贵县和桂平县知县。

其悲切激愤动人心魄，整个场面看起来格外感人。"各自联署麇集于督院者，无日不有"①。

最终，失望至极的梁启超只好再去宣武门外米市胡同的南海会馆，和康有为商议如何是好。

南海会馆乃岭南建筑风格，别院回廊，老树浓荫，巨石嶙峋，小桥流水，其中有一小室如舟，名为"汗漫舫"，康有为喜爱此处家乡般的幽静别致之所。

此刻，汗漫舫内，挤满了来京会试的各地举人。梁启超至此，悄声地向康有为报告都察院拒收请愿书之事，康有为皱眉，端起茶盅，呷了一口，皱眉沉思片刻，对梁启超耳语道："卓如，此时须要激励他们。"

"诸位，都请到室外，好说话。"梁启超走出汗漫舫，站在假山的一块石头上，大声说："诸位学士，诸位，大家想必都看清楚了，朝廷这是开门揖盗啊，割地求和，台湾、澎湖，难道不是我们的国土吗？'天下兴亡，匹夫有责！'据我所知，目前李合肥（李鸿章）虽然是签了条约，但还没有交换约书，刚才，我们一百九十多名举人起草了请愿书，上书都察院，力陈不能割地求和，却遭到了拒收，诸位，我等应该群策群力，尽我们读书人的一份责任，如何保住我们的国土，请大家建言献策！"

震惊、屈辱、悲愤，顿时写在这些举人们的脸上。

举人们骚动起来，群情激愤。

"请愿！强烈要求革职李合肥！他是无耻之徒！"

"动作起来！既然尚未成定局，请愿收回签约，还为时不晚。"

"都察院不收，我们全部举人到午门聚会请愿！"

……

见众多举人义愤填膺，康有为这才缓缓站起身，咳嗽了一声，大声疾

①　见梁启超：《戊戌政变记》。

呼："诸位所言极是，情势危急，此次请愿事关我大清国土，诸位，当下要做的是尽快串联全国各省举人，再等候定期集会之时间。尽快请愿！"

康有为讲完，众举人诺然散去。

康有为转而说："卓如，我连夜草拟万言书，你与孺博整理成文。择日在松筠庵开一次公车大会，签名上书。"

梁启超留在汗漫舫连夜撰文，按照康有为的提议拟初稿，此书题凡三事：一曰拒和，二曰迁都，三曰变法，一切终究归集于变法。他才思敏捷，有如江河急湍之下，一泻千里，熬了一个不眠之夜，草就了"万言书"。

翌日早晨，他把"万言书"交给康有为，说："我去李公馆，让李大人鼓动朝廷有志之士，一起加入，成效定然更佳。"

康有为深以为然，让他尽快前往。

梁启超赶至李府，李端棻看到梁启超双目充血，匆匆而来，便问："卓如，又熬夜了？"

梁启超把昨日之事讲述一遍，并请李端棻去串联那些有维新思想的同僚，一同联名上书。

李端棻听完，点头说："嗯，主意倒是不错。如今，情势有所转机。翁大人进入了军机处，李合肥被革职留用。守旧派初受打击。然此事我暂不出面，但我可从中引线，或可成行。"

梁启超称谢，离开李公馆，又到各处活动。

梁启超等人第一次上书都察院被拒之事，点燃了各省举人心中的怒火，群情激愤，接续投书。

先有湖南省数十名举人诣都察院递书，接着各省举人先后响应，势成燎原之火。从三月二十八日至四月初六，都察院门外，车水马龙，冠盖云集。都察院为情势所迫，请愿书是收下了，却——如泥牛入海，没有任何的回音。各省举子有的投书，有的询问上书后的结果，均被支吾而过。这些敷衍更是点燃了各地举子的不满情绪，他们未被尊重，原本自以为了不起的这些学子们突然觉得在朝廷眼里，他们原本什么也不是，这下，他们内心的骄傲和自尊受到了严重的挑衅。

见此情景，梁启超、麦孟华便乘机鼓动，相邀前往松筠庵集会，商议下一步行动。

四月初八日（5月2日），宣武门外大街达智桥附近的松筠庵，车马盈门，举子云集，义愤填膺。

康梁之所以选择此地聚会，也是有另一层不言而喻的深意。这座园林别墅，原是明朝大臣杨椒山故宅。园内一间"谏草堂"，就是当年杨椒山冒死草书谏疏的所在。此地历来是谏言诸公集议军国大事，或联名上疏聚会之地。草堂正中，摆着一张紫檀木镂通花的八仙桌，桌边已然坐定了几位支持上书的朝廷大官员，有头上盘着辫子椎髻的侍读学士、珍妃的老师文廷式；虎头细目、身长腿短的武官温处道袁世凯；学究架势、眼光阴鸷的翰林院编修徐世昌等。

这些朝堂之上可呼风唤雨的几个人端坐堂中，给个别胆小怕事的举子以百倍的信心，数百举人，人头攒动。

麦孟华站起身来，慷慨激昂地讲："诸位，方今外侮日亟，国祚危殆。故集热血君子、仁人志士于一堂，共商御侮之方、谋求救国之策。今草就上皇帝万言书，由梁卓如君宣读。"

众人的目光转向坐在八仙桌旁的梁启超。

梁启超身穿灰色西装、白衬衣，白衬衣衣领下打着蓝领结，英气逼人。他霍然站起，精神抖擞地环视周围一眼，以带粤语口音的官话朗读起来，全场鸦雀无声：

"此为鄙人所拟请愿书，请众学士审议。"梁启超稽首，宣读正文，"为安危大计，乞下明诏，行大赏罚，迁都练兵，变通新法，以塞和款而拒外夷，保疆土而延国命，呈请代奏事。窃闻与日本议和，有割奉天沿边及台湾一省……天下震动。"

　　人们听到这里，早已骚动起来。几个台湾举人闻听此言，面对国内众多举子，委屈内情难忍，加之眼下群情激昂，为他们的故乡而起，又是一番难耐的感动，不禁放声痛哭起来。

　　梁启超提高了嗓音："窃以为弃台民之事小，散天下民之事大；割地之事小，亡国之事大，社稷安危，在此一举。"

　　坐在八仙桌前的文廷式不禁击桌伸怀。

　　这一击桌，又激起了众多举人的愤慨。

　　梁启超继续念着："窃以为今之为治，当以开创之势治天下，不当以守成之势治天下；当以列国并立之势治天下，不当以一统垂裳之势治天下！"

　　众人频频叫好。

　　梁启超念完，数百举子奋臂扼腕、热血沸腾。

　　梁启超站在椅子上，高声喊道："同意上书的，请签名！"说完，签写下："梁启超卓如广州府新会县人。"

　　接着，麦孟华、梁朝杰、谭镳先后签了名。

　　各省举人蜂拥而至，争相签名，共有六百零三名举人签了名。

　　等签完了名，梁启超振臂呼喊："诸位，到都察院去请愿！"

　　人流如潮，从松筠庵涌向城内的都察院。

　　原本碧空如洗的好天气，骤然乌云压城，大有山雨欲来之势……但上书的人群全然不顾，由梁启超领头，高喊口号，沿途张贴揭帖，浩浩荡荡来到都察院门前。

　　那些守门的兵勇戒备森严，如临大敌，把举子们拦阻在门外。梁启超想越过警戒线，呈递上皇帝请愿书，却遭到兵勇们的拒绝。

　　僵持之际，院里走出一位头戴素金顶子帽的官员，色厉内荏地吼道："总宪大人不在院里，大家快快散去。"

　　人墙岿然不动。

梁启超振臂领呼："拒签和约！惩办卖国贼！"

众声喧哗，声震霄汉。

一个新的时代从此刻此地开始。

这时，一乘锡顶绿呢中轿在一群亲兵前吆后拥中缓缓而至，梁启超率众上前挡住去路。

轿帘被挑开一线，伸出一颗肥硕的大脑袋，大声吆喝："何事喧嚣？"

梁启超呈上《上皇帝书》，不卑不亢地说："十八省公车，一千二百人联名上万言书，请大人转呈皇上御览！"

轿帘垂下来，从轿里发出一阵自得的声音："迟啦！和款已盖用御宝了！"

一道闪电划破了沉暗的天幕，一声炸雷从天而降，仿佛天被撕开了裂缝。

梁启超一众一听这句话，顿时泄了气。

狂风暴雨猛然席卷而来，众举子站在风雨中，泪水和雨水交织，有人哭喊道：

"我的台湾啊！"

"我的澎湖啊！"

……

风雨寒凉至极，失落毁败之际，举人们和着泪水雨水，渐次散去。此后渐次各归其乡里。

是为"公车上书"。

"公车上书"之举虽然没有下文，但是，瞬间点燃了各地举子的思想火光，他们将朝廷的腐败和对时局的见解带回各省，各省的青年学子们首先启蒙，并在后来屡次的救亡图存中显示出了后劲。

自此，康有为和梁启超的大名誉满天下。

5月3日，"公车上书"中没有签名的康有为登上了会试榜，"二甲四十六名进士，复试三等四名，朝考二等一百二名"。

梁启超试败。

这一年会试的主考官是徐桐，同治帝的师傅，是典型的守旧派，后深得慈禧赏识，八国联军入京后自缢而亡；副考官是李文田，广州府顺德均安人，咸丰年间探花。李文田批阅梁启超试卷时，大加赞赏，但此时试卷尚未启封，只知道是广东考生，却不知何人。便和徐桐商议，可否录取。面对试卷内容，徐桐对其文采学识倒也无可厚非，他见是广东试卷，猜想一定是康有为，此前声名在外，告诫李文田，此人要谨慎，不敢轻易录取。作为副考官的李文田只好惜别此卷，然而心中难免遗憾，只好在卷末惋惜地批了两句诗："还君明珠双泪垂，恨不相逢未嫁时。"无奈之情绪跃然纸上，一个士子之良心在在可见。梁启超后来闻听此说，甚为感动，李文田如此看重自己的试卷，自是心中存了一份敬重。

5月5日，清廷授康有为工部预衡司主事。不过他并未到任办事，却在5月29日，上书《为安危大计乞及时变法富国养民教士治兵求人才而慎左右通下情而图自强以雪国耻而保疆圉呈》，即所谓《上清帝第三书》，6月3日由都察院代递。

甲午战争惨败让光绪帝急于雪耻，见到奏折，正写出了自己的心事，随即下令另行抄录，于6月7日，呈慈禧太后。6月11日（光绪戊戌二十四年四月二十三日），光绪帝颁布《明定国是诏》，宣告维新变法。此诏书颁布后，立即轰动全国。梁启超在《戊戌政变记》中写道："上既决心……一切维新基于此诏，新政之行，开于此日。"

然而，年轻的光绪帝未曾料到这"明定国是"只是他一厢情愿，慈禧一众并没有和他一样，想要改变眼下的局面。

朝中的博弈正在激烈进行。

6月15日，慈禧太后"勒令上（光绪帝）宣布"三道谕旨和一个命令：将户部尚书翁同龢革职遣回原籍；规定此后凡授文武一品及满汉侍郎之臣工，各省将军、都统、督抚、提督，均须到太后前"具折奏谢"；宣布当年秋光绪帝"恭奉"西太后"天津阅操"；将王文韶调进清廷枢府，命荣禄"暂署直隶总督"。显然，赶走翁同龢是要孤立光绪帝，重要官员的任职由她说了算，任用王文韶和荣禄则是为了控制军权，而天津阅兵更是一个巨大的阴谋。

然而，光绪帝也是破釜沉舟地要进行变革。6月16日，光绪召见康有为。康有为面陈变法求存的必要性，变法的根本问题所在是守旧大臣的无用，要大胆使用有才能的小臣，开民智，废八股，办学校，译书，派人留学等。之后，光绪帝任命康有为"在总理各国事务衙门章京上行走"，并决定设制度局及其所辖的十二局。最终由于遭到保守大臣的抵抗而失败。

6月23日，光绪帝再次颁诏，废除八股取士，"一律改试策论"。7月3日，光绪帝召见梁启超。作为维新派的领袖人物，光绪帝原本早就想召见梁启超，但由于保守派官员作梗，迟迟推脱至此。梁启超作为"布衣"被召见，认为皇帝"求才若渴"，被召见后，"赏给六品衔，办理译书局事务"。

得到任用的梁启超认真办理译书局，同时创办了编译学堂。

由于上谕变法图强的倾向明显，获得了大多数官员的支持。博采众长之后，8月11日，上谕再次强调了支持、鼓励和保护创办民营企业。此折包括了两大部分内容：一是提出了以"富国、养民、教士、练兵"为中心内容的自强雪耻之策；二是为实现此目标所应采取的求人才而擢不次、慎左右而广其选、通下情而合其力等具体措施富国之策，是国家发行钞票，民间筹款修筑铁路，开办机器厂，设立轮船公司，开发矿山，各省设平知立局厂，自造银圆，官办邮政等。

慈禧太后有多么的不愿意，在此刻也暂且按下了。

一个要挺身抗争，一个在暗下里咬牙切齿地答应了他。

经梁启超一手编撰，一份充满着变革精神的《万国公报》，悄然摆在朝廷官员的面前，像一股瓦解和崩溃前的洪流，正在催动着腐朽的朝廷。

3. 一腔热血渐成冰

康有为中了进士，对众多弟子而言，毕竟是好事一桩。也为他们在败局中增添了一道不明不暗的亮色。一场庆祝宴在不小的范围内于南海会馆举行不提。只是在这次的聚会中，康有为满面喜色地告诉弟子们另外一桩可喜可贺的事，"公车上书"之事引起了洋人的关注，他们在事后来到南海会馆找到了康有为，康将"万言书"交给了他们，不日将在上海《申报》刊出。

1895年7月10日，上海《申报》刊登了一则整版广告："新出石印《公车上书记》……寄售上海四马路古香阁书庄。中日和约十一款，全权大臣电传至京，举国哗然。内之部曹，外之疆吏，咸有疏争。而声势最盛、言论最激者，则莫如各省公车联名同上之一疏。是书系粤东康长素先生主稿，洋洋洒洒，万八千字，皆力言目前战守之方、他日自强之道。近闻美国公使已将书翻译至美。前《新闻报》曾按日排登，然未得全豹，不及十分之一，凡迁都、练兵、变通新法诸说，皆缺如焉。兹觅得全稿，并上书姓名，石印成书，以餍众目而快人心。每部实洋两角。"

至8月12日，这则广告在《申报》上共刊登了七次。这本有"光绪乙未（1895）上海石印书局代印"字样的《公车上书记》说，"公车上书"就是康有为联合各省在北京会试的举人一千三百余人签名上书，要上的是康有为起草、主张维新变法的《上清帝第二书》。

无论如何，这无疑是梁启超没有意想到的一桩好事。原本在坊间流传的事如今白纸黑字刊登在报纸上，此举很快成为了舆论焦点，果然很快引起了国人普遍的关注。

"公车上书"一时成为正义之举，成为相对朝廷无能的反面教材，有志之士皆为之而一振。

梁启超受此舆论的启发，来到了李公馆，寻求李端棻的支持，他要掌控舆论，拥有话语权。

梁启超向李端棻详细讲述了上书的经过。李端棻感慨系之，说："近日有个叫严复的，最近在天津《直报》发表《原强》等文，颇有影响。你所撰的《公车上书记》已在上海刊行。皇上也早有耳闻，皇上已明白'非变法不能立国'，看来维新势成定局。"

梁启超听完此话，目光灼灼，又问："此事我也有所耳闻，至此，我尚明白舆论之力量可谓强大，故此在下也想办一份报纸，不知妥否？"

李端棻摇着脑袋说："好是好，却也难。不可公开刊行。"

梁启超说："秘密印行如何？"

"也不是长久之计。"李端棻沉思一刻，说："有份《官邸》，是总署刊行，分送京都各大小衙门的。唔，可否从中找出路？"

梁启超喜极，他对李端棻低声细说了一番自己的想法。

梁启超倾其全力，把办报视为开风气、启民智的首要任务："报馆之议论，既浸渍于人心，则风气之成不远矣。"[①]为此他按照和李端棻、康有为商定的计划，邀约麦孟华相助，投入报纸编排出版工作。

---

① 丁文江、赵丰田编《梁启超年谱长编》，上海人民出版社1983版，第40页。

北京城南宣武门外后孙公园一间旧屋，梁启超租赁此处，作为报馆，取名《万国公报》。《万国公报》原本是美国教会在上海创办的一份教会报纸，梁启超巧妙借用此报名，将自己的维新变法主张一一植入其中。当时的报纸像小册子，分册订装，隔日出版一册，文章不署名。报纸出版后，梁启超利用《官邸》的送报人，把《万国公报》夹带送到各官衙里，官员蒙顿不知究竟出自哪里，大都以为是总署印发送来的。

《万国公报》是维新派在北京出版的第一份报纸，也是梁启超为宣传维新救国而创办的最早的一份报纸。报纸内容，除转载上海广学会和其他报刊文章外，全部撰文皆出自梁启超和麦孟华两人手笔，自然是匿名的；分军、学、政各类。《万国公报》登载了不少重要文章，如《地球万国说》《通商情形考》《学校说》《铁路通商说》等。这些文章，着重宣传"富国""养民""教民"的思想，基本上是阐释"公车上书"的变法主张。

8月17日，《万国公报》悄然出现在清廷官场，震动不小。特别对具有维新思想的官吏，该报更增强了其改良的决心。

康有为对梁启超所办的《万国公报》，大为赞赏。报纸每天需要经费二两银，均由康有为独力支持，后来，虽然有陈炽、张权（张之洞之子）相助，终究杯水车薪，难以为继。

此时，北京维新人士筹划学会。在一次聚会中，袁世凯等人对《万国公报》大为欣赏，得知该报是康梁二人在幕后操作撰稿，更为赞赏。一众人兴致勃勃地要听听办报的情形，同时也认可报纸对维新变法的宣传推动之力是不可低估的。

梁启超顺势谈了他主持的译书局办报经费短缺的处境，当场袁世凯拍着胸脯，要筹集两千两白银，作为该报纸的办报经费。梁启超见大伙对此如此支持，也更加对《万国公报》信心十足。9月21日，梁启超兴致勃勃地致函夏曾佑说："此间数日内袁慰亭（世凯）、陈仰垣诸人开一会，集款已有二千（原注：此后尚可通达官，得多金），拟即为译书刻报地步。"然而此后，梁启超和麦孟华再也没有听到过袁世凯等人资助款项的后话，《万国公报》便陷入困境。梁启超对袁世凯略感疏离。

接着，参与筹备学会的张孝谦①、褚成博②等人，又攻击、排挤康有为。康有为再次陷于被动局面，于10月17日出京南下。

《万国公报》在短短两个月之后，悄然停刊。

一个月前，康有为约梁启超、麦孟华以游西山大觉寺为名，密商下一步开创维新局面的办法。密谈中，康有为对朝廷所赐的官衔大为不满，他也从来没去就职。同时叹息他的第四次上书就没有抵达，全是因为朝廷的顽固派阻梗作祟。

梁启超求教下一步该如何推进维新变法。

康有为没有及时回答，只是一个劲儿在前面走，似乎在不断攀援中寻找出路，不时停下来喘口气，回望颐和园和其下碧波荡漾的昆明湖水，等行到大觉寺，他抬头看到寺院门额上刚劲有力的隶书题匾"大觉禅寺"四个字时，久久未动，他似乎从这四个字中看到了什么。

康有为站了很久，说出两个字："合群！"

继而转头又看着慈禧此刻所居的圆明园，似乎在用这两个字来对抗隐身圆明园中的一朝顽固遗老。

梁启超懂得康有为的心思，师徒二人对佛法均颇有研究的，他也恍然大悟地点头说："对，应该组织自己的团体，将所有的朝廷力量整合在一起。"

这一晚师徒三人住在金刚宝座塔上，临高远眺，借着清辉的月光，欣

---

① 张孝谦，河南商城人，光绪十五年（1889）进士。光绪二十一年（1895）在北京参加发起强学会，任正董，从事维新变法活动。后主持官书局局务。

② 褚成博，字伯约，号孝通，杭州余杭人。光绪六年（1880）庚辰科二甲进士，散馆，授翰林院编修。光绪十五年补授江西道御史，历任礼科给事中、惠潮嘉兵备道及乡试会试考官等职。

赏山下烟雾朦胧的京城夜景。

　　梁启超从西山回来，根据"合群"的方略便着手筹备组织强学会，选定《万国公报》所在地的后孙公园为强学会会址。而成立前活动的地方，是北京城南宣武门外的陶然亭。

　　陶然亭原是清乾隆年间工部郎中江藻所建，故又称"江亭"，靠近慈悲庵。甲午战争后，一班帝党清流派如文廷式、汪大燮、黄绍箕、徐世昌、沈曾植等人，每隔几天，便来这里诗酒聚会。

　　9月的一天，康有为、梁启超相约一班官员集会于嵩云草堂。应邀前来的有翰林院侍读学士文廷式、户部郎中陈炽（次亮）和内阁中书杨叔峤（杨锐）等十数人。会上商议了强学会组织章程，推定陈次亮为提调、张巽之（孝谦）协助、梁启超为书记员。即席义捐，一举而得数千金。后来又得到湖广总督张之洞赠银三千两，两江总督刘坤一、直隶总督王文韶各捐银五千两。并即席商定，以后三日一会于此，共商学会会务。强学会的组织初具规模，会务便交由梁启超负责了。

　　而康有为却被冷置一边，原因是张孝谦、褚成博等人的排挤。此后，又听到了这些人对自己的言论攻击，康有为一气之下才离京南下。借故为扩大影响，康有为离京前往上海等地组织强学会分会。

　　11月17日，强学会正式开局，名为京师强学书局。

　　12月16日，强学会决定将《万国公报》改名为《中外纪闻》，专以报事为主，以梁启超、汪大燮①为主笔，又专门聘请美国传教士李佳白翻译西书。双日刊，木活字印刷，每册连封面约10页。虽然发刊仅有月余时间，但在维新宣传方面以及在中国近代政治史、新闻史上，都占有一定的地位。而作为主编的梁启超更是夜以继日，焚膏继晷，费了不少心血撰稿编排，组织刻印。

───────────

① 汪大燮，原名尧俞，字伯唐（一作伯棠），浙江钱塘（今杭州）人，晚清至民国时期外交官、政治家、北洋政府国务总理。

在这个由维新派人士和朝廷官员组成的团体中，梁启超只是执笔辛苦的人，没有什么实权。但得到了朝廷大员如军机大臣翁同龢和李鸿藻[①]、户部尚书孙家鼐、户部左侍郎张荫桓，以及封疆大臣张之洞、王文韶、刘坤一等的支持。

从一开始就成了一个各怀鬼胎的组织，朝廷官员眼看着清廷腐败的局面，新的势力必然成长，强学会是当时不二的新生事物，因此，各种想法的官员都开始加入，甚至都要在其中博得一席之地，已经为将来的地位开始着想。而维新派康梁等人毕竟缺乏政治斗争经验，一群书生，哪里是游走于官场、江湖的对手，在三日一次的交手中，强学会的四个正董后改由表面赞成维新的陈炽、丁立钧、张孝谦、沈曾植担任，与维新派关系密切的真正的维新人士反被排挤了。

尽管如此，顽固派还是要扼杀强学会。

终于有一天，张孝谦紧急通知大家："我从军机处得到消息，皇太后批下杨御史（杨崇伊，李鸿章的儿女亲家）的弹疏，要查办强学会，大家火速搬迁。"

张孝谦提出向李鸿章献好，有人提出去疏通杨御史，也有人建议去找翁军机和李军机。众说纷纭，全无定见。

梁启超力排众议，对汪大燮说："此时此刻，求佛无灵。汪大人，我两人具呈，将事体内幕告诸皇上，诉诸天下！"

汪大燮表示赞同。

这时文廷式匆匆赶来，丧气地说："上谕已下，着都察院查办封禁强学会。为今之计，卓如快去找李教士出面保存会里的东西。"

梁启超几经周折，才找到英国传教士李提摩太，但并没有从李教士口中得到什么确切的表示。洋人不肯贸然插手朝廷内部复杂的斗争。

---

① 李鸿藻，字兰荪，号石孙、砚斋，河北保定人。同光年间的清流领袖，晚清主战派重臣之一。

至此，强学会改组成官书局，清廷任命孙家鼐管理局务。孙投靠了后党，维新派再也无法染指强学会了。

强学会改姓，《中外纪闻》自成了陪葬品。梁启超失去了这个舆论阵地，心情忧郁。

1896年2月19日（正月初七），梁启超应妻兄李端棻邀约，抵府陪伴亲友开春。席终人散，李端棻带着几分醉意，将一张纸笺递给梁启超，神秘地说："这是从宫里传抄出来的，皇上的近作。"

梁启超双手接过诗抄，只见写着：

> 清品宜供案，奇英尚满膛。
>
> 幻观参众相，微笑悟三乘。
>
> 数处流仙梵，谁边礼佛灯。
>
> 素心抛一友，青服对诸僧。

梁启超看罢，欣然于色地说："皇上诗品，不仅格调严谨、声韵悠扬，而且隐现适度，饱含寄托。"

李端棻说："是寓意于寄托。明是悟道，暗里是想要逃出'如来佛祖'的掌心呢。"两人不免慨叹一番。

李端棻转而发问："你下一步有何打算？"

梁启超答道："黄遵宪电召我南下上海。我也想离开京城，去上海看看。"

李端棻说："他是你们广东嘉应老乡，去看看无妨；同时，你该去看看蕙仙和思顺了。"

　　他紧握笔管，充分发挥报纸和舆论的威力，在上海办起了《时务报》。一时，中国的舆论工具掌握在梁启超手里，他的言论引领着万千士子的思想，他要以最大的善意来改造这个世界。

4. 佛光中的《时务报》

　　春三月，梁启超抵达十里洋场的上海。

　　梁启超自然先到跑马场原上海《强学报》社址去探询。但屋已易主，人事全非。新屋主告诉他，旧物及报社文稿皆已交由汪康年收存了。此时，汪康年已经辞去两湖书院分教之职，抵达上海。

　　二月，梁启超曾给汪康年写过信，表达过如果《强学报》办不下去，就打算去湖南的想法：

　　时局之变，千幻百诡，哀何可言！黄门以言事伏诛，学士以党人受锢，一切情节，想铁樵伯唐书中详之，无事琐缕。南北两局，一坏于小人，一坏于君子。举未数月，已成前尘。此自中国气运，复何言哉！此间虽已复开，然入无赖，贤者羞之，腥膻之地，不复可以居也。兄在沪，能创报馆甚善。此吾兄数年之志。而中国一线之路，特天之所废，恐未必能有成也。若能成之，弟当唯命所适。湘省居天下之中，士气最盛，陈右帅适在其地，或者天犹未绝中国乎。若报馆不成，弟拟就之。事变太亟，而我辈所欲为之事，无一能就，动念灰心，如何如何！

彼时，梁启超在瞬息万变的变局中做着最快的应变，已然做了最坏的打算，先来上海办报，办不成就去湖南。信中给汪康年所说再真诚不过，此时两人见面，无须多言，情形已然明了。寒暄一番，当谈到上海《强学报》厄运时，汪康年道："上海《强学报》仅出三期便遭封禁，强学会又被解散。真是可惜。"说完，摸摸嘴唇边密密麻麻的胡髭，呷了口香茶。

梁启超问："遵宪黄公电召我来沪，不知何意？"

汪康年说："黄公与我商量，创办一份有特色的《时务报》，大概与此事有关吧。我和他谈了很久，甚是投合。"

翌日，梁启超前往湖广总督署设在上海的洋务局，拜谒黄遵宪。48岁的黄遵宪头戴一顶黑绸小瓜皮帽，身穿一件浅蓝色的大襟长袍，一双卧蚕眼炯炯有神。他开诚布公地与梁启超纵论天下大势，从日本明治维新一直谈到危如累卵之中国，再谈到创办《时务报》的宗旨、办法。他一脸兴奋地说："为筹办《时务报》我首捐一千两。现已拟定创刊公告，我、汪穰卿（康年）、邹凌瀚、吴德潇和你五人署名，穰卿任经理，你任主笔，你意如何？"

"晚生愿听前辈安排。"23岁的梁启超维恭维谨，"不过，强学会还有余款一千二百金，不如也拿来用之。"

黄遵宪郑重其事地说："那最好不过。不过你要记住，办报宜宣传新学，但穰卿主张依傍洋人，我不赞成。由于我身在宦途，不宜过露。鉴于《强学报》遭禁，亦宜谨慎行事……"

黄遵宪已经明确说出他不喜欢"依傍洋人"，那么言下之意就是喜欢维新派，所以他才主张"宣传新学"，也就是说，梁启超的主张正是黄遵宪所喜欢的。

后来，又叫来汪康年，一起聊了很久。黄遵宪对汪康年说："我辈办此事，当作为众人之事，不可作为一人之事，乃易有成。故无所谓集款，不作为股份，不作为垫资，务期此事之成而已。"①

三人一直谈到晚上十时许，梁启超谈了很多自己对时下的看法，这些看法包括对政治改革、商业、教育和对未来中国的构想，深得黄遵宪的认同。

梁启超在返回寓所的路上无心欣赏万家灯火的上海夜色，一心思量如何把黄公所论的构想变成文字，作为《时务报》的宗旨性的文案，以此作为两人长谈的备忘录，或者说是对时局的主张和看法。

回到寓所坐下来，即点燃香烟，伏案挥毫，一口气写到东方发白。

熬了一夜，梁启超用冷水洗洗脸，振作精神，把文字重读一遍，然后迎着晨风，往洋务局衙署奔去，把一叠厚厚的文稿放到黄遵宪的案头。

黄遵宪拿起文稿，细心翻阅起来。他时而浓眉挑起，时而眼底流光；或则点头称赞，或则击桌叫好。一口气读完，喜不自胜，对梁启超说："我所谓以言救世之责，今日卸肩于你了，你不愧为《时务报》理想之主编也。真是'三千六百钓鳌客，先看任公出手来'。"

"我也有东西给你，任公——"黄遵宪笑眯眯地说着，出示了一函稿纸，上面是赠给梁启超的一首诗：

赠梁任父同年

其一

列国纵横六七帝，斯文兴废五千年。

黄人捧日撑空起，要放光明照大千。

其二

佉庐左字力横驰，台阁官书帖括诗。

---

① 钱仲联《黄公度年谱》。

守此毛锥三寸管，丝柔绵薄谅难支。

其三

白马东来更达摩，青牛西去越流沙。

君看浮海乘槎语，倘有同文到一家？

其四

寸寸山河寸寸金，侉离分裂力谁任；

杜鹃再拜忧天泪，精卫无穷填海心。

其五

又天可汗又天朝，四表光辉颂帝尧。

今古方圆等颅趾，如何下首让天骄。

其六

青者皇穹黑劫灰，上忧天坠下山隤。

三千六百钓鳌客，先看任公出手来。

黄遵宪又关心地说："报馆馆址及开办事宜，我会和穰卿筹划；你的居处也尽快着手寻觅，好早日和家人团聚。"

汪康年与黄遵宪商议后，约邹凌瀚、吴德潇、梁启超，五人一起署名发表《公启》，于1896年8月9日创办了《时务报》，汪康年任总理，梁启超任主笔。其经费除强学会余款一千二百金外，尚有黄遵宪捐助的一千两、邹凌瀚的五百两和盛宣怀的五百两等。时已回任湖广总督的张之洞开始时全力支持，曾令湖北全省"官销《时务报》"，全省大小文武衙门和各局、书院、学堂等均由湖北善后局"汇总支发"报款，各自免费借阅。

不久，梁启超在马相伯[①]、马建忠[②]帮助下，在跑马厅梅福里租赁了一间房子，就在马氏兄弟近邻。他发信告知家人后，便一头扑到《时务报》

---

① 马相伯（1840—1939），江苏丹阳人。名良，神学博士。

② 马建忠（1845—1900），字眉叔，学者。

的工作中。

1896年8月9日，上海英租界四马路上响起一串鞭炮声，由梁启超书写的"时务报馆"木匾高高挂在门额上方。报馆内外挤满了购买创刊号的行人。

梁启超在创刊号发表《论报馆有益于国事》的发刊词，直陈舆论在彼时的重要性：

> ……准此行之，待以岁月，风气渐开，百废渐举，国体渐立，人才渐出，十年以后，而报馆之规模，亦可以渐备矣。
>
> 嗟夫！中国邸报兴于西报未行以前，然历数百年未一推广。商岸肇辟，踵事滋多；劝百讽一，裨补盖寡；横流益急，晦盲依然；喉舌不通，病及心腹。虽蚊虻之力，无取负山；而精禽之心，未忘填海。上循不非大夫之义，下附庶人市谏之条；私怀救火弗趋之愚，迫为大声疾呼之举；见知见罪，悉凭当途。若听者不亮，目为诽言，摧萌拉蘖，其何有焉？或亦同舟共艰，念厥孤愤，提倡保护，以成区区，则顾亭林所谓"天下兴亡，匹夫之贱，与有责焉"已耳。

《〈变法通议〉自序》发表在《时务报》第2册：

> 法何以必变？凡在天地之间者，莫不变。昼夜变而成日，寒暑变而成岁；大地肇起，流质炎炎，热熔冰迁，累变而成地球；海草螺蛤，大木大鸟，飞鱼飞鼍，袋兽脊兽，彼生此灭，更代迭变而成世界；紫血红血，流注体内，呼炭吸养，刻刻相续，一日千变而成生人。藉日不变，则天地人类并时而息矣。故夫变者，古今之公理也。
>
> ……

有了维新的舆论阵地，梁启超便如鱼得水，他精神百倍，每日熬到深夜，将自己的思想融汇到报纸的政论中，从不同侧面辩论说服民众，变法是救国的第一要务。

1896年8月19日，梁启超撰写的《论不变法之害》发表在《时务报》第2册。

1896年8月29日、9月17日再发《论变法不知本源之害》于《时务报》第3册、第5册。

黄遵宪一见梁启超，高兴地赞许道："卓如，你在《时务报》连续发表的《变法通议》真是振聋发聩，'变亦变，不变亦变，变而变者，变之权操诸己，可以保国，可以保种，可以保教……'此番议论可成变法之一家之言。"

梁启超正待谦虚，汪康年走了过来，他显然听到了这几句话，别有居心地说："黄公说得对！《时务报》风行全国，销量逾万份，梁君之文，沁人耳目、沁人心脾。通都大邑，僻壤穷阪，无不知有新会梁氏者。人们开始以'康梁'并称了。"

梁启超有心试探："知张之洞总宪有何观感？"

汪康年却说："这个嘛，他自然爱才如命。不过，对梁兄近日那些讽刺洋务之说，很不以为然。"

《学校总论》《论学会》《学校余论》《知耻学会叙》《论中国积弱由于防弊》《〈春秋中国夷狄辨〉序》等一系列文章一时在上海振聋发聩，畅行无阻，舆论为之左右，梁启超创办的《时务报》成为上海滩的一道新景观。

《时务报》为旬刊，每册3万余言，共刊行69册，1896年8月9日至1898年8月8日结束，历时整整两年时间。《时务报》发行一年后，发行量从创刊时的3000多份增加到1.2万份，最高达1.7万份，成为中国国内发行量最大、维新派最重要、影响最大的维新机关报。

　　梁启超不时在《时务报》刊登发行情况，据第26册登载，派报处（代售处）在国内有63个县市，共95处销售点；到光绪二十三年（1897）七月，代售处增加为70个县市109处。"由代售处的分布看来，全国各地几乎都有《时务报》的销售。"（张朋园《梁启超与清季革命》）①

　　时人评论说："《时务报》蔓延最广，论者比之《明夷待访录》。张之洞提倡尤力，札行湖北全省州、县官，各备资购阅。"又云："当《时务报》盛行，启超名重一时，士大夫爱其语言笔札之妙，争礼下之。自通都大邑，下到僻壤穷陬，无不知有新会梁氏者"②。其盛况为"有报以来所未有"。

　　梁启超的这些文章之所以风行一时，除了他在《万国公报》《中外纪闻》《强学报》的大量写作练习，练就了一种"新文体"，这种文体介乎文言文和白话文之间，在当时是通俗易懂的，只要上过私塾的人都可以读懂，阅读门槛相对较低，并不难懂；同时，梁启超的句子以排比句居多，尤其论说文，排比句很多，这就有一种气势，排山倒海，从宏大到具体，从面到点，从一个国家的整体态势到一个具体的问题，比如论学堂，都可以讲得很清楚，容易接受，其句式明快流畅、感情充沛、气势磅礴，让人读后热血沸腾；或如春风化雨，读后让人充满力量；或如哲人论道，读后让人深思明理。他才24岁，博古通今，满腹经纶，且了解、学习了不少西方自然科学和社会科学知识。他犹如化身为一位身披大氅的少年侠客，为了公平正义，为了民族国家的安危，手持利剑，披荆斩棘，斩妖除魔。因此，被人们称为"少侠主笔"。读者几乎从文字就可以判断这就是梁启超写的文章，所以，其写作风格在《时务报》正式形成，此前所有的报纸少有署名，而此时，署名文章对他而言更是

---

① 吴天任：《梁启超年谱》第一册，广东人民出版社2018年版，第121页。
② 胡思敬《戊戌履霜录·戊戌变法》，神州国光社1953年版。

慎重，写起来也格外认真，每每熬夜，反复修改，也成常态。

此时，梁启超的格局大开，他的写作视野阔大，站在人类命运的高度书写。这缘于在上海出版了几期《时务报》之后，有一帮青年成了他的好朋友，他们纵谈佛学，这使得梁启超原本从康有为处学来的佛学得到了很大的延续和升华。谭嗣同、宋恕、汪康年、孙仲愚、梁启超等经常会聚品香，纵谈近日格致之学，大谈佛学。19日中午，宋恕、吴嘉瑞、汪康年、胡惟贤、梁启超、谭嗣同、孙仲愚七人同映一像。24日，吴嘉瑞、孙仲愚、梁启超三人来到徐园，品茶聊侃时政；28日，他们在一起再次谈论到佛学中的"迷"和"悟"的关系……多次的谈论有一个基本话题就是佛学。

他在给康有为的信中也谈了他读佛经的心得，说他读了小乘之法，又读律论（大乘），才猛然醒悟，他们所主张的大同世界，其实在佛学中早就论及，他猛然觉得自己所有的学问突然找不到依靠和凭据了，怎么办呢？"……近学算读史，又读内典（读小乘经多得旧教颇多，又读律论。）所见似视畴昔有进，依佛法甚至。窥见我教太平大同之学，皆婆罗旧教所有，佛吐叶不屑道者，觉平生所学，失所凭依，奈何？"

以上语气看似是在向康有为请教，不如说他心中已经有了"光明"：拯救无量世界。他接着在信中说："……今我以数年之成功学，学成以后'救无量世界'。"①这是他当年在上海写给康有为的信中所述。

可见，梁启超此时的境界已达拯救大千世界的"大乘"之境。这倒不是说他对佛学多么痴迷，而是说他对佛学的理解和参悟已经抵达其根本与精华，譬如慈悲、善意融入拯救国家和民族乃至人类，由是，他的写作站位自是高致，他的著作立场是为人类，为这个千疮百孔的世界，所以，

---

① 据吴天任：《梁启超年谱》第一册，第109页。原注：据《梁启超年谱长编初稿录》。

他的作品立意自然是高远开阔的。这就注定会被多数人所接受，甚至被追捧。

梁启超有关佛教的著述颇丰，多达10万字。主要作品有：《中国佛法兴衰沿革说略》《佛教之初输入》《汉明求法说辨伪》《〈四十二章经〉辨伪》《〈牟子理惑论〉辨伪》《佛陀时代及原始佛教教理纲要》《说无我》《千五百年前之中国留学生》《佛教教理在中国之发展》《佛教心理学浅测》《支那内学院精校本〈玄奘传〉书后》等。2016年，译林出版社编辑出版了《梁启超说佛》一书，将梁启超的佛教学说做了一次整体的归集。尤其在《说无我》当中，对其思想境界做了一次集中概述，这种思想也体现着他重要的世界观。

梁启超在上海找到了自己的价值，所以湖广总督张之洞力邀他到其幕下，梁启超没有答应。1896年10月，伍廷芳①被朝廷派到美国任"出使美国日斯巴尼亚秘鲁国大臣"，他力邀梁启超做他的二等参赞，随行出国。其实就是做他的秘书工作，为他起草文字工作。梁启超也婉言谢绝了。当时的美国歧视华工，他善意地为伍廷芳提出六点建议，劝他到美国后，立孔庙、兴办学院、设报馆、扩善堂、联工会、劝工艺。

这两次劝走，"流质多变"的梁启超表现出了相当的定力，他没有变，他此时清晰地看到了自己的路径，一条隐形的大道在他面前，别人看不见，而他自己却持守不易。

清光绪二十三年（1897）冬日，李蕙仙带着孩子从贵州来到上海，寓居于英租界的美福里。十月，梁启超请假回广东新会省亲，顺便游览了杭州，然后去澳门找康广仁。

当时康有为已委任徐勤、韩树园在澳门办报。5天一期，每册15页。

---

① 伍廷芳（1842—1922），广东新会人。字文爵，号秩庸。曾任驻美国、西班牙等国公使。

此事得到当地趋向维新的何穗田、卢绰之等商人支持，有了资金，报社就设在大井头4号。康广仁建议取名《广时务报》。

康广仁见梁启超到来，寒暄以后，两人泛论当今之事。

康广仁兴奋地说："天下之大，何患无人？今年春正初九，我在香港逗留，曾赴友人之宴，与兴中会成员谢缵泰于品芳楼会晤。谢乃开平人，生于澳大利亚，熟习英文，追随孙逸仙奔走工作。席间，谢某痛陈国事之非及其党之旨，以及畅谈两党联合救国之必要，听之不禁内心折服。"

梁启超问："你将此事转达康师否？"

康广仁叹息说："已经详细禀告。今年九月间，家兄在香港，曾与谢某会于惠升茶行。可惜未能携手合作。"

梁启超面露愁容，不觉失落至极，喟然叹道："早年康先生在上海全安客栈，曾与孙逸仙之代表陈少白会晤，亦复如此。"

康广仁道："兄恐是要错失良机了，无奈！今后若有机会，定要联络。"

梁启超毅然答道："待我设法去信陈少白，还是要密切关系。"

康广仁表示赞同："卓如，对此事，你我所见大同。"

又一次错过，或者说有意无意与孙中山先生再三失之交臂，是梁启超的遗憾，也是他人生未能在关键时刻转型的致命之所在。其中，顾虑最多的是康有为的固执，他保守一隅，唯皇上为尊，可见他的骨子里还是想要为皇帝卖命，进而为帝王成就统治大业，但他没有看到并不遥远的未来中，孙中山的思想已经很快为中国各界所接受。而梁启超虽然在上海总算摆脱了康师的护持，总算真正独立地开始了自我，但他还是不时要向康有为靠拢，他在内心不想被人叱骂他离经叛道，背叛师门，因此，在这两者之间，他游离不定，尚在变动当中寻找平衡。

直到1899年在日本流亡的夏秋，终于给孙中山先生回了一封信：

　　捧读来示，欣悉一切。弟自问前者狭隘之见，不免有之，若盈满则未有也。至于办事宗旨，弟数年来至今未尝稍变，惟务求国之独立而已。若其方略，则随时变通，但可以救我国民者，则倾心助之，初无成心也。与君虽相见数次，究未能各倾肺腑，今约会晤，甚善甚善。惟弟现寓狭隘，室中前后左右皆学生，不便畅谈。若枉驾，祈于下礼拜三日下午三点钟到上野精养轩小酌叙谈为盼。①

　　此后还给孙中山先生两封信札，皆是对接行程之琐事。无他。

　　在澳门逗留几日后，梁启超便到武昌去。

---

① 《梁启超文集》第二章之《致孙中山函三件》，北京明天远航文化传播有限公司2020
　　年版。

拜谒张之洞，梁启超意外地收获了张之洞的支持，创办两湖时务学院，为中国未来的变革播下了革命的火种。

5. 点燃长沙的焰火

12月15日，梁启超抵达武昌，拜谒两湖总督张之洞。这次拜访缘于7月20日，张之洞致汪康年和梁启超的一封信，这封信中说他支持梁启超和汪康年的戒缠足会，他专门就此写了一些看法；另外也支持农学会，希望能参与农学会，并在此会中挂名，捐助银圆五百元，同时专门邀请梁启超来湖北一游，有要事商量。基于此，梁启超一直想要去看看，另外，张之洞每每捐助他们的事业，也是对他的尊重；在朝廷众多的大员中，张之洞是比较开明的一个洋务派的代表人物。他曾先后捐赠五千金支持北京和上海的强学会，支持创办上海《强学报》和《时务报》，并且礼贤下士，着意延揽各地的人才。他既屡次相邀，看来也不无真诚，再者维新派对政治改革的手段，是依靠"开官智力"，即利用上层社会的人物进行，所以需要一些大员的支持来开展活动。更为重要的是在《时务报》的宣传方针上他已经察觉到这位封疆大臣对自己的不满，希望通过这次拜谒以弥补已经出现的裂缝。张之洞已经多次向黄遵宪和汪穰卿写信表达过梁启超的文章很不稳妥，除了对洋务派讽刺挖苦之外，一些观点又引起了一些朝中大臣的不满，提醒他们务必注意。而梁启超对张之洞的这些"规劝"基本持应付态度，但在骨子里并没有妥协，他对自己的新学是自信有余的，而黄遵宪也一样，对宣传洋务救国是不同意的。

所以，梁启超对这次拜访也有心理准备，这次拜谒可能会受到冷遇或申斥，甚至会有极端的结果。

梁启超一到武昌，便忐忑前往总署大衙拜谒张之洞，投刺通报。

衙门气氛森严，朱漆泥金彩绘的门墙，两旁竖置着两面石鼓。大门、中门前檐，站着身穿勇字褂、荷枪佩刀的侍从护卫，显得异常威武。梁启超在门房口愣愣而立，忽听"隆隆"一声，中门大开，旗牌官和梁鼎芬①从中门走出来。旗卒传喊总督命令：

"有请梁孝廉进署！"

梁鼎芬向梁启超拱手："老朽来迟了，贤侄请！"

梁启超不禁愕然。他盯着装有虎头兽环的中门扇，想着，这门只有卿贰大员到来才敞开，一般两司以下的官员，皆由角门进入。自己不过是举人身份，还未进入官宦仕途，为何如此隆重？梁鼎芬笑道："张大人器重贤侄，礼贤下士啊！"

梁启超跟进大堂，来到三面扇形屏风的暖阁，只见肥头大耳、虎鼻熊唇的张之洞端坐在案首玩弄着翠玉石制成的鼻烟壶。梁启超连忙跃步上前，下跪叩拜，口称："恩师在上，弟子梁启超前来请安。"

张之洞连忙说："快请起，免礼！"

梁鼎芬陪着梁启超坐下，差役奉上茗茶。

已届花甲之年的张之洞貌极谦和："难得卓如驾临，慰我心愿。"

梁鼎芬插话："今日正值张公侄儿娶妇之喜，为你到来，张公把贵客也撇下一边哩。"

---

① 梁鼎芬（1859—1919），晚清文学家、藏书家、诗人，广东广州府番禺县（今广州市）人。

梁启超闻听，急忙请罪，连连称谢。

张之洞夸奖道："卓如乃当代奇才，老夫哪敢怠慢！"

梁启超不安地说："大人言重了！想弟子初学之时，实得大人所著之《辖轩语》《书目答问》启蒙，今日学问稍有成就，皆由所赐。"

张之洞摇头摆脑："非也！卓如少称'神童'，四海皆知，何须攀及拙作。"

梁启超谦逊地说："'神童'之说，实属讹传。"

张之洞乘机而进："人称'神童'之事，吾未及见。老夫日前偶得半联，久思未获配对，未知卓如能代联否？"

梁启超说："请恩师见教。"

张之洞沉哦着，把鼻烟壶凑到鼻孔，嗅了一会，提起精神，说出了上联，联云："四水江第一，四时夏第二，老夫居江夏，谁占第一？谁占第二？"

联中的四水，指长江、黄河、珠江、黑龙江；四时指春夏秋冬。武昌古时称江夏，张之洞坐镇武昌，第一第二都占了，张之洞自负地想：看你梁启超如何对法？

梁启超听了，思索一会，对云："三教儒在前，三才人在后，小子本儒人，何敢在前，何敢在后！"

这里的三教，指儒、道、释；三才指天、地、人。梁启超自喻"小子"，愿居中等，不敢在张之洞之上。他对得工整贴切，不卑不亢。

张之洞听后，佯为大笑："妙！对得妙！不愧为当代奇才！"

晚上，张之洞设宴款待梁启超，叫梁鼎芬作陪。席间，张之洞向他询及康有为学说，维新变法的主张。梁启超如实答以"公羊"之义，《孔子改制考》之说，自由、民权之法。张之洞听了，不大高兴。因为他标榜的所谓"维新"，是以洋务派为基础的，他所谓的维新实质还是要守旧。但他表面上不像徐桐①之类顽固派那样，见了洋楼绕道走，一讲维新就吐唾沫。他见梁启超名噪一时，便想把他拉到自己的营垒，为他所用。于是，便对梁启超说："目前时务盛行，我想设立两湖时务学院，聘你为山长，兼在署中办事，可乎？"

梁启超自是不肯，要离开上海，失去《时务报》这个阵地，做了入幕之宾，寄人篱下，哪里是他想要的。因而婉言拒绝说："恩师栽培之意，学生心领。惟学生德薄才疏，实难胜任。"

精于世故的张之洞呵呵佯笑，说："卓如何谦若此！以子之才，他日治理国事，极尽纵横捭阖为能事，不在话下。为表老夫心意，如允俯就，当以月俸一千二百金相酬，如何？"

张之洞的恳切已经远胜伍廷芳，撇下侄子的婚事不管，在署中大置排场，都是为了表达对梁启超的诚意，其诚恳至切的意思确乎无疑，梁启超虽甚为感动，但他也确凿无疑地婉拒了，恳切地说："恩师重爱，学生毕生难忘。只以时务报业，难卸此任。忤意之罪，万望海涵！"

梁鼎芬素闻梁启超志大才高，当场拒绝了张之洞的盛情之邀，虽然有一些万般无奈，却又不便插言。眼看时届二更，便暗暗向张之洞交换一个眼色，说："张公盛意，实为真诚。若贤侄一时难决，不妨改日再行商议。"

张之洞顺水推舟："如此亦好。送客！"

梁启超起身拜辞。梁鼎芬陪送出门，再三叮咛，对这个小老乡叮嘱

---

① 徐桐（1820—1900），晚清保守派的代表人物之一，字豫如，号荫轩。汉军正蓝旗人。道光进士。同治九年（1870）以后，先后任太常寺卿、都察院左副都御史、内阁学士、礼部右侍郎、礼部尚书、吏部尚书、协办大学士、体仁阁大学士等职。顽固守旧，嫉恶西学。光绪二十四年（1898）戊戌政变后，因不择手段攻击新党，得慈禧信任。光绪二十六年（1900），支持慈禧力举立溥儁为大阿哥（即皇储），废光绪帝，遂被任命为溥儁的师傅。义和团运动兴起后，主张借助义和团排外，支持慈禧太后对外宣战。八国联军攻入北京后，自缢身亡。

道："贤侄，今后行文立论，笔锋务必检点才好！"

梁启超称谢一番，走出督署大衙。

这时的梁启超对张之洞虚与委蛇的礼遇仍十分感激。

当晚，梁启超回到寓所，连夜给汪康年和麦孟华写了一封信，叙述了见张之洞的经过，请他俩赶快给张之洞写信，说明上海的报馆离不开他，报馆没有他不行，请两位为他曲意说情，也还有个转圜。结果等来等去，直到20日，还没有等到他两人的来信，只好决定归来。（《致汪穰卿麦孺博书》①）

于是，辞别张之洞和老乡前辈梁鼎芬，乘舟东棹，返回上海。

回到上海，梁启超拿起放在案头的澳门《知新报》大吃一惊。原来，当初，梁启超在澳门和康广仁等商定创办的报纸取名《广时务报》更名改姓了。署名经理是康广仁、何廷光，主编是徐勤、何树园，撰述是梁启超、韩文举等人。

如今，创刊号运抵上海后，发现报名大变。当即问麦孟华和汪康年："去年一月二十一日《时务报》已刊出澳门出版《广时务报》公启，为何报纸易名《知新报》？"

在旁的麦孟华忍不住插嘴道："广仁来信说，是穰卿兄要改的！"

汪康年见瞒不住，口气凌厉："卓如，你知道吗？自从《广时务报》公告刊登后，非议沓至。有的说你在澳门办报是大有阴谋；有的好心人说《广时务报》不能与《时务报》相牵连，以免惹祸上身……"

"惹祸？"梁启超激动得跳起来，"我是维新分子，我主《时务报》笔政，岂不是也是祸根？"

汪康年也不甘示弱，一掌打在桌子上："卓如，老实告诉你，我这些主见是得到南皮张公（张之洞）许可的。还有，你今后写的文章，可得好

①　吴天任：《梁启超年谱》第一册，第115页。

好注意分寸！"

"分寸？"梁启超几乎咆哮起来，"我写什么，有我的自由，我懂得分寸！"说完愤然走出报馆，拂袖而去……

澳门《知新报》已经发行了；谭嗣同和唐才常在长沙也创办了《湘学报》、罗振玉和蒋黼（即蒋伯斧）在上海组织起农学会，也筹办《农学报》，舆论虽已大张，《时务报》毕竟是首创。梁启超不到万不得已是不肯放弃它、离开它的。

12月，章太炎①应梁启超和汪康年之邀，来时务报馆任撰述，梁启超与章太炎始订交。此前，听到康有为设立强学会，从杭州"寄会费银十六圆入会"。但两人观点不同，另则，当初，黄遵宪办《时务报》，还没有和梁启超取得联系，有人介绍章太炎。章太炎托人送来文稿，黄遵宪知道他喜欢用古文，还要不时用一些生僻字，而黄遵宪作文，务必要畅达，不必曲意雕饰。黄遵宪觉得这类文章不适合在报纸上使用，退还章太炎，章太炎非常羞愤。后来，黄遵宪还是请来了梁启超。②

章太炎即来，就和梁启超、麦孟华产生了分歧。

章太炎也许是想要搞清楚《时务报》的办报思想和理念，于是向梁启超请教康门的宗旨。梁启超曰：变法维新和创立孔教。章太炎说："变法维新是当下之急务。如果只尊孔设教，有煽动教祸的危险，不能轻易附和。"③

于此，梁启超和长他五岁的章太炎从一开始就产生了分歧。章太炎在《时务报》任职不久，文章也只发表《论亚洲宜自为唇齿》和《论学会有

---

① 　章太炎（1869—1936），浙江余杭人。原名学乘，字枚叔，后易名为炳麟，号太炎。清末民初民主革命家、思想家、著名学者、朴学大师，研究范围涉及小学、历史、哲学、政治、朴学等，著述甚丰。
② 　据钱仲联《黄公度先生年谱》引注。
③ 　吴天任：《梁启超年谱》第一册，第119页。原注引自冯自由《中华民国开国前革命史》十四章。

大益于黄人亟宜保护》两篇。三个月后，便辞别上海，回到杭州。

正在梁启超苦闷之际，谭嗣同从南京前来探访，知己相逢使梁启超大喜过望。

谭嗣同兴奋地把他的新作《仁学》双手捧送给好友。梁启超连声祝贺："大功告成，可喜可贺！"

接着，谭嗣同把各地有关维新的新消息告诉梁启超，翁同龢升任协办大学士了。翁同龢器重他，命他到湖南后襄助陈宝箴巡抚行新政。

梁启超一拍大腿："这才是大好消息，维新有希望。"

谭嗣同又说："陈、黄两公支持我们在长沙筹设时务学堂，派我来请你去就聘总教习，你意见如何？"

梁启超反问："复生，你知道我在这里的处境吗？"谭嗣同说："黄公略告一二，正为此，才派我来相邀。黄公与穰卿商妥，你去湘之后，还可继续为《时务报》撰稿。"

梁启超认为自己与汪康年常有冲突，留在上海实无多大意思了，"去湖南开创新路"。于是毅然同意赴湘。

在此之前，梁启超曾与汪康年、麦孟华等在上海创办戒缠足会，与康广仁等创办上海大同译书局，这次离沪自然要去一一交代有关事宜。

回到家里，梁启超向妻子说明离沪赴湘缘由。李蕙仙也很赞成。夫妻正轻声交谈，康广仁带来一位华侨打扮的人进来，向梁启超介绍道："这位邝汝磐先生从日本横滨来，要见你。"

宾主寒暄几句后，邝汝磐掏出一封信："这是孙中山先生托我带给你的。"

梁启超拆信一看，原来是孙中山在横滨得到侨商邝汝磐、冯镜如赞助，创办了一间中西学校邀请梁启超去任校长。

梁启超内心对孙中山先生的邀请是充满感激的，然而已经定了去长沙，再者，康有为对革命党的排斥才是重要的沟壑，这个横陈在他面前的沟壑使他左右为难，假如一跃而过，他便是革命党，他当初的主张就变了；如果守在原地，他还是没变的梁启超，至少在师门当中，他的地位是不可撼动的，另则，他众多的拥趸也是以他敢于率领公车上书朝廷而名誉海内的，假定他敢为人后，做了孙中山所办学校的校长，未来那只能……诸多的疑虑令他面露难色："承蒙孙先生厚爱，实在感佩他的深意。眼下，我确实已答应去长沙讲学，的确不能效劳了。这样吧，我同康先生联系，改派另一位去好不好？"

邝汝磐说："既然梁先生已领下重任，那我们无法强求，我回去禀报孙先生。但不知梁先生对办这所中西学校有何高见？"

梁启超沉思有顷，认真地说："恕我直言，这学校取名不雅，是否改称'大同学校'？"

邝汝磐连声道："好！这更能表达培养学生之旨意。可否请先生挥毫赐墨？"

梁启超欣然同意，走到书案前，书下"大同学校"四个正楷大字，双手交给邝汝磐："劳先生带回日本，谨致孙先生。"

如果按照康门的孔教之礼，亦应在此刻专为孙中山先生修书一封，作为礼节，但他没有。何况对梁启超这样的神笔，写一封信，于他而言，岂非小菜一碟。然而，他还是就此打住了。

这应是康门第三次正面和孙中山先生的使者交往了，每次都是孙方派人来接触示好，而康门每次都是礼节性的不浓不淡、不甜不咸，尽管他们都在呼唤"大同""天下为公"，应该有很多共同的话题，但从此可以见得康门的保守，尤其是梁启超这位名为"多变"、阅世无数的年轻学者，所表现出的冷静，令人可叹，对孙方的态度一直没有"变"。可见，按照梁启超对世界之"变"的论述，似乎并没有意识到在这个世界会有比他的学说更好、更高的，需要他们康门来学习和滋养。

梁启超在《〈变法通议〉自序》中陈"变"：

……凡在天地之间者，莫不变。昼夜变而成日，寒暑变而成岁；大地肇起，流质炎炎，热熔冰迁，累变而成地球；海草螺蛤，大木大鸟，飞鱼飞鼍，袋兽脊兽，彼生此灭，更代迭变而成世界；紫血红血，流注体内，呼炭吸养，刻刻相续，一日千变而成生人。藉日不变，则天地人类并时而息矣。故夫变者，古今之公理也。……

变，总是令人欣喜；不变，却总令人担忧。

在对孙中山先生态度上的"不变"缘于何？且看康有为于光绪二十一年（1895）七月所撰《强学会序》中说："有能来言尊攘乎？岂惟圣清，二帝、三王、孔子之教，四万万之人将有托耶！"言下之意，不一定选择清王朝，而是要建立一个"大同国"，"康著有大同书，大同系其论学主要宗旨。何此信提到大同国，此可证康有建国的野心"，"清朝为大浊国，谓其不足辅，仅可用为开笔衬笔"。① 既然康有为要建国，孙中山也要建国，那么，他们之间就是井水不犯河水，各建各的国，看谁建起来。这大概是康门对孙方冷漠不合作的重要原因了。

如果果真如此，康有为此后辅佐光绪、保皇不休的原因也就无须赘述了。

---

① 吴天任：《梁启超年谱》第一册，第157页。原文注：《觉迷要录》卷四，第24页。

一份陈宝箴的邀约，使梁启超欣然至长沙，"维新"和"大同"的思想在此地落地生根。尽管暗流涌动，他不得不黯然伤神地离开。

6. "大同国"试验田

康有为闻听梁启超要去长沙，即兴致勃勃，专程来到上海，为梁启超谋划去长沙执教的计议。

"先生即将入湘，先于同人共策进行办法，商聘分教人选，一定教育方针，南海闻之，亦来沪共商，欲以较急进彻底改革，洞开民智为主旨，其体制则兼学院与书院二者之长。"（据《戊戌变法（二）》）总之，康有为如此大动干戈，千里赶赴上海，终究为梁启超的此行确定了三重目的：开民智、开绅智、开官智。康有为如此卖力地为弟子谋划入湘事宜，其目的又是什么呢？

当年，德国派兵强占胶州湾，俄英法蠢蠢欲动，瓜分中国之端倪分明，震动全国，此时，梁启超上书陈宝箴《上陈中丞书》，他认为要让清廷通过变法图强，比移山还难，假定有一天东海干枯了，变法图强也是不可能的，还不如一两个省首先独立，而在中国的十三个省中，处于腹地的湖南自立自保，先建立一个小国：

呜呼，今日非变法无可以自存之理，而欲以变法之事望诸政府诸贤，

南山可移，东海可枯，而法终不可得变。……故为今日计，必有腹地一二省可以自立……①

而康有为也在给赵曰生的信中说："各国若割地相迫，则湘中可图自立。""保中国而不保大清"②的观点鲜明。

可见，康梁此时的想法是一致的，不管将来变法是否成真，是否可行，在此信函中，康有为且不否认变法的可行性，但的确是想要鼓动陈宝箴在湖南自立。

但康有为并不知晓，陈宝箴原本是想请他入湘执教的。如若如此，他还不如直接将施政方案在湖南实施，然而，缘何陈宝箴首先想请康有为，而后来变成了请梁启超呢？

"（陈）寅恪先生言：'湖南创设时务学堂，先祖（陈宝箴）原拟请康有为来湘，旋以先君（陈三立）力主延聘梁启超，缘任公（梁启超）论旨新颖，似胜其师，乃决聘梁。'"

历史就是如此迷人，当局者也许在他有生之年也不知晓，直至去世尚蒙在鼓里，而后来人却洞若观火。原来是父子二人的观点有分歧，陈宝箴要延请康有为，却被陈三立阻止了，他坚持要请梁启超，最终，陈宝箴听取了儿子的意见，邀请梁启超至长沙。理由是梁启超对时局的观点新颖，似乎已经超越了他的老师康有为。也就是说，在陈三立看来，梁启超是胜过康有为的，或者说，梁启超在当时的影响力已经超越了老师康有为。

"先生初抵长沙，当地官绅热烈欢迎，张宴演戏，宾客云集，民众瞻仰，咸叹为空前盛况。"③

---

① 吴天任：《梁启超年谱》第一册，第167页。

② 吴天任：《梁启超年谱》第一册，第156页。据黄彰健撰《康有为保中国而不保大清的政治活动》。

③ 茅海建：《戊戌变法史事考二集》，生活·读书·新知三联书店2011年版。

光绪二十三年（1897）十月，湘江橘子洲头风景如画。身穿紫红缎皮袍、天青缎的洋灰色皮马褂的梁启超，来到时务学堂设在城东落星田的求志书院。这是一间庭院式结构的平房。这是他想要看到的样子。

梁启超被贴在门前的一副对联吸引了：

揽湖海英豪力维时局，
勖沅湘子弟共赞中兴。

梁启超一看便知是谭嗣同手笔，从中便知湖南维新运动方兴未艾。这时，屋里走出两个人来。迎面而来的前者正是谭嗣同，他快步上前，连声说："欢迎欢迎，卓如，我来介绍。"他一面接过行李，转身指着后边的人说："这位是'时务学堂'提调，熊希龄先生。"

熊希龄笑道："我们早已笔墨相见了。"

梁启超抬头望去，只见熊希龄矮胖身材，学究式的举止，嘴角挂着笑容。看得出是个热情而爽朗的人。梁启超上前施礼："秉三兄，小弟来迟了。"

谭嗣同因有急事要办先走了。熊希龄接过行李，带梁启超进入内室。他对梁启超说："现在湖南有希望了。陈抚台（陈宝箴）力主施行新政；黄公（黄遵宪）又升任按察使。有识之士以爱国相砥砺，以救亡为己任。长沙已办了农学会、戒缠足会；还大力筹办内河航运、工矿企业、修筑马路，城里已安上电灯，大放光明。"

梁启超到长沙的消息不胫而走，岳麓书院、城南书院的师生怀着崇拜的憧憬和好奇，纷纷前来时务学堂，一睹这位曾被称为"广东神童"的总教习之风采。

公宴在曾国藩祠里举行。这座祠堂建成于曾国藩去世（1872年3月12

日）的次年1873年，清廷上谕在长沙建曾国藩祠。曾祠由清廷赐银三千两，曾氏生前门生及亲友集祭奠银四千多两，再加盐商的捐助而建成，占地约百亩。

这座祠堂正好和梁启超同岁，24岁。梁启超在这座特殊建筑中受到如此隆重的接待，可谓是规格至高了。曾国藩此时在湖南读书人和世俗人的心目中都是不可取代的英雄大儒，在这样的地方受到接待，本身就说明湖南对他的仰视和敬重。

祠前的广场新搭起一座简陋的戏台，湘剧大班演出了《六国大封相》和《三娘教子》两出戏：喧嚣的锣鼓声，悠扬的梆子调吸引着前来瞧热闹的观众。

按察使黄遵宪、学政江标和长沙府的地方官员、教习、训导，以及地方绅士名流王先谦、张雨珊、叶德辉等出席了公宴。

宴席开始，照例由熊希龄致辞，然后请长官训示。后来又请总教习梁启超发表治学方针演讲。

梁启超早已做了准备，他把在上海印好的有关教学宗旨、方针、课程、方法和条例，即席分发各官绅、同事和宾客。然后，作了扼要的叙述："这次蒙黄公及各前辈错爱，邀约来三湘，委以总教之任，实为感激，但亦觉彷徨。只以国运艰危，为求造就人才，共负挽救危亡之责，故不顾浅薄，承担重任。今借机会，略申时务学堂学约十章之大旨：即立志、养心、治身、读书、穷理、学文、乐群、摄生①、经世②、传教③……"接着又详尽解释一番，人们饶有兴致地侧耳倾听。湖湘士子给梁启超办的这场别致的宴会，像一场饭局，又是一场就职演说，总之，在一圈又一圈的人头顾盼中，演讲结束，宴席开始。

---

① 摄生：劳逸结合之意。
② 经世：经世致用以治国。
③ 传教：传孔子太平、大同之教以救世。

梁启超演说毕，熊希龄提议大家干杯，一时杯觥交错。

一面在丰盛的宴席上谈笑风生，一面是学子家长继续观看戏剧演出。

梁启超抵达长沙未几，11月14日，德国军舰强占胶州湾。在长沙百姓对时局的一片担忧和慨叹中，梁启超在时务学堂开讲了。时务学堂正是要回答长沙百姓的这些担忧和未竟之路，一星一点的火种正在播下去，为未来中国的前途指明方向。

梁启超每日在讲堂4小时，教《公羊》《孟子》。一天，他在堂上讲授《民权革命论》："我国积弱已久，救亡之法，必须兴民权，欲兴民权，宜先兴绅权，欲兴绅权，宜创学会，复古意，采西法，重乡权，则上下之情始通。总而言之，开民智、开绅智、开官智，是为改革政治之三大根本。"

学生们悉心聆听着、记录着，鸦雀无声。待梁启超讲完一课，坐在前面的一位年约15岁的学生站起来，尖锐地请教道："孔子主张大一统，所以要求消灭战乱。今之贤士大夫，提倡分治一方，岂非与夫子相悖？"他认为大小官吏们的所作所为，与孔子的大一统思想背道而驰。

梁启超一看，见是年少英俊的蔡艮寅[①]，梁启超略加沉思，心中对该生欣赏不已，当众答道："孔子大一统之义，莫不由众小国而合为一大国，此古今万国所以强盛之由也。今中国大政不统，如海军则南洋、北洋各自为政，国权已失。现在政府无可望，则不得不致望于督抚州县矣。"

后来，梁启超专门在蔡锷的作业本上写下了如下批语："古今万国所以强盛之由，莫不由众小国而合为一大国……今中国则反是……于是中国不徒变为十八国，并且变为四万万国矣。国权之失，莫过于此。政府现无可望，则不得不致望于督抚州县。"[②]

---

① 蔡锷（1882—1916），湖南邵阳人。原名艮寅，字松坡。14岁中秀才。

② 谢本书：《蔡锷大传》，广西师范大学出版社2013年版。

梁启超觉得蔡艮寅很有见地，所以格外用心栽培。常常约他晚上到自己房间谈时局、评讲学生的札记。梁启超还常常精心推敲文词，在学生札记上写下词语锋利的批语，如：

——今日欲求变化必自天子降尊始，不先变去拜跪之礼，上下仍习虚文，所以动为外国讪笑也。

——屠城、屠邑皆后世民贼之所为，读《扬州十日记》尤令人发指眦裂。故知此杀戮世界非急以公法维之。

时务学堂先后录取学生总数只有两百名左右，却培养出了一批杰出的人才，其中大多集中于第一班的四十人中。蔡锷此后为云南都督、护国战争的组织者和领导者，杨树达为中央研究院院士、中国科学院哲学社会科学部委员，范源濂为北洋政府教育总长、北京师范大学首任校长，方鼎英为黄埔军校代校长兼教育长，李复几为中国第一位物理学博士，李炳寰、林圭、田邦璇、蔡仲浩、唐才质、唐才中皆为自立军起义烈士。

一日，教习唐才常，匆匆来到梁启超房间，低语道："先生，王先谦①、叶德辉②上本劾你呢。"

梁启超一愣："劾我什么？"

唐才常说："离经叛道，惑世诬民，鼓吹民主，无父无天。"

---

① 王先谦（1842—1917），字益吾，湖南长沙人。同治四年（1865）进士，授翰林院庶吉士，多次担任地方乡试正副考官、会试同考官。光绪六年（1880），升任国子监祭酒。光绪十一年至十四年（1885—1888），外放授江苏学政，任满后请假回籍，专心讲学。先后任城南书院（1891—1893）、岳麓书院（1894—1903）山长。戊戌变法期间，为保守派领军人物。清末新政期间，担任过湖南师范馆馆长、学务公所议长、湖南铁路局名誉总理、湖南省咨议局会办等职。辛亥革命后，对时事不满，闭门著书。

② 叶德辉（1864—1927），字奂彬，湖南湘潭人。清光绪十八年（1892）进士，与张元济、李希圣为同年，三人均分部主事，叶德辉到吏部不久便辞官归湘里居，并以提倡经学自任。

这王先谦是地方顽固派代表人物，叶德辉在长沙也是一大人物，亦商、亦官、亦绅。为了维护自身既得利益，他们视新学为洪水猛兽。

不仅仅是这两个人，还有一帮顽固守旧的人。自梁启超来湘后，王先谦、叶德辉、孔宪教、蔡枚功、杜贵樨、杨鞏、黄敬舆、彭少湘、苏厚菴等就暗中搜集他写在学生作业中的札记批语，认为他的言行"犯上作乱"，不断上呈都察院。

奏本上呈了很久，未见音讯。叶德辉献计王先谦。王祭酒听了，点点头："就照此行事，让这个广东梁新会尝尝我们湖南的'辣椒'吧。"

终于有一天，他们派代表亲自前往武汉，不辞辛苦，手持状纸，站在了湖广总督府，向张之洞联名状告梁启超："该学堂为革命造反之巢窟，指先生为叛逆。"

张之洞接过状纸，一看便知这是都察院下转过的奏本，他只是压在案头多日，没有处置。现场听来人七嘴八舌，罗列了梁启超、韩树园等时务学堂的教员在学生作业上的札记批语，有谋反叛逆之嫌。来者的状纸上证据确凿，凿凿在案，一条一条，历历在目。

看来他们的确有来头的，如果真的按照他们罗列的这些罪状，按照大清律法，治梁韩他们罪状多不可数，重不可承。

张之洞岂不清楚梁韩这些人的来头，岂不知他们的目的？虽然张之洞一年前专邀梁启超来武昌而未能达成心愿，然而，毕竟张之洞明白，梁启超眼下在中国的影响力，在他心目当中，正是要这样的人站在中国政治舞台的前沿，来拯救这个国家。

听完他们的陈述，张之洞以惯常的处置方式，面无表情示下，将此状着湖南巡抚陈宝箴专查，若真有此种状况，按照大清律法严惩不贷。

次日，湖南巡抚陈宝箴接到湖广总督张之洞的专函。

陈宝箴仔细看过之后，有点不相信自己的眼睛，再次细细审阅，他才感觉到这是精心谋划的一场惊心动魄的局，是一场恶的局。

　　如今，这状纸就在眼前，如何处置？梁启超远从上海来到湖南，是他请来的，是为兴一方教育，开化一方民智，他对梁启超的保护自不待言，对这个年轻学者的学术见解也是欣赏有加，对其文章和胆识近乎佩服。然而，眼前的罪状一条条若铁板钉钉，如何改变这局面，拯救梁启超呢？

　　思来想去，此事不可拖延，他原本想自己亲自上门告知梁启超此情状，但转而想，他的背后一定已经有无数双眼睛在盯着他；然而事急，又不能拖延，如若拖延，正好给这些人造成妥当的口实，于是，他急忙派儿子陈三立曲折约到了梁启超，私下口授他实情，要在一夜之间修改学生课卷的批语，不留口实，等次日下午在公堂对质。[①]

　　更为令人惊讶的事情接连发生了。次日，陈宝箴又接到另一道都察院上谕，有人专门去北京访事，揭参举人梁启超在时务学堂批答学生课卷中多离经叛道之语，几与张之洞所批复的揭参件一模一样，心中明白，更是愤怒。

　　事不宜迟，当日下午，巡抚陈宝箴将涉事双方召来，但是，陈宝箴没有召见梁启超，而是召来了他的几个学生，带上课卷，到府衙，现场指认证据。王先谦、叶德辉、孔宪教等人现场面对学生的课卷和学生本身的呈词，无可辩驳，只好草草收场。然而，因为未能广泛告知其他教员，韩树园的批语中有激进之词，便被逮着了把柄，最终责令时务学堂解除了其职务，成了替罪羊，也算是给了这帮顽固派一个交代。

　　事情虽然得以解决，但在当夜，梁启超辗转难眠，想起从开办《时务报》到三湘讲学，阻力重重，不禁肝肠绞结。

　　次日晨，梁启超醒来，便觉晕晕沉沉，神志昏昏，走起路来摇摆不能自控，开始发病了。这场病非同寻常。这是他在戊戌年春节后的第一场病，非但身体，内心尤其苦涩难言：自沪上至湘中，这四年来，他独立支

---

① 　陈寅恪《寒柳堂集》之《读吴其昌撰〈梁启超传〉书后》。

撑，展示了非同寻常的才情，也遭受了非同寻常的精神苦厄，这个世界远非表面的样子，处处碰壁受挫，他明白这个世界的病远远大过他眼下所罹患的疾苦，这才是他将要矢志改变的东西。

梁启超愤然辞职，带病离湘的消息传开后，熊希龄、唐才常、谭嗣同等人相继前来苦苦挽留，但梁启超执意不从，说要回沪医病，同人们只好热情为他送行。

湘江如带，层林尽染，晚霞烧红西天。此番景象和他来时相差无几，是他喜欢的风景，然而物是人非，他要离开的决心却是坚定的。

码头泊着鳞次栉比的渡船货轮，装货卸货、上客落客，嘈杂声闹成一片。

码头上，梁启超向送行的同事、师生告别。唐才常打开蓝绸包裹，双手捧着一块碧青如玉、精工雕镂的菊花石砚送到梁启超手中说："这块石砚，是浏阳的特产，系我专工采制得来，赠为纪念。"

梁启超接过菊花石砚，连忙称谢："佛尘兄有心了。"

谭嗣同说："我在砚上有几句偈语，是江建霞兄精心镂刻的，你看看。"

梁启超小声读道：

空花了无真实相，用造莂偈起众信。

任公之砚佛尘赠，两君石交我作证。

梁启超读完，珍惜地将这石青花明、烟笼玉润的石砚放进藤箧里。

湘水滚滚奔流，船桨激起层层浪花。梁启超站在船舷上望着在此生活了半年的长沙从此一别，不禁热泪盈眶……

康有为和梁启超再次相聚于京师，成立保国会；在朝廷反动派的反对声中，再次找准机会，上书朝廷，维新变法。

| 7. 上书，上书，再上书！

梁启超带着大病，离开湖南，到上海。自觉身心不支，又急于要北上，于是写信给康广仁，要他到上海。康广仁接到信后，急忙专程赶到上海，侍奉梁启超。他在《致何易一书》中说："弟此次三月来京，其始专为卓如病，以伯兄爱之，故弟护视其病，万里北来，亦以卓如固请，不能却之。"（《戊戌六君子遗集·康幼博茂才遗文》）

幼博之入京也，在今春二月。时余适自湘大病出沪，扶病入京师，应春官试。幼博善医学，于余之病也，为之调护饮食，剂医药，至是则伴余同北行。盖幼博之入京，本无他事，不过为余病耳。①

康广仁精于医学，"君尝慨中国医学之不讲，草菅人命，学医于美人嘉约翰，三年，遂通泰西医术。欲以移中国，在沪创医学堂……"②正好成了梁启超的最好护理者，而康广仁自己也是因为兄长康有为与梁启超的

---

① 夏晓虹编《梁启超文选》，中国广播电视大学出版社1992年版。
② 同上。

关系，没有推辞，先至上海，再扶持他北上。

梁启超扶病回到上海，见汪康年实际已把持了《时务报》，此时，康有为已经在京师，春官试在即，不如前往北京，便下决心辞了职，上京师协助康有为。他对同行的康广仁慷慨表白："吾人不能舍身救国者，非以家累，即以身累，我辈从此相约，非破家不能救国，非杀身不能成仁，目的以救国为第一义，同此意者皆为同志。吾辈不论成败是非，尽力做将去……"①

彼时，沙俄对中国张牙舞爪派军舰强占了旅顺、大连湾，又迫清廷订立租地条约，致使占领合法化，对此全国民情激愤……

康有为见梁启超到来，大喜过望，他对梁启超说："我正与孟华商讨，欲效乙未上书之法，组织公车请愿，坚决制止割让国土给沙俄。"

此时，康有为在京已然遭受过了一场群臣的质问，他倍感孤独，心心念念想着梁启超，只有梁启超才是他的左膀右臂。

这场群臣质问发生在正月初三，正是春节期间。初二日，总理衙门总办送来书函，告知他初三日下午三点钟，总署王大臣奉旨延见他。按照书函至西花厅，李鸿章、翁同龢、荣禄、廖寿恒（刑部尚书）、张荫桓（户部左侍郎）均在，以礼相待。会谈开始，荣禄就说："祖宗之法不能变。"康有为说："祖宗之法，以治祖宗之地也，今祖宗之地不能守，何有于祖宗之法乎？即如此地为外交之署，亦非祖宗之法所有也。因时制宜，诚非得已。"廖寿恒问："宜如何变法？"康有为答曰："宜变法律官制为先。"李鸿章说："然则六部尽撤，则例尽弃乎？"康说："今为列国并立之时，非复一统之世，今之法律官制，皆一统之法，弱亡中国，皆此物也，诚宜尽撤……"翁同龢问筹款等，康有为陈述了开支、学校、农商、工矿、铁路、邮信、社会、海军陆军之法，并介绍了日本变法和俄罗斯大彼得变政的情

① 吴天任：《梁启超年谱》第一册，第181页。原注为据《梁启超年谱长编初稿录》。

形，建议大可采用。谈话中途，荣禄先行离开，之后持续到黄昏才结束。

初四日，翁同龢私下见康有为，让他整理出前一日的条陈，呈皇帝阅览。或可得光绪召见。（据《康有为自编年谱》）

在此情境下，康有为龙马精神，却又少了梁启超。梁启超听康师一番陈述，若能组织公车请愿，加上此前的条陈，或许康师能被光绪召见，顿觉希望即在眼前，精神大振，一扫病容，连声说："让我去串联吧。"

初五日，梁启超和麦孟华分头往各会馆，串联各省举人联名上书，又连夜草写了《呈请代奏乞力拒俄请众公保疏》。

三月初六日，梁启超等百数十举人，前往都察院呈递。但整日无一官员到班，无法呈递。有些举人亦以入闱在即，不复久待，即行散去，这次公车上书又告失败。

梁启超无精打采地回金顶庙向康有为禀告投书失败经过。

康广仁匆匆进来对大家说："俄约早在三月初四便画押了。听说皇上大怒，面责恭亲王、李合肥（李鸿章）！但太后反而质问皇上：'什么时候了？难道你还想与俄人开战？'可怜皇上手中无权，只好默默饮泪。"

尽管康广仁悲观失望，但康有为却坚信"皇上圣明"，他大声道："你们放心吧，我已七次上书皇上，提出变法步骤、内容。现在日夜加紧编纂各国政变记，进呈宫中以供采鉴。"康有为呷了口香茶，又训示道："目下我们除了创办报刊，'去塞求通'外，还要在官员中合群，振作士气，唤起上下爱国之心，变法将大有希望。"

梁启超觉得康师言之有理，便建议道："先生，我们最近是否可以合群召开一次大会？"

康有为点点头："对！要合群非开会不可，御史李盛铎①曾与我议立

① 李盛铎（1858—1937），字椒微，江西省德化县（今九江市）人。历任清朝翰林院编修、国史馆协修、江南道监察御史、内阁侍读学士、京师大学堂总办、顺天府府丞、太常寺卿、考察宪政大臣、山西布政司、山西巡抚等职。中华民国成立后，又曾担任大总统顾问、参政院参政、农商总长、国政商榷会会长等职。

保国会，你可去与他具体筹划之。”

经过梁启超等人四处串联，中国近代史第一个政党——保国会于三月二十二日在粤东会馆草拟章程。粤东会馆门前车水马龙，一批官员和各省举人约200人参加。到得最迟的是李盛铎，他把题名看了一遍，满意地点点头，然后签上自己的名字。

李盛铎缓缓走进大厅。

楼上楼下坐满了人，坐在首席的官员们都推举康有为登台演说。康有为声气激昂，开门见山痛陈民族危机：

“吾中国四万万人，无贵无贱，当今一日在覆屋之下，漏舟之中，薪火之上。如笼中之鸟，釜底之鱼，牢中之囚。为奴隶，为牛马，为犬羊，为人驱使，听人宰割。此四千年中二十朝未有之奇变……”

听众情绪鼎沸，有人潸然泪下：难道中国就亡在我们这辈手中？

“故今日人人有亡天下之责，人人有救天下之权！”康有为大声呐喊道。

作为发起人之一的李盛铎也登台讲了话。

二十五日，再聚于崧云草堂，梁启超慷慨演讲：“今日之会，惟诸君子过听，或以演说之事相督责。启超学识浅陋，言语朴讷，且久病初起，体气未复，以应明命，又不敢阙焉以破会中之例，谨略述开会宗旨，以笔代舌，惟垂览焉。

“呜呼！今日中国之士大夫，其心力，其议论，与三岁以前则大异。启超甲午、乙未游京师，时东警初起，和议继就，窃不自揣，日攘臂奋舌，与士大夫痛陈中国危亡、朝不及夕之故，则信者十一，疑者十九……乃及今岁，胶、旅、大、威相继割弃，受胁失权之事，一月二十见。启超复游京师，与士大夫接，则忧瓜分、惧为奴之言，洋溢乎吾耳也。及求其所振而救之之道，则曰天心而已，国运而已；谈时局，则曰一无可言；语以办事，则曰缓不济急。千臆一念，千喙一声，举国戢戢，坐待刲割。嗟乎！昔曾惠敏作《中国先睡后醒论》，英人乌理西（英之子爵，今任全国陆军统帅）谓中国如佛兰金仙之怪物，纵之卧则安寝无为，警之觉则奋牙张爪，盖皆于吾中国有余望也。今之忧瓜分惧危亡者遍天下，殆几于醒矣，而其论议若彼，其心力若此。故启超窃谓，吾中国之亡，不亡于贫，不亡于弱，不亡于外患，不亡于内讧，而实亡于此辈士大夫之议论、之心力也。

"今有病者于此，家人亲戚，咸谓其病不可治也，相与委而去之，始焉虽无甚病，不浃旬必死矣。今中国病外感耳，病噎隔耳，苟有良药，一举可疗，而举国上下，漫然以不可治之一语，养其病而待其死亡。昔焉不知其病，犹可言也，今焉知其病而相率待死亡，是致死之由不在病而在此辈之手，昭昭然也。……"

听者无不惭愧羞愤，有人在低泣。

二十九日再聚于贵州会馆，人多数百，由梁启超宣读草拟的保国会章程30条。其宗旨是保国、保种、保教。在"国地日割、国权日削、国民日困"的时刻，康梁等人发起组织的保国会已初具资产阶级政党的性质了，它也是在戊戌维新运动中最有影响的进步团体。

会后，变法声浪震动了全国，京沪成立了保国总会，不少省成立了分会。梁启超的工作更繁忙了，他既要撰文，又要接待来访各界人士，还要前往演说。

保国会的成立，康梁的慷慨陈词刺痛了顽固派大臣。有人骂康有为想当"民主教皇"，荣禄气得把《知新报》撕得粉碎："什么保国会！现今许多大臣未死，即使亡国也不用他保，其僭越妄为，非杀不可。你们如有相识入会者，令其小心首级。"

顽固派纷纷上疏弹劾康梁组织保国会是"聚众不道"。保国会发起人之一的李盛铎，见势头不妙，为保护自己，反戈一击，也举发保国会，托报馆登载全部会员名单。于是，权贵大哗，那些守旧派官员，自然指责保国会为大逆不道；而一些随大流参与保国会的士大夫，则纷纷要求除名，脱离保国会。荣禄乘机向光绪帝奏请查禁保国会，光绪帝这时正热衷新政，决心变法图强，驳斥荣禄："会为保国，岂不甚善！"

就在康梁忙不迭地四处奔走演讲、接待各地举人时，一个江西主事洪嘉与，接连十多次拜见康有为，结果未能见到，洪大为羞愤，于是联合浙江人孙灏说："你就专门搞臭康有为，如果能够大为攻击，我就推荐你负责朝廷的经特科。"孙灏原本无赖，大喜，拿着洪草拟的驳斥保国会的弹劾书，送京师的守旧党，守旧党拿到这些材料，便开始诋毁诽谤保国会。接着，洪嘉与又唆使御史黄桂均、潘庆澜、史文悌弹劾之，上疏参劾康有为"名为保国，势必乱国"。光绪帝看折后大怒，当场革史文悌的职。①

保国会之争，表现了帝党和后党的权力角逐。保国会虽有光绪帝作后台，但慑于后党势力，很快便名存实亡了。

3月，德国人捣毁山东即墨文庙的消息传到京师，一时公车气愤异常，梁启超联合麦孟华等11人，上书都察院，请着力交涉。②

4月初，梁启超联合百余举人，联署上书，请废八股取士之制。都察院、总理衙门均不代奏。

此时，正是会试上万举人聚集在京师，都依靠着八股取士来求得生路，作为进身之阶，梁启超此举一下激起了公愤，简直要和梁启超不共戴天一般，一面大肆诋毁，一面差点被群殴。

三次上书均未被上呈，康梁二人非常愤懑。

终于，康有为的上书抵达翁同龢手中。彼时，翁同龢以帝师当国，自从甲午战争之后，他自己也深以为耻，割地赔款，屡屡不绝，他也有意图强。他看过康有为的《上皇帝第五书》《上皇帝第六书》《上皇帝第七

---

① 据夏晓虹编《梁启超文选》之《戊戌政变记（节录）》，中国广播电视大学出版社1992年版。
② 据《梁启超年谱长编初稿》。

书》《日本明治变法考》《俄大彼得变法考》，于是秘密推荐康有为与光绪帝，并请大用："康有为之才，过臣百倍。"（据《万木草堂遗稿》之二）光绪帝非常欣赏康有为，看过康有为的这些著作，如获救命稻草，深信康有为对他的忠诚，变法的决心更大了。

在此情况下，御史杨深秀、侍读学士徐致靖相继上书皇帝，请定国是。光绪帝决意变法维新。

一天，在康有为新迁的上斜街寓所，梁启超与一班同乡志士正在忧心忡忡地谈论时政。

康有为从外面回来，众人顿时缄默不语。康有为却罕见地笑眉一挑，告诉大家："刚才我听说，皇上向皇太后要权了。详情不悉。卓如，你快去李公馆探听消息。"

前些天，梁启超忙于保国会的事，很少来见李端棻。这天他按康有为示意来到李府，见妻兄正和孙家鼐议办京师大学堂之事。李端棻利用孙家鼐原是光绪帝师傅这层关系，常从他口中了解光绪帝的意向和宫廷内幕。比如他听说光绪帝不惬意科举，便吩咐梁启超联合公车，呈上一份《请变通科举折》；他听说皇上重视人才，便密荐康有为、谭嗣同于光绪帝以辅新政。他见梁启超到来，对梁启超说："你来得正好，正想派人找你。"

梁启超问："有好消息？是不是皇上获实权了？"

李端棻点头："正是。前些天，皇上向恭亲王表示，不愿作亡国之君，如果皇太后不给事权，就不当皇帝。恭邸转奏太后，蒙太后恩准皇上主理变法。"

梁启超不禁兴奋："皇上主政实在太好了。"

李端棻继续说："自从四月初十日军机处由翁帝傅主持，事情更为好办。恭亲王在生时翁帝傅尝拟变法诏敕12条。皇上畏惧皇太后，曾托恭亲王向皇太后转奏，但为恭亲王所阻。如今翁帝傅可以全力谋求新政，不愁阻隔了。"

梁启超急问："那我们该做何事？"

李端棻悄声对梁启超说："今翁帝傅谋划推行新政，明定国是，正和御史杨深秀、侍读学士徐致靖、进士宋伯鲁等人磋商，你快和康先生去找他们，或有用得着你们之处。"

这期间，梁启超听从妻兄意见，频繁活动，他专门找过状元公张謇①，了解朝廷内幕。梁启超又凭借神刀魂笔之才，为学士徐致靖草写《请明定国是疏》，又代御史杨深秀草拟《请定国是而明赏罚折》。

当这些奏稿送出后，梁启超自然心绪难平。这天他又来找康有为，他不无担心问："康先生，皇上真有决心变法吗？"

康有为信心十足，滔滔不绝道："何须怀疑？皇上自从去冬发出自强上谕之后，虽有顽臣阻梗，但仍推行不少新政。今岁戊戌春正，准贵州学政严修奏议，开经济特科，此其一也；继而御史王鹏运奏请开办京师大学堂，此事也办成；准设武备特科；命各省举行武乡诏选满族贵胄游历各国，考察政务……"

---

① 张謇（1853—1926），字季直，号啬庵。祖籍江苏常熟，生于江苏通州（今江苏省南通市海门市常乐镇）。光绪二十年（1894）状元，授翰林院修撰。中国近代实业家、政治家、教育家、书法家。

看似是一抹亮色，康梁终究得到了光绪皇帝的认可，"百日维新"开始，艰难的变法掀开了厚厚的封建云层的一丝缝隙。

8. 变法！变法！变法！

6月11日，天色微亮，一缕奇幻的灰色光线从黑暗中跳跃而出，京师的天空露出了一抹亮色。当日晨，光绪帝下诏，宣布正式变法，掀开了中国近代史重要的一页。

这天清晨，梁启超正在翻阅《请明定国是诏》的草稿，一面琢磨其中一些内容是否安妥，一面在期待也许自己的心血或将翻开清王朝新的一页。突然，耳边传来街上报童的尖叫声："《申报》号外消息！重大新闻——皇上明定国是，变法维新！"

梁启超大喜：看来真是要梦想成真了！急忙出门，叫住已经在胡同口的报童，要来五份当日《申报》。

6月13日，侍读学士徐致靖以朝廷既定国是，变法自强，必须要广揽博通世务的人才而用之，奏荐康有为、梁启超、张元济①、黄遵宪、谭嗣同五人，请予擢用，共襄新法。

6月15日（四月二十七日），后党眼看着皇帝正在拔擢新人，维新势

---

① 张元济（1867—1959），字筱斋，号菊生，浙江海盐人。中国杰出的出版家、教育家、爱国实业家。

力越来越强大，他们担心帝党势力过盛，前一日就撺掇慈禧，此风不可长。当日，慈禧召唤光绪至圆明园，一顿训斥之后，强迫光绪下谕，罢黜了翁同龢的职务，责令其回了老家，命荣禄出督直隶（天津），统帅三军（董福祥之甘军，聂士成之武毅军，袁世凯之新建军），凡二品以上官员大臣授新职，均须折至慈禧处谢恩。

帝后冲突爆发，以慈禧为首的朝廷保守派明里暗里对变法的万般阻挠开始了。

1898年6月16日（四月二十八日），光绪召见康有为，详谈变法之事。既退，奉谕任职在总理衙门京章上行走的官职。

6月23日（五月初五），诏改八股取士之制。改革乡试、会试以及生童岁科考，废八股，改为试策论。

6月30日（五月十二日），又谕经济岁举归并正科，生童均试策论。

至此，明清以来近四百五十年的八股取士正式停用。

7月3日（五月十五日），光绪召见梁启超，命呈所著《变法通议》。同日奉上谕，授以六品衔，办理译书局事务。

这是一次清廷有史以来的破格召见，一般而言皇帝召见的都是四品以上官员，"自咸丰后四十年来未有之异数"。而梁启超是个例外。（梁启超《戊戌政变记》）

此番召见的场景有点滑稽。尽管梁启超是抱着自己的心血之作《变法通议》去见光绪的，按照他自己7月5日（五月十七日）给夏穗卿的信中说："皇帝大加赞赏，却终不能大用。"按照旧例，皇帝召见举人，一般都要赐个翰林的，而梁启超仅仅得了一个六品之衔。原因何在？就在于梁启超说一口粤语，按照王小航的描述，梁启超"不习京语"，完全不会说北京话，召见时，满口的粤语，"口音差池"，光绪连一句话也听不懂，如此，两人对话完全就是各说各话，光绪非常不悦。但光绪心中早就明了这个梁启超是有本事的，于是当日就赐了六品衔，任职办理译书局。尽管如此，光绪给译书局的钱拨得很充足，先前的开办经费一万两，后来涨到了两万两，此前所定月开支一千两，后来也涨到了两千两。再后来到了七月，梁启超上书要开办设立编译学堂，光绪还是准奏了的。如此看来，光绪召见梁启超时还真是留了一手，也许是等梁启超学会了京话，能言善辩时，再拔擢使用不迟。

7月26日（六月初八），上谕将《时务报》改为官办，意图作为推进变法的舆论工具，派康有为赴上海督办。

光绪帝发上谕：

前据孙家鼐奏遵议上海时务报改为官报，请派康有为督办其事，并据廖寿恒面奏，嗣后办理官报事宜，应令康有为向孙家鼐商办，当经谕令由总理衙门传知康有为遵照。兹据孙家鼐奏陈官报一切办法。报馆之设，义在发明国是，宣达民情。原于古者陈诗观风之制。一切学校、农商、兵刑、财赋均准胪陈利弊，藉为靮铎之助，兼可翻译各国报章，以备官商士庶开扩见闻，其于内政外交裨益非浅。所需经费，自应先行筹定，以为久远之计。著照官书局之例，由两江总督按月筹银一千两，并另拨开办经费银六千两，以资布置。各省官民阅报，仍照商报例价，著各省督抚通核全省文武衙门、差局、书院、学堂应阅报单数目，移送官报局。该局即按期照数分送。其报价著照湖北成案，筹款垫解。至报馆所著论说，总以昌明大义，抉去壅蔽为要义，不必拘牵忌讳，致多窒碍。泰西律例，专有报律一门，应由康有为详细译出，参以中国情形，定为报律，送交孙家鼐呈览。

皇帝发上谕，意味着对《时务报》的首肯，也意味着对该报思想的最高级别之认同，究其实，是对梁启超的认同。

此时，《时务报》总经理汪康年声称此报为其创办。七月初一，遂将

《时务报》改为《昌言报》，版式体例均沿袭旧日。

康有为得到光绪的上谕，六月初九，即给汪康年写信，大意是抚慰汪康年，承认他的功劳，同时希望他配合转型，告诫他既然报纸成了官报，就不能再收捐款，并请汪康年将本年度的各项费用开一个清单，他可能要过些天才能到上海，此前派两个人前往接洽，商办。（据康有为《南海致汪穰卿书》）

七月初一，汪康年先在《昌言报》第一册发表《改办〈昌言报〉启事》，宣布遵六月初八上谕，自七月初一更名为《昌言报》，同时延请梁鼎芬为总董，其他一切按照旧例执行。

同期另作《〈昌言报〉跋》回顾《时务报》的历史，重点阐述此报由张之洞倡导，梁启超等主笔是在他之后延聘的。

梁汪之争由此始，梁启超在《知新报》发表《创办〈时务报〉原委记》以驳之。

一时，江南各报多支持汪康年，都认为这是康梁借朝廷之手，强取豪夺。《国闻报》七月初十发表的《〈时务报〉各告白书后》，相当于对此舆论事件的评价，大意为自从梁启超离开之后，报纸质量下滑，汪康年不如借此机会离开，而汪康年也是尽忠，梁启超应该尽恕。[①]

总之，汪康年不愿意交出来，康有为要收回去。争执之下，七月二十九日，皇帝下旨，以"汪康年私改《昌言报》，抗旨不交"之由，令出使日本大臣黄遵宪去上海，查办《时务报》，两江总督刘坤一得旨，电令上海道蔡和甫（蔡钧）查封《昌言报》。

从关闭《昌言报》可以见得，光绪帝对康梁的支持非同一般，而他也在舆论的支持下，大刀阔斧地推进变法，先后颁布184道上谕，撤销阻挠上谕的礼部官员，撤销清廷中的詹事府、通政司、大理寺等衙门，裁掉

---

① 吴天任：《梁启超年谱》第一册，第231页。据《戊戌变法人物传稿·梁启超传》注转录。

湖北、广东、云南三省巡抚及闲置的东河总督，以及其他地方的粮道、盐道；将洋务派首领李鸿章和腐败的宗室官僚亲信赶出总理衙门。

与此同时，康有为着手准备"合群"，成立"强学会"，作为一个组织来统领改革，同时也给有心无力的光绪一个后援。

康有为对当时情形作如下描述：

> 中国风气，向来散漫，士夫戒于明世社会之禁，不敢相聚讲求故转移极难。思开风气，开知识，非合群不可，且必合大群而后力厚也。合群非开会不可，在外省开会，则一地方官足以制之。非合士大夫开之于京师不可，既得登高呼远之势，可令四方响应，而举之于辇毂众著之地，尤可自白嫌疑。故自上书不达之后，日以开会之议，号之于同志。陈次亮谓办事有先后，当以报先通其耳目，而后可举会。（据《戊戌变法（四）》，第133页）

七月初的一天，康有为、梁启超相约一班官员集会于嵩云草堂。应邀前来的有翰林院侍读学士文廷式、户部郎中陈次亮、内阁中书杨叔峤（杨锐）等十数人。会上商议了强学会组织章程，推定陈次亮为提调、张巽之协助、梁启超为书记员。即席义捐，一举而得数千金。

此时，朝廷上下都看得出来康梁变法的主张深得光绪认可，一种风向已经非常明显，那些腰包鼓得要死的官员开始纷纷"站队"，强学会一时人财两得。

后来，湖广总督张之洞赠银三千两，两江总督刘坤一、直隶总督王文韶各捐银五千两，并即席商定，以后三日一会于此，共商强学会会务。强学会的组织初具规模。为扩大影响，康有为离开北京，前往上海等地组织强学会分会。京师的强学会会务便交由梁启超负责了。

七月二十日，光绪重用维新派人士，先后任命李端棻为礼部尚书、徐致靖为礼部右侍郎，将杨锐、刘光第、林旭、谭嗣同赏四品卿衔，"在军机章京上行走，参预新事宜"等。此外，光绪还于七月二十九日决定开设懋勤殿，"选集通国英才数十人，并延聘东西各国政治专家，共议制度，将一切应兴应革之事，全盘筹算，定一详细规节，然后实行"。在拟定的参议制度人员中有康有为和梁启超。

懋勤殿一开，这些新任的大员便可以登堂入室，朝廷的一切即将翻开新的一页，而梁启超等待的也是这个开殿之日的到来。

七月二十八日，光绪采纳维新诸臣疏请，欲开懋勤殿，设顾问官十人，这十人中梁启超、康有为在首，共议制度。光绪或是担心太后不准，命谭嗣同查阅雍正乾隆嘉庆三朝开懋勤殿的故事，进而以祖宗之先例拟旨，请准慈禧实行。

当日，光绪赴颐和园，将此旨上呈慈禧，慈禧不答，神色异常。年轻的光绪虽然上次被慈禧训了一顿，强行辞退了翁同龢，而此刻尚未明了慈禧的心思。

七月二十九日，也许是为了扩大影响，制造舆论，光绪再次下颁谕旨，重申变法决心，着各省督抚，将新政谕旨，刊印于州县，宣讲其新政的决心，切实开导，务使全国上下同心，共成新政。（据《德宗景皇帝实录》）

若懋勤殿一开，意味着慈禧的一班人马将搁置在一边，慈禧的独断专权将大部分被剥夺，因此，面对锐意改革的皇帝，慈禧太后认为光绪帝是在背叛她，她不能将牢牢掌握在自己手中的权力被这般变法的洪水猛兽般的康梁所夺走，也意味着她的权力不能拱手相让于康梁一伙。

慈禧太后自不能答应，她在暗下里谋划着一个恶毒的变局。

光绪明显感觉到了这种可怕的端倪。七月二十九日，他在颐和园请安之后，预感到事态可能会变，当日赐密诏于杨锐，大意为太后不愿意退了这帮老臣而擢用英勇通达之新人，此时已经不是他一人之力可以挽回，恐怕他自己也难保，命他和刘光第、谭嗣同、林旭尽快商量筹划，设法保住新政的推行。同时，他自己也非常焦虑。

近来仰窥皇太后圣意，不愿将法尽变，并不欲将此辈老谬昏庸之大臣罢黜，而登用英勇通达之人，令其议政，以为恐失人心。虽经朕累次降旨整饬，而并且有随时几谏之事，但圣意坚定，终恐无济于事。即如十九日朱谕，皇太后已以为过重，故不得不徐图之，此近来之实在为难情形也。朕亦岂不知中国积弱不振至于阽危，皆由此辈所误。但必欲朕一旦痛切降旨，将旧法尽变而尽黜此辈昏庸之人，则朕之权力，实有未足。果使如此，则朕位且不能保，何况其他？今朕问汝，可有何良策，俾旧法可以渐变，将老谬昏庸之大臣尽行罢黜，而登进英勇通达之人，令其议政，使中国转危为安，化弱为强，而又不致有拂圣意？尔等与林旭、谭嗣同、刘光第及诸同志等妥速筹商，密缮封奏，由军机大臣代递，候朕熟思审处，再行办理。朕实不胜紧急翘盼之至。特谕。（《清史稿列传·杨锐传》）

光绪从颐和园出来，已经非常慌乱，他给杨锐赐密诏之后，同时又给康有为赐密诏，让杨锐带出来，交给康有为。主要强调太后发怒，朕位不保，"妥速密筹，设法相救，朕十分焦灼，不胜祈望之至"。

梁启超跑去湖南会馆，谭嗣同不在，至李公馆，李端棻对他说："礼部公堂的《宫门钞》也不见信息。"

梁启超感到惶惑不安。

七月二十九日夜，梁启超再前往李公馆打探，李端棻说，恐怕事有大变，宫廷内外谣传天津阅操时皇上会遭到废黜。梁启超听了，震惊异常，急忙赶往南海会馆。

夜色中，梁启超穿街过巷，来到汗漫舫，屋内康有为、谭嗣同、林旭、刘光第、杨锐、康广仁、麦孟华均在，各个面色沉重。此前，杨锐已经向他们传达了光绪的旨意。

梁启超惶惶然说："据说天津阅操是谋废立！城内街上又增兵巡哨了！"

这就更加印证了光绪在密诏中的判断。大家的脸上立即显露出惊慌不安的神色。

杨锐向梁启超说："派人去新会会馆没有找到你。"

接着再次向梁启超补充了皇帝的密诏，紧急商议如何处置。

康广仁埋怨说："大哥，早就劝你去上海，如今还是速速离京为上。"

麦孟华这回失去了往日乐观的神气，说："看来凶多吉少，要做好准备才是。"

客厅死一般沉寂。这是生与死、成功与失败的关键时刻！这不仅仅是个人的荣辱得失，更重要的是维新事业的命运、国家兴亡的所在。

谭嗣同首先打破沉闷的气氛，他豪气激越，语调铿锵地说："事到如今吾等当不惜此七尺之躯，奋力以图！"

梁启超倒比较冷静，提出一点相应的策略："纵观历史经验，朝代兴衰，胜者为王，败者为寇，无不以武力夺天下。可我辈一介书生手无一兵一卒，何能成事？看来手中有可供调动之兵就好了。"

谭嗣同说："卓如之言有理。倘若手中有数千健儿，定能为皇上分忧！"

梁启超环顾众人，神色严峻地说："袁慰亭思想开明，讲求变法，不久前在小站练兵，握有军权。可救皇上者只此一人矣。"

康有为也说，此前他也接触过袁世凯，似有动心。

大伙心照不宣地点头称是。

梁启超又说："听说日本前首相伊藤博文，已由津入京，太后已命荣禄隆重接待，不知其此行意图若何，何不前往试探动静？"

康有为说："今日早，我前往日本使馆拜会了伊藤博文，同时也拜会了英人李提摩太，我已经授意杨漪川、宋芝栋疏荐于朝廷，若能内有袁世凯，外有日本，或许大局有望。可惜……"

梁启超说："既如此，或许伊藤博文可伸出援手。"

大家一致议定，梁启超拜会袁世凯，谭嗣同拜会伊藤博文，各寻出路。

梁启超欣然受命。匆匆赶赴火车站，登上了开往天津的列车。而袁世凯正如梁启超所押的那匹马，他的表现究竟如何？能否跑出成绩来谁也不知道，只是目前已经下注，骑虎难下了。梁启超也曾听闻袁世凯工于心计、巧取钻营，但眼下火烧眉毛，只得碰碰运气了。

小站镇到了。梁启超下了火车，来到武卫右军的练兵营地。梁启超递过名片，门卫入内通报。

此时，袁世凯正全副戎装，骑着高头大马指挥士兵操练，门卫双手递上名片，袁世凯立即策马奔到营大门，翻身下马，和梁启超握手致意。

两人寒暄一会，便到会客厅，梁启超把谈话拉入正题，说："闻得日本前首相已抵天津，慰亭兄可知其来意？"

袁世凯喷着烟雾："嗯嗯，听说要见皇上。"

梁启超也喷了一口烟，说："难怪。"

袁世凯："嗯。"

梁启超以言挑激，说："慰亭兄，这次弟专程拜谒，有一事相告，康先生已托徐学士奏请皇上，重用慰亭兄。只是恐荣总……"

袁世凯正色道："荣禄这人满汉之界分得甚清，昔翁常熟欲增我兵，亦为他所阻。现皇上有命，也不由得他不敢。嗯，你懂不懂？"

袁世凯有句居高临下的口头禅，常说"你懂不懂"，梁启超听了点点头。

这时，袁世凯的谋士徐世昌进来，对袁报告："荣制台从天津来电，请将军速往赴宴。"

袁世凯对梁启超表示歉意："失陪了，今晚回来再畅谈。嗯，劳菊人兄代为招呼。"

梁启超对徐世昌颇有戒心，虚与委蛇泛泛而谈，专等袁世凯归来。但一直等到深夜也不见袁世凯影子，梁启超心中不免疑惑起来："他在天津干什么呢？"

夜阑人静，小站军营里的梁启超焦灼不安，不时瞧瞧墙上的德国式大挂钟。只见徐世昌走进来，歉意地说："梁先生，真对不起，袁将军因有紧急公务连夜进京了，请先生在此歇息一晚，如何？"

梁启超觉得事有蹊跷，便告辞回京。

在血雨腥风到来之际，黑云压城之时，在个人和时代两个选项之间，有人铤而走险，有人变节反叛。

┃ 9. 黑云压城之时

梁启超到达北京，已经是八月初一早晨，他急忙赶去南海会馆汗漫舫，向康有为报告小站之行的经过，最后说："依袁慰亭诡秘叵测，极宜慎之。"

康有为听了，沉吟未语。

康广仁说："如今，四面楚歌，留在此地必有大祸！大哥，还是快快离京吧。"

康有为怒斥道："难道你想让后人骂我不忠不义？"

康广仁和梁启超不敢再言。

此时，谭嗣同匆匆走来，面有喜色，说道："皇上下谕，擢升袁世凯为兵部侍郎，看来抚袁大有希望！"

康有为精神一振："慰亭决不负皇上恩宠。九月阅兵，皇上可保无虞。"

梁启超仍持异议："慰亭反复无常，是红是白，尚未分晓。"

康有为不以为意："疑心太重，何能交友。"

梁启超一听此话，不敢再说，一肚闷气，步出南海会馆。孤独踟蹰于街头，茕茕孑立，心中万分彷徨。

连日来，京师上空黑云压顶，且随着变幻莫测的风暴翻滚，虽然偶尔在浓云的缝隙里露出一丝阳光，给人一点慰藉，但往往一瞬即逝，留下的依然是"山雨欲来风满楼"。

八月初二，康有为正在南海会馆焦急不安，手足无措时，有宫廷差人前来宣旨："康有为接旨——"

康有为急忙出门，跪在院中："臣康有为谨候尊旨——"

官差郑重宣读："谕：工部主事康有为，前命其督办官报局，此时闻尚未出京，实堪诧异。朕深念时艰，思得通达时务之人与商治法。康有为素日讲求，是以召见一次，令其督办官报，诚以报馆为开民智之本，职任不为不重。现筹得款，著康有为迅速前往上海，毋得迁延观望。"

康有为接旨之后，叩首谢恩。但他万万没有想通，皇帝怎么突然要他立即前往上海。此事不是已经画上句号了吗？

官差走后不久，突然，林旭闯了进来，惊魂未定地望了周围一眼，眼里噙着泪水，用呜咽之声喊出五个字来："康有为接旨！"

康有为惊慌跪下。这时，谭嗣同从外面进来，一见此景，连忙也跟在后面跪下。

林旭自己也跪着，宣读光绪皇帝亲笔书写的密诏（因藏在衣带内带出宫，康有为称之为"衣带诏"）。

朕今命汝督办官报，实有不得已之苦衷，非楮墨所能罄也。汝可迅速出外国求救，不可迟延。汝一片忠爱热肠，朕所深悉。其爱惜身体，善自调摄，将来更效驰驱，共建大业，朕有厚望焉。特谕。

林旭说："是昨天叔峤给我的。"

康有为跺足大骂："叔峤误事，死有余辜！"于是，又痛哭起来。

窗外，暗夜中一声惊雷，随即射来一道闪电，接着大雨倾盆而下。

惊悚、悲戚袭来。

康广仁又对康有为说："大哥，皇上命你出京，必有原因，事不宜迟啊！"

康有为仍固执地说："我不能走，我要救皇上！"

康广仁顶撞道："你有何办法救？"

康有为方才醒悟，这是光绪帝在救他。他心中感慨万千，得此宠爱，人生夫复何求。一时，心中万般情绪翻腾，他在室内踱步，来来回回，来来回回，最终决定急召梁启超。

梁启超走进内室，只见康有为神色不安、双眉紧锁，目光沉重，令人望而生畏。他看见梁启超进来，悲怆地说："皇上明谕我去上海，但我如何能在此时此刻离开皇上一步呢？这不是苟且偷生吗？"

康广仁说："大哥不要再留恋了！南下避避风险，办报讲学，待他日形势好转，东山再起，为时未晚啊。"

梁启超也劝道："康先生，看来抚袁之事未必奏效，还是走为上策。"

这时麦孟华带着徐世昌进来。

徐世昌向康有为致意后，便对梁启超说："梁先生，我刚到新会会馆拜访，原来你在这儿。"

梁启超客气地问："菊人兄有何赐教？"

徐世昌样子诚恳，说："前天蒙梁先生到访，只是礼待不周，今奉袁将军召进京，特来回拜请罪。"

梁启超心想：他是否来刺探内情呢？便先发制人，问道："菊人兄，今闻皇上擢升慰亭兄，大加重用，未知他回小站否？"

徐世昌说："这事也由不得他做主。"突然，压低声音说："荣制台已电召将军返防，说是有军情，但这军情是无中生有。今又命我来京催促，不知这葫芦卖的什么药？"

康有为断然说："看来荣禄是耍调虎离山计了！"

梁启超听见徐世昌吐出这段机密，好感顿生，便说："菊人兄，慰亭兄何去何从，唯兄是赖啊。"

徐世昌从容地："将军定当报效皇上。"

谭嗣同断然说："我亲自去说服袁慰亭……"

梁启超连忙打断谭嗣同说："复生兄，你不用说了！"

他这个"说"字是双关的，示意他这里有袁的心腹在场，但是，谭嗣同并未领会其意。

谭嗣同激愤地大声嚷："我要去说，说服袁慰亭诛荣禄，除庸臣，清君侧，救皇上，挽国家覆巢之危！"

林旭一跃而起，说："不可……"说出了两个字，被身旁的梁启超扯扯衣角，他望了在场的徐世昌一眼，林旭才醒悟过来，改口说："不可以有别的办法吗？"

众人面面相觑。

徐世昌看到这场面，很为尴尬，假惺惺地说："皇上有难，做臣子的理应分忧。我立即回去和袁将军商议。告辞！"

梁启超送徐世昌出门，回来埋怨谭嗣同说："复生太莽撞，也不看谁在场！"

谭嗣同仍不服气："我去说袁，是铁定了心。菊人是袁的心腹，让他听听又何妨？"

林旭说："复生兄，不可冒险。袁慰亭是见利禄而忘恩义的小人，不堪委以大事。"

梁启超也帮腔："袁慰亭阴阳叵测，不可随便相信，复生兄要三思而行呀。"

谭嗣同果决地说："事紧矣！除此别无良策。成败尽此一举！"说罢，匆匆而出。

康有为没吱声，目送谭嗣同走后，小声而神秘地向梁启超说："卓如，我们日前商议肃宫廷，清君侧，谋围颐和园，捕杀西太后之事，已布置完毕，永年①组织力量。复生此去说服袁，希望大功告成，除此之外看看还有何法可想？"

梁启超思索一会，说："我去找李教士商量，幼博（康广仁）兄可去金顶庙找容纯甫（容闳），他和美国公使熟悉。"

康有为历来讨厌洋人，眼下无计可施，只得答允。

康广仁和梁启超立即分头前往。

梁启超来到伦敦馆，向李提摩太哭诉光绪皇帝发出"朕位且不能保"的密诏，请求英国干预。

年过半百的李提摩太同情地说："上帝保佑，皇上太可怜了！"

梁启超恳求："请阁下转告贵公使援救皇上吧！"

李提摩太耸耸肩，两手一摊，说："巧得很！窦纳乐公使去了北戴河度假。"

谭嗣同深夜赶到天津，袁世凯便知其来意。

谭嗣同说："菊人兄没有向慰亭兄禀告吗？"

袁世凯支吾地说："嗯，没听他说。"

谭嗣同慷慨陈言："凡受皇上破格恩宠，必将有以图报。今皇上有大难，非兄莫能救！"

袁世凯惊问："皇上难在何处？"

谭嗣同正色而言："九月天津阅兵，实为荣禄之阴谋，弑君废立！"

袁世凯故作大惊："谭大人何出此言？"

① 　永年，毕永年（1869—1902），湖南善化（今长沙）人。字松甫，亦字松琥。

谭嗣同掏出密诏，说："兄请看凭证。"

袁世凯拿起密诏仔细看着。

谭嗣同继续陈言："荣禄播弄是非，挟太后以令天子。今欲借慰亭兄之刃，诛荣禄围颐和园，复皇上大权。则维新之业不衰，慰亭兄之举将彪炳万世。事成以后，还以直隶总督和北洋大臣之位相酬。"他顿了顿，抚颈而言："如果不愿救驾，请兄至颐和园密告谭某，兄可得富贵荣华。"

袁世凯厉声说："你把我袁某看作什么人了？皇上有难，臣子虽粉身碎骨，亦在所不辞。"

谭嗣同信以为真："如此，请兄于天津阅兵之际，率军护驾，复皇权，清君侧，肃宫廷，杀荣禄以安天下。"

袁世凯怒目圆睁，咬牙切齿说："阅兵时若皇上到我袁某的军营里，我杀荣禄就像杀狗一样。"

谭嗣同听了大喜，长揖下拜说："果如此，国家幸甚！皇上幸甚！"

谭嗣同才告辞。

次日，谭嗣同到南海会馆向康有为、梁启超叙述夜访袁世凯的经过，梁启超向谭嗣同详细问及袁世凯谈话的神态和语气。

梁启超踌躇一会，说："抚袁未知结果，英法之路已断。康先生，我再去日本使馆看看，如何？"

康有为说："去吧！"

梁启超来到东交民巷日本驻华公使馆，见到了日本驻中国代理公使林权助，几句闲话之后，便问伊藤博文行踪，林说，前天拜会王中堂，昨天赴张司农酒宴，今天又去出访李中堂（李鸿章）了。

梁启超又问伊藤明天是否入觐，林权助肯定确有其事。梁启超不安地说："外间传说伊侯（伊藤博文）要当皇上顾问，这事当真吗？"

林权助笑道："我相信，伊侯不会干预贵国内政！"

梁启超心里凉了半截，但依然不死心，恳求道："公使先生，实在说，我是来请求援助的。如今皇上传出密诏，有'朕位且不能保'之语，故想请贵国使馆、伊侯大人，无论如何要伸出道义之手！"

林权助认真起来："很遗憾，梁先生。请允许我再说一遍：本国政府不想干涉贵国内政。"

梁启超的心顿时寒凉如冰雪。

林权助问起来："梁先生，你们不是点了一名将军勤王吗？"

梁启超大惊："公使连这个也知道？"

林权助发出狡黠的微笑："呵，呵，当然知道！告诉你吧，你们这位勤王之帅，接到他上司三封急电，已跑回天津去了！"

梁启超呆若木鸡，手中的香烟烧痛了手指。

林权助又悄声说："还有，你们的杨御史奏请慈禧太后回朝'训政'，太后正考虑回宫之事。"

此话如晴天霹雳，梁启超顿觉魂飞魄散。他连忙告辞，直奔李公馆，他要从李端棻处证实日本人所说是否属实。

"你来得正好，我正想派人找你。"李端棻见梁启超进门，焦虑地说。

梁启超见状，问："真的不妙？"

李端棻点头："荣禄调京郊的十营亲兵已开进城里！"

梁启超惶惶不安，问："如何是好？"

李端棻一时答不上来，艰难地从牙缝里挤出两个字："快走！"

李端棻拿了一通带银圆出来，双手捧着，递给梁启超："带去备用吧。快走！"

梁启超两眼浸泪，接过装满银圆的通带，解开长袍上的衣襟，把它扎到腰围上，注视着这位提携他的长者，深深一揖，一掉头，眼泪飞奔而出。

八月初四，梁启超到汗漫舫，没有见到康有为。康广仁说他一早出城，也去找过李提摩太、英国公使窦纳乐和伊藤博文，请他们出面挽救危局，但均没有任何结果。

眼下败局已定，他俩商量，无论如何，也要说服康师晚上离京。

次日晚上，康有为回到汗漫舫，经梁启超、康广仁再次苦劝，他才勉强同意当晚离京。

梁启超心情沉重地问："康先生还有什么吩咐？"

康有为说："你和幼博留在京师多与复生商量设法营救皇上，吾心乃安。"

梁启超和康广仁洒泪答应。

这时，黄仲则带了一套僧人服让康有为改装出城，并劝他勿经天津，要取道山东南下。

这一晚，众人皆未敢入睡，挨过午夜，四通更鼓过后，康有为便带两仆，离开南海会馆，走出京都，偷偷乘火车往天津……

在光绪帝面前曾信誓旦旦的袁世凯经过反复权衡：荣禄掌握董福祥、聂士成各军数万人，淮军、练军几十营，京内还有旗兵，我袁某手下只有7000人马。以卵击石，只有笨蛋才干。于是匆匆赶去天津，向荣禄告密了。荣禄一听，十万火急连夜进京到颐和园面告慈禧。

慈禧大怒。八月初六凌晨，她从颐和园赶回紫禁城，直入光绪帝寝宫，拿走一切文件，幽禁光绪帝于中南海的瀛台，并假光绪帝之名，发布吁请太后训政的诏书，第三次临朝"训政"。

瀛台在北海的中央，四面环水，一面设板桥一通出入，台中约有十室。

历时103天的百日维新在黑云压城之时结束，京师内外一片恐慌。

惊心动魄的逃亡，伤心欲绝的哀痛，他不能掩盖历史，要以自己的笔触记录那为中国的改良而流淌过的鲜血和祭出的热身。

10. 逃亡中的文字祭奠

二十四年戊戌八月初六日，皇太后垂帘听政，以皇上晏驾（死亡）密电各省，谓为康有为、张荫桓进红丸（剧毒丸药）所杀。命步军统领崇大金吾礼亲王督官弁往宣武门外米市胡同南海馆查拿康有为，而康有为已于前一日出京，不得。乃将康有为之弟康广仁拿捕。……初七日，停止芦津火车，关闭城门，搜康有为。……黜革工部主事康有为，密令各省严拿治罪，并令查抄家产，逮捕家属。……御史杨深秀抗疏诘问皇上被废之故，援引古意，切除国难，请太后撤帘归政，触太后怒，被捕下狱。……以梁启超与康有为狼狈为奸，密令捕拿治罪，并令查抄家产，逮捕家属。……初九日，拿捕军机章京内阁侍读杨锐，刑部主事刘光第，内阁中书林旭。……初十日，拿捕军机章京谭嗣同。（梁启超《戊戌政变记事本末·政变正说》）

慈禧太后第三次垂帘听政的坏消息传来，头发蓬乱、精神沮丧的梁启超立即前往浏阳会馆，找谭嗣同商议应变办法。

谭嗣同刚从军机处回来，他神态自若地对梁启超说："卓如，从今天起，我算清闲了，不用再上班画卯了。"

梁启超又一惊。

谭嗣同从袖中抽出一份《宫门钞》，递给梁启超："你自己看吧。"

梁启超拿起《宫门钞》一看，只见赫然印着一道上谕云："谕军机大臣等工部主事康有为，结党营私，莠言乱政，屡经被人参奏，著革职。并其弟康广仁均著步军统领衙门，拿交刑部，按律治罪。"

梁启超看罢，瞠目结舌。

谭嗣同又说："太后密谕步军统领亲率弁兵去搜南海会馆，幸好康先生已离开，却拿了幼博。"

梁启超悲愤交加："只恨我们看错了人，被袁慰亭这狗贼出卖了。复生兄，你如何打算？"

谭嗣同道："狂澜既倒，目下只有一心营救皇上，我已约镖客王子宾（大刀王五）设法营救了。"

梁启超怀疑地问："宫禁森严，欲救皇上谈何容易？"

谭嗣同态度从容："昔救康先生已尽微力。今欲救皇上，更应如此。除了此事可做，我唯待死期而已。卓如，你再去日本使馆，晋谒伊藤氏，请他致电上海领事救康先生，如何？"

梁启超明白这是谭嗣同让他逃命，含泪说："复生兄……与我同去日本使馆，逃脱魔掌。"

谭嗣同却坚定地说："我决意不走了。你小小官职在身，出走是无人责怪的，你快走吧。"

梁启超无奈，只好于当天下午二时约徐仁镜一起前往东交民巷日本使馆。在一间密室里，林权助公使接见了梁启超。

"仆三日内即须赴市曹就死，我对于生死早已置之度外了，但有两事奉托：一请解救皇帝之幽闭；二请救康有为先生。"梁启超用笔写了这几句话，双手递给公使。

　　林权助看后说："我尽力而为。不过你今年才25岁，大好青春，何故轻生？"

　　听了林公使这番劝告，梁启超心乱如麻，悲从中来。早年在"立邨"轮上，他曾对康广仁说过："非破家不能救国，非杀身不能成仁。"他是早有毁家纾难的精神准备。然而，他能放心离开人世吗？已成阶下囚的皇上凶吉未卜；康先生去向不明音讯杳无；谭嗣同坐以待毙还需劝阻；康广仁已落入铁窗，危在旦夕。还有自己年迈的父亲、娇妻弱女亦难免受到株连……他实在不能离开这个需要他尽全力营救的世界。

　　离开日使馆，已届黄昏。梁启超想去见谭嗣同，一来打明局势，二来再次劝他去日使馆避难。梁启超信步走到宣武门，只见城内城外，骠骑满布，那些身背马枪、手执钢刀的士兵，往返巡逻。

　　梁启超不敢前闯了。他踟蹰不前。

　　梁启超想起谭嗣同委托大刀王五"劫宫救驾"的事，他便转到设在前门外天桥西侧的北京源顺镖局去。

　　镖局总管王五，原名王子宾，师事一峰真人，练得一身真传武艺。为人性好侠，有忠义心肠，曾救过不少忠臣义士。当过谭嗣同家的保镖，教过他学艺。

　　梁启超来到源顺镖局街口，又发现情况异常。一些兵丁在商店门口盘查过往行人，梁启超悻然离去。

　　梁启超又绕道到了李公馆，李端棻外出未归。他找到李蕙仙的十五兄，把译书局存放在京城"百川通"银号的两万多元的银单交给他，嘱他妥善保存，以备后用。又找到仆人张顺，吩咐他入夜时往新会会馆收拾行李，连同存放在李宅的藤箧，一并于夜间送到东交民巷日本使馆。张顺秉性忠义，平时很得梁启超的信任，自然一一应允。

　　梁启超安置停当，草草用过晚膳，便匆匆赶回日本使馆。

　　当梁启超走到东交民巷路口，发现有几个化了装的密探在游动，惊出一身虚汗。转身回附近一间洋货店买了一顶西式宽沿礼帽罩到头上，拉低帽檐，往日本使馆大摇大摆走去。当便衣发现有可疑人物要进入使馆时，蜂拥而上。梁启超立时向卫兵递了个眼色，卫兵会意，持枪横站门前，吆喝道："干什么？快快走开！"

次日上午，谭嗣同来到使馆。当时，他依然身穿官服。梁启超问及外间局势，谭嗣同心情郁闷地说："劫宫救驾之事，王五感到力不从心，内外森严，无法下手，说容日后再图之。康先生仍未有消息。今早又听说上谕饬令荣禄，严密缉拿他了。"

梁启超又一次劝谭嗣同："复生兄，你我还是一起在此躲避为好。"

谭嗣同慷慨陈词："不有行者，无以图将来；不有死者，无以酬圣主。我既然参与新政，入了军机，重任在肩，岂可临难逃脱，唯有一死，以酬皇上矣。"

说罢，便将带来的一箧诗文手稿托梁启超保存："卓如，自甲午认识以来，你我成了莫逆之交，这些东西雪泥鸿爪，本不可取，只是我平生心血的积累，望你代为保存。我俩今世诀别了，愿你平安脱险，见到康先生，代我问好……"

因不懂日语，谭嗣同又写了几个字递给在场的日使馆武官："梁启超君甚有用，请保护之。"

日本武官也写道："君亦应留此。"

谭嗣同一笑置之："中国眼看就要被瓜分，我要用鲜血唤醒民众。虽肝胆涂地，亦含笑九泉！"

梁启超凄楚不堪："复生兄，还是三思……"

谭嗣同慨然曰："各国变法，无不从流血而成。今中国未闻有因变法而流血者，此国之所以不昌也。有之，请自嗣同始！"

梁启超大恸，两人相拥，洒泪而别。此一别可谓生死之别，一个要以自己的热血唤醒中国国民；一个要留下来继续献身救国，同道异径，自此别过。

下午，林权助陪同伊藤博文来到内室，约见梁启超。

伊藤博文称赞道："梁君是个非凡人才！是大大的有为青年。中国要有这样的青年才有希望。"

梁启超说："如今皇上有难，康先生未知生死，同志身隐斧钺，叫我如何是好？"

伊藤博文安慰道："梁君不必难过。中国有句古语：君子报仇，十年不晚。何必如此焦急？"

正说话间，门房进来禀报，使馆外有捕手窥视，监视出入之人。伊藤博文便对林权助说："梁君在此不便久留，须即转移，帮他逃往敝国。"

八月初七，一群化了装的日本人，哄哄嚷嚷乘坐马车来到正阳门外火车站，登上从北京开往天津的火车，其中就有梁启超、郑永昌，还有平山周等五人相随。

梁启超一行在天津火车站下车，天还未亮。他们顺着铁轨旁凹凸不平的石渣路随着旅客的人流走向月台。眼观四方的梁启超忽然发现有可疑的人在月台上监视进出旅客，马上拉着郑永昌绕开月台，专往人多的地方钻。他们走出车站，匆匆奔向白河。一艘名叫"快马"的机动小艇挂着两盏与众不同的风灯在那儿接应。

喧嚣的大海似乎在呼喊，只有梁启超能听懂。

小艇像离弦之箭，在暗沉沉的海面穿行，似在呼应大海。

梁启超发现有艘巡艇尾随而来，马上告知郑永昌。郑永昌下令，"快马"全速向上游开去。

上游停泊着一艘巨型军舰，这就是日本"大岛"号。当"快马"驶近它时，郑永昌挥动白色手帕，军舰上早有准备的水兵立即放下舷梯让小艇上的人登上去。

尾追而来的蒸汽巡艇，看见小艇的人登上军舰，掉头驶到白河下游的日本商船旁边，登上商船去检查。

这艘巡艇确实是来追捕梁启超的。当时荣禄接到情报后，即派亲信王修植（北洋候补道，兼北洋学堂总办）带领捕手前去追截。而王修植同情维新，不满西太后独断专横，曾和梁启超有交往，对梁启超有好感。他根据情报和小艇的去向，估计小艇上的人，八九不离十是梁启超。他有心放走梁启超，不上"大岛"军舰，改为登上商船，假意查问一番，便回去交差。

八月初八，王照也由日本使馆送来"大岛"军舰。原来，王照也是"百日维新"运动中的一名拥护维新的京官，政变后，四处躲避，最后进入日本使馆。

初九，王照与梁启超两人死里逃生，感慨万千。王照告诉梁启超这几天京师情况，还特别提到谭嗣同、林旭、杨锐、刘光第四军机以及矿务铁路总局主管大臣张荫桓、礼部右侍郎徐致靖、御史杨深秀均被革职拿办，性命亦恐难保……

梁启超痛楚万分：支持维新的一代"圣主"被废了；一批参与维新的中坚身羁囹圄；一场变法图强、拯救中华民族的运动被扼杀。他放眼西岸，祖国一山一水、一房一舍多么值得留恋。

呜——呜！军舰升火起航了，梁启超心中的排空浊浪和海面一样，挥泪写下《去国行》：

呜呼！济艰乏才兮，儒冠容容。倭头不斩兮，侠剑无功。君恩友仇两未报，死于贼手毋乃非英雄。割慈忍泪出国门，掉头不顾吾其东。

东方古称君子国，种族文教咸我同。尔来封狼逐逐磨齿瞰西北，唇齿患难尤相通。大陆山河若破碎，巢覆完卵难为功。我来欲作秦廷七日哭，大邦犹幸非宋聋。

却读东史说东故，卅年前事将毋同。城狐社鼠积威福，王室蠢蠢如赘痛。浮云蔽日不可扫，坐令蝼蚁食应龙。可怜志士死社稷，前仆后起形影从。一夫敢射百决拾，水户萨长之间流血成川红。尔来明治新政耀大地，驾欧凌美气葱茏。旁人闻歌岂闻哭，此乃百千志士头颅血泪回苍穹。

吁嗟乎！男儿三十无奇功，誓把区区七尺还天公。不幸则为僧月照，幸则为南洲翁。不然高山蒲生象山松荫之间占一席，守此松筠涉严冬，坐待春回终当有东风。

吁嗟乎！古人往矣不可见，山高水深闻古踪。潇潇风雨满天地，飘然一身如转蓬，披发长啸览太空。前路蓬山一万重，掉头不顾吾其东。

梁启超乘搭的"大岛"军舰在海上停泊了20多天，直有奉令"换防"才启程。所以梁启超抵达东京时，已经是九月初二了。在护送的日本人平山周、山田良政等人悉心照顾下，梁启超被暂时安排住进东京牛込区马场下町一间寓所。

梁启超在日本安顿下来，才知道他心中万千牵挂的那些志士仁人于1898年9月28日在北京宣武门外的菜市口刑场英勇就义，他们是谭嗣同、康广仁、林旭、杨深秀、杨锐、刘光第六人。

梁启超手持报纸，读着谭嗣同临终前在狱中所写的就义诗：

> 望门投止思张俭，忍死须臾待杜根。
> 我自横刀向天笑，去留肝胆两昆仑。

他恍然走出门外，听到日本学堂的孩子们似在唱着这首诗，仔细听，果然不错，这些童稚的歌声，悲壮豪迈，却又如泣如诉，梁启超站在原地，再也迈不开步伐，沉浸在一片悲凉之中。原来，谭嗣同就义之后，这首诗立即被刊登在报纸上，电传至日本，当即被谱出曲调，教学生们传唱，以此作为志士仁人的教育素材。

梁启超后来才知道，谭嗣同与他当日在日本使馆挥泪拥别之后，回到浏阳会馆的次日，日本方面又派人去请他到日本使馆躲避。他坚辞不就。初八、初九继续和大刀王五设法营救光绪帝，但最终未能下手。为此，他早就做好了慷慨赴死的准备。此前，他为了保护自己的父亲谭继洵，先冒充自己的父亲向朝廷上了一道奏片，"黜革忤逆子嗣同"，使他的父亲免于罪责。他知道，一旦事败，时任湖北巡抚的父亲必然会遭受牵连，若父亲遭此罪责，那就是他大不孝了，这也是他唯一纠结难断的最后牵挂。思来想去，他最后冒充父亲，写了奏片，托人递交上去，同时留下底稿，托人转交父亲谭继洵。当谭继洵收到儿子这些反复修改誊抄的底稿时，谭嗣同已然在狱中，谭继洵抚稿于胸口，字字满含父子深情血泪的文字，使他老泪纵横，失声痛哭。家人不知何故，手足失措。等他哭够了，立即让家人前往北京。他知道儿子已然归期至矣。

谭继洵万万没有料到，慈禧对他的"忤逆子"谭嗣同的恨真是咬牙切齿的，直到后来他闻听慈禧命令刽子手用钝刀砍谭嗣同，连砍28刀，谭嗣同才闭上了眼睛。行刑现场，围观的老百姓跪地痛哭，菜市口刑场一片悲哭哀号之声。

谭继洵闻听此说，半晌说不出话来，开口"呃呃"哽咽半天，接着咳出一连串的血珠儿，咳完血，他颤抖着双手，为儿子写下了挽联：

> 石古苔生遍；
> 亭香草不凡。

写完又含泪大笑曰："吾可以其子告慰谭氏祖宗矣！"

谭继洵最终还是受到牵连，罢官归乡，不久郁郁而终于家山脚下。

梁启超得知行刑详情，泣涕不能自已。他悲痛欲绝，写下了《谭嗣同传》，刊于1899年1月22日《清议报》第四册。其中写道：

……遂相与一抱而别。初七八九三日，君复与侠士谋救皇上，事卒不成，初十日遂被逮。被逮之前一日，日本志士数辈苦劝君东游，君不听。再四强之，君曰："各国变法，无不从流血而成。今中国未闻有因变法而流血者，此国之所以不昌也。有之，请自嗣同始！"卒不去，故及于难。……以八月十三日斩于市，春秋三十有三。就义之日，观者万人，君慷慨神气不少变。时军机大臣刚毅监斩，君呼刚前曰："吾有一言！"刚去不听，乃从容就戮。呜呼烈矣！

君资性绝特，于学无所不窥，而以日新为宗旨，故无所沾滞；善能舍己从人，故其学日进，每十日不相见，则议论学识必有增长。少年曾为考据笺注金石刻镂诗古文辞之学，亦好谈中国古兵法；三十岁以后，悉弃去，究心泰西天算格致政治历史之学，皆有心得，又究心教宗。……

梁启超此前写下了《康广仁传》，刊发在《清议报》第六册。他在此传中追述了康有为弟弟康广仁的人生经历。康有溥，字广仁，号幼博，"精悍厉鸷，明照锐断，见事理若区别黑白，勇于任事，洞于察机"，他自幼就不屑于科举考试，因此，康有为让他身入小吏，在当时人间最肮脏的地方去历练，果然，康广仁在浙江做小吏，后来看不惯清朝官场的腐败之相，终于挂冠离开。他对兄长从事的事业的认识的确是清醒的，他曾劝说康有为，"八股已废，力劝伯兄，宜速拂衣，虽多陈无益，且恐祸变生也……弟且夕力言，新旧水火，大权在后，决无成功，何必冒祸……"又在致何易一的信中指出："伯兄规模太广，志气太锐，包揽太多，同志太孤，举行太大。当地排者、忌者、挤者、谤者盈衢塞巷，而上又无权，安能有成？弟私窃深忧之，故常谓但竭力废八股，俾民智能开，则危崖上转石，不患不能至地。今已如愿，八股已废，力劝伯兄宜速拂衣，虽多陈无益，且恐祸变生也。"他的清醒不仅仅是对兄长独有的，而且是建立在对国家整体的认识和判断之上的，他洞晓国民被独裁者统治时间太久，没有达到相应的素质和认识，所以，劝康梁二人，再宣传唤醒民众三年，之后再推行改革，尚有可能。

阿兄可以出京矣。我国改革之期今尚未至。且千年来，行愚民之政，压抑既久，人才乏绝，今全国之人材，尚不足以任全国之事，改革甚难有效。今科举既变，学堂既开，阿兄宜归广东、上海，卓如宜归湖南，专心教育之事，著书译书撰报，激励士民爱国之心，养成多数实用之才，三年之后，然后可大行改革也。

这自是他对兄长最为推心置腹的话了，既有家之情怀，也有国之大者，然康有为当日在南海会馆就言辞斥责了他，怕自己被万夫所指，继而在梁启超、谭嗣同和他的共同力劝之下，才离开北京南下。然而，他却在南海会馆被逮捕了。虽然如此，他还是知道这是唤醒国民的舍身义举，但他并不抱怨自己的同仁和兄长，在狱中，他毅然高歌赴死，告诫程钱两位，视死如归，"死则中国之强在此矣"！梁启超在其传中写道：

既被逮之日，与同居二人程式谷、钱维骥同在狱中，言笑自若，高歌声出金石。程、钱等固不知密诏及救护之事，然闻令出西后，乃曰："我等必死矣。"君厉声曰："死亦何伤！汝年已二十余矣，我年已三十余矣，不犹愈于生数月而死，数岁而死者乎？且一刀而死，不犹愈于抱病岁月而死者乎？特恐我等未必死耳，死则中国之强在此矣，死又何伤哉？"程曰："君所言甚是，第外国变法，皆前者死，后者继，今我国新党甚寡弱，恐我辈一死后，无继者也。"君曰："八股已废，人才将辈出矣，何患无继哉？"神气雍容，临节终不少变，呜呼烈矣！

康广仁被杀后，在一个凄风苦雨的夜晚，有人将他的遗骸偷运至香港，默默掩埋。可叹的是康有为之母及原配夫人张云珠逃往香港居住后，痴痴守护康广仁坟茔15年。1913年8月9日，康母去世，康有为从日本奔丧归港，是年12月1日，康有为租"海明"轮，将其灵柩运回南海埋葬。康广仁终于和母亲一起回到了广东南海县老家。

梁启超同时也为刘光第立传。这位四川自贡籍的进士，34岁授刑部候补主事。在京任职时，生活清贫，却不事权贵。他时常深陷在国家处于危难之际的沉思中，整日读书，寻求救国之策，他认为不改革弊政，不兴新学、不行新政，这个国家是绝对不行的。1898年（光绪二十四年）9月5日，光绪下诏赏他与谭嗣同、杨锐、林旭四品卿衔，在军机章京上行走，参与新政。政变被捕，他多次质询朝廷没有按照国法审讯，直至刑场，刽子手强按他跪地，他屹立不从，"神气冲夷，淡定如平日"。受刑后，头被砍了，身躯还挺立不倒。围观百姓哗然不敢出声，莫不为之惊心动魄，都认为这是刘光第的英魂不散，有人拿出香蜡纸烛为他招魂。

可叹的是，刘光第问斩时，他十四五岁的儿子只是仓促知道其事，哪里有什么办法救自己的父亲，他赶赴至菜市口的刑场，跪在现场，向监斩官刚毅叩头求情，额头磕得鲜血直流，请求代为父亲受刑去死。刚毅哪里顾及这个小小少年的请求，坚决不允。刘光第满眼的泪水，喊叫儿子起来，哽咽难当，大喊："快快下手！"刽子手手起刀落，刘光第的人头滚落在地，眼睛里还流着泪水，眼睁睁看着自己尚未成年的儿子，死难瞑目。这位少年继而冲上前，抱着自己父亲的头，刹那间，父首喷出了满口的鲜血，呻吟哭泣之余，他抱着父首，缓缓跪行至父亲的躯体边上，将身首合在一起，号啕恸哭，其声哀切，无所顾忌，直至半夜，哭声渐衰。次日凌晨，人们见其子已于晚上泣血而死在父亲的尸体旁边。

三十五年后梁先生亲为其昌追述当时的情形说："裴邨（刘光第）临刑，其嗣子不过十四岁或十六岁，仓卒确知，别无法救；赶赴刑场向监斩官刚毅叩头流血，请代父死，不允。既斩，抱其父头而哭，立时呕血，半夜而死。……"闻之酸鼻。（吴其昌《梁启超传》，台海出版社2019年版，第143页）

沉浸在悲痛之中的梁启超，以文字表达对这些志士同仁的无尽怀念，继而泣血含泪，又写了《林旭传》。林旭，福建侯官（今福州）人，但他齿于荣禄之人品，不肯就于荣禄：

初，荣禄尝为福州将军，雅好闽人，而君又沈文肃公之孙婿，才名藉甚，故荣颇欲罗致之。五月，荣既至天津，乃招君入幕府。君入都请命于南海，问可就否？南海曰："就之何害，若能责以大义，怵以时变，从容开导其迷谬，暗中消遏其阴谋，亦大善事也。"于是君乃决就荣禄，已而举应经济特科。会少詹王锡蕃荐君于朝，七月召见，上命将奏对之语，再誊出呈览……

1898年9月24日被捕入狱，他在狱中给谭嗣同写下了一首诗《狱中示复生》：

> 青蒲饮泣知何补，
> 慷慨难酬国士恩。
> 欲为君歌千里草，
> 本初健者莫轻言。

临刑时，林旭神色自若，仰天长啸："君子死，正义尽！"林旭时年仅23岁，其妻沈鹊应（静仪）闻讯，痛不欲生，家人谨慎看护，沈鹊应写下一副挽联，表达其肝肠寸断的哀恸之情：

伊何人？我何人？全凭六礼结成，惹得今朝烦恼；

生不见，死不见，但愿三生有幸，再结来世姻缘。

她最终哀伤过度，抑郁难当，吞下过量的毒性药物于1900年4月香消玉殒，年仅24岁，无子女。她也是福建侯官人，与林旭青梅竹马，是林则徐曾外孙女，清代重臣沈葆桢之孙女。19岁和林旭师从著名诗人陈衍，两人同窗读书，言诗论词，从事诗词创作。据林纾《剑腥录》载，林旭死前唯一挂念"娇妻尚在江表，莫得一面，英烈之性，必从吾死，不期酸泪如鲠"。沈静仪死后，二人终究归葬一处。

梁启超在《林旭传》中写道：

君（林旭）妻沈静仪，沈文肃公葆桢之孙女。得报，痛哭不欲生。将亲入都收遗骸，为家人所劝禁，乃仰药以殉！……

梁启超为六君子一一立传。他在《杨深秀传》中写道：

……衣食或不继，时惟佣诗文以自给，不稍改其初。居京师二十年，恶衣菲食，敝车羸马，坚苦刻厉，高节绝伦，盖有古君子之风焉。……

论曰：漪村先生可谓义形于色矣。彼逆后贼臣，包藏祸心，蓄志既久，先生岂不知之？垂帘之诏既下，祸变已成，非空言所能补救，先生岂不知之？而乃入虎穴，蹈虎尾，抗疏谔谔，为请撤帘之迂论，斯岂非孔子所谓愚不可及者耶？八月初六之变，天地反常，日月异色，内外大小臣僚，数以万计，下心低首，忍气吞声，无一敢怒之而敢言之者，而先生乃从容慷慨，以明大义于天下，宁不知其无益哉？以为凡有血气者，固不可不尔也。呜呼！荆卿虽醢，暴嬴之魄已寒；敬业虽夷，牝朝之数随尽。仁人君子之立言行事，岂计成败乎？

漪村先生可谓义形于色矣。

1898年9月21日（八月初六日）慈禧太后发动政变，光绪帝被囚禁，康梁逃亡。杨深秀根本不管什么个人安危，正打算前往南苑，继续说服董福祥军反正，"动以忠义，俾救主上，反正，则新政大行"。可惜抓捕他的人已到，他从容就捕。在狱中，他激昂慷慨，在墙壁上题诗三首，以其个人大义激励后来者。

其一云：

久拼生死一毛轻，臣罪偏由积毁成。
自晓龙逄非俊物，何尝虎会敢徒行。
圣人岂有胸中气，下士空思身后名。
缧绁到头真不怨，未知谁复请长缨。

9月24日杨深秀被捕，三天之后，被杀害，时年49岁。

梁启超在《杨锐传》中说：

……君博学，长于诗，尝辑注《晋书》，极闳博，于京师诸名士中，称尊宿焉。然谦抑自持，与人言恂恂如不出口，绝无名士轻薄之风，君子重之。

论曰：叔峤之接人发论循循若处子，至其尚气节，明大义，立身不苟，见危授命，有古君子之风焉。以视平日口谈忠孝，动称义愤，一遇君父朋友之难，则反眼下石者何如哉？

杨锐，四川绵竹人，光绪十一年（1885）在顺天乡试中，考取内阁中书，获章京记名，协编《大清会典》。书成后晋升内阁侍读。杨锐身入政坛以后，即义无反顾地投入维新变法、救亡图存的活动中。1898年9月24日，杨锐被捕，关在了刑部大牢。张之洞急电盛宣怀，请顺天府尹陈夔龙及户部尚书、协办大学士王文韶营救杨锐。同时致电当时在京的湖北按察使，提出杨锐由湖南巡抚陈宝箴保荐，与康没有关系；在给翟鸿的电文中，请他找王文韶、刚毅帮忙。在9月27日晚，他还致电在天津的荣禄，表示要亲自为杨锐作保。但是刚毅却因杨锐说他刚愎无知，且阻挠变法，不帮反蛊，在慈禧面前鼓煽："此辈多杀几个何惜？"

24日凌晨，杨锐在绳匠胡同寓所被捕。28日，杨锐与其他五人同时遇害，年仅41岁。

除"六君子"被杀之外，凡主张变法、保荐维新党人、与维新党人有关系者，分别遭拘捕、禁革、遣戍：

礼部尚书李端棻（苾园）革职，遣戍新疆；

礼部右侍郎徐致靖（子静）革职下狱永禁，其子湖南学政徐仁铸（研甫）、翰林院编修徐仁镜（莹甫），均革职，永不叙用；

湖南巡抚陈宝箴（右铭）及其子吏部主事陈三立（伯严）均革职，永不叙用；

矿务铁路总局主管大臣张荫桓（樵野）革职抄家，遣戍新疆；

广东学政张百熙（冶秋）革职留任；

前翰林院侍读学士文廷式（芸阁）拿办，逮捕家属；

礼部左侍郎王锡蕃（季樵）革职，永不叙用；

出使日本大臣黄遵宪（公度）免官，逮捕；

礼部主事王照（小航）革职拿办，逮捕家属，查抄家产；

山东道监察御史宋伯鲁（子钝）革职拿问，永不叙用；

总理各国事务衙门章京兼办铁路矿务事李岳瑞（孟符）革职，永不叙用；

总理衙门章京行走江标（建霞）、翰林院庶吉士熊希龄（秉三），并革职，永不叙用，圈禁于家；

总理各国事务衙门章京张菊生（元济）革职，永不叙用；

举人皮锡瑞（鹿门）驱逐回籍，严加看管；

"飞鹰"舰管带刘冠雄下狱；

湖北巡抚谭继洵（谭嗣同之父）逐回籍；

举人程式穀、拔贡钱惟骥，因与康有为同居，皆遭逮捕。[①]

八月十一日，恢复变法中撤销的所有机构，裁撤的所有官员官复原职；禁止平民上书；废时务报馆；停设各省州县中小学堂。

二十四日，恢复八股取士制度；查禁全国报馆，严拿报馆主笔。

二十六日，禁止设立会社，拿办会员；恢复此前撤销的广东、湖北、云南三省巡抚。

九月十八日，恢复武试马步箭弓刀石之制。[②]

---

① 据《戊戌政变记》《戊戌变法人物传稿》《戊戌履霜录》。
② 同上。

流变中的持守

戊戌政变之后，梁启超抵达日本，于流亡中求变，矢志不移，继续寻求救国之路。他枉尺直寻，求助日本无果，随即构建舆论工具，创办《清议报》，持续发表宏论，吁请救国，第一次以舆论左右了朝政，进而组织武装，发起了『勤王起义』。

　　梁启超显然没有想清楚：要不要皇帝？他已经尽了全力，要不来，皇帝已经被废了；不要吧，老师要。如果不要皇帝，首先要做出选择：要不要老师？

1. 两束聚拢的焰火

　　无边幽暗的海面，凝滞不动的波澜，缥缈遥远的海岛。

　　"大岛"军舰在海上停泊了二十多天，好在清廷没有足够的证据说明梁启超在船上，俄国也没有挑起事端，日方这才将他运抵东京。彼时，已是九月初二了。在护送他的日本人平山周、山田良政等人悉心照顾和"营救"下，梁启超被暂时安排住进东京牛込区马场下町一间寓所。

　　日本当局如此费心营救梁启超这些维新派人物，远非出于支持维新事业，恰恰是出于他们自己巨大无边的贪欲。对中国这块"肥肉"，日方仅仅得到台湾、澎湖列岛和一大笔赔偿费还远远不够，他们想要通过扶植维新党，进而将中国局面搞得更乱、更糟，使清廷内外交困，无力应付；再加上他们明治维新后的船坚炮利，他们为所欲为，而维新派人士，包括梁启超在内，多次请求他们，幻想日本能够直接以武力支持保护光绪的时候，他们却断然拒绝，不干涉中国内政。在他们的内心深处，帮助中国创立一个新的政府，像他们一样维新变法，走上资本主义道路，这显然是为自己树立了一个更强大的敌人，因此，这些所谓的支持都是有限度的，或者说只是表面文章，根本不是实质性的支持，他们只是让维新派不死，让清廷的内患不断。只要清廷内患不断，他们的筹码就更有力。他们的最终目的是在瓜分中国这块蛋糕时，他们分得更多。

而在这场瓜分中，俄国是日本最强劲的对手。早在"百日维新"之前的四月十五日，慈禧就派李鸿章与沙俄签订了《中俄密约》，全约共六条，又称《防御同盟条约》，"共同防御"的对象是日本，内容是：日本如侵占俄国远东或中国以及朝鲜土地，中俄两国应以全部海、陆军互相援助；非两国共商，缔约国一方不得单独与敌方议和；开战时，中国所有口岸均准俄国兵船驶入；为使俄国便于运输部队，中国允于黑龙江、吉林地方接造铁路，以达海参崴，该事交由华俄道胜银行承办经理；无论战时或平时，俄国都可通过该路运送军队军需品；此约自铁路合同批准日起，有效期十五年。前两条是联俄拒日，后四条是清廷给俄国的"优惠条件"。

此条约的签订对于日本是一个沉重打击，日本幻想扶植另外一个政府，才能作废此前的《中俄密约》，重组中国政府，排斥沙俄在华势力。而眼下，虽然变法维新失败了，但他们不甘心就此罢休，仍把维新派和反清的革命力量看成是实现日本野心的潜在"抓手"。基于这样的意图，他们就把希望放在康有为、梁启超为首的维新派和孙中山为首的革命派身上。

此时的中国，已然沦为列强的刀下之瓜了。英、法、德、美诸国的势力范围基本上在中国南方，与日本的矛盾并不那么尖锐；日本以朝鲜作为跳板独吞中国北部，这就和沙俄的南侵政策发生了冲突。

故此，日本和英、美诸国在私下达成了默契：暗中声援和鼓励维新党人。不管是前任总理大臣伊藤博文或时任总理大臣兼外务相大隈重信，都主张全力营救中国的维新人士。他们还把康有为从中国香港接来日本与梁启超相会，又希望维新派与革命派两党联合，以壮大力量。

九月十二日，梁启超向日本总理大臣大隈重信上书，详陈中国变法、改革成败，分析中国当下的形势，说："愈压之则愈振，愈虐之则愈奋，正所谓'野火烧不尽，春风吹又生'者，今时不过萌芽而已。数年以后，此辈皆成就，欧人欲臣而妾之，恐未易也。……视贵国三十年前，多未让也。"他陈述了中国与日本的利害关系，希望他能够出手相助。（据《戊戌变法（二）》）

接着，与大隈重信的代表志贺重昂见面，出于两人语言交流都有障碍，他们选择笔谈。

梁启超和志贺重昂此前虽然未曾谋面，却是了解彼此的，梁启超的政论此时在日本已经无人不知，而志贺重昂曾著有《南洋时事》《日本风景论》等，梁启超也有所耳闻。志贺重昂对中国问题甚为了解，所以他们笔谈很快就触及到了问题的实质，梁启超说，光绪帝如今被幽禁，请求日本政府帮助复权。志贺重昂问梁启超，是要光明正大地出面，还是隐蔽之功夫？梁启超说，十五天前，用隐蔽之功夫还可行，如今怕是没用了；光明正大、仗义执言地帮助，若能联合英美，日清英美四国联盟，当然最好不过。如果贵国政府愿意帮助，再去找英美谈。志贺重昂说，不如请康先生飞一趟英美，以图英人施援，你留在日本图谋以后。梁启超说，现在我们有一志同道合的人，叫容闳，曾任驻美国公使，后来免官，在美国已经住了三十多年，正好一个月后来日本，康先生来日本之后，一起前往美国。

十二日、十三日梁启超和志贺重昂笔谈商量好了计划，心情复杂，对于日本这个贪得无厌的敌国，他何尝有好感？甲午战败的第一次"公车上书"，他就强烈主张"主战""拒和"来抵御这个国家。对于亡国之恨，他何尝不痛心疾首，哀朝鲜之沦亡，痛台湾之割日、丧权辱国，自然使他悲吟出那些"槁饿还爱国，寄愁欲问天""以劳歌杂涕泪，今夕是何年"的悲壮诗篇。而眼下，虽把敌国称友邦，只不过是"礼下于人，必有所求"。

好在十三日中午笔谈结束时，志贺重昂告诉梁启超另外一个好消息，他们已经接康先生来日本了，今晚将抵达，初步安排在三桥旅馆。

梁启超整理了一下笔谈的结果，即动身前往康师所在的旅馆。在旅馆，康有为一见梁启超，起初一愕，继而拖屦上前，与梁启超相拥而泣。

待情绪稳定，两人坐定，梁启超便将自己脱险来日本的经过细说一遍。

康有为也无限感慨讲了自己脱险经过："初五早上出京，至天黑抵塘沽。初拟乘招商局'海晏'轮赴沪，因其迟启航，即改乘'重庆'轮，于初六日上午十一时开出。抵烟台停客，我还逛市采买了几篓烟台苹果和一些贝壳呢，全然不知道荣禄已派'飞鹰'号军舰追来。'飞鹰'舰时速30海里，快过'重庆'号一倍，但该舰长刘冠雄追了半程，推说煤不够，便借故返航。"

梁启超松了口气："如此看来，他是故意不追的。"

康有为呷了口茶，接着道："轮船将入吴淞。我走上甲板眺望上海。忽有一个英国人问我：'先生是康有为吗？'我从未与此人谋面，只好含糊以应。他取出一张照片，核对我相貌，点头，又问：'你在北京杀过人吗？'我笑道：'吾乃一介书生，为何杀人？'这英国人拿出一张上海道蔡钧抄录的上谕给我看，只见写着：'已革工部主事康有为，进红丸毒弑大清皇帝，饬即密拿，就地正法！'我看了这道上谕，顿时头昏目眩，哭将起来，将宫廷之事及'衣带诏'告知英国人。他说：'吾乃英国工部局员濮兰德。敝国领事深知你是位忠臣，必无弑君之事。况且君向来主张联英制俄，故特来相救，请速随我下轮，迟了恐怕上海官员来搜船呢。'我往海面一看，只见巡艇来往游弋；岸上法租界大码头，军警林立。知道事态严重，即随之下轮，转往英国'琶理瑞'轮船。"

梁启超紧张得透不过气来："那后来呢？"

"登轮之后，闻皇上被囚禁于瀛台，且已被杀害，我痛不欲生，即时口占一绝：'忽洒龙髯黳太阴，紫微光掩帝星沉。孤臣辜负传衣带，碧海青天夜夜心。'随即写遗书，交与随从李唐收藏，不如蹈海自尽。那英人见状，急将我抱住，安慰道：'皇帝未被害，只是传闻而已。'我听了才稍安心。即在轮中，致函电告广州及澳门，托同人救护家属。次日，英国驻上海总领事白利南君前来送行，还派了两舰护航，上海捕船见状只好悻悻离去。轮船于十四日安抵香港。"

梁启超问："先生在沪探听过译书局的事吗？"

康有为说："我在沪轮滞留时，曾托英人送书往大同译书局及你家眷之寓所，回复皆云无人。后来我在香港闻何穗田言及，杨子勤帮你家搬往虹口何擎一君寓。令尊与孟华于初八已从沪乘邮船回粤。其余人亦于十三日由沪赴澳，皆平安无事。"

梁启超这才放下心上的大石。

两人直谈至深夜，康有为叮嘱梁启超说："在日本仍有作为，要设法争取日本人支持。"拂晓鸡啼，师生才分手。

次日晨起，梁启超急忙给夫人李蕙仙写信，告知康师来日本，他们已经见面，也得知她们母子安全赴澳，父亲已经遣至澳门，后转香港。同时告知，他在日本一切安好，只是愧对李端棻兄，被革职遣戍新疆，心中万分不安，牵连过多。同月十五日、十月六日、十三日、二十七日多次致信李蕙仙。

写完信，正沉浸于悲伤之中，突然听到张顺的喊声："大少，平山先生来了。"

"梁君在闭门修书？"平山周一进来，看见书桌堆满纸笔，便顺口问道。

"正好写了一封意见书，劳先生代为呈送。"梁启超把刚写好的书信交给平山周。

平山周接过，对梁启超说："梁君，我想介绍一位朋友给你相识。"

"就是帮助康先生从香港来日本的宫崎滔天[①]。"

梁启超早听说过这位志士的大名，欣然说："好。劳你带我去拜访他。"

平山周说："宫崎滔天奔波四海，在东京没有家，现他正在料理店等着呢。"

在一间不大的料理店，梁启超会见了这位一直热心于中国革命事业、曾多次到中国调查情况、久居中国的宫崎滔天。他生得虎眼鹰鼻、剑眉横挑、满脸豪气，梁启超一见连忙施礼："宫崎先生，久仰！"

宫崎快人快语："梁先生，我是来和你商量一件大事情。"

"请赐教。"

"中国革命，重要的是人才。与其得三军，何如获一将！维新领袖有康、梁，革命领袖有孙逸仙。你们目标一致，可否联合一起：聚沙成塔，众志成城啊？"

梁启超稍加思索："这是件大好事。早年我们曾经与孙中山的人见过面。联合的事须和康先生商量。"

宫崎一听要问康有为，便有点失望："前些时日，康先生到香港，中山先生和陈少白闻听政变之后，他们都有同病相怜之意，拟前往慰问，同时促进友情。我专程前往拜访康先生，告知孙先生约见的意思，孰料康先生声称自己身奉清帝'衣带诏'，不便和革命党交往，竟然拒绝约见。[②]他不愿来，只派了两个学生来谈，自然毫无结果。"

梁启超愕然，心想："康先生何以未提这事？"他正想追问，只听宫崎又滔滔说起来："我们见他不来，便主动去会晤他。他谈了这次维新变法失败情况，洋洋洒洒，归根是认为西太后是祸根，非除掉不可。他说：'日本侠士闻名于世，欲借以除之。'我问：'你久居草堂，弟子三千，

---

① 宫崎滔天，别号白浪庵滔天，本名宫崎寅藏。自少精武术，性侠义。
② 吴天任：《梁启超年谱》第一册，第318页。原注：《革命逸史》（初集）。

岂无一个荆轲？'他乃面呈愧色。"

平山周看已十一点了，便催促宫崎："快说正经事吧，还要回复木翁①呢。"

宫崎一拍脑袋，说："我这个人，就是好放炮。对了，犬养毅文相托我们来邀请梁君，下午到他家里和孙逸仙相会。"

梁启超想起刚才宫崎说康先生在香港拒绝会见孙先生，内心黯然伤神，眼下，维新失败，康师还是如此固执，还不广交义士，何以举事，他岂能像康师一般固执。梁启超自是满口答应赴会。

下午三点，梁启超随宫崎来到位于早稻田的文相犬养毅邸宅。这是一间精致的日本式别墅。屋外松竹茂密，假山鱼池，樱花、凤尾竹点缀其间，雅趣横生。室内一厅堂，四面环窗，间以绫绸屏障。陈设一式西洋软垫坐椅，地面铺着绣花地毯。梁启超随着宫崎在门外脱履跣足入厅，厅中已有女仆相迎。很快，犬养毅从内室走出，这位文相目光深邃、神态慈和，今年才43岁。他拥护大隈重信的"东亚保存论"，参与扶助中国的维新运动和革命活动。现在又奉大隈的指令，做他们两派的居间调停人，希望促成两党合作。

不一会，陈少白来到，众人围席而坐。人多了不便笔谈，便由宫崎做翻译。

犬养毅先开口道："中日两国一衣带水，同枕太平洋，休戚与共，所以日本十分关注中国志士仁人爱国活动。今天相约两党代表来磋商合作之事。本来孙逸仙准备前来的，但听说康有为不来，便改派陈少白。今天我希望双方能谈出个结果。"

梁启超、陈少白同声致谢。

这时，女仆端上酒肴，先是一盒日本饼食，继而就是一碗碗的海鲜家

---

① 即犬养毅，别号木堂，木翁乃尊称。

禽。主客边食边聊。

席间，梁启超觉得不便谈正事，便向主人说起诗来。他说："我记得前人写过一首竹枝词，是描写贵国史事的。"

宫崎笑道："请念出来，洗耳恭听。"

梁启超说："日出天皇号至尊，五畿七道附庸臣。空传历代吾妻镜，大阁终归木下人。"

诗中的天皇，是日本的皇帝，自称"日出处天子"，以至高无上为尊号。"吾妻镜"，是《吾妻镜》书，记录日本国朝史事；那"木下人"即为平秀吉，他篡夺了日本朝政，自号大阁王。梁启超引这诗的意思，是借木下人影射西太后篡国。犬养毅当然明白这意思，他点点头说道："现在中国情形，和我们日本当年一样，皇权被篡夺了。所以希望你们携手合作，和衷共济，共操大业。"

席终筵散，四人依然围桌座谈。梁启超略略谈过维新运动经过和失败原因之后，陈少白详细介绍孙逸仙的革命主张和组织历次革命活动的情形。他最后强调："要推翻后党，必须采取革命手段。只有我们通力合作，革命才有力量，中国才有希望。"

梁启超也觉得有道理，不断点头。他们一直谈到深夜。犬养毅和宫崎也坐着旁听，宫崎不时转译几句给犬养毅听，他俩看见夜深了，便告辞先退下歇息，留下梁启超和陈少白在厅内继续交谈。

梁启超和陈少白继续讨论了国内外的时局，并从各国的改革谈到日本明治维新，探究戊戌变法的失败根源。陈少白毫不客气道："你们只靠皇帝、靠少数官员进行改革，没有民众参加、没有自己的基本力量，改革哪能成功？我认为要靠组织民众，有自己的队伍，才能有希望。"这番言之有理的话把梁启超的心打动了。他用西方资产阶级的民主、民权、自由学说的观点来衡量，觉得陈少白的说法很有见地。他那种靠改良政治来振兴国家的思想似乎有些动摇，产生了趋向于革命的倾向。最后，他对陈少白说："夔石兄，我明白你的意思。下一步棋如何走，待我回去和康先生商量再决定吧！"

东方天幕已现鱼肚白，窗外，一片秋雾迷蒙。两个为国事奔劳的同乡志士这才结束了这场竟夕之谈。

这次会面，据冯自由《革命逸史》（初集）中描述的是当时参加这次会谈中，孙中山先生是参加了的："……遂约孙、陈、康、梁四人同到早稻田寓所会谈，届期除康外，余人俱到，梁谓康有事不能来，特派彼为代表……"

而这场谈话的当事人之一陈少白在《兴中会革命史要》中描述此次会谈，却也没有提到孙中山先生参加："犬养毅是主人，殷勤招待，四人（应为陈少白、梁启超、犬养毅、宫崎滔天）围坐共话。犬养不懂中国话，陪坐到晚上三更后，就告辞回房安睡，留我们二人继续谈话，直至天亮。"

而在梁启超的著作中始终没有见孙中山参加的字眼。其中隐含着特别有趣的历史谜题，一则是梁启超未敢在著作中提及孙中山，怕其师康有为斥责他背叛师门；二则，孙中山的确没有参加，因为还有两位日本友人做证，此事也是难以隐瞒的。

梁启超和陈少白尽管谈得如此洽意，可惜康有为从未对孙中山的革命党有过任何的合作之意。

次日，梁启超去找康有为。康有为此时已搬到牛込区早稻田的明夷阁了。

这明夷阁是一间神社建筑物，结构似中国的庙宇。托拱飞檐，琉璃黄瓦，蔚为壮观。阁内除了大殿，附近建有住房、客厅，地方宽敞。日本朋友看见康有为来往人多，住在旅舍不方便，便让他搬到这儿来。

梁启超走进康有为住处，正好王照也搬来了。在横滨大同学校任教的康门弟子徐勤、汤觉顿、陈默庵、陈荫农等也趁假日前来拜会康先生，济济一堂。梁启超当即向康有为报告在犬养毅家和陈少白商谈合作的事，康有为听了，面有愠色，但不言语，只从鼻内发出沉闷的哼哼声。

徐勤对孙康合作阳为赞成，阴则反对。此时，他不紧不慢地说："卓如，合作本是件好事，但你不要耳朵软，跟了别人去革命。你还要不要皇上？"

梁启超见康有为不吱声，在旁的徐勤又冷言冷语，如坐针芒，走不是，坐也不是。他实在想不通：维新改革为了什么？还不是要救国。革命也是救国的一种方法，殊途同归嘛……

梁启超显然没有想清楚：要不要皇帝？他是在两可之间，要皇帝，他已经尽了全力，要不来，皇帝已经被废了；不要吧，老师要。如果不要皇帝，首先要做出选择：要不要老师？老师不能不要。既然要老师，那么答案就很清楚了，老师就代表着皇帝。也就是说，老师的学说就是代表着保皇，梁启超没有逾越这一道学术的门槛，没能跨越思想的门槛，只好默默就范般地"要皇帝"。但他并非糊涂到连皇帝要不要得成也不清楚，显然，皇帝是要不来了，他刚刚领教过"要皇帝"所面对的是何其沉重、何其阴冷、何其血腥的现实！

不要皇帝，他们眼下只有一条路：流亡。清廷是不会要他们的了，除非他们重新让皇帝坐上龙椅，然而这何其之难！那么，甩开皇帝，就是革命！陈少白的一番话，已经让他看到了这条道路的前景：唤醒民众，推翻清廷，重新建立一个新的政府！

唤醒民众，他愿意，他一直在做这方面的努力；推翻清廷，眼下也是一致的，而他俩心中的"清廷"却稍有不同，一个要彻底消灭这个王朝，自此不要皇帝；而一个是要消灭眼下的王朝，进而让皇帝重新登基。那么暂时的意见是一致的，推翻眼下的王朝。基于这样的考量，梁启超继续要干的就是办报，继续呐喊，唤起那些有志于拯救国家的志士仁人，推翻眼下的清廷。

而梁启超的尊师康有为却是坚定的：要皇帝，不要革命党，革皇帝之命的人是敌党。

傍晚，陈少白奉孙中山之命，约平山周再次登门拜访康有为磋商合作事宜。入门时碰到徐勤，陈少白向他说明来意。

徐勤眼珠一转，推说道："康师今天身体欠佳，谢绝会客。"

陈少白见他挡驾，只好离去。正好这时，梁启超从伊藤官邸饮宴回来，热情邀他们进去。

康有为见陈少白又来上门，面露不悦之色，只是不便发作。

在康、梁面前，陈少白声情并茂，振振有词，痛斥清廷种种腐败，阐述推翻清朝、建立政权的必要性，主张中国仁人志士要团结一致，共同推翻清政府，拯救中华。他反复述说了很久，最后诚恳地对康有为说："请先生改弦易辙，共同实行革命大业。切勿再对清廷抱有幻想。先生以前对清廷不算不尽力，但到现在他们倒要杀你，你何苦还要竭尽全力去帮助这腐朽的政府呢？即便帮助光绪重新复位，这清朝还是满族的清朝，不是大众的清朝，这民权还在清廷手里，不在大众的手里，我想这些您是清楚的。"

一心忠于皇上的康有为态度傲然，竟说："我奉有皇上的'衣带诏'，本不便与你们这些反叛朝廷的钦犯来往，只是……"

在旁的梁启超实在忍不住了："我们现在不也是朝廷钦犯吗？我们是同病相怜的朋友，是患难与共的兄弟才对。"

康有为瞪了梁启超一眼，对陈少白道："我们与你们还是有所不同。皇上待我们恩重如山，唯有鞠躬尽瘁，力谋起兵勤王，脱其禁锢瀛台之厄，其他非我所知，我只知冬裘夏葛而已。"说罢，撇下陈少白，独自入房歇息去了。

看来资产阶级革命的浪花，虽不时溅湿康有为的长袍马褂和冬裘夏葛，却无法荡涤他那保皇的封建思想。

梁启超基本上是赞同陈少白的说法的，革命二字开始在他心中已经渐次清晰起来。不过，刚才当着康有为的面，他不便明目张胆罢了。现在康有为离开，他便表示可以考虑两党合作。

在旁的欧榘甲听了连忙制止："事关重大，一定要等候康先生决定。"

梁启超摇摇头说："看情形，康先生是不会同意的。"

陈少白问："卓如，你赞成合作，那么，合作之后如何对待康先生?"

梁启超丧气地说："唯有我此后从长计议来说服他了。"

陈少白见康有为毫无诚意，梁启超一时又未能做主，只好和平山周扫兴而归。

　　一直以来，有一种力量簇拥着梁启超，从广州到北京，从小街小巷到朝堂之上，它像一簇簇火苗，不断点燃他，激发他灵魂深处无穷的力量；为了这股不计生命和一切外在的、来自家国的土地深处的涌动之力，他再次热血沸腾：办报唤醒民众！

| 2. 呐喊的《清议报》

　　梁启超痛定思痛，心境渐次悲沉下来，亡命天涯之后，总算有时间想想家人和孩子了，但苦于一时没有确切地址，连信也不知道寄哪里。加之他在和陈少白接触之后，遭遇了康有为对两党合作的白眼和反对，心中苦闷难当，孤独彷徨之时，有一天，张顺拿来一封由澳门《知新报》报馆转来的家信。

　　原来这封信正是李蕙仙捎来的家书。经过了一番生死之乱，他这才意识到牵肠挂肚的家是多么重要，他的大女儿思顺眼下已经五岁，他不知道有多乖巧，娇妻受自己的牵连，东躲西藏，独力支撑，如今不知道又是何等的焦虑，此刻他才深深理解杜甫的那句"家书抵万金"。他急忙拆开妻子的信件，仔细展读，一遍又一遍，才得知她们在上海脱险情况与康师所述相同。信中还说："家乡茶坑故居的亲人早已避至澳门，虽有官府来查抄，但没有像康师老家西樵那样，祖坟被掘，百姓受祸，户无炊烟。此实得助于知县陈伯谦的暗中庇护。"

梁启超看过家信，被最后四个字深深击中："当速来接。"这四个字，饱含着妻子这位大家闺秀多少的情感，多少的担忧，多少的苦衷，似乎在说：哪怕死，我也要和你死在一起，我不怕，我一个人担惊受怕不说，我不愿意让你一个人在异国他乡孤苦一人拼搏，哪怕我在你身边，为你多少分担一些悲苦，起码一家人在一起，不至于多少个不眠之夜为你牵心。是啊，如今这样子，实在不是一个曾经养在深闺的娇妻所应承受的。一股失落、悲苦、难以解脱的哀伤涌上心头，对妻子的歉疚和情思又暮然如滚滚潮水袭来。他想起甲午战争爆发之际，夫妻分手于黄浦江畔，送别爱妻赴黔归宁之际的情景，当时所吟过的一首《台城路·黄浦江送蕙仙归宁之黔，余亦南还矣》：

平生未信离愁苦。放他片帆西去。三叠阳关，一杯浊酒，做就此番情绪。劝君莫醉，怕今夜醒来，我侬行矣。风晓月残，江浔负手向何处。

天涯知是归路。奈东劳西燕，辽绝如许。满地干戈，满天风雪，耐否客愁滋味。几多心事，算只有凄凉，背人无语。待取见时，一声声诉汝。

自戊戌以后，梁启超奔忙国事，颠沛于患难，流落异邦。在这峥嵘岁月中，几乎把情牵千里的思念忘却了。眼下这封家书，又勾起他对妻子的思念，他执笔写下情意绵绵话语，继而接二连三写信给李蕙仙，也许这些书信正是在那场看不见的生死离别之后的另一种况味的补偿。

十月二十七日，梁启超又给其妻李蕙仙写了一封信。信中说："吾在此创报馆已成，现时未领薪，为待其报销行后，乃领也。在此一切起居饮食，皆日本国供给，未尝自用一钱……"[①]

梁启超写完家信，正在沉思之际，一人推门而进，来者正是汤觉

---

① 吴天任：《梁启超年谱》第一册，第316页。

顿^①。他比梁启超小六岁，十七岁入万木草堂读书。来日本后在横滨大同学校任教员，但因不满徐勤的尊孔泥古，郁郁不得志。自梁启超抵日后，他钦佩梁启超思想新颖，才气过人，曾于假日来东京，就教倾谈，结为知己。在明夷阁听了陈少白和康有为的辩论，看见梁启超对待两党合作态度，他内心赞成梁启超的见解。两人见面，又不约而同讲起这件事来。

两人谈论之间，汤觉顿见梁启超心绪不定，对康有为的态度忽冷忽热，只好转移话题："卓如兄，眼下你有何打算？"

梁启超有点灰心："男儿三十无奇功，何去何从？"

汤觉顿正色说："你不说康先生，我理解，但难道连自己应怎么去做，都因此犯讳不说吗？"

梁启超想不到汤觉顿目光如此锐利，自己确有难言之苦，不觉又是一声叹息。

"你的难处不说我也看得出来，你想联孙革命，康先生不答应。我打个比方：皇上想行新政，受到西后掣肘，因为有'祖宗成法'；你想革命，受阻于康先生，因为有'师道尊严'！要想救皇上，要想革命，你就要有勇气冲破这藩篱！"

汤觉顿这番合情合理的话像一声轰雷，震撼了梁启超的心弦：唉，我能够"天马行空，独来独往"吗？我能够离师叛道，自行其是吗？

梁启超和汤觉顿终于想出目前该做的事：在日本创办一份报纸，继往开来，两个志同道合的青年认真地研究一番。为了免受牵制，报社不设在东京，而设在横滨，因为梁启超认识侨商邝汝磐，他和冯镜如创办一家华侨学校，两年前他奉孙逸仙之命，到上海找过梁启超，后来因为忙，康有为才改派了徐勤去当校长。

汤觉顿高兴地说："这是个好主意，冯镜如和他的弟弟冯紫珊，极热

---

① 汤觉顿，原名汤睿，祖籍浙江。其父官于广东，入籍番禺。

心社会公益，靠他们发动侨商支持，定能办成。"

这天晚上，梁启超留汤觉顿吃晚饭，晚上两人又是筹划一番，兴致勃勃谈至深夜。

第二天，梁启超便跟着汤觉顿乘火车前往横滨。

横滨离东京只有48里，火车很快便到了。横滨是东京的门户，也是日本开辟最早的通商口岸，商贾云集，华侨万余人，建有一间中华会馆。

梁启超不知道邝汝磐的商号和住址。汤觉顿眼珠一转，说："我们学校经常去冯镜如先生的店铺买东西，我和你先去找他。就在山下町53番。"汤觉顿带梁启超去到文经文具店，因他还要上课，便回大同学校去了。梁启超独自走进店里去，他对一个伙计问道："冯镜如先生在吗？"

一位四十来岁的老板从账房里走出来。只见他长着一双虎虎有神的眼睛，头戴一顶小瓜皮帽，短发齐肩，微胖的身上穿一件唐装长袍。他也打量了梁启超一眼，和蔼地问道："先生找冯镜如有何贵干？"

梁启超说："我想打听邝汝磐先生的住处。"

"你认识邝先生？"

梁启超说："两年前，邝先生到上海找过我。我叫梁启超。"

"哦，原来是梁先生，失敬！失敬！鄙人就是冯镜如。"他说完，连忙招呼梁启超进入内厅，一面叫人泡茶，一面吩咐人去找邝汝磐。

冯镜如为人行侠好义，且有爱国热忱，在横滨的旅日华侨中很有威信。中日甲午战争爆发后，他痛恨清廷腐败，愤而将发辫剪去，人称他为"无辫仔"，后认识孙中山，即热心支持革命。1895年11月，兴中会横滨分会在他的店内成立，他被推为会长。近来，他听说孙中山、陈少白和康有为、梁启超商谈合作，所以对梁启超的到来深表欢迎。

"梁先生，当年创办中西学校，请驾不成，今天到底还是来了！欢迎！欢迎！"

"小侄有何才能，冯先生错爱了。"

"梁先生是'钟鼓在楼，名声在外。'五洲五洋，有谁不知新会梁启超！"

"大伯过誉了！"

正说话间，伙计回来对冯镜如说："邝老板走埠未回，二爷请来了。"

梁启超一看，进来一个穿唐装短打的中年人，神采奕奕，步履生风。冯镜如连忙介绍，他就是冯镜如的弟弟冯紫珊，在横滨山下町56番开了一间致生印刷店，为人豪侠，有事业心。兴中会横滨分会成立后，被举为司库，支持孙中山活动。

冯镜如和梁启超寒暄几句，便开门见山地问："梁先生找邝老板，有何贵干？"

梁启超顿了顿，说："我，我想找他商量一件事。"

冯镜如朗声道："梁先生有事只管说，邝老板和我们是自己人，你尽可放心。"

梁启超说："如今我们和孙先生正磋商合作，想办一份报纸，扩大宣传。"

冯镜如说："好事，好事嘛。当日梁先生在上海办的《时务报》，小店还代理经销呢。"

冯紫珊高兴地说："办报不困难，我包印刷。"

梁启超喜出望外："全靠伯父们相帮了。"

冯镜如说："无须客气，都是为了救国。"

梁启超见他们如此豪爽，便和盘托出自己的难处："万事起头难啊，现在先要筹一笔开办费。"

冯紫珊爽快地说："这个容易，可以招股集资，当作做生意嘛。"

冯镜如蛮有信心："这筹款的事，包在我们身上。我去找中华会馆和商会的会董商量商量，估计不成问题。"

梁启超正想告辞，冯镜如和冯紫珊热情地留他吃午饭。这时，十七岁的冯懋龙（冯自由）[①]放学回来。冯镜如连忙喊道："懋龙，快来拜见梁先生。"他又对梁启超介绍说："这是犬子。"

梁启超热情地把冯懋龙拉到自己身旁坐下。冯镜如兄弟先后离开客厅，进内间安排午餐去了，只剩下梁启超和冯懋龙。

梁启超："你是在大同学校念书吗？"

冯懋龙："嗯！"

梁启超："你们的徐校长是我的同学，我叫梁启超。"

冯懋龙睁大眼睛，惊喜地说："哦，我读过先生在《时务报》上登的文章。"

梁启超笑问："你欢喜哪些文章？"

冯懋龙答："《论不变法之害》《波兰灭亡记》都曾读过。"

想不到身在异国还听到有人赞扬自己几年前写的文章，梁启超又问："你何时入大同学校？"

冯懋龙说："我爸是校董，创办人。丁酉冬，学校成立，我就入校。"

梁启超问："徐校长讲学怎么样？"

冯懋龙坦率地说："又好，又不好。他注意教导学生树立爱国思想。演讲时事，讲到国难日亟国势日衰，慷慨激昂，学生都很感动。徐校长还规定：凡教室上的黑板及课本书面，皆要写上标语，'国耻未雪，民生多艰，每饭不忘，勖哉小子'16个字。师生每天下课时，必须大呼这16字口

---

① 冯自由（1882—1958），原名懋龙，字健华，后改名自由。祖籍广东南海县盐步高村人。出生于日本，自幼就学日本，1895年在日本横滨加入兴中会。1900年因反对康有为改名自由。同年入东京早稻田大学深造，与郑贯一等创办《开智录》半月刊，主张革命。1917年参与护法之役。历任立法委员、国民政府委员、总统府国策顾问。著有《革命逸史》《华侨革命开国史》《华侨革命组织史话》《社会主义与中国》等书。

号才散。"

梁启超笑了起来："真有意思。"

冯懋龙兴犹未尽："他还编了短歌，歌云：亡国际，如何计；愿难成，功莫济。静言思之，能无羞愧！勖哉小子，万千奋励！我已背得滚瓜烂熟。"

梁启超乐得哈哈大笑。

冯镜如走进来，听到冯懋龙背的短歌，面有微愠之色。

冯镜如感情复杂地说："我这个犬子，大言不惭，竟在书室撰了一联：'大同大器十七岁，中国中兴第一人'，真是不知天高地厚。"

梁启超看见冯懋龙脸色绯红，便说："冯大伯，令郎大志可嘉，前程无量呢！"说完又转而问冯懋龙："你说徐校长有什么不好？"

冯懋龙瞧了父亲一眼，无所顾忌说起来："徐校长就是要我们学生跪拜孔夫子这点不好。每逢礼拜天，他就要我们在孔夫子像前行三跪九叩礼，大家虽不愿意，但不拜不行。有个信基督教的同学不肯跪拜，就被陈荫农先生迫令退学了。"

梁启超"哦"一声，没说什么。

冯紫珊说："这事影响极坏，引起学生家长反感。"

厨子端了菜肴出来，摆桌了。

冯镜如笑嘻嘻地对梁启超说："难得今日梁先生光临。小犬学业未成，鄙意着其拜梁先生为师，请勿见却。"

梁启超连称不敢。

冯镜如对儿子说："还不快向老师叩拜！"冯懋龙上前，拘束地向梁启超下跪叩头。

冯紫珊高声说："再拜！"

冯懋龙又下跪。

冯紫珊又唱："三拜！"

冯懋龙勉强跪下。梁启超连忙把他扶起。说："免了，免了。"

冯镜如说："今天是摆接风酒！又是拜师酒。梁先生，请！"

梁启超被冯紫珊和冯懋龙又拖又拉，拥到席首坐下，未尝杜康，心已醉了。

正如眼前的景象，一直以来，有一种力量就这样簇拥着他，从广州到北京，从小街小巷到朝堂之上，从田间地头到闾里高堂，像一簇簇火苗，不断点燃他，激发他灵魂深处无穷的力量；为了这些力量，为了这些不计生命和一切外在的、来自家国的土地深处的涌动之力，他再次热血沸腾，他没有理由拒绝，他没有理由将正确的、永恒的、升腾不息如大海的浪潮一样的东西拒之心门之外，正是这些东西，才是远方的父老和土地所需要的，才是深陷在灾难中的几千年的人所急切需要的，必须将这些东西归还给他们，他唯一能做的就是唤醒，还有推动，还有不息的抗争。唯如此，这个民族才有希望看到焰火，他们暗淡无光的生活才会被重新点亮，他们心中那灼热的脉管里才会重新找回属于自己的东西。如此，他才对得起那些如河流一般流失的热气腾腾的血液；如此，他才能无愧那呼号奔走、泣血饮泪的呻吟；如此，才能让那一双统治中国多年的大手颤抖、缩回，进而为它戴上枷锁，将其送到另外一个世界去！

梁启超从横滨回到东京，立即到明夷阁向康有为讲述筹办报纸的情形。恰巧康有为外出拜会日本的侯、伯、子爵，尚未回来。梁启超却在这里见到了脱险奔来东京不久的麦孟华。旧友相逢话就多了，麦孟华详细向他叙述其家属在沪脱险经过：

"我从京师南归抵沪，在大同译书局做事。八月初八，接到你从京发来的急电，同人们当即搬到泰安客栈。至晚，我也与宝瑛伯乘船南下。杨子勤帮助嫂夫人从梅福里搬出。嫂夫人后来才想起遗有某行号数千金的存单，央杨子勤取回。当时，梅福里寓所外已有兵勇监视。杨子勤心生一计，即约一位洋人陪同，冒险回寓所取出存单。嫂夫人对此深为感激。旋即搬往虹口小住数天，到十三日便乘邮船南下澳门……"

梁启超听了这番未为康师提及的感人细节，连声说："同人对我一家如此爱护，何以为报？"

正说着，康有为回来了。梁启超向他略述在横滨议办报之事，希望他指点办报的宗旨。

康有为的脸色，瞬间起了微妙的变化。平时那张严肃而又冰冷的面孔，现在又增加了几分凌厉。那炯如闪电的目光，露出不满。从近来梁启超与革命党合作的态度中，他已经察觉这个高足的变化，与徐勤那种唯命是从的驯服态度相比，梁启超显然是要自己做事了，有主见了。他开始看似谆谆教诲起来："你记住！报纸不能离开维新事业的宗旨！第一，万万不能忘记'今上'；第二，万万不能背叛孔夫子！"

梁启超看见老师那张严肃可怖的脸，默不作声。

康有为瞟了梁启超一眼，见他没敢还嘴，缓口气道："报纸办得好，也算好事。孟华，你去帮一把力吧！"

麦孟华应道："弟子遵命！"

室内空气令人窒息，梁启超扯扯麦孟华的衣衫，两人缓步走出明夷阁。

老师又将一把枷锁戴在了自己的双手上。

夕阳晚照，霞烟迷蒙，梁启超无精打采，感到精神压抑。他心里明白：康师叫麦孟华参加办报，不是叫他来帮一把；相反，是来扯一把，把自己拉到康师身旁。梁启超也知道，自从戊戌变法以来麦孟华的观点是保守的，在众多的门人之中，麦和徐勤结成了难兄难弟。只不过他不像徐勤跋扈，甘称小弟罢了。现在，他本想约麦孟华出来，商议办报的事，但话不投机实在难以启齿。

过了几天，梁启超到横滨文经文具店拜会冯镜如，又到山下町致生印刷店拜会冯紫珊，还去中华会馆拜会侨领郑席儒，商量开办报馆事宜。很快，股份募足了，报纸印刷也解决了，社址也赁到了。他便去山下町140号大同学校找汤觉顿。

来到学校大门，墙上挂着一块牌子"大同学校"。梁启超暗自欣赏了一会自己当年泼墨写下的这四个遒劲有力的大字，今在东瀛相见，自感慨良多。

来到汤觉顿的房间，只见他心事重重、垂头丧气。

"唉，我真想早点离开这里！"汤觉顿把受气的原委和盘托出。

原来，徐勤也是心胸狭隘之人，汤觉顿那天在梁启超寓所宿夜，第二天误了课点，徐勤就追问他去了何处。汤觉顿如实说出。徐勤又追问他与梁启超谈论了什么。汤觉顿自然不肯全说，这就激怒了徐勤，他斥责道："你是大同学校的教员还是什么人的食客？他请你去当上卿我不敢留你，你走你的阳关道！"

梁启超见汤觉顿如此处境，便说："觉顿勿虑，来我们的报馆吧。"

汤觉顿惊喜："真的办起来了？"

梁启超便将筹备经过对他说了一遍，最后说："我是来借东风的。现在好了，不用担心徐勤向康师告状说我挖墙脚了。"

当下两人便兴致勃勃议论起办报宗旨来，谁也没料到，这正是一个后来令康有为大为恼火的办报宗旨。

十一月十一日早晨，横滨市居留地139番的一栋楼房里，拥挤着很多过路人。梁启超喜形于色，双手捧着一块簪花披红、写着"清议报"三个镀金大字的招牌从屋里走出来。后边跟着冯镜如、冯紫珊、林北泉一群报董以及麦孟华、汤觉顿等报馆人员。冯镜如从梁启超手中接过招牌，站上椅子，虔诚地把招牌高挂在门旁。接着，爆竹"噼噼啪啪"响了起来。

报馆里，挤拥着争购《清议报》创刊号的人。街上，报童高喊着："《清议报》，新创刊《清议报》，有《戊戌政变记》！"

"《清议报》，有政治小说《佳人奇遇》。"

一个老华侨，买了一本《清议报》，架上老花眼镜，读起来。只见报纸封面①写着出版年月："孔子二千四百四十九年、光绪二十四年岁次戊戌，十一月十一日。"他又看右上角，印着："明治三十一年十二月二十七日，递信省认可。"他摇着头自言自语："又是孔子，又是光绪，还有昭明天皇。"他再而看着下款："经理兼编辑日本冯镜如。"他的脑袋摇得更厉害了："冯老板是个秀才？"

报馆楼上编辑室里，冯镜如不自然地讪笑着对梁启超说："梁先生，你移花接木，竟把这个编辑栽到我头上来哩——"

梁启超幽默地说："我学得乌龟法，得缩头时且缩头啊！"

麦孟华笑道："你不缩头，脑袋就要搬家呢！"

冯镜如说："这算我沾光了！"

梁启超说："还有呀，国内发行全赖你这个书店经理维持呢。"

冯镜如说："没问题，我明天带1000册去上海！"

汤觉顿悄声问梁启超："卓如兄，你猜康先生看了会怎么个样子？"

梁启超深知自己老师脾气："也许会拍桌子！"

果然如此，康有为见了这份报纸，怒目圆睁，大发虎威。

原来，徐勤那天买到创刊号的《清议报》，越看越不对劲，便放下校中事务，带了报纸，乘火车到东京，见康有为。

"老师，你看看这新创刊的《清议报》！"徐勤把小册子递上去。

"嗯，都说些什么？"康有为正在吸水烟没有接，有点不屑一顾的样子。

"有一篇日本人写的《佳人奇遇》，是卓如翻译的。美其名曰政治小说，实际是诲淫货色。"徐勤加油添醋地说。

---

① 当时的报纸是订装成册，大概如现在的16开本规格。

康有为拍起桌子，骂道："胆大包天，亵渎圣门！难道这么快就忘记了我说的办报宗旨。"

"宗旨？先生看看这《叙例》。"徐勤火上浇油。

"念！"康有为把《清议报》推回去。

徐勤念着《叙例》中的办报宗旨："一、维持支那之清议，激发国民之正气；二、增长支那人之学术；三、交通支那日本两国之声气，联其情谊；四、发明东亚学术以保存亚粹。"

康有为"哼"了一声，问："就这四条？"

徐勤应道："是这四条，就是没有老师说的：不要忘记'今上'，不要忘记孔夫子。"

又是"嚓"的一声，康有为几乎在吼叫："混账！你马上回去，叫卓如立即来见我！"

徐勤回到横滨，做贼心虚，不敢直接去《清议报》报馆通知梁启超，只是写了张纸条，叫冯懋龙带给梁启超。

梁启超正在编辑下期《清议报》，虽然是旬刊，但是，他要亲自撰写揭露政变内幕的文章，赶着发稿。工作十分忙碌。他看过徐勤写来的纸条，心中犹豫不决。

汤觉顿走过来，拿起纸条，只见写着：速往京见师，勿误！便对梁启超说："你猜对了，老师定是拍了桌子。"

梁启超有点为难，想不去，可不去不行；去呢？又有点担心。思来想去，想到麦孟华，他虽接近康师，但也同情自己，于是便找他商量。

麦孟华还是那么乐不知天，笑道："'丑妇终要见家翁'嘛，能不去？"

梁启超讪笑道："那就请你做'伴娘'了！"

梁启超和麦孟华抵东京后，忐忑不安地进入明夷阁。

康有为看见梁启超和麦孟华两人到来，愠而不露地说："卓如，可知唤你到来，所为何事？"

"弟子不知。"

康有为把《清议报》扔给梁启超，说："何以忘记孔夫子？"

梁启超看着自己心血凝成的报纸，在老师手里如厕纸一般，被轻飘飘地扔过来，他的内心紧缩了一下，疼得如扎了一针，他没有接，看着那本报纸像一只被乱箭刺得浑身流血的白鸽一般，颓然落地，他没有捡，只是冷峻地看着康有为那张脸，似乎看到了那脸皮下印满了一连串的文字，这些文字似乎深藏满口的仁义道德、满口的之乎者也，满口的子子父父、君君臣臣，满口的皇帝臣子，他知道，老师眼下就像一位皇帝，他要驾驭自己，他要奴役自己，他要压迫、剥夺自己；他要做君王，他要君临天下。

梁启超看清楚了老师的真实的模样，他似乎是在笑，却又看不出来，他貌似恭顺地说："弟子不敢忘！"

康有为发怒了，一拍椅子的扶手，厉声说："你说谎！"

梁启超定定地看着老师，心想，这么问下去，您还是深悟中国千年文化的读书人吗？这已经是审判，像谬误在审判真理一般。

既然如此，梁启超想，母亲曾经对他的教诲和痛打怕是也要违背了，否则，代表着他母亲的这些阶层永生处于审判中，他像在和母亲辩解一样，对他的老师，他的审判者缓缓解释说："《清议报》报端不是印有孔子纪年吗？"

麦孟华也不愿连累自己，乘机助言："学生记得，昔年在京师办《强学报》用孔子纪年，曾遭张之洞仇睨；往后在上海办《时务报》，老师提出孔子纪年，率因汪康年、黄遵宪诸公反对而未果；今《清议报》用上孔子纪年，不正是卓如遵循师意了吗？请老师明察。"

康有为哑口无言，但又放不下架子，转而又责问："何以忘记'今上'？"

梁启超理直气壮地说："弟子在《清议报》发表政变文章、刊登《变法通议》，都是攻击西后、拯救皇上之言论，岂能忘记'今上'？"

梁启超差点在"今上"之前加上"你的"两个字。但他咽下去了，吞下去了，他想，在他即将超越谬误之前，先不要说出真理，这样不至于自己没有机会说出来。

康有为仍追问："何以在办报宗旨未提片言？"

梁启超听到第三问的时候，心中已然明白，这场抗争已经取得了技术性的胜利，他不能饮血于自己老师的子弹，轻松解释说："如今我们寄居异国，身无立锥之地，凡事不能过分张扬呀。"

麦孟华插话道："连编辑也是挂他人之名哩！"

梁启超接着说："《清议报》刚问世，清驻日使馆就诸多干涉，愿意冒险办理报纸发行国内的也只有冯镜如、何澄一两位。报纸办下去只能含而不露。故弟子凡事皆从谨慎。"

康有为无话可说，但他不愿在弟子面前认输，再三教训道："你们不须巧辩了。千万不能改变初衷，不要忘了皇上圣德。"

梁启超不亢不卑："弟子矢志不渝，救国之心永不变。"

康有为无可奈何地挥挥手："那就去吧。"

梁启超捡起那本委顿于地上的报纸，轻轻拂去老师曾经践踏过而粘上的尘埃，轻轻捏在手中，如怀抱自己的思顺一样，揣着它，走出了老师的那间密闭如宫廷的房屋。①

至此，他清楚自己必须要独立行走了，真正靠自己的智慧行走了，再也无需老师给他的那些挂不住的拐杖了，他丢弃，舍得，扬弃，他要自己走出来，把真正的自己写在纸上，印刷在飞翔的鸽子身上，让它们不惧不停地飞翔，去点燃，去播种。

十一月十一日，《清议报》正式出刊，仿照《时务报》旬刊刊例，每

---

① 据陈占标、陈锡忠：《一代奇才》，花城出版社1989年版。

期四十页。这是梁启超在海外创办的第一份报纸，"为旅日华侨冯镜如、冯紫珊、林北泉等募集经费而创办。"（冯自由《任公先生事略》）其宗旨是："维持支那之清议，激发国民之正气；增长支那人之学术；交通支那日本两国之声气，联其情谊；发明东亚学术以保存亚粹。"①也宣传"救亡"，鼓吹"民权"。

《清议报》的栏目主要有六个："一、支那人论说；二、日本人及泰西人论说；三、支那近事；四、万国近事；五、支那哲学；六、政治小说。"

《清议报》一面抨击慈禧太后为首的封建顽固派，一面颂扬光绪皇帝。大量介绍西方资产阶级政治学说，影响尤为广远。梁启超在《清议报一百册祝辞》中谈到，该报的特点有以下几点：一是倡民权，二是衍哲理，三是明朝局，四是厉国耻。其主要内容为，第一，攻击清政府，第二，提倡破坏主义，力倡民权自由。

《清议报》办到1901年12月，整整三年之后，因清廷严禁入口，内地断绝发行机构，不得不停刊。

梁启超作为《清议报》的主笔，主要撰写的文章是回忆戊戌政变的内幕和细节，包括被杀的"六君子"传记，连续刊登在该报，引起了国内外读者的广泛关注，人们从这份报纸上才知道了戊戌政变的详情和内幕。这些著作后来汇编成了《戊戌政变记》，这本书由内地一位叫何擎的辗转运至国内，私下销售，竟然达到了两千册之多。（据《梁启超年谱长编》）

梁启超在《清议报》（《戊戌政变记》）的主要著作有：《改革实情》《康有为响用始末》《新政诏书恭跋》《废立始末记》《西后虐待皇上情形》《光绪二十年以来废立隐谋》《戊戌废立详记》《论此次乃废立

①　《饮冰室文集》第二册。

而非训政》《政变前纪》《政变之总原因》《政变之分原因》《政变原因答客难》《政变正纪》《推翻新政》《穷捕志士》《殉难六烈士传之康广仁传》《杨深秀传》《杨锐传》《林旭传》《刘光第传》《谭嗣同传》《附烈宦寇连材传附录》《改革起原》《湖南广东情形》《光绪圣德记》。

梁启超自从在横滨办起《清议报》，名声大振，不论在康门弟子中，还是在社会上，他的威望与日俱增；而且和孙中山、陈少白的半公开的交往也日渐频繁。这一切，引起徐勤的妒忌。他自从在老师耳朵吹风之后，接二连三地得到和自己愿望相违的消息，心中十分不快，现在知道梁启超和孙中山明来暗往，更产生畏惧之心。于是和自己合得来的陈荫农密商一计，要恶化孙中山与维新派的关系，也借以打击梁启超。

一股暗流不是来自真理，而是来自嫉妒和狭隘。

《清议报》创办不久，孙中山到自己一手创办的大同学校看望教职员。刚进入会客室，看见桌上摆有一张纸条，上书："不许孙文到校。"

孙中山再次看了看，就是这几个字，很确切："不许孙文到校。"

为什么是这些文字？他熟悉的中文怎么成了这个样子？他好像没有见过这样的汉字，似乎是来自另外一个世界的密码。如何破解？他锁住了沉思的浓眉。

同行的几个兴中会成员凑过来，孙先生把字条推过去。

大家看了，还是那几个字。

这是孙文一手创办的学校，是他要教化人心的所在，是他要唤醒华侨子弟的所在，而这几个字却将他打入另类，化为异端。

几个人一时气愤难当。特别是毕永年，此人豪爽侠义，性情暴烈，变法失败后，他曾参与密谋"围园杀后"，后因力量单微，未敢行动。现来日投奔孙中山。他见维新党人侮辱孙中山，便当即出去约兴中会会员赵明乐、赵峰琴兄弟前来大同学校，质问徐勤。这赵氏兄弟是新会人，在横滨市开设广福源商店，因与梁启超是同乡，本来对维新派的活动都愿支持。但他们都是基督教徒，对徐勤在校中施行拜孔尊孔的做法早就不满，便随同前往，大兴问罪之师。

毕永年一行数人，涌进大同学校找徐勤。

徐勤见事态不妙，不敢出来，缩在房门内声辩："各位不要误会！那字条不是我写的！"

毕永年大声说："让你管理的学校，是谁写的你总知道吧？叫他站出来！"

徐勤手足无措地说："我不知道。"

"你是一校之长，你不知道，谁知道？一定要负责！"

"唯校长是问！"众人一齐怒吼。

徐勤缩在一边，不声不响，装作无辜的样子。

双方正在僵持不下，冯镜如闻讯带着几个校董匆匆前来劝解，冯镜如对毕永年说："松甫，徐校长不会干出这种事，算了。"

毕永年说："冯会长，你今天怎么不帮兴中会说话？"

冯镜如说："我是兴中会分会会长，也是大同学校董事长。手背是肉，手掌也是肉，都是同胞骨肉。算了，还是和为贵嘛。"

赵明乐说："我们没有为难徐校长，就是想知道是谁写的字条。"

这时，陈荫农从屋里出来，面露好汉做事好汉当的神色："你们不要难为徐校长！是我写的又怎样？"

毕永年跃上前，一把揪住陈荫农，但被董事们拦住了。

毕永年气得大骂："你陈荫农何方神圣？大同学校是孙大哥首创的，你敢不让他来校！"

陈荫农以牙还牙："我只知道冯董事长他们拿钱给学校，不知什么酸（孙）大哥、咸大哥！"

这近乎侮辱之语更引起对方极大不满。

这时梁启超疾步走过来，劝陈荫农道："荫农兄，不要胡闹了！当日的确是孙逸仙派人来上海约我来办校的，不要随意篡改这个事实，校名还是我题写的，你知道是谁找我的吗？"

"那我不知道。"面对梁启超的发问，陈荫农一下像泄了气的皮球。

"是啊，你是不知道，原本我也是要来的，但是我当时的确是离不开《时务报》，才派君勉和你来。但我当时就提议了校名，并题写了大同学校这几个字。你不知道也不怪你，大家都消消气，不知者无罪。"毕竟师出同门，梁启超化解了一下局面说道。

孙中山见梁启超基本讲清楚了原委，对方一个个都塌了气焰，便劝解兴中会的同仁，他说："大家都是同志，我们正在合力，这样吵吵嚷嚷多不好，回去吧。"

冯镜如也苦心相劝，说了不少好话，这才把毕永年他们劝走，平息这场轩然大波。

自从这事之后，孙中山就很少到大同学校，和康有为的关系也就疏远了。一些不为人道的事情背后已经成为了下三滥的做派，这对于孙中山的打击是大的，他失望透顶了，但他还是没有忘记梁启超在这关键节点上的仗义执言，他知道，一些正确的人不会偏向于邪恶的。

事后，梁启超曾写信向犬养毅解释过此事。

在孙中山、康有为关系恶化期间，日本政府的政局也发生了变化。大隈重信内阁下台了，由山县寿朋元帅组阁。山县的政见与大隈不同，在清政府驻日本公使李盛铎的多方交涉下，日本陆军部认为康有为留在日本"影响清华政策"，征求大隈重信的意见，大隈重信也认为康有为离开日本，可能更加安全，建议让他离去，但梁启超可以继续留在日本。

林权助建议给康有为一笔旅费，外务部一开始不同意，后经山县寿朋施以压力，决定资助旅费让康有为离开日本。始给九千元（未知是日元

否）。（林权助《谈谈我的七十年》）①

康有为接到犬养毅派人送来要他离境的通知，心情应该是十分沉重而复杂的。他知道这不是简单地离开日本，而是离开曾经他指望依靠的力量，这力量的中心已经偏离了原本，他知道自己变得轻飘飘的，像茅草蓬蒿一般，被日本吹了一口气，他将要消失在这块曾经使用他敬仰有加的汉字、诵读他顶礼膜拜的四书五经，曾沿袭他崇尚无比的君臣父子的国度了，他们不再需要他了，他们需要一个更加腐败、更加糜烂、更加易于被瓜分掌控的清政府和大员。

此后，日本内阁递给康有为的限期离境的送客令就是郑重的信号：日本不支持他了，也不支持他身后的皇帝了。

但他没有抹下那张一贯的严肃的、不可撼动的真理般的面孔，似乎是一个不经意的挫败。他和弟子们几经商量，觉得除夕将届，决定度岁之后，于年后二月初二离开日本前往加拿大。

除夕那天，康有为召集了在日本的弟子，举行一次团年大聚会。实际上，是弟子们为他设置的饯行酒。席间，康有为对弟子们训示一番，勉励大家不要忘记"今上"，不要忘记孔圣人。

按照日本人的新年习俗，初一那天，老少们都要到寺庙里烧香拜佛。他便吩咐这天大家齐集明夷阁烧香拜阙。

梁启超自不能阙如，无论如何，这层窗户纸是不能撕破的，毕竟当年康有为对他是爱惜有加的，在真理和老师之间，人们似乎习惯于亚里士多德的那句名言，但是，在爱真理的前提下，给老师必要的面子也是应该的。这是做人的问题，和真理无关。

翌日，天刚破晓，梁启超、王照、罗孝高以及徐君勉等一班康门弟子，依时到达明夷阁，这时，康有为昂然而来，他戴着一顶碎绿缀顶的顶

---

① 吴天任：《梁启超年谱》第一册，第324页。

戴，身穿绣有鹭鸶补子的朝服，脚蹬昂头朝靴，俨如当主事上朝的架势，显得滑稽而郑重，领着弟子鱼贯进入后殿。

这阁殿正中，挂着一幅墨迹未干的光绪皇帝半身像。下书"大清帝国德宗皇帝万岁万岁万万岁"字样。桌上供着"衣带诏"。

案几上，灯光明亮，香烟缭绕。康有为率领众弟子，在光绪皇帝像前面北朝阙，行三跪九拜大礼。

1899年3月12日（农历二月初一），梁启超、徐勤、麦孟华等专程从东京乘火车送康有为到神户。这里是日本重要的通商口岸，康有为在这里乘船前往加拿大。

康有为站在码头中远眺，大海汪洋一片，水天一色。眼前，汹涌的海涛；耳边，喧嚣的海啸。康有为这飘萍似的心更觉孤单、凄凉。愁绪百结的康有为不禁吟出在茫茫无依的处境，依然勉励门人奋斗的诗句来：

凤靡鸾吪历几时？茫茫大海欲何之。
华严国土吾能现，独眄神州有所思。

康有为吟罢，昂然阔步登上"和泉丸"远洋客轮。

梁启超站在码头上，默默眺望轮船远去。眼下，老师和真理分离了，老师将远离自己，他似有所失，但又似有所得。

一只海鸥从海面一掠而过，鼓动看似自如的翅膀，在天空盘旋，不知飞往何处，能飞多远。

"先生提出'合群',又要'保皇',其实,他要合的是保皇之群,不是革命之群;当下,保皇已经失败,'六君子'的鲜血还在流淌,皇帝都被幽禁,还保他做什么?既然他非要保皇,我们要革命,我同意槼甲的意见,不如劝退先生,我们联合孙先生一起革命!"

3. 彷徨中的握手和劝退

康有为离开日本之后,梁启超约罗普①一起去箱根学日文。他们居住在塔之泽环翠楼,去年冬天,他俩曾侍陪老师康有为一起在这里游览过。

此时的罗普已经学会了日文,两人住在一起,互相切磋日文,还撰写了日文汉读法的著作,刊行于世,初学日文者,可以由此而懂日文十之八九。(据《梁启超年谱长编初稿录》)

此时的日本,已经在明治维新之后,无论是文化还是科技,都有了长足的发展,尤其是文化方面,完全照搬西方模式和西方思想,引进、翻译、出版了大量的西方政治学、经济学、社会学、哲学著作,梁启超想要读这些书,苦于不懂日文。于是,他下决心研读日文,目的是阅读这些大量日文版的西方现代社科读物。梁启超向罗普学习日文,进步很快,不但能够阅读大

①　罗普(1876—1949),原名文梯,字熙明,号孝高,又号披发生。他是著名的"康门十三太保"之一,康有为的嫡传弟子。少年时代在万木草堂跟从康有为读书,接受维新思想,二十二岁时赴日本求学。

量的日文版西方著作，同时还向中文读者推介日文。其时，他才想起初来日本时，孙中山先生曾托人向他转告的一句话，让他务必学好英文，以后大有用处。眼下，他才明白，孙中山先生所托这句话的意义所在。

梁启超对孙中山以及他的革命主张越来越感兴趣。他曾经几次写信，约见孙中山先生；他和孙中山、陈少白的往来更是密切。

这一年的四月二十八日，冯懋龙兴致勃勃来到《清议报》报馆，敲开了梁启超的办公室。

冯懋龙以弟子之礼向老师问好，梁启超意兴盎然地问他在早稻田大学的学业如何，冯懋龙感兴趣的却是他们两党的合作和时事："老师，革命党要推翻清政府，而康有为要保皇，却也要推翻清政府，那么，老师认为怎么才是最好？"

面对这个虎虎有生气的学生，梁启超说："推翻清政府是无疑的，而建立一个什么样的政府，这才是关键所在。你觉得呢？"

冯懋龙此时已经是进步青年，他想要加入革命党的决心早就定了，他当然信仰的是建立一个像日本政府一样的议会制政府，由民选产生议员，议员再选举总理，这样政府就不是由一个人说了算，而是由民众说了算，这样权力才可以得到控制，这就不同于皇帝了。

当冯懋龙说完这些大意后，梁启超甚为意外，看来，冯懋龙对西方的执政理念早就通过读日本翻译著作了然于胸了。他很欣赏这个有志青年，他也希望这样的青年更多一些。

梁启超说："中国眼下有二十三省，每个省都有一位大员在管辖，这些省相当于一个相对独立的小国，如果其中哪一个省不愿意或者不同意你说的议会制度，而愿意跳将出来做皇帝，将如何处置？"

冯懋龙被问住了。

梁启超笑了笑说："中国当下处于比较难堪之境地，谁说了算，尚待观察，孰是孰非，有待实践证明。你来是专门和我探讨这些的？"

他俩聊了一会儿，梁启超才问冯懋龙此行的目的。

冯懋龙说："家父命我请先生明日前往横滨山下町53番文经文具店，要见一个人说事。"

冯懋龙随即掏出一份约书，递给老师梁启超。

梁启超接过来，展信一看，是兴中会的杨衢云①来函相约。梁启超知道杨衢云此人，也有意相见，他知道这是孙中山先生指示杨衢云来和他谈合作事宜的。

次日，梁启超和杨衢云在冯镜如的介绍下，在约定的地方见面了。毕竟三人都是广东老乡，三句粤语，早就热络起来。

杨衢云说，自己准备去香港发展，不知梁启超有无此意。

梁启超心中明白他说的什么意思，知道他将要在香港发展兴中会，扩大影响，便说："我内心而言，也是想去，但恐怕眼下还不太合适，这边的《清议报》还需有人把守，另外，眼下的形势还不适合我们在一起共事，还请先生谅解。等时机成熟了，我们再一起共事。等待时机吧。"

冯镜如一听，这是梁启超拒绝杨衢云的话，所以急忙打圆场说："倒也不急，杨先生可先前往，以后梁先生徐缓图之不迟。"

杨衢云也说："我们的合作其实也是孙先生的意思，不是第一次，孙先生之所以再三想要和贵党合作，其实是大势所趋。目前，从康先生离开日本就能说明问题，您在大作中反复提到'变'的含义，按照鄙人理解，这'变'不仅仅是变别人，也要变自己，倒不是说贵党落伍了，而是时局变化了，随之而变，也是在情理之中的事，还请三思。"

梁启超沉默无语，不置可否。其实，他的同学韩文举、欧榘甲、张智若、梁子刚等人都强烈要求和革命党合作。

---

① 杨衢云（1861—1901），字肇春，福建海澄（今厦门市海沧区霞阳村）人。出生于广东东莞，中国近代革命家。1892年于香港创立最早的革命组织辅仁文社，并为香港兴中会首任会长，负责策划广州起义。

梁启超当然知道保皇党的狭隘之处，他曾在给孙中山的信中已经表明，"弟自问前者狭隘之见，不免有之，若盈满则唯有也"。

此次谈话，就这样在无声中结束了。

这一年的初夏，梁启超和钱恂两人均致信章太炎，请他来横滨，一起谋事。

此时，章太炎正在台湾，他接到梁启超的信后，尚在迟疑之间，不时读到梁启超在横滨所办的《清议报》，他对梁启超的主张越来越认同，但没有下定决心去横滨，毕竟他们在上海《时务报》共事时，有过短暂的不愉快，愕然而时过境迁，梁启超因为戊戌变法，在他心目中的形象也日渐隆起。同时，他又接到钱恂的来信，表达了同样的意思。于是在五月自台湾来到横滨。

梁启超热情接待了章太炎，并将他接到报馆的宿舍，临时安顿好住处（后来住在钱恂的寓所，再后来也曾住在梁启超寓所），然后约请孙中山先生，一起聚餐，欢迎章太炎先生。

这是一次比较愉快的会面，在异国他乡相逢，各自惺惺相惜，然而，其间却发生了一件很意外的话题。

在横滨，梁启超第一次将孙中山先生介绍给了章太炎。席间，他们相谈基本是洽意的。只是席间谈到两党合作的问题时，孙中山先生不便多说，杨衢云只好再次将两党合作的问题摆到了桌面，说："如果两党合作，您的主张同样可以在新的组织中得到体现，譬如孙先生可以任会长，您可以任副会长。"

梁启超基本认同革命党的主张，谈到合作之后的事，梁启超说："合作之后，康先生何去何从，置他于何地？"

此时，孙中山接过话题说："他的弟子是副会长，他的位置那不是不言自明嘛。"

这话说得的确有道理，梁启超无话可说。

孙先生的言下之意不就是要给他会长吗？

既然如此，康门难道都会心甘情愿和孙先生合作吗？非也，尽管梁启超所想如此，但至少徐勤并非如此，甚至远远不止徐勤一个人。

那么究竟是否联合，需要用民主的办法来解决，那就是投票决定。梁启超去大同学校找徐勤，商量议定一封致康先生的意见书，经再三解释，徐勤才勉强答应在学校里开会。

开会的那个晚上，学校校务处里挤满十多个康门弟子。自从康有为离开日本后，梁启超便成众望所归的领导人。会议一开始他扼要叙述两党合作的重要意义："我们要救国，要维新，就一定要联合革命党；也就是康先生所说的'合群'。不'合群'，就没有力量，事业就不能成功。现在，孙中山已经主动提出只要康先生同意合作，就推戴康先生当领袖。我提议大家联名写封'劝进书'，请先生出山，希望大家发表高见！"

徐勤阴阳怪气地说："合作？合什么作？康先生已在温哥华创办保皇会，横滨众多兴中会会员准备加入我们保皇分会，水到渠成，不合也会自合；何劳多此一举？"

欧榘甲以守为攻，反问徐勤："请问君勉兄，保皇如何保法？"

徐勤说："康师有言'联络志士，起兵勤王'，这是根本之法。"

韩文举说："没错啊，我们就是遵循先生的旨意，联合革命党联络志士、起兵勤王，这是根本之法，没错，而我们一致合起来有什么不好？"

欧榘甲大声疾呼："'合则强，孤则弱'古之定法。要维新，只有联合革命党！"

人们七嘴八舌，纷纷表示赞成欧榘甲和韩文举的主张。

梁启超看见徐勤的意见无人支持，便说："既然大家同意联合，如何请康先生出山？"

对此欧榘甲毫无信心："卓如，你能使康先生赞成联合，我在上野精养轩摆酒请客。"

大家你一言，我一语，都认为康有为决不会赞成两党合作。

欧榘甲语带锋芒提出："依我之见，尸位素餐，不如引退。既不进，则须退。与其写'劝进书'，不如写'劝退书'！"

韩文举豁然站起来说："先生提出'合群'，又要'保皇'，其实，他要合的是保皇之群，不是革命之群；当下，保皇已经失败，'六君子'的鲜血还在流淌，皇帝都被幽禁，还保他做什么？既然他非要保皇，我们要革命，我同意榘甲的意见，不如劝退先生，我们联合孙先生一起革命！"

众人见他说得入情入理，异口同声道："对！对！"

"劝退！""劝退！"

"请卓如起草，联名写'劝退书'！"

梁启超意料不到群情如此激昂。要联合，要团结更多力量的呼声像洪水，难以阻挡；像烈火，无法扑灭。

梁启超问徐勤："君勉兄，你的意见呢？"

徐勤看看身边的麦孟华像个哑巴，便瓮声瓮气地说："我没意见。"

梁启超说："一致通过，就这样决定，遵照大家的意见，我起草'劝退书'。另外，少白也从台湾回来了，只是他在早稻田，我推举少白和徐勤兄两位起草联合章程。大家看如何？"

大伙一听梁启超的意见也是高妙无比，自然同意。

眼看着两党合作已经箭在弦上。

当时大家都很高兴，两党联手终究有了希望。

梁启超回到报馆，立即写了封给康有为的"劝退书"。

次日，梁启超、韩文举、欧榘甲、唐才常等被称为"康门十三太保"的人在"劝退书"上签了名。

梁启超又乘火车去东京早稻田找陈少白，他刚从台湾回来，见梁启超来磋商联合之事便热情交谈，同时梁启超把聚会所议的情况向陈少白做了转述，又将起草的联合章程拿出来，两人详细研究了两党合作宗旨、任务、守则、义务。临走时，梁启超说："这份章程你我已经讨论过了，我再给君勉看看，再送孙先生。"陈少白说："也好，明天我要去香港，也没时间找你了。"

梁启超掏出那封"劝退书"交给陈少白，说："康先生在九月间，已经从加拿大回到香港，他常在中环荷李活道聚文阁出入，劳兄把这封信交给他。"陈少白点头应诺。

梁启超带着合作计划草案回到横滨，径到大同学校找徐勤，征求他对草案的意见。

徐勤看过合作计划，冷冷一笑："我是少数派，没异议。"

梁启超知道他内心是反对的。但他既然没异议，不掣肘，梁启超便告辞，转去前田桥孙中山寓所，把合作计划草案交给孙中山，交谈了一会，便返回报社。

当梁启超来到居留地街口，突然看见徐勤穿过横街匆匆进入电报局。梁启超心中一怔：他是不是又向康师告状呢？康师看到那封"劝退信"将会有何感想呢？梁启超不禁感到惶惑不安。

果然，徐勤和麦孟华明着不好表达反对的态度，私下反对合作，并将此情况暗暗通告于康有为。[①]

康有为自从离开日本后，不断收到徐勤的信，提到梁启超与孙中山、陈少白来往密切。他又常在《清议报》上看到梁启超宣传民权、自由、革命的文章，心中大为恼火。这天，康有为接到陈少白转送来梁启超等13人署名的信，信中写道：

夫子大人钧鉴：

国事败坏至此，非庶政公开，锻造共和政体，不能挽救危局。今上贤

---

① 据吴天任：《梁启超年谱》第一册，第329页。原文引注：《梁启超年谱长编》文后附录贾毅安批注。

明，举国共悉。将来革命成功之日，倘民心爱戴，亦可举为总统。吾师春秋已高，大可息影林泉，自娱晚景。启超等自当继往开来，以报师恩。

　　这封"劝退信"的后面是"十三太保"（梁启超、韩文举、欧榘甲、罗普、罗博雅、张智若、李敬通、陈侣笙、梁子刚、谭柏生、黄为之、唐才常、林述唐等）的联合署名。

　　康有为看着那十三人的签名，个个如背叛师门的怪兽异类，面目狰狞。他火冒三丈，那八字胡气得直竖，他愤怒地一把将这封"劝退信"撕得粉碎，摔出窗外……

　　正当盛怒之际，一仆人送上徐勤和麦孟华从横滨拍来的电报。康有为打开电报念道："卓如渐入'行者'（孙中山）圈套，非速设法解救不可！"康有为一拳捶到桌子上，吼叫道："胆大包天！'孙行者'给了你什么好处？他立即命仆人：'叫叶觉迈进来！'"

　　一会叶觉迈进来，问："老师有何吩咐？"

　　康有为怒火未息："你火速到东京，传我之命，令梁启超即日离开日本，前往美洲办理保皇会务；《清议报》由麦孺博（麦孟华）主持笔政，切记！不得有违！令梁启超去檀香山办理保皇会事务，不许稽延；同时，令欧榘甲赶赴美国，任旧金山《文兴报》主笔。"

　　"是！"叶觉迈正要退出。

　　"慢着，"康有为又喊住叶觉迈，"支上钱，带给他们。总让他们有路费嘛。"

　　叶觉迈从保皇会财务处支取了银子，当夜乘轮船往东京，将康有为的意见传达至梁启超。

　　两党合作再一次无疾而终。

　　此前，梁启超在致孙中山的第一次信中（约1899年六七月间）提到自己此前有"狭隘之见"："孙先生大鉴：捧读来示，欣悉一切。弟自问前者狭隘之见，不免有之，若盈满则未有也……与君虽相见数次，究未能各倾肺腑。今约会晤，甚善甚善。"他说的这"狭隘"是什么呢？且不说他所指的是什么，但完全可以推断其"狭隘"指向哪里。他和孙中山先生之间，无非是两党合作问题上的"狭隘"，既然梁启超觉得自己"狭隘"，那么，这"狭隘"的对面一定是"宽阔"，也就是承认孙中山先生的主张或者行事风格是"宽阔"的，也就意味着他是在正视自己的"狭隘"，并且正面挑战。

挑战自我是不易的。梁启超敢于坦承自己的短板，不论是学识或者见识，当其时，梁启超已然是名冠天下的志士仁人，也是学界的翘楚，可以说无人不知、无人不晓，但他在彼时的确是清醒的，尤其是在这种改变自己的世界观和价值观的问题上，他勇于坦率解剖自我、不惜自弃的勇气诚可嘉哉。

既然承认了自己的短板，那就要改变，而改变有时是无力的，最终在他者的阻挠下，终究化为梦幻泡影，这对于梁启超无疑是沉重的一击。

一而再，再而三地与孙中山先生错过，不能成为同志，岂不是历史的遗憾？

尽管情形并不乐观，此时，梁启超和在日本的梁子刚、韩文举、欧榘甲、罗博雅、张智若等康门弟子与孙中山先生往来并未中断，反而日益密切，每周有两三天相约聚谈，都主张革命"排满"。

其间的一天，一位名叫周孝怀的人来日本考察学务，梁启超对此人非常认同，甚至"极致倾仰"，此人历任各省督学府幕僚，四川、广东官立学堂督办提调等职务，"思想新颖，议论豪爽，日以提倡新学为务"，特别被岑春煊①所赏识，与梁启超有旧，两人见面，大为投合，因为所见相通，因此，周抵日当天，梁启超就写信引荐与孙中山先生相见。

---

① 岑春煊，广西西林人，云贵总督岑毓英之子，1885年考取举人，甲午中日战争时前赴战场，1898年因力主变法维新而得光绪帝青睐，提拔为广东布政使，1899年调任甘肃布政使。

可见，此时的梁启超虽然未能和孙中山先生达成明确的合作，但他已然开始为革命党引荐人才，以实际行动支持革命党。

图变，还是图变。这是梁启超不变之要旨。

这起事件足以见得梁启超是想要摆脱师门了。此举之前的六月，梁启超与同门十二人在日本江之岛的金龟楼"结义"。结义者为韩文举、李敬通、欧榘甲、梁启田、梁启超、罗博雅、张智若、陈侣笙、梁子刚、谭柏生、麦仲华、黄为之十二人，他们排了次序，梁启超居第五。①

他们为什么"结义"，据张朋园《梁启超与清季革命》第五章分析，大多同与孙中山合作和革命有关，也就是说，他们都想紧紧握住"革命党"的手，与孙中山先生一起革命，而康有为坚决反对，于是再次结义，表达他们共同的意愿。

这封"劝退信"激起了康门哗然。

一封"劝退信"非但没有劝退康有为，反而激起了康有为更大的作为，六月十三日，康有为在域多利成立了保皇会，派遣门人徐勤、梁启田、陈继徵、欧榘甲分赴南北美洲、澳大利亚200余地成立分会103家，会员超过百万人，成为了中国最大的政党，同时创办报纸以及干城学校，聘请洋人教练教习兵操。显然，康有为是想组织自己的政党和武装。②

难得的是康有为虽然没有改变自己的"保皇"主张，但是，他在行动中也大有改变。

这一次，梁启超是坚定的，他没有遵照康有为的命令前往美洲去办"保皇会"，而是继续留在日本，在华侨郑席儒、会卓轩的资助下，创办了东京大同高等学校，在横滨创办大同学校，在神户创办同文学校，为当地华侨孩子的教育，倾注了极大的热情。

---

① 据《梁启超年谱长编》、冯自由《革命逸史》第二集《康门十三太保与革命党》。
② 据《南海自编年谱》补遗。

不自由，毋宁死！梁启超的《自由书》像一束万丈光焰，照亮了中国知识分子的前途，他们纷纷慕名而来，聚拢在梁启超身边，要推翻清政府，为自由而战！

| 4. 自由饮冰，快意蔡锷

就在康有为对梁启超恩威并施、苦苦相逼，梁启超与孙中山分离在即时，结义的兄弟欧榘甲前往美洲跟随康有为成立"保皇会"去了，梁启超倒是坦然了，他于七月一日起发表《自由书》。

他在其《叙言》中说："庄生曰：我朝受命而夕饮冰，我其内热欤。以名吾室。西儒约翰·弥勒（约翰·穆勒）曰：人群之进化，莫要于思想自由，言论自由，出版自由。三大自由皆备于我焉，以名吾书。"（《论自由》）梁启超以"饮冰"二字做书房名，体现了他对道家思想的部分认同，那种"内热"便是对民众的负责，这种负责态度首先是对其精神的解放，那就是倡导民众的自由。

亓冰峰在《清末革命与君宪的论争》第三章中说："自光绪二十五年七月一日，在《清议报》上逐期发表《饮冰室自由书》，大唱民权自由之说，言论异常激烈。"

这是梁启超在学术上又一大标识。此前在《清议报》基本都是《戊戌政变记》为主，揭露此次政变的来龙去脉，揭露保守派的邪恶和凶残，满足了大批读者对时政内幕的了解欲望。至此，笔锋一转，开始了他新的变机，这就是对自由的自由书写。

"不自由，毋宁死！"斯语也，实十八九两世纪中，欧美诸国民所以立国之本原也。

自由之义，适用于今日之中国乎？曰：自由者，天下之公理，人生之要具，无往而不适用者也。虽然，有真自由，有伪自由，有全自由，有偏自由，有文明之自由，有野蛮之自由。今日"自由云"之语，已渐成青年辈之口头禅矣。新民子曰：我国民如欲永享完全文明真自由之福也，不要不先知自由之为物果何如矣。请论自由。

自由者，奴隶之对待也。综观欧、美自由发达史，其所争者不出四端：一曰政治上之自由，二曰宗教上之自由，三曰民族上之自由，四曰生计上之自由（即日本所谓经济上自由）。政治上之自由者，人民对于政府而保其自由也。宗教上之自由者，教徒对于教会而保其自由也。民族上之自由者，本国对于外国而保其自由也。生计上之自由者，资本家与劳力者相互而保其自由也。而政治上之自由，复分为三：一曰平民对于贵族而保其自由，二曰国民全体对于政府而保其自由，三曰殖民地对于母国而保其自由是也。自由之征诸实行者，不外是矣。

《自由书》好似一桌丰盛的菜肴，文章论题不一，长短各异，"每有所属，应时援笔，无体例，无次序，或发论，或讲学，或记事，或抄书，或用文言，或用俚语，惟意所之"（《自由书》序言）。许多文字诞生于作者温习传统、融化新知的第一思想现场，难免生涩浅显，部分观点甚至会前后龃龉，但情感丰沛，表述真挚，让读者能充分想象他通过日本这一中介窗口与世界对话交流的鲜活场景，体现的也恰恰是任公基于"经世致用"这一"不变"原则的"善变"。加上其刊载平台几经改变，从《清议报》到《新民丛报》再到《国风报》，刊物性质与所属栏目都不尽相同，对文章篇幅、题材以及姿态的要求自然各有侧重，背后能带出的近代文章体式转型议题，想必也是五彩斑斓，甚至不妨畅想从"自由书"到"伪自由书"的文体变迁。

《自由书（一）》中包括的文章主要有《叙言》《成败》《俾士麦与格兰斯顿》《自由祖国之祖》《地球第一守旧党》《文野三界之别》《英雄与时势》《近因远因之说》《草茅危言》《养心语录》《理想与气力》《自助论》《伟人纳耳逊轶事》《放弃自由之罪》《国权与民权》《破坏主义》《自信力》《善变之豪杰》《论强权》《豪杰之公脑》《加布尔与诸葛孔明》《谭浏阳遗墨》《精神教育者自由教育也》《祈战死》《中国魂安在乎》《答客难》《忧国与爱国》《保全支那》，计杂文28篇，自8月26日至12月23日，发表在《清议报》第25—33册"饮冰室自由书"专栏。①

从文体角度而言，梁启超的《自由书》正式开创了杂文这一文体。从这个意义上讲，梁启超是一位新文体创始人，此后鲁迅的杂文形式多来于此。

从内容方面而言，《自由书》中一篇《善变之豪杰》从吉田松英谈起，实则表达了自己对"善变"的见解，在一个没有了主权的国家，为了祖国的独立，投身急湍洪流中，乘势改革，为同胞造无量之福，不惜改弦易辙，改变自己，他的方法虽然变了，但是目的不变，这就是真正的大丈夫。他赞颂吉田松英是一个光明磊落的人，也是他心目中的英雄。他写道：

> 其心为一国之独立起见，既主权者无可与语，不得不投身激湍以图之；既而见撒王之可以为善，而乘时借势，可以行其所志，为同胞造无量

① 李国俊编《梁启超著述系年》，复旦大学出版社1986年版。

之福，故不惜改弦以应之。其方法虽变，然其所以爱国者未尝变也。语曰："君子之过也，如日月之食焉，人皆见之；及其更也，人皆仰之。"大丈夫行事磊磊落落，行吾心之所志，必求至而后已焉。若夫其方法，随时与境而变，又随吾脑识之发达而变。百变不离其宗，但有所宗，斯变而非变矣。此乃所以磊磊落落也。

梁启超借此表达自己的"善变"之人生观，这种观点其实也贯穿了他的一生，万变不离其宗，为了祖国，为了"同胞造无量之福"。这种佛学和西学结合的思想体系，使他的眼界大开，境界超常，俯察尘世百姓之苦，进而万变善变，以改变局面。

《自由书（二）》收集了1902年3月1日至21日发表在《清议报》第37—39册的7篇杂文：《惟心》《慧观》《无名之英雄》《志士箴言》《天下无无价之物》《舌下无英雄，笔底无骑士》《世界最小之民主国》。

正在他援笔书写自由的时候，他的学生蔡锷冲破重重艰险，带着自由的梦想，来信愿意继续追随梁启超先生。

信中，蔡锷简要讲述了自从梁启超离开长沙时务学堂之后，蔡锷和唐才质、范源濂三人也离开长沙时务学堂，打算到湖北两湖书院继续深造，未料其时两湖书院拒不接受长沙时务学堂的退学生，他们只好去上海，考入了上海南洋公学。

至七月，他们和老师梁启超取得了联系，梁启超立即发函，让他们到日本，就学于他创立的高等学校读书。他们一共聚集了十一人，蔡锷、林圭、唐才质、汪精卫、范静生等，都是穷学生，到上海的时候，身上只有二十个铜子，好在唐才常从梁启超处得知消息，资助他们买了轮船票，历经艰难，他们终于到日本，找到了梁启超。

蔡锷一行十一人为了自己的自由梦想，抱着家国天下的至高情怀，总算展开了自己稚嫩的翅膀，来到了老师的身边，这意味着他们抵达了实现梦想的出发地。

梁启超在东京小石久坚町为他们租了三间房，让他们打通铺，共住共学，由唐才常带领他们学习，长达快一年。①

9月28日（农历八月十三日），东京大同高等学校迎来了一个极其庄严的日子，这一天，学校内外整洁肃穆，学校的礼堂主席台上悬挂着醒目的榜书横幅：维新六君子成仁第一周年纪念大会。横幅下面供着"六君子"的遗像，黑白图片，神情凝重，似在注视着现场的每一个人。台上坐着特邀的革命党人陈少白、校董郑席儒、会卓轩，以及梁启超等，台下，全校学生肃立。

梁启超登上主席台宣读《祭六君子文》。

继而，梁启超宣布："为'六君子'和在此次政变前后牺牲的志士同仁默哀六分钟。"

默哀毕，梁启超请大家就座，接着开始演讲："去岁今日，戊戌'六君子'谭嗣同、刘光第、康广仁、杨锐、杨深秀、林旭为了拯救国家于水火，在北京菜市口的寒风中献出了他们热血沸腾的身躯，他们是想以鲜血唤醒我中华民族……"

梁启超简要回顾了六人分别是在何等处境下被捕、被处死以及现场慷慨激昂的悲壮场面，接着说："中华民族想要复兴，非得非常道的手段，一年过去了，今日我等一众纪念他们的意义是什么？这一年我们做了什么？细思极恐，我等在此办学办报的目的是什么？就是为了唤醒更多的人，自包括在座的诸位，而且在座的诸位就是要继承他们的遗志，步着他们血流成河的道路走下去！"

梁启超的声音哽咽处，掌声雷动，全校师生起立。

---

① 据《梁启超年谱长编》《让国之役回顾》。

梁启超再次示意全体就座，继续说："他们的死，意味着我们的失败，如何从他们的血迹中找到来路和归途，这才是我们当下之必要、紧要、迫要的事情。尤其是下一步，我们该怎么走？走向何处，这些都是我们急迫而紧要的事情，接下来，请大家各抒己见，寻找路径，以此纪念和告慰'六君子'！"

梁启超演讲完毕，掌声如潮，涌来一波又一波。

蔡锷第一个上台演讲。这位英俊的青年登上台之后，先向"六君子"遗像鞠躬致哀，继而向台上领导和台下同学鞠躬致意，接着，蔡锷说："值此戊戌'六君子'先烈遇难一周年之际，我们在沉痛之余，适才听了梁先生的教诲，深有感触，先生已经将问题提出来了，我们怎么做，也就是将来做什么才能告慰他们的英灵，最正确的事情是什么？最正确的道路是什么？这才是紧要的。我们追随先生一路走来，历经了血与火的洗礼，去岁今日，我们的先烈是被束手就擒的，没有任何的反抗力量，没有任何的支援，刑场外的黎民百姓只是看客，能怎么样？如果当日当时，或者此前，我们有自己的队伍，有自己的武装，有自己的百姓，这样的惨祸或许会躲避过去，这样的护国救国，才有更大的可能性，然而，就凭着这些书生的鲜血，能够怎么样？如果再有'六君子'，还是会遭遇同样的下场，眼下，最急迫的就是我们要有自己的武装，有自己的队伍，我们才能真正有效地告慰我们的先烈英魂！"

一阵阵掌声，台上台下起立。

蔡锷鞠躬："诸位同学们，将来的事业需要我们这些少年，让我们一起朗诵先生的《少年中国说》[①]之片段，以告慰'六君子'英灵：'故今日之责任，不在他人，而全在我少年。少年智则国智，少年富则国富；少年强则国强，少年独立则国独立；少年自由则国自由；少年进步则国

---

① 梁启超《少年中国说》，发表于1900年2月10日《清议报》第35册，署少年中国之少年。

进步；少年胜于欧洲，则国胜于欧洲；少年雄于地球，则国雄于地球。红日初升，其道大光。河出伏流，一泻汪洋。潜龙腾渊，鳞爪飞扬。乳虎啸谷，百兽震惶。鹰隼试翼，风尘翕张。奇花初胎，矞矞皇皇。干将发硎，有作其芒。天戴其苍，地履其黄。纵有千古，横有八荒。前途似海，来日方长。美哉，我少年中国，与天不老！壮哉，我中国少年，与国无疆！'"

会场内群情激昂，每个人似乎都找到了自己的人生方向，看到焰火和光亮，他们的血脉偾张，他们满面通红，他们声音洪亮，他们像一股洪流，从遥远的山谷中冲撞而出，浩浩汤汤，激荡无边，要向前开出一条新的河道！

接下来，又是几个同学演讲，同学们演讲完毕，陈少白站起身来，向同学们作了简短的演讲："同学们，同道们，同仁们，中国面临着列强瓜分，面临着朝廷腐败，面临着群龙无首，这些年来，多少的志士仁人，如康有为、梁启超先生，如孙中山先生，均在苦苦寻找救国的途径，他们抱着同样的家国天下的仁心，他们怀有誓死不悔的人生理想，他们置生死于不顾，东奔西走，为的是一个共同的理想：让我们的国家强大起来，不再受外敌的侮辱和瓜分，我们的这些力量需要联合，我们不能再四分五裂，我们需要像康有为、梁启超、孙中山这样的人挽起手来对抗朽而不僵的王朝，建立一个崭新的，由每个人自己做主的新世界！靠谁来建立，就是靠在座的各位，靠千千万万中国少年，我同样为少年中国歌唱，同样寄希望于中国少年和少年中国，愿我们联手创造属于我们自己的世界！"

待陈少白演讲完毕，梁启超率先起立鼓掌，全校师生再次起立，他们仿佛看到了更为清晰的前途，听到了更为坚强有力的未来之声。

面对"逆后贼臣"的立储丑剧,梁启超捉笔代刀,一篇文章撕下了慈禧和荣禄的丑恶面具,擦亮了国人的眼睛,第一次以舆论左右了朝政,闹剧无疾而终,舆论胜利。

5. 舆论第一次左右朝政

变革,不仅仅是要变革清王朝和当下的局面,也意味着变革自我,将自己从看似宏大实则虚空的幻境中解放出来,找到一条更加踏实、坚实的道路。

面对群情激昂的中国少年,面对众多志士同仁的信赖和仰望,梁启超感觉到了自己身上的重担,他要挑起来,他要给他们可信的路径。梁启超正在苦苦思索着这条路径。在这场"六君子"殉难一周年纪念大会之后,长期以来困扰梁启超的问题逐渐清晰,那就是必须拥有自己的武装,而这一思想的产生直接得益于孙中山和陈少白。

梁启超不时想起和陈少白的多次谈话中,他提到的武装革命问题。梁启超在沉痛地反思之后,有了武装革命的这个基本思路。接着,梁启超和他留日的师兄弟、学生时常聚在一起商议下一步如何举动。

大家一直认为,必须起兵,推翻清政府。

问题的焦点集中在哪里落子?何处起兵?唐才常认为在长江沿岸起兵最佳,因为长江沿岸的民众,尤其是青年一代已经看清了中国的现状,看清了清政府的嘴脸，相比之下，也从逆流而上的洋人身上看到了自身的落后，凡此种种说明，在长江沿岸起事是最为现实的，同时从地缘角度而言，又有长江作为屏障，退可守，进可据。大家一致认为，这是比较可靠的构想，相较于北方，人心思变的基础已经远高于其他地区，而相较于岭南而言，长江沿岸的民众又是比较单纯的，从生存角度而言，更是迫不及待地需要变革。于是，唐才常自告奋勇地承担起了动员各个会党（包括兴中会在内）以及组织队伍的事情。

那么，起兵需要钱粮，这些钱粮从哪里来？只能从海外募集，这事只有靠康有为和梁启超，只有他们在海外有广泛的影响力。

还有整个具体的组织名目、落脚点、联络人等事宜在一次又一次的谈论中逐渐清晰起来，最终议定，确定以湖南为根据地，设立报馆、学校、翻译局，成立自立会作为机关。派唐才常、唐才中、李炳寰、田邦璿、蔡钟浩、秦鼎彝六人返国，由一位日本人护送，一众乔装打扮成日本人，以保证自身安全。

这个自立会是一个混合着革命党和保皇党双重属性的组织，孙中山和陈少白对此格外重视，专门派毕永年为林圭在国内的接洽联络人，实质上是两党合作的变化之形式。因为梁启超夹在康有为和孙中山之间不得已而为之，所以，孙中山对此是默认的，也没有要求梁启超明确表达这是两党共同的行动，这是彼此心知肚明，却没有说出来的一件事，事实上，两党在此举中已经联合，不言自明。

六人临行前，梁启超在红叶馆设宴，邀请孙中山、陈少白，日本人平山、宫崎参加。唐才常抵达上海，以日本人的身份成立了文学社，实则是组织了正气会，暗下里宣传革命主义，号召人心，联合有志之士，作为发动起兵的先遣机关。①

---

① 吴天任：《梁启超年谱》第一册，第346页。

　　等六人分赴国内，此次起事已经大体安排完毕，梁启超迫于康有为的催逼，只好前往檀香山开办保皇会，临行前，将报馆、学校诸事交于麦孟华主持。临到了出门之前一日，梁启超邀约孙中山共商国是，"矢言合作到底，至死不渝。以檀香山为兴中会发源地，力托中山为介绍同志。中山坦然不疑，乃做书介绍与其兄德彰及诸友"①。

　　一面为孙中山去檀香山开办兴中会，一面为康有为在檀香山开办保皇会，梁启超处于两难之境，他并没有坚决背叛自己的老师康有为，也没有放弃革命党人的真诚合作诚意，于是，他依然在两者之间寻找最佳路线，或许，就在不远的未来，总有一条中间道路呈现，而眼下清晰可见的是两党已经为共同推翻当下的清政府联手了。至于哪一天推翻了清政府，他在这一阶段的使命就算完成了，至于将来是否由光绪继续主持朝政，还是要组建一个新的政府，那是另外一码事，或许届时自有路径。

　　变，变化中寻找最佳路径。

　　这就是梁启超的个人理想和现实之间的抉择之道。似乎此时的梁启超认为，唯有这条道路，才使他不失偏颇，中庸前行，变中求新，变中求异。而他又能如何呢？假如此刻他完全置身于孙中山革命党一面，那么必然会引发两党之间的争斗，如果真的发生这样的争斗，两败俱伤，这正是清政府所期待的；如果放弃了孙中山，眼看着一条更加彻底的革命路径在眼前，却失之交臂，他也不甘心，于是在此刻，出于生存需要也罢，出于救国的前途也罢，他是选择了脚踏两只船，在摇摆之间，寻找机会。也许这正是他此后多年的一个方法论，就是一个字：变。不断变。而在这种变中，他却持守着另外一种东西，那就是文化，这是他终生没有放弃的东西。

　　这一变一守，就是他的一生。

────────────

① 冯自由《中华民国开国前革命史》上编。

　　12月19日（十一月十七日），梁启超出发的当晚，大同学校的同学老师诸人为其饯行于学校的千岁楼，席散之后，又与诸人在清议报馆做竟夕之谈。20日中午，乘"香港丸"数十人在江岸郑重道别。①

　　12月31日，梁启超抵达檀香山，持孙中山的介绍函分别会晤了侨商李昌、郑金、何宽、卓海、黄亮等人，颇受欢迎。随后又拜访了孙中山之兄孙眉（德彰），孙眉招待优渥，并让他的儿子阿昌拜梁启超为师，在此期间，以组织保皇会为名而活动，他称之为"名为保皇，实则革命"②。

　　1900年1月11日致信孙中山，"兄须谅弟所处之境遇，望勿怪之。要之吾辈即已定交，他日共天下事，必无分歧之理。弟日夜无时不焦念此事，兄但假以时日，弟必有调停之善法也。"③

　　火种正在交织中点燃。此时，慈禧却在荣禄的撺掇之下，发起了一场立储阴谋，企图新立皇子，废除光绪。

　　12月24日，慈禧太后以光绪的名义发出上谕，明确要立端郡王载漪儿子溥儁为皇子，名为立嗣，实则是要废了光绪。

　　"皇帝"的这道文书下来，惊动了朝野。尤其是康有为，他死命要保的皇帝竟然如此被废，这还了得，这不是迎面掌掴"保皇会"的脸面吗？

　　首先发声的是上海电报局局长经元善，他联合士民1200多人，致电光绪，阻谏立储。电文大意为：昨日收到24日电旨，上海人心沸腾，探听到各国都要派兵干涉，奏请皇上，千万不要有退位的想法，上可告慰太后，下可消弭中外各界的反对。落款为经元善联合上海各省绅商士民叶翰、张通典、王季烈、马裕藻、章炳麟、汪诒年、丁惠康、唐才常、经亨颐、蔡元培、黄炎培等1231人，合词电奏。④

---

① 据梁启超《夏威夷游记》。
② 冯自由《中华民国开国前革命史》上编。
③ 同上。
④ 据香港《士蔑报》和《戊戌变法（三）》。

如果说经元善的阻谏仅仅是表面文章，尚未揭破谎言，梁启超却直击本质，他写了一篇《十二月二十四日伪上谕后》，直斥这道上谕是伪书，是"逆后贼臣之计划，竟如此其狠毒耶？"笔锋直指慈禧太后和荣禄，揭穿了朝廷的阴谋，并将其实情大白于天下，撕下了慈禧和荣禄无耻之画皮。①

当其时，梁启超几乎左右着天下舆论，此文一经发出，天下人一时恍然大悟。

焰火照亮了中国，点燃了华人的愤怒。

天津、杭州、武昌等地士民纷纷上书反对立储。

海外旧金山、新加坡、檀香山、菲律宾等四十六埠华侨除上书总理衙门外，同时上书英日美三国公使以及英国外交部，请求代救皇帝。②

在舆论的众声喧哗中，立储丑剧无疾而终，却再次激起了慈禧太后以及朝廷保守党对康梁的极大仇恨。就在舆论哗然之际的十一月，清廷任命李鸿章为两广总督，因为海内外保皇会华侨大多数是粤籍，便让李鸿章前往镇压保皇会，正月悬赏十万两白银捉拿康梁二人，旋即，赏金加码，提高到了三十万两白银，如果不想要赏金，想要官职的，也可以直接提升为官员；同时派刺客四处窥视下手。慈禧同时致电各国驻使，禁止康梁入内，同时重金悬赏线索。③

李鸿章抵粤后，"捕击海外义民三人家族，南海梁任南④之祖母，时年九十余，竟死于狱，有为祖墓，亦悉被划毁"⑤。李鸿章等于将梁任南九十多岁的祖母逼死在狱中，进而下三滥地毁了康有为祖坟。

梁启超此时从檀香山撰《上粤督李傅（李鸿章）相书》，力陈缘由，

---

① 据《清议报》第三十九册。
② 据王树槐《外人与戊戌变法三·己亥建储》。
③ 据正月十七日《申报》。
④ 梁任南，广东南海人，檀香山火奴鲁鲁华侨领袖人物，康梁的支持者。
⑤ 据黄鸿寿《清史纪事本末·戊戌政变》。

劝李鸿章不要为后党作荆卿。①李鸿章收到梁启超的信之后，"颇有惓惓之意，又有求免之心"（梁启超《五月二十一日与港澳同仁书》）。

　　既得李鸿章的同情和理解，梁启超此时充分展示其舆论手腕，他想要在这关键时刻制造舆论。在这风吹草动时刻，他专门从檀香山到旧金山，旧金山的中华会馆负责人劝他注意安全，最好暂时不要前往，而他专门致书旧金山中华商会，其中说道："自今以往，为君父而捐躯，为国民而流血"，何怕之有？胶弹算什么？炸药算什么？这些东西怎么能阻挡大丈夫前行的脚步呢？！北京广州都敢去，还怕去个旧金山！

---

① 据《饮冰室文集》第二册。

变通。为了统一海外力量，梁启超不惜加入旧金山的一个帮会组织。这种变通能力是罕见的，只有"善变"，才能使檀香山的兴中会、三合会、维新会、保皇会合为一体，变成了一股巨大的聚合力。

6. 一场又一场燃烧之火

1月20日，梁任南已经从祖母死在牢狱中的悲伤中振作起来，他是梁启超来檀香山之后，最为亲近的广州乡党，是当地商会有威望的商人，也是梁启超最大的支持者。至此，在梁启超的反复安慰和劝说之下，他痛定思痛，要以自己的行动报复这腐朽的清廷，给祖母一个交代。

这天一大早，梁任南匆匆来到庵嘛街梁启超寓所，告知梁启超："美国人放火烧了唐人街。"

唐人街都是同胞华人啊，梁启超大惊："为什么？"

原来，檀香山正埠发生疫病，唐人街有几个华侨和土人病死，美国当局借口防止淋巴腺鼠疫蔓延，派出大批军警，于清晨8时封锁唐人街街口，不准居民、行人出入。然后悄悄纵火点燃了病死者的住宅，同时，也点燃了沿街商铺，那火势在神不知鬼不觉中迅速蔓延，很快街内的其他住宅也迅速燃烧，尚在酣睡中的居民被烟火呛醒，有的直接被烧死在家中，有的跑出家门，一看，整个唐人街大火熊熊燃烧，想逃出唐人街，街口已经被军警封锁，他们手持木棍，绝对不许居民出街口。火势蔓延，上千多家住宅、商店付之一炬。4000多人扶老携幼，拼死冲出唐人街，却被军警骗押到海滩上，恣意杀害。这次浩劫，华人损失财产约几百万元。

美国的华人对自己的祖国感到深深的失望，他们没有了依靠，没有了后援。弱国无外交，死了就死了，没有站出来替自己的同胞发声。

此时，清廷悬赏人头、掘坟害人之举，反激起了康梁的更大斗志。既然清廷敢于叫板，还不如主动起义，何况自日本归国的六人早就筹划得差不多了。

要起义就要人、弹药和钱。这钱从哪里来？自然要从华侨商人中筹集。梁启超和梁任南商定与肝胆可托的张福如、钟木贤、钟工宇等10人进行机密商议。钟木贤、钟工宇两人本来就是兴中会会员，由他俩联络其他会员，选定时间去张福如家中集会。

集会的那天晚上，有兴中会会员和保皇会成员数十人，张福如家宽敞的大厅被挤得水泄不通。梁启超精神抖擞，登台演讲，他先从纵火事件华侨的悲惨遭遇讲起，再讲到清政府的腐败和光绪皇帝的被囚。豺狼当道，国难深重。为了救国，孙中山和康有为都支持唐才常筹划起义勤王。希望与会者参加檀香山维新会和捐资军费。最后梁启超又滔滔不绝讲述他要使中国变为一个富强国家的改革方案。如何兴办教育、培养人才，如何兴办实业，开矿筑路，等等。与会的人听见如此精彩的爱国演讲大为感动。有的即时题捐，一夜之间，就募捐上万元。

然而，当梁启超一提到组织维新会，要求大家报名入会时，除了保皇会成员（当时檀岛还未成立保皇会组织），兴中会的会员都持观望态度，谁也不带头报名。梁启超不知缘由，只好宣布散会。

梁启超送走众人，留下梁任南，三人继续商谈。他对兴中会会员不肯加入维新会之事很不理解，便问张福如："张兄，你们为何不肯入会？"

原来张福如是三合会红棍，兴中会会员都参加了三合会，听从三合会的指挥。三合会有极严格的会规，所以，他们不肯随便报名入维新会。

梁启超无计可施，梁任南认为唯一办法是梁启超加入三合会。如此，才能发动更多的力量加入维新会。

三合会是民间组织，被清廷视为犯上作乱的歪门邪道。康先生肯定不会认同，如果梁启超加入，康有为首先是不会同意的。写信请示，会拖延时日，恐怕他也不会答应，不加入，会务难开展！筹款只能到此为止，他左思右想，最后决定"先斩后奏"，便毅然说："张兄，请你介绍，我加入三合会！"

这是梁启超每每在此情况下的上策，两个字：变通。

梁启超不惜加入旧金山的一个帮会组织。此后，他将此情况写信告知了康有为，免得被他老人家误解。

张福如赞赏地点头称道："好！"于是向梁启超详细介绍入会的细节来。

三合会是清代民间秘密结社的组织之一，据说是因天地会被禁而改称的。天地会因"拜天为父、拜地为母"而命名，始创于康熙十三年（1674）。因以"反清复明"为宗旨，以明太祖朱洪武的"洪"字，引申为三点会、三合会。会员对内称"洪门"，互称"洪家兄弟"。在海外的三合会一般称洪门；洪门在各地设立很多不同名称的堂口，在美洲各埠的堂口，叫致公堂、安良堂等等。会中流行一首《三点革命诗照》，诗曰："三点暗藏革命宗，入我洪门莫通风。养成锐势复仇日，誓灭清朝一扫空。"诗中说的"莫通风"是指莫当"奸细"。所以，会规很严，有三十六誓、七十二例、二十一则、十禁、十刑等等。最初，洪门吸收会员对象，以上九流为标准，有所谓："一流举子二流医，三流地理四流推，五流丹青六流相，七僧八道九琴棋。"后来慢慢改变了，凡是愿意反清的人，都可被吸收入会；对于梁启超这个大名鼎鼎的维新派举子，按照这一例，张福如一提出，众多的会员都同意梁启超入会。

檀岛三合会致公堂设在四邑会馆侧间庙堂里。梁启超正式加入三合会的这一天，正厅按列就班，分司警卫，气派森严。厅中供奉五祖神像①，案几上，香烟缭绕，灯火明亮。

"开台！"一声高喊，宣布接收梁启超入会仪式的开始。

梁启超身穿唐装便服，脚穿便鞋，神态威武，由一位"草鞋"引到厅前。由主持人高唱："下跪拜开始！"

梁启超恂恂如也地随着唱声，十分恭谨地向五祖像行三跪九拜大礼。

红棍张福如手执一只生鸡，掰开双翼，扭曲鸡颈，一手提刀斩断鸡头，用盛着水酒的碗接装从鸡颈流下来的鲜血。

梁启超站在张福如身旁，用银针戳破右手中指，把指血滴在碗里，然后从张福如手中接过酒碗，仰面喝了一口血酒。

新丁梁启超和众人呷过血酒，由主持人张福如带到厅侧的武宗郑成功、文宗史可法、军师陈近南的神位前再一次下跪拜。礼毕，先考"忠诚救国、义气团结、勇侠锄奸"三大信条，再试入会问答。

第一问："拜会何事？有何为证？"

梁启超答曰："反清复明！有诗为证。诗曰：反斗英雄在木阳，洁君无道甚猖狂。复得洪门参社稷，明兵发动灭蛮邦！"

第二问："剑与颈谁硬？"

梁启超答曰："颈硬过剑！"

第三问："兄弟吃三分米，七分沙，你能挨得？"

梁启超答曰："兄弟能受，我亦能受。"

第四问："你有何武艺，敢来投军？"

梁启超答曰："我十八般武艺，件件皆能，文武全才。"

考试答问完毕，由主持人又念三十六誓、七十二例会章会规。最后，由新丁梁启超宣誓入会，誓词曰：

---

① 即天地会开山祖蔡德忠、方大洪、马超兴、胡德帝、李式开五人。

"天地有方，恢复河山。誓灭胡虏，劫富济生；有生同生，有死同行；有福同享，有祸同当。歃血盟誓，天神共鉴。"

梁启超宣誓毕，众人前来道贺，称兄道弟，热闹非常。

新丁入会，按常规是先当"散仔"，以后按能力逐步升为"管事""先锋"之类。头领则为盟长。这次梁启超入会，破格被众推举为盟长之下的军师之职，绰号为"智多星"①。

梁启超被足足折腾了一个通宵。天明离开致公堂，在回住处的路上，他不禁暗自好笑。日间穿着和服，是日本绅士；晚间摇身一变成了洪门会党的军师，简直是在做戏。可这也是万般无奈，为了凝聚革命力量，将星星点点的革命火焰聚拢在一起，自己委曲求全，算不得什么。

梁启超自从加入了三合会，在会员中慢慢树立了威信，不但那些具有兴中会会籍的三合会会员报名加入保皇会，还有不少其他方面的三合会会员响应。于是檀香山保皇会组织起来了。梁任南被举为总理，钟木贤、张福如为副总理，钟水养为协理，以火鲁奴奴为总部，以后在八个属岛分设八个支会，拥有会员数百人，成为檀香山最大的政治社团组织。

梁启超的这种变通能力是罕见的，是他的个人生存之道、发展之道，也是革命需要的变通之道、曲线之道。梁启超拥有这种"善变"的思想，才使檀香山的兴中会、三合会、维新会、保皇会合为一体，变成了一股巨大的聚合力。

梁启超在檀香山一面动员力量筹集款项，一面焦急地向四处写信致函康有为、邱菽园、唐才常、狄楚青，安排筹划起义事宜。组织筹款拨付、联络大刀王五、雇佣菲勇运输枪械、安排接人接械港口、安排培训发电报的人员和英文职员、筹办英文报纸等事宜。

正在梁启超等内外筹划起义的同时，有人已经捷足先登了，这就是义

---

① 梁启超《与南海书》（1900年2月13日）。另据陈占标、陈锡忠：《一代传奇》。

和团。

一场比唐人街大火更大的火焰燃烧起来。

3月，义和团起于京师。扶清灭洋，毁教堂、杀教民，戕杀日本使馆书记杉山彬、德国公使克林德，清廷利用其力量对付洋人。5月，八国联军攻陷大沽口，清廷下诏宣战，围攻各使馆。6月，联军破天津。7月，攻陷北京，太后挟光绪帝西奔长安。

正当北方陷入乱局时，盛宣怀倡议南方两江总督刘坤一、两广总督李鸿章、湖广总督张之洞等不受朝廷乱命，与各国领事签订互保办法9条，称为《东南互保约款》，保护境内中外人士生命和财产安全，由是东南半壁得以保全。①

国难再次危急。7月1日，唐林召集上海的维新人士数百人，以保种保国的名义发起成立了正气会，后来遵从康有为的意见，改为自立会。公推香山人容闳为会长，严复为副会长，唐林为总干事，林圭（述唐）、沈愚溪（虞希）、狄楚青（葆贤）为干事，另有章太炎、文廷式、吾葆初、叶浩吾、宋恕、张通典、龙泽厚等人参加。成立之后，声势渐隆。随后，林圭在汉口成立军事机关，成效渐著，又仿照会党，颁布票据办法，投放"富有""贵为"票，意为"富有半四海，贵为天子"，也是富贵、有为之意；分地段设立旅馆，方便会友往来住宿，襄阳、沙市、岳州、长沙均设了名号各异的站点，号称新造自立之国，不承认满洲为国家的宣传语。②

与此同时，自立会派林圭、秦力山（鼎彝）发动长江各省会党，联合组成"富有山树义堂"，实质上就是洪门组织，有正副龙头与总堂等名目，康有为为副龙头之一，梁启超为总堂之一。

一场真正的大火即将燃烧。这就是康梁长期以来策划的唯一一次军事行动——"勤王起义"。

---

① 吴天任：《梁启超年谱》第一册，第419页，据《清史稿》卷四。
② 据冯自由《中华民国开国前革命史》第九章。

　　总部设在汉口，时间定在7月15日，由唐才常任总司令，李炳寰和林圭主要负责修治军书，蔡锷奔走各地联络，分五路大军，前、后、中、左、右路。届时同时发动起义。

　　然而，到了7月15日，军火未到，只好屡屡改期。此时，清廷早就得知消息，严密封锁防范，自立军的军信、军械难以送达。当日，大通已经举事，然而后路没有接应，没有任何支援，最终溃败。起义日期一推再推，从15日改为25日、26日，还是未能举事。

　　此时，唐才常还在汉口，曾经借日本人之口，向张之洞表达了如果两湖独立，自立军就拥戴张之洞的话，张之洞一开始还是点了头的，然而，自立军太过招摇，每天从长江江面往返点兵，加上此时张之洞已经知道大通事败，但他一直装作什么也不知道，装聋作哑，不动不响，给唐才常一个浑然不觉的假象。其实，张之洞也是拿不定主意，究竟是和唐才常联合起兵好，还是拿下唐才常好。然而，唐才常等来等去，一直没有等到张之洞的答复，心里不免怨气重重，于是，发誓和张之洞断绝，同时扬言："如果张之洞奉行满清的伪谕，排外对付他们的话，我首先要杀了张之洞，由我来保护外国人。"

　　这话传到张之洞的耳朵里，继而侦查清楚了唐才常的底细，27日晚张之洞突发擒拿了保皇党四人，一不做二不休，电告各国领事，据武昌独立，先发制人。

　　当晚，汉口泉陆巷一个剃发匠鬼鬼祟祟坐在摊位上迟迟没有撤离摊位，他小心翼翼地打探到一位姓唐的人形迹可疑，于是便撂下摊位，奔向清府衙门，向司都陈士恒报告了情况，陈士恒早就按照张之洞的安排，布下了眼线，接报后，仔细辨听情形，确定无误后，带兵跟踪，在一家不大不小的院落里现场捕获四人。

　　27日晚，分开四人，严刑拷打得知保皇党有大举动。

　　28日晨，陈士恒立即向张之洞报告，张之洞在照会租借地各国公使的同时，开始了大规模的捕杀行动。

当猩红的太阳刚刚从地平线探出头，一抹暖洋洋的光芒普照大地的时候，张之洞的兵卒已经根据昨晚拷问的结果，分头包围、搜查英租界李顺德堂、宝顺里自立军机关部、轮船码头，先后逮捕唐才常、林圭、李炳寰、田邦璿、长沙瞿河清、向联陞、沅陵王天曙、湖北潜江傅慈祥、广东香山黎科、黄自福、福建漳浦郑宝晟、直隶宛平蔡成煜、李虎生以及日本人甲斐清等14人；同时，围搜了俄国商店，计划逮捕其买办容闳，容闳听到急促的敲门声和喊叫声，尚在里屋，急忙乔装成工人，从后门逃走了。

唐才常被捕后，在狱中墙壁题诗："剩好头颅酬故友，无真面目见群魔。"

28日夜二更，将11人押送至浏阳湖畔加害。

张之洞特派护军200人，驻汉口铁政局，抓捕所有形迹可疑者，大兴党狱，湖北杀人天天都有，没有闲下来一天，数百人被杀。（据《梁启超年谱长编》）

据梁仲策在《梁启超年谱长编》后的注释说，梁启超曾写信给康有为，埋怨通信太迟缓，军械不能运至，将贻误大事；主张起义时，作为领袖人物必须在军中，才能鼓舞士气。果然，这些事情正如梁启超预见的那样，军械未至，几次改变举事时间，如今看起来堪称荒唐，在梁启超得知汉口起事的具体时间后，急急从檀香山归来，此时美国疫情尚在传播，船上死了一个人，船被滞留四十八小时，做消毒工作，抵达上海的次日（27日），就听到汉口事败的噩耗。梁启超在上海闻听事败消息，急忙派吴禄贞前往汉口营救唐才常，等吴禄贞到了汉口，唐才常等人已经被杀害。

次日，又捕7人，全部被杀害。

这一场由梁启超、康有为谋定的大火终究未燃而熄。

焰火持续燃烧

变革与保守，这对矛盾，从万木草堂一直伴随着康有为，也伴随着梁启超，从广州、北京、长沙、上海、香港到澳门，从日本、美国、澳大利亚到新加坡，这些问题不是现实的纠缠，而是真实的内心纠结。梁启超虽然心有所动，但内心还是没有向革命迈出一步，最多只能说，想要迈出去，却如武昌起事一样夭折了。

　　夹在两党领袖之间，梁启超看似无法变通下去了：老师不好悖逆，孙中山也不能太近，只有做未来之期许了。正如在情事上，梁启超同样左右摇摆，当一个绝世女子闯进他的情感世界时，他性格中保守一面毕露无遗，怎么办？这种踟蹰未决，终究也交给了冷酷的时间。

| 1. 欲牵未牵之手

　　三四月间，日本人宫崎寅藏和孙中山正在越南筹划革命事宜。孙中山和宫崎见面聊天，谈到了和康梁联合的事情。孙中山慨叹从万木草堂至今，来来往往，一直没有见康有为的真心合作态度，他始终在不断努力，却终究没有见眉目。孙中山的意思宫崎是再明白不过的，康有为、梁启超乃当世之学问家，也是实干家，可惜，康有为始终没有合作意向，至于梁启超，和革命党在日本的沟通是十分顺畅的，几乎不存在障碍，合作不成问题。如果能够说动康有为放弃保皇，与革命党联合起来，那么以后的道路就好走多了。

　　宫崎寅藏听了孙中山的叹息，思谋再三，突然想起戊戌政变之后，他还冒着巨大的风险到广州，保护万木草堂学生，此后又与出逃的康有为取得联系，同日本驻香港领事交涉，伴康有为亡命日本。于是，宫崎寅藏对孙中山说，或许可以再次和康有为沟通，说动他，和革命党合作。眼下正好听说康有为去了新加坡，他愿意从日本去新加坡，找到康有为，和他叙叙旧情，向他游说放弃保皇，联合革命。

孙中山听了，觉得此事不容易，不如不去，因为他从广州到上海再到北京，又到日本，多少次不是派人前往，就是亲自和梁启超接触，连康有为的面也没见过，接触最好的一次也是在上海，陈少白觉得康有为似有所动，但此后也毫无结果。宫崎寅藏也知道，只有保皇党和革命党能够握手联合，中国才真正有希望，孙先生的革命大业也将更加有把握，于是极力请求孙中山同意他去新加坡。无奈，孙中山只好派他去新加坡试一试。

宫崎寅藏和内田青藤、吞宇更石三人来到新加坡，很快找到了邱菽园，宫崎拜托他向康有为通报一下，欲拜访康有为先生，还亲自写了信，拜托他转交康有为。邱菽圆自是将信转达至康有为无疑。然而大家都对此疑虑重重。康有为认为宫崎是旧交，无须疑虑，一定没有别的原因。于是让汤觉顿带了他的书信，去拜见宫崎，告知了眼下的情形，并赠送一百两黄金，致谢其来意，但同时说明，因为在新加坡，若要拜会康先生，最好还是告知新加坡总督，乘游艇到康有为所在处。（据杨克己主编《民国康长素先生有为、梁任公先生启超师生合谱》台湾商务印书馆）因为此时，正是慈禧悬赏三十万两银子捉拿康梁二人，邱菽圆让宫崎留下地址，等待消息，孰料康门弟子闻听此事，后经打听，说宫崎曾经在广州拜访过李鸿章，如此说来，这宫崎或是李鸿章派来刺杀康有为的，拿康师的人头领赏的吧。

于是，康门弟子转身报告康有为。康有为一听，吓得不轻，急忙带着梁铁君移居到了丹将敦岛灯塔。宫崎知道康有为对自己心生嫌疑，于是给康有为写了一封信，表达了与其决绝之意："今者怀一片私忧，与满肠腹之奇愿，来访知己于千里之外，何图昨日之交，今日仇敌，横冠以大耻辱之名。"随后，退还赠金，康有为觉得真的没有什么值得怀疑的，于是要迁回新加坡，和宫崎相见，此间有一位日本僧人，向林文庆私下"泄密"，"揭露"宫崎行刺之阴谋，随后，康门报告新加坡英总督：有刺客。次日一早，宫崎还没起床，便被警察敲开了门，二话不说，将他和内田青藤带到了警察局，投入大牢。（据康有为《康南海自编年谱》和康同璧注释补遗）

此时，也有革命党人士听说宫崎被捕的消息，紧急电告正在越南的孙中山。孙中山只好亲自前往新加坡，拜访新加坡英总督，说明原委，才将宫崎救出来。

宫崎此次对康有为大为光火，就算不念当日救援万木草堂学生和疏通救他赴日的旧情，也不至于在新加坡落井下石，自此，革命党和保皇党之间的隔阂越来越大，海外各地的革命党和保皇党之间的冲突越来越多，保皇党在东京政闻社的开幕仪式，以及徐勤在小吕宋的演讲会均被革命党捣乱破坏，两党之间的机关报自此大开笔战，随时随地在进行。①

此时，革命党的报纸有：《中国报》（香港）、《民生日报》（檀香山）、《大同报》（旧金山）、《民报》（东京）、《中兴报》（新加坡）、《自由新报》（檀香山）、《华英报》（云高华）、《大汉报》（云高华）、《少年报》（旧金山）。

保皇党的报纸有：《岭海报》（广州）、《商报》（香港）、《新中国报》（檀香山）、《文兴报》（旧金山）、《新民丛报》（横滨）、《南洋总汇报》（新加坡）、《新中国报》（檀香山）、《日新报》（云高华）、《世界报》（旧金山）。

这中间难了梁启超，这位原站在两党中间的和事佬。一方面说康有为的确不了解孙中山，另一方面又解释孙中山和他的关系世人皆知，两党之间并无过节。还列举了他在日本和孙中山的亲切相处经历。②

三月二十九日，梁启超在两党争执不下时，致信孙中山，一则汇报了武昌举事的不易，进而说不易就要联合力量，"必当合而不当分"，接

① 据冯自由：《中华民国开国前革命史》第六章。
② 据沈云龙撰《康有为评传》上编，第八章。

着劝孙中山，"何必固划鸿沟，使彼此永远不相合哉"，"不然，屡次卤莽，旋起旋蹶，徒罄财力，徒伤人才，弟所甚不取也。望兄采纳鄙言，更迟半年之期，我辈握手共入中原，是所厚望"。不知道梁启超所说的半年之期是何用意，看似道理没错，甚至还有责怪或者委婉劝诫孙中山的意思。

另据吴其昌著《梁任公先生晚年言行记》载，吴其昌曾就世传孙中山和康有为不睦的原因，询问梁启超，梁启超向吴讲了一个孙康之间关系最后破裂的故事，说康有为环游世界时，在马尼拉（菲律宾首都），孙中山为了搞好两党关系，屈躬前往康有为住所，亲自拜会康有为，康有为也欣然答应，等到孙中山已经到了康有为住所，康有为欣欣然下楼梯时，有人在一旁提醒他，孙中山是来刺杀他的，康有为大为惊骇，折身而返。孙中山大怒而出，自此再也没有两党联合的可能了。据梁启超向吴其昌讲述，此事梁启超当然也是听说，"亦得之传闻，大体或不谬也"[①]。此事发生的时间或在宫崎拜访康有为之后，按照惯常逻辑，如果在宫崎拜访康有为之前，孙中山是万万不会让宫崎前往拜访康有为的。也就是说，尽管康有为拒绝了和宫崎见面，并将其诬告至新加坡英总督，投入大牢，但孙中山还是抱着最后一线希望，亲自去拜访康有为，想要一个明确的说法，是否要联合，结果，又遭此羞辱，两人关系自是积重难返。

夹在两党领袖之间，梁启超看似无法变通下去了：老师不好悖逆，孙中山也不能太近，只有做未来之期许了。也许他觉得时间才是最好的裁判。

正如在情事上，梁启超同样左右摇摆，当一个绝世女子闯进他的情感世界时，他性格中保守一面毕露无遗，怎么办？这种踟蹰未决，终究也交给了冷酷的时间。

交给时间，难道真的是最好的变通吗？

---

① 吴天任：《梁启超年谱》第一册，第442页。

梁启超到檀香山半年当中，匆忙于筹划起义勤王，组织保皇会，发动募捐，平均一天要发出三封信，联络各地保皇会，就起义的计划、部署、购械、战略、联络、筹款、发展会务、调动人力等问题不断提出详尽计划。可惜这些颇有见地的意见并未受到康有为和唐才常的重视，有时候，连续发出六七封信，也未见只字回复，他懂得自己老师的臭脾气，为了顾全大局，他曾写信去检讨自己的疏慢，也多有怨气，但最终以曾文正公的"克己、诚意、主教、习劳、有恒"自勉。然而，在抱怨和克制的同时，又和康有为辩难"自由"之义。他实在不能苟同康有为对"自由"的深恶痛绝。基于此，康有为有意疏远梁启超，不让他参与有关大事，而让唯命是从的徐勤总揽会事。

这天，梁启超正坐在房间苦闷不堪时，梁任南走进来说："明天是康先生在加拿大创立保皇会一周年纪念日，明晚同人在四邑会馆召开隆重的纪念大会，请先生演讲。"

梁启超欣然允诺，这是宣传起义勤王的大好时机。

次日傍晚，梁启超随同保皇会几位总理来到四邑会馆大礼堂。礼堂灯火辉煌，人头攒动。正中壁间挂着一面大清蟠龙旗，旗上横额写着"中国保皇会创立一周年纪念"。

当梁任南引领梁启超走进礼堂时，全场一阵骚动。

站在讲桌边的张福如扮演了一个主持人的角色。他挥挥手，请众人安静。大会开始，鸣鞭炮后，张福如唱喏："全体肃立，向大清光绪皇帝行三鞠躬礼。"

众人参差不齐地鞠躬。

礼毕。张福如又唱喏："齐唱《保皇歌》！"

张福如领唱，堂下的保皇会员纷纷随唱，礼堂发出了参差不齐、高低不一的歌声："化主保我大清皇。与其克昌克盛，与其幸福尊荣。永世造我君皇……"

　　梁启超目睹这热烈的场面，想起那为保皇而牺牲的六君子，内心颇为感慨：如今我们又做了什么以告慰六君子的英魂？

　　歌声歇息。

　　"请吉田晋先生演讲。"

　　话音刚落，掌声雷动。吉田晋是梁启超的日文化名。他似乎忘记了自己的这个化名，猛一醒悟，在一片掌声中站起来，走到讲桌旁。他面含谦虚，却难掩潇洒之态。他以炯炯有神的目光扫视全场后，以充沛的感情，口若悬河地讲述这次纪念大会的意义，歌颂光绪皇帝之盛德，强调救主的急切及责任等。当他演讲中偶尔停顿时，目光触碰到前排一位献花少女的目光，那目光是一束焰火，那神态远胜她手中的那束玫瑰花。梁启超马上转移视线，继续演讲，当演讲即将结束时，他再次无意将目光散落在前排，那少女的目光更是炽烈，他的心怦然而动，从未见过这样热辣的少女目光。

　　他有点意乱神迷，演讲有些凌乱，总算勉强讲述起义勤王的计划，道出了演讲的主题："海内望勤王之师，若大旱之望云霓。圣主之生死，中国之存亡，皆在此一年以内了，望众侨胞慷慨解囊，筹集义饷，支持国内武装勤王……"

　　一阵热烈的掌声后，几位手捧鲜花的女学生向梁启超献花，此刻，那少女将自己排在了最后，当她最后将鲜花献给梁启超时，梁启超的手触碰到了那位少女的手，他急忙收回手的同时，举头却见那少女灼灼目光，隐隐含着泪花。他不敢持续正视那少女。那少女却不管不顾，灼热的目光一直盯着他，恭敬地向他行了一个鞠躬礼，又痴痴看了他一眼，才退下了。等那少女落座，又猛然掉头，莞然一笑，梁启超仓皇从台上走下来。

　　大会结束，梁启超回到寓所，已是深夜，躺在床上，辗转反侧，不觉诗兴大发，起身下床，伏案执笔，写了两首七绝：

（一）

人天去住两无期，啼鴂年芳每自疑。

多少壮怀偿未了，又添遗憾到蛾眉。

（二）

颇愧年来负盛名，天涯到处有逢迎。

识荆说项寻常事，第一相知总让卿。

　　他反复吟诵，却恨自己身在异邦，漂泊无依，家妻娇女尚飘零于异国，此等处境，怎敢想入非非？再想自己抱负未展，"男儿三十无奇功，誓把区区七尺还天公！"何以今日竟儿女情长起来。想到这里，他的心绪复原，才安然入睡。

　　过了两天，梁任南笑嘻嘻走进房来，手拿一张烫金字的请柬，说："何老板有请，他是火奴鲁鲁数一数二的富商，卓如兄可不要错过这个筹款机会啊。"

　　梁启超按时前往何府赴宴。何府既有江南园林风味的回廊花榭，古朴清幽，国风毕现；又吸取西洋建筑之长，罗马柱顶，雕花流线。大厅陈设更为别致，高窗垂帷，一列檀香木雕制的案几上摆着琳琅满目的中国瓷器古玩，大厅内摆置着几套对称的绒面软沙发。

　　何老板正在厅中和几个来宾交谈，见梁启超到来，连忙笑脸相迎，热情地说："得瞻梁先生在纪念大会上之风采，鄙人三生有幸。"

　　梁启超谦逊地道："何先生错爱了！"

　　说话之间，筵席已开。梁启超扫视在座的宾客，有西装革履的碧眼洋人，也有衣着华丽、周身珠光宝气的贵妇。经何老板一一介绍，皆为埠上名流，他们大多口操英语，这使得梁启超局促不安。

　　席上，何老板先用汉语、后用英语致辞，讲了一番恭维梁启超的话，表达贵宾们对这位维新奇士的尊敬。然后，用汉语对梁启超说："请梁先生讲几句吧。"

梁启超陷入窘境了,讲英语吧,定然词不达意,贻笑大方;讲汉语吧,那些洋贵宾可能听不懂;要主人翻译呢?过于失礼。他正在踌躇不决,只听得何老板向内厅喊了一声:

"蕙珍!"

"哎!"随着清脆若莺啼般的应声,从内厅闪出一个貌若仙人的女郎来。

梁启超一看,几乎不敢相信自己的眼睛,难道是自己看错了,这不是那位令他夜不成寐的献花女郎吗?今天她上身穿一件白纺绸恤衫,下身穿着一条苹果绿的丝质百褶裙,雪白的脚踝,穿着一双玉色的高跟凉鞋,衣着合时更令她那苗条、健美的身段显得婀娜多姿;衬着一张如花的艳脸,如一朵出水荷花,亭亭玉立地站在梁启超面前。她微微抬头,用那双秋水汪汪的眼睛瞟了梁启超一眼。梁启超一看,确定就是这眼神,没错,是她。那女郎落落大方地鞠躬行礼,启唇说:"梁先生好!"

梁启超从她眼神中、语调中得到了确认,是她无疑,便慌乱地还礼:"姑娘,你好!"

何老板对梁启超说:"这是小女,可替你翻译。"

梁启超说:"那太感谢了!"

何蕙珍在梁启超身旁坐下,若蕙兰在侧,阵阵幽香袭来。梁启超呷了口香茗,滔滔不绝地讲起维新救国的道理、国内的时局。他讲几句,何蕙珍就翻译几句。梁启超越讲越兴奋,何蕙珍越译越有神。何蕙珍那准确、流利、传神的翻译给演讲增色不少。宾客听得津津有味,不时点头称道。

众多宾客似乎不是在听梁启超的演讲,而是在听一首悦耳的语言交响曲,一个讲中文,夹带着粤音,抑扬顿挫;一个讲英文,韵致跌宕,旋律如波。

席终人散,何老板送客出门。何蕙珍陪着梁启超走出门阶,站在阳台下的曲径栏杆旁，目光灼灼地望着梁启超那张兴奋的脸。

此刻，梁启超借着淡淡的灯光和明媚的月色，才看清这位少女那张秀气的脸庞若灯下娇花，一双明眸如水中明月，似从眼睛里说出许多的话来；双唇微启，如花瓣微张；皓齿隐闪，若天上星辰。

梁启超被这艳色陶醉了，双目含情地盯着她。何蕙珍给他那热辣辣的眼光看得腼腆了，双眸潮起，胸脯起伏，似有多少心里话想要倾诉，却一时不知说什么好。她缓缓伸出纤纤玉手，梁启超如着魔一般，轻轻握住那双柔软的玉手，一股电流触动全身，梁启超浑身血液沸腾。席上喝了不少酒，毫无醉意，而此刻却如沉醉一般。

"我万分敬爱你！但可惜只能是敬爱罢了！"一个声音像天外微风吹来。

梁启超一时清醒了许多，不知说什么好，他尚沉浸其中，不能自拔。

"梁先生，我们今生或不能再相遇，但愿来生能够相会。先生能赠我小像，遂我心愿吗？"[①]

姑娘话短情长，梁启超连忙应诺："能。"

客人都尽皆散去，两人站在门口已有时分，分手在即，梁启超只好道别，走几步，回眸一望，那双眷恋的、多情的眸子若不远处的两颗星辰，灼灼闪耀；梁启超的身子离开了，心却痴痴不舍。

回到寓所，梁启超心神恍惚，何蕙珍的倩影在他面前时隐时现，他感到一种罕见的沉醉，因为这个纯洁的少女炽热的、动情的爱慕。他禁不住捻管题诗，以抒此情：

> 目如流电口如河，睥睨时流振法螺。
>
> 不论才华论胆略，须眉队里已无多。

---

① 据《梁启超年谱长编初稿》。

青衫红粉讲筵新，言语科中第一人。

座绕万花听说法，胡儿错认是乡亲。

眼中直欲无男子，意气居然我丈夫。

二万万人齐下拜，女权先到火奴奴。

梁启超随后给妻子李蕙仙写信，诉说了自己内心的矛盾：

余归寓后，愈益思念蕙珍，由敬重之心生出爱恋之念来，几乎不能自持，明知待人家闺秀，不应起如是念头，然不能制也。酒阑人散，终夕不能成寐，心头小鹿忽上忽落，自顾平生二十八年，未有如此可笑之事者。今已五更矣，提起笔详记其事，以告我所爱之蕙仙，不知蕙仙闻此将笑我乎？抑恼我乎？吾意蕙仙不笑我，不恼我，亦将以吾敬蕙珍之心敬爱之也。吾因蕙仙而得谙习官话，遂以驰骋于全国，若更因蕙珍得诸习英语，将来驰骋于地球，岂非绝好之事。而无如揆之天理，酌之人情，按之地位，皆万万有所不可也。吾只得怜蕙珍而已！

过了两天，梁启超又出发游历檀香山各埠，组织会务。

半个月后，梁启超游岛归来。梁任南设宴为他洗尘。宾主寒暄过后，梁启超问起一件事来："我赴外埠时，看到当地一份英文日报对鄙人大肆攻击，心中不禁诧异，只因不擅英文，难以执笔反驳，如鲠在喉。但过不了几天，又连续在该报看到有人写文章替我反驳。笔锋犀利，令我大为称奇。任南兄，不知你能否查到此位仁兄的真名实姓，容我面谢？"

梁任南哈哈大笑："假如我替卓如兄查到此人，她不用你谢，只愿结为百年之好，你如何回答？"

梁启超大惊失色。

梁任南正色道："果真是那位闺秀，卓如兄如何办？"

梁启超听了这番话，心中猜想必是何蕙珍无疑了。他叹了口气，吐露真言；"对于何小姐，我是十分爱慕的，但我曾与罹难同志创立过一夫一妻世界会，如何能违背自己提过的主张？何况眼下我还是个'逃犯'，清廷将我头颅标价三十万两银子。我来往险地，朝难保夕，尚有荆妻为我担惊受怕，且聚少离多，何必再累人家黄花闺女？另则，我今日为国事奔走天下，一言一动，皆为国人所观瞻，若添此事，天下人岂能谅我？"

梁任南见梁启超所言发自肺腑，句句有理。但还是劝道："人家是真心爱你，从事业出发，不无益处呢。"说完拿出何蕙珍让他送给梁启超刊发文章的原稿。

梁启超说："请兄替我感谢她，我必定用她敬爱我之心来敬爱她，永志不忘。"

梁任南摇头说："人家之意不仅在此。"

梁启超想起麦孟华仍未娶，便说："我为她执柯，可以吗？"

梁任南说："不，不。她心中只有你，其余男子不足一盼。卓如兄可不要太绝情。"

梁启超送走了梁任南，内心想着多情女郎，躺在床上，一梦美满。醒来，早已为情所困，何蕙珍一如他梦中的天女，讪讪躺了一时，捉笔题诗曰：

怜余结习销难尽，絮影禅心不自由。

昨夜梦中礼天女，散花来去著心头。

过了几天，梁启超接受何蕙珍老师的宴请前往做客，主人是美国人，邀何蕙珍翻译。席间，何蕙珍谈吐不俗，从妇女运动、儿童教育到拼音新字都发表意见。梁启超听后，不禁吃惊，原本只是看她貌相出众，后来见她文章泼辣，如今才知，她更是学识渊博、见解新颖的新女性，果然是才貌双全的好女子。

这次宴请实际是何蕙珍暗中拜托老师当"大葵扇"。从中扇风撮合，梁启超被洋老师"扇"得六神无主，心乱神摇。面对佳人绽开的那张笑脸，他把白兰地一杯又一杯灌进嘴里。

席散之后，何蕙珍陪梁启超到后花园散步。花前月下，倩影留恋，并肩站在栏杆旁，若即若离，欲言又止。何蕙珍按捺不住，依偎到梁启超肩头，仰起面，那双妩媚的眼睛盯住梁启超，说："梁先生，你看今晚月亮多明亮啊！家乡的月色也是这样吗？"

梁启超被她香气袭人的体味惹得魄荡魂飘。他乘着几分酒意，伸手轻轻扶住她的柔肩，耳鬓厮磨甜蜜地说："妹妹，我舍不得离开你啊！"

何蕙珍轻盈一笑："我才不信。你的小像带来了吗？"梁启超连忙说："带来了。"

他掏出相片双手递给何蕙珍："送给你！"

何蕙珍接过相片，也从怀中掏出两把绣扇，含情脉脉地送到梁启超手中，说："这是我亲手绣的，送给先生留念吧。"

"珍妹，我的小女已届入学年龄，倘有机缘，当叫她拜贤妹为师学点西文，你答应吗？"

何蕙珍见他扯开话题，只好失望地把话题一转："久闻尊夫人尝任上海女子学堂提调，又会讲一套官话，必然才貌出众，我倒想拜尊夫人为师呢！"说到这里，她又自怨自艾，"唉，我今生不知能否得见她一面？"

梁启超听了这些话，实在无法招架了，嗫嚅地说："能，能。"

何蕙珍突然双手挽住梁启超的手臂，摇晃着说："哥哥带我去见见她，好吗？"

梁启超默然不语了。

何蕙珍侧转脸，用香巾偷偷抹着夺眶而出的泪水："好吧！梁先生，他日维新成功，切勿忘记我啊，如果那时办起女子学堂，请电告我，我一定到来。"

梁启超听了，心中也有点酸楚："我岂能相忘，一定记得。"

何蕙珍紧紧握住梁启超双手，哽咽着说："梁先生，我的心向着先生。我的心中唯有先生。你知道吗？"

……

回到寓所，梁启超左思右想，似乎成竹在胸，全无睡意，立即写信给远在东瀛的妻子，诉说了和何蕙珍认识的全部经过。

> 一身常自主，四海等无家。
>
> 合并聊相慰，分携亦自佳。
>
> 围炉谈意气，对镜数年华。
>
> 匹马忽飞去，黄尘帽影斜。

李蕙仙手持《壮别》，从梁启超离开日本前往檀香山，已然倏忽半载。每当夜阑人静，独守空房时，虽有小女为伴，终是形单影只，寂寞难遣。但是她是位通情达理的人，每当读起丈夫在旅途中寄回的那首诗，那种甘于空闺自守的感情油然而生。

这天，李蕙仙送女儿上学后，便回到久坚町寓所。快到晌午，太田捧着一个邮包对李蕙仙说："太太，刚收到的。"李蕙仙打开邮包，看见是两把精巧工绝的檀香绣扇。她暗自好笑："家里有的是中外驰名的新会烙画扇，还贪图这玩意？"她放下扇子，打开信念起来。这一看，呆了。

"……今已五更矣，提起笔详记其事，以告我所爱之蕙仙，不知蕙仙闻此将笑我乎？抑恼我乎？吾意蕙仙不笑我，不恼我，亦将以吾敬蕙珍之心敬爱之也。吾因蕙仙而得谙习官话，遂以驰骋于全国，若更因蕙珍得诸习英语，将来驰骋于地球，岂非绝好之事。……"

李蕙仙读到这里，脑筋仿佛转了过来。刚才一连串的想法，太过自私狭隘了。不是吗？如果自己的丈夫能得到这位精通西语的翻译，活跃在五洲五洋之间，对维新救国事业岂不是有更大的作为？她又想到这个富家女子何蕙珍，不嫌弃侍侧，甘愿以自己青春，相助崇敬之人成全政业，相形之下，她感到内疚。加之当时中国社会风气，男子有三妻四妾并不稀奇。连自己家翁也是这样。与其日后不知纳谁，不如目下就纳何蕙珍。于是李蕙仙挥笔修书，一则禀告家翁，一则回复夫婿，玉成这段海外姻缘。

梁启超自寄信给妻子后，越想越不对路，开始坐立不安。他的新旧两种道德观、爱情观在互相碰撞。按照封建伦理，纳妾是名正言顺的，连自己的老师康有为也纳妾，但梁启超扪心自问：我自己提倡尊重女权、一夫一妻制，现又食言，岂不贻笑天下？但何蕙珍的确诚心爱我，这样才貌双全的少女天下难寻，却之，未免寡情；究竟如何是好？他方寸大乱。

正如他在两党之间的徘徊一般。

一天中午，他正在用饭，邮差送来一封信，他一看是妻子的字迹，连忙躲回房间，下意识地拿着信向苍天拜了拜，但愿妻子不要把自己骂得狗血淋头。可能一时太紧张，用力太猛，把信撕烂了一角。他一目十行地看起……眼睛蓦然一亮。蕙仙赞成这段海外姻缘，同意他俩结合。难得如此贤妻，还把此事禀告了家翁。

而此刻梁启超心中已经有了自己的答案。

正此时，国内勤王起义事败，他急需归国内，救唐才常。

梁启超启程这天，火奴鲁鲁海滨码头上，前来送行的人络绎不绝。鼓乐声喧嚷，鲜花飞扬，梁启超全身披花。

何蕙珍带了弟弟何望到来，交与梁启超，梁启超看见她眼藏秋水，愁上眉尖，心中万分难过。他深情地握住何蕙珍的手，动情地说："蕙珍妹，请自珍重。"

何蕙珍噙着眼泪说："哥哥！我等着你！我永远等着你！"

梁启超颤声递给何蕙珍一封信，道："蕙珍妹，你不要等我了。我赠首诗给你做纪念吧。"

这时，汽笛响了，梁启超拱手向热情送行的人们告别。

然后带着孙昌、何望、梁文举、罗昌四个弟子登上客轮，乘风破浪作万里行了。

身后是茕茕孤立的何蕙珍，手执那封信，拆开来，是一首诗：

　　　　含情慷慨谢婵娟，江上芙蓉各自怜。

　　　　别有法门弥阙陷，杜陵兄妹亦因缘。

这段情缘虽未了，在梁启超看来是"别有法门"，这法门就是：等待时间裁决。

果然，此后何蕙珍两次回国探望梁启超，但梁启超已然超然物外，何蕙珍只好怏怏而归；此后终身未嫁。

他始终紧握笔管，在文字的世界里耕耘，他远远超越了无数的前贤，尤其是《饮冰室合集》的出版。如果说他的右手也曾摇摆过，那就是他笔下所涉甚广，几乎无所不包，无所不容。

| 2. 笔下光焰万丈

梁启超赶到上海，原本是想拯救唐才常他们，孰料来时已晚，唐才常等人已然血洒汉口，十天之后，即赴新加坡会晤康有为。在新加坡又居住了十多天，应澳大利亚保皇会的邀请，于10月7日前往澳大利亚。随行书记罗昌所撰的《梁孝廉卓如先生澳洲游记》详细记载了其在澳大利亚的行程，演讲、接待、会晤，直至次年4月18日离开澳大利亚，前往东京。在澳大利亚半年，梁启超筹款无多，但待遇优渥，多有保皇会提供非常热情的接待，算是一次比较舒适的旅行，他计划写作《中国近十年史论》，已经拟好了大纲条目，总计十六章，先写好了第一章《积弱溯源论》，当地《东华新报》印行，余似未成全书。[1]

也许梁启超在拟定了该书大纲，并且写完第一章之后，觉得还有更为重要的东西要写作。也许是李鸿章去世了。总之，回到东京之后，梁启超开始了写作《李鸿章传》（又名《中国四十年来大事记》），这是梁启超

---

[1] 吴天任：《梁启超年谱》第一册，第456页。原文注：据雪梨《东华新报》3月13日载。

开现代人物传记之先河，第一次按照西方人物传记的体例所进行的一次尝试，该书于1901年12月写成后发表在《新民丛报》，继而出版后，风行一时，梁启超在中国文坛的地位再次得到了士人的充分认可。而此时，李鸿章去世一月有余，这是一个恰好在适当时候写作，又在万众瞩目期待中出版的作品。

黄公度（遵宪）读后，给梁启超写信说："李鸿章一篇乃奇绝，名为《中国四十年来大事记》，洵无愧色，奇才可惜，亦甚允当。"（吴天任《黄公度先生传稿》第六章第八节）

随后，很多人效仿梁启超写作人物传记，认为他写的人物传记"来得格外亲切而逼真，故读之者也就由于特别感到爱好纷纷仿而行之了。由此可见，梁启超不仅是一个革旧式传记的命的人，而且也成为一个建立新式传记的开山祖了"（《畅流》半月刊）。

梁启超从《自由书》开创了中国现代杂文之先河后，至此，又开辟了现代人物传记的先河，就连旧日在上海略有触忤的黄遵宪也对此赞不绝口，这一则说明了其文之于当时之奇，另则也说明当时的文人之间惺惺相惜，以文相交的可贵的文人品质。

在创作方面，梁启超一生有1400多万字，就其质和量而言，均是卓著的，就算放在当下，也是绝不逊于时人。

接着，梁启超趁热打铁，写作了《康南海先生传》。

这两部传记在当时算是冒险式的写作，因为李鸿章刚刚去世不到两个月，而康有为尚在人世，前者是清廷呼风唤雨式的人物，后者更不用说，既是老师，又是救国的先驱，梁启超的写作在如今看来，就其写作勇气而言，的确是值得称道的，其担当后无来者。尽管如此，他对两人的评价，可谓是开天辟地，大胆而真诚。

他在《李鸿章传》中写道："要而言之，李鸿章有才气而无学识之人也，有阅历而无血性之人也。彼非无鞠躬尽瘁死而后已之心，然彼弥缝偷安以待死者也。彼于未死之前，当责任而不辞，然未尝有立百年大计以遗后人之志。谚所谓做一日和尚撞一日钟。中国朝野上下之人心，莫不皆然，而李亦其代表人也。"

梁启超在该书中，通过绪论、李鸿章在历史和本朝的位置、李鸿章之前的中国形势、兵家之李鸿章、洋务时代之李鸿章、中日战争时代之李鸿章、外交家之李鸿章、投闲时代之李鸿章、李鸿章之末路、结论共十章，对这个复杂的李鸿章作了全面的评价。

尤其是在《结论》一章中，梁启超以史家评霍光相比，说：李鸿章"不学无术"。李鸿章无霍光之权位，无霍光之魄力。又与诸葛亮相比，说李鸿章是忠臣，儒臣，兵家，政治家，外交家。但他未能超过诸葛武侯，原因在于他所遇到的君主不同。又拿李鸿章与郭子仪相比。李鸿章"中兴靖乱"（指镇压捻军和太平天国）之功，和郭子仪颇为相似，不相上下，但是郭子仪除了定难以外，更无他事，而李鸿章的兵事生涯，不过其终身事业之一部分，从这个意义上说，他是胜过郭子仪的。接着拿李鸿章与王安石相比。王安石以推行新法为世所诟病，李鸿章以洋务为世所诟病，两人推行的改革都不完善，但是他们的见识和改革规模绝对不是那些诟病者所能赶得上的。那些号称贤士大夫的人，没有一个能够出面支持，并且群起而攻之，掣其肘、议其后，没有任何人可以作为辅佐，从这个意义上说，王安石、李鸿章的处境是相同的。还拿李鸿章与秦桧比较，说中国俗儒骂李鸿章为秦桧者最多。法越、中日两次战争期间，这种论调是特别强盛的。但是说者是市井野人也就罢了，而所谓的士子、君子这样说，简直是无以名状，只不过是狂犬吠叫而已。

梁启超将李鸿章与曾国藩相比，其时，曾国藩去世近三十年。他说，李鸿章一生的学识和见识，都是由曾国藩所提供玉成的。所以，李鸿章其实是曾国藩肘臂之下的一个人物。曾国藩不是李鸿章所能赶得上的，这一点世人皆有定评。因为曾国藩是一个儒者，在他出使外交的紧要关头，他的术智机警，或许是李鸿章所不及的。同时，曾国藩懂得知足知止，时常敢于急流勇退，而李鸿章却血气甚强，无论何等大难，他都一身挺之，从来没有畏难退避之色，这是李鸿章长于曾国藩的地方。

在此章中，更为精彩的是拿李鸿章与左宗棠相较高下，这在当时是何等惹眼的事情。左宗棠和李鸿章齐名于当时，但是左宗棠是以发扬而取胜的，李鸿章则是以忍耐而取胜的。谈到他俩的气量，则李鸿章是逊于左宗棠的。湖南人中有虚骄者，曾经想要将左宗棠奉为守旧党之魁，与李鸿章对抗，其实这两人的洋务之见识不相上下。左宗棠幸亏早死了十余年，所以保得了其在世俗的名声，此后，将所有的不是全部奉送给了李鸿章，左宗棠也是福命高于李鸿章的。

又拿李鸿章与李秀成相比，说二李皆近世之人豪也。秀成忠于本族，鸿章忠于本朝，一封忠王，一谥文忠，皆可以当之而无愧焉。秀成之用兵、之政治、之外交，皆不让李鸿章，这两人一败一成，都是天命。二李的区别在于李秀成不杀赵景贤，礼葬王有龄；而李鸿章在苏州设下鸿门宴邀请投降的太平军"八王"，随后以"八王"假投降为名将其斩杀，屠杀数千人，此事于李鸿章有惭德。

梁启超再将李鸿章与张之洞并置而论。李鸿章曾经对人说："不图香涛做官数十年，仍是书生之见。"这一句话说尽了张之洞的平生。张之洞的虚骄狭隘、残忍苛察，较之李鸿章之有常识、有大量，简直有天壤之别。

李鸿章与袁世凯。李鸿章死后继承其遗产者，只有袁世凯。袁世凯是李鸿章所豢养之人，其人功名心重，其有气魄敢为破格之举，视李鸿章或有过之。至其心术如何，其毅力如何，则非今之所能言也。因为袁世凯还活着，所以梁启超是留有余地的。他说在当下的朝廷群僚中，其资望才具，是唯一能继李鸿章之后者。

李鸿章与梅特涅。奥地利帝国的宰相梅特涅（Metternich），十九世纪第一大奸雄也。执掌奥地利大权四十年，以其狡狯之外交手段，对外指挥全欧，对内压制民党。十九世纪前半叶，欧洲大陆之腐败，实此人之罪居多。也许有人说，李鸿章和梅特涅有几分相似，虽然李鸿章的心术不如梅特涅阴险，但其才调也不如梅特涅之雄残。梅特涅知民权之利而压之，李鸿章不知民权之利而置之。梅特涅外交政策能操纵群雄，李鸿章外交政策不能安顿一朝鲜，这是他俩不能相比的。

李鸿章与俾士麦（或译俾斯麦）。有人称李鸿章为"东方俾士麦"，虽然非谀辞，却是妄言。李鸿章何以和俾士麦相比呢。以兵事论，俾士麦所战胜的是敌国，而李鸿章所镇压的是同胞；以内政论，俾士麦能够聚合散漫的欧洲各国而为一大联邦，李鸿章使庞然硕大之中国降为二等国；以外交论，俾士麦联奥、意而使为我用，李鸿章联俄而反堕彼谋。李鸿章的学问、智术、胆力，无一能比得上俾士麦。李鸿章的成就比不上俾士麦，也是优胜劣败之案例。

梁启超在此文中纵横捭阖，将李鸿章和格兰斯顿相比。后人将李鸿章、俾士麦、格兰斯顿并称"三雄"。其实，李鸿章与格兰斯顿并非同类。格兰斯顿的长在于内治，专在民政，而军事与外交，并不是他的得意之事业。格兰斯顿者，有道之士也，民政国人物之圭臬也。李鸿章者，功名之士也，东方之人物也，十八世纪以前之英雄也。两人相去甚远。

李鸿章与爹亚士。法兰西第三共和国总统爹亚士（又译作梯也尔，Thiers），巴黎城下盟时之议和全权也。其当时所处之地位，恰与李鸿章乙未、庚子间相差无几，存亡危急，忍气吞声，的确是人生最难堪的时刻。但爹亚士不过偶一为之，李鸿章则至再至三焉；爹亚士所当者只一国，李鸿章则数国，其遇更可悲矣。爹亚士在议和后能以一场演说，使五千多万人立马集合，而法兰西在不到十年的时间内，依然成为欧洲第一等强国；李鸿章则为偿款所困，补救无术，而中国之沦危，且日甚一日。难道是两国人民的爱国心有差别吗？李鸿章对人民是压抑而用，非有道之人。

接着，又将李鸿章与日本幕府重臣井伊直弼、日本的维新人士伊藤博文相比，说李鸿章只是弥缝补苴，画虎效颦，而终无成就也。

梁启超在最后一章中，古今中外，纵横捭阖，将李鸿章和十六个人物做了对比，对这个曾经做过两广总督、奉慈禧之命弹压保皇党，悬赏捉拿自己、扒了老师康有为祖坟的重要人物给予了客观公正的评价，可见其心胸之宽阔，气量之阔达；文中对中外历史人物的评价虽有历史的局限性，却显示了梁启超超人的学术视野和知人论世的眼界，可谓是一巨著。

关于随后所撰的《康南海先生传》，黄遵宪在致信梁启超说："公所撰南海传，所谓教育家、思想家，先时之人物，均至当不易之论。吾所心佩者，在孔教复原。耶之路德，释之龙树，鼎足而三矣。儒教不灭。此说终大明于世，断可知也。……既闻陋宋学，鄙荀学之论，则大服，然其中亦略有异同。世尊孔子为教主，谓以元统天，兼辖将来地球即无数星球，则未敢附和也。"也就是说，黄遵宪认为康有为的成就在于对孔教的传播，也许是在当世时的重要性甚大，试想西方的基督教、天主教、东正教突然从东南沿海冲进内地，原本一心向儒、一心向佛、一心向道的中国信众猛然有一部分开始信仰西方的洋教，这就意味着整个中华民族的信仰出现了危机，梁启超在该传记中对此给予了充分的肯定，这是黄遵宪也充分首肯的，然而，对于梁启超对儒教将来的位置的看法，黄遵宪明确提出不敢苟同。

1901年12月21日，《清议报》100期，梁启超写了《中国各报存佚表》对中国报纸出版情况作了总结，也是为《清议报》变相地画上了句号。

1902年2月8日，一份新的报纸在日本横滨诞生：《新民丛报》。半月刊，每月初一和十五日发行出版，取《大学》中新民之义，目的在于"维新我民，以新我国"，这是第一次针对中国民众所办的报纸。梁启超每天写5000字，以"新民说""新民议"为主。

据张朋园所著的《梁启超与清季革命》第八章第四节所载，《新民丛报》的开办经费5000银圆是从保皇党的译书局借来的。1901年夏天，保皇党在日本办了一家译书局，专门译介西方的新书，从开办以来，成效显著，社会效益和经济效益俱佳。

《新民丛报》的编辑和发行人是冯紫珊，实际操控者是梁启超。较之《清议报》，从篇幅上增加了两倍，梁启超希望读者从该报上获得世界各种知识，仿照国外大丛报的模式，内容分为25类：图画、论说、学说、时局、政治、史传、地理、教育、宗教、学术、农工商、兵事、财政、法律、国闻短评、名家谈丛、舆论一斑、杂俎、问答、小说、文苑、介绍新书、中国近事、海外汇报、余录等。（据赖光临著《梁启超与近代报业》第三章第四节）《新民丛报》中，各种新人物、新学说、新思潮、新名词、新理论迎面而来。就是欧美蔚然而起的社会主义理论，梁启超也不遗余力地加以介绍。1903年前后，梁启超以《新民丛报》为阵地，根据自己的理解对马克思、恩格斯以及圣西门、傅立叶的生平和政治主张作评述。他敏锐地预感到"社会主义为今日全世界一最大问题"。他还善于研究社会主义的发展历史，给社会主义下各种不科学但又有一定合理成分的定义。

《新民丛报》出版以后，大受各界欢迎，读者争阅，销路畅旺，从第一个月的2000册涨到了5000册，读者从2万涨到了5万。（《新民丛报》第11期向读者报告行销数量）4月，梁启超向康有为写信说，当年可以全部还清借款。黄遵宪把这种现象称作"惊心动魄，一字千金"，胜过《清议报》之大，没有超越这份报纸的。黄遵宪将梁启超譬喻为"孙行者"，说他原本是罗浮洞中的一只猴子，一旦出来便逞妖作怪，东游而归来，又变成了孙行者，七十二变化，越加出奇，自己像猪八戒一样，哪里敢有任

　　何置喙的余地，只有合掌膜拜的份了。黄遵宪在给梁启超的信中所说，尽管夸张有余，却由此可见该报纸出版之后影响力之大。

　　严复在致梁启超的信中说，他读了三期《新民丛报》，"风生潮长，为亚洲二十世纪文明运会之先声。而词意肯恻，于祖国若孝子事亲"。

　　《新民丛报》的核心内容便是梁启超著述《新民说》（一）：

第一节　叙论

第二节　论新民为今日中国第一急务

第三节　释新民之义　以上2月8日《新民》第1号

第四节　就优胜劣败之理以证新民之结果而论及取法之所宜　2月22日《新民》第2号

第五节　论公德　3月10日《新民》第3号

第六节　论国家思想　3月24日《新民》第4号

第七节　论进取冒险　4月8日《新民》第5号

第八节　论权利思想　4月22日《新民》第6号

第九节　论自由　5月《新民》第7、8号

第十节　论自治　6月6日《新民》第9号

第十一节　论进步（一名论中国群治不进之原因）　6月20日、7月5日《新民》第10、11号

第十二节　论自尊　7月19日、8月18日《新民》第12、14号

第十三节　论合群　9月16日《新民》第16号

第十四节　论生利分利　10月31日、11月14日《新民》第19、20号《专集》（第3册）之四第180页

　　这些文章从《自由书》中跳脱出来，无论是文体还是内容皆转换为另外一个角度，成为了武装士人思想的武器。

《新民丛报》办了几个月，由于大量介绍西方民主主义的政治学说和自然科学知识，鼓吹民权，批评封建专制，给读者带来清新气息，发行量猛增，到四月份已达5000份，比当年在上海出版《时务报》更上一层楼。这时梁启超才写信给康有为，报告报馆经营情况及自己对"排满"革命之看法。信中详论"孔学已不适应新世界，不但不可保，吾还要以著书揭孔教之缺点"。"今日民族主义最发达之时代，非有此精神，决不能立国……满清朝廷之无可望久矣，今日望归政，望复辟，夫何可得？先生惧破坏，弟子亦未始不惧，然以为破坏终不可得免，愈迟则愈惨，毋宁早些。"

康有为接二连三收到梁启超的"劝导信"，又看过《新民丛报》那些激进而有违圣道的文章，恼火不已。他写了两封信寄给梁启超，要他在《新民丛报》发表，一封是《答南北美洲诸华商论中国只可行立宪不能行革命书》；一封是《与同学诸子梁启超等论印度亡国由于各省自立书》，详述他的保皇政见，大斥梁启超他们提倡革命"排满"之非，而且指责梁启超"流质易变"。

汤觉顿得知康有为的"劝导信"后，说："《丛报》办得如此受人欢迎，康先生还要横加指责。"

黄慧之附和说："确实不应该呀！现在《新民丛报》月销破30000大关，各埠还有人不断翻刻呢。"

狄楚青世故很深，暗有所指："康先生醉翁之意不在酒呀！"

梁启超默默听着他们的议论，心想：好坏自有公论嘛，于是故意把话题引开，议论起文风来："我一向不喜欢桐城派古文。幼年、少年学晚汉、魏晋为文，至今自是解放。文章务求平易畅达，或杂以俚语、韵语，或兼及外国典故……"

狄楚青插嘴说："任公你说得对。大作条理明晰、笔锋常带情感，别有一种魔力，时下学者竞相效法，你是开创新文风的先河。一扫中国历来刻板、凝固、繁缠之文风，创造了一种新文体哩。"

狄楚青所说，并非言过其实。由于梁启超创造了通俗、流畅、简洁、精练的新文体，受到广大士子的欢迎。这一年，他写了《新民说》《论中国学术思想变迁之大势》以及《新史学》这些巨著，还有介绍西方学说的大量文章，发表很多政论，使他步入办报著文的黄金时代。他的著作宣传维新救国、研究探讨学术上的新观念，传播西方资产阶级学说，起到了"开民智"的启蒙作用。

汤觉顿也想起来说："卓如兄，何擎一替你编辑的《饮冰室文集》快要付梓了，你应该写篇序！"

梁启超不安地说："这些旧作，实不堪问世。以我数年来之思想，已不知变化流转几许次，每每数月前之文，今时读之，已自觉期期以为不可，何况乃丙申、丁酉之作？"

黄慧之说："既然文章人人所爱，就不应藏诸名山啊！"

梁启超是位多产作家，他现在觉得《新民丛报》每月出两期还不够，他对大家说："我想创办一份《新小说》刊物，以文艺形式生动传神地宣传维新救国。公度来信，亟表赞同，不知兄等能助我否？"

狄楚青说："此事甚妙，不知任公有新作否？"

"我已写了一长篇小说，名之曰《新中国未来记》，可连载一年时间呢。"

汤觉顿很感兴趣地催促道："亏你还想到未来呢！你说你笔下未来的中国是个啥样子？"

梁启超边戏水边缓声说："我描绘的未来新中国，国号曰大中华民主国，开国纪元为壬子年，理想的第一代大总统名曰罗在田……"

汤觉顿说："有意思，那爱新觉罗氏就要下野咯！"

梁启超继续说："第二代大总统名曰黄克强。取炎黄子孙自强自立之意。"

大家听完梁启超的小说梗概，都说构思新奇，不落俗套。赞成回去便筹办《新小说》。

梁启超从箱根回到横滨，很快就办起《新小说》，踌躇满志。但是，在他脑际里，有个阴影时常使他烦躁不安。康师反对自己的"排满"革命主张、反对自己的"破坏"宣传，如何才能说服他呢？如何妥善解决师生之间的矛盾观点？他在不断写信说服康有为的同时，还经常和黄遵宪书信往来，共同探讨各种学说和当前政见。

黄遵宪是梁启超心目中的老师。自从戊戌政变后，他得到英国人的保护，才免于一死，被放逐回老家广东嘉应州（梅州）筑"人境庐"，过他的田园生活。他十分赏识梁启超的才干，甚至认为，中国未来的希望，寄托于梁启超身上。他不赞成康有为的泥古尊孔；赞同梁启超进行新文学改革。他反对梁启超的"破坏论"；主张君主立宪说，这一点却和康有为一脉相通。

黄遵宪在这年12月给梁启超写了一封长信，认为民愚无智，梁启超采取的冒险进取破坏主义，在中国难以奏效。只有用渐进办法，和清政府调和融合，实行君主立宪，等待若干年，民智渐开、民气渐昌、民力渐壮，中国才有希望。因此，他赞成君主立宪。

梁启超读罢黄遵宪来信，心想，自己提倡民主共和，而康有为、黄遵宪两位师长却主张君主立宪，如何用事实说服他俩，他百思不得其法。这时迭接美洲保皇会邀请赴美游历的信柬，他便想到这块新大陆，希望在大洋彼岸那文明世界找到答案。

梁启超决定去美洲考察民主共和制之利弊，但《新民丛报》由谁主笔为好呢？心中不禁纳闷。恰好，被梁启超推为当代诗杰之一的蒋智由来访，似是天成其事。早年梁启超在《清议报》看到署名"因明子"的诗作，还误认为是出于夏穗卿手笔。觉得此人的诗深沉豪放，读之心醉，并想方设法结交他，寄他一小像，自题诗曰："是我相是众生相，无明有爱难名状。施波罗蜜证与君，拈花笑指灵山上。"蒋智由亦回赠一影像，并题诗云："分明有眼耳鼻舌，一文不值何消说。如我自看犹自厌，暂留蜕壳在人间。"可见两人惺惺相惜之意。

蒋智由与梁启超议论了一番时局后，梁启超请他暂代主笔，蒋智由连连摆手："弟不敏，何能滥竽充数？"

梁启超坚持己见："不必过谦，我走后，一切拜托你了。"

报纸由蒋观云、麦孟华、罗孝高等代劳主持。

从武昌起事的失败到《清议报》一百期之后的两年时间里，梁启超再次从血的教训中警醒过来，正如戊戌政变之后的情形一样，每每失败，他总是沉浸在对当下和未来的沉痛思考中，开始奋笔疾书，他创办的《新民丛报》《新小说》出尽风头，至《饮冰室合集》的出版，使他的创作达到了高峰，他的文化使命再一次远远超越非独立主张的起义，在中国未来的思想史、文化史、文学史上绽放出熠熠的光辉。

他左手持刀，右手执笔，从驰骋疆场到白纸黑字，两样都没有松手，只是左手时有摇摆，在现实的土地上要救国，非他一人之力，乃是和康有为以及其他众人一起行事，其中多少败绩不能算在他一人的头上，但是苦苦挣扎和尝试总算能换来革命的经验；然而，右手却始终紧握笔管，在文字的世界里耕耘，他远远超越了无数的前贤，尤其是《饮冰室合集》的出版。如果说他的右手也曾摇摆过，那就是他笔下所涉甚广，几乎无所不包，无所不容。

《饮冰室合集》，收政治、经济、思想、学术方面的论著共718篇。1911年以前的为431篇，占一半以上；合集的总字数约920万，1911年前的有453万，占近50%，从文化建设的角度着眼，梁启超较孙中山的贡献要大，较章太炎也略胜一筹，是地道的文化新星。这是20世纪初年特定的社会环境和梁启超特殊的才华相结合的产物。[1]

---

[1]　李喜所、元青：《梁启超新传》之八《构筑新文化的新星》，商务印书馆2015年版。

正如梁启超自己在《清代学术概论》中所说："启超学问欲极炽，其所嗜种类亦繁杂，每治一业，则沉溺于焉，集中精力，尽抛其他，历若干时日，移于他业。"从《饮冰室合集》看，他在文化的耕耘上，可谓广种博收，论著涉及政治、经济、思想、文学艺术、法学、地理学、社会学、哲学、伦理学、教育学、史学、图书馆学、文化人类学、宗教学、新闻学等，这种广博的涉猎，是非常人所能及的，在当时的确满足了青年一代的知识渴求，博得了青年一代广泛的信赖和崇拜，成为了名副其实的文化偶像。

但其局限性也是明显的，缺乏系统性和一些学者所谓的"深度"，他自己曾说："启超与康有为相反之一点，有为太有成见，启超太无成见。其应事也有然，其治学也亦有然。有为尝言：'吾学三十岁已成，此后不复有进，亦不必空中求进。'启超不然，常自觉其学未成，且忧其不成，数十年日在彷徨求索中。故有为之学在今日可以定论；启超之学，则未能定论。"①也许这些话是站在老师的角度，顾及老师的面子所说的，不乏客套，但是，这大概也是梁启超在彼时自我否定的心态。

正是这种自我否定，使他在文化的天空中冉冉升起。

在《饮冰室合集》中，据统计他所涉猎的欧美、日本文化名人有50多个②，有介绍卢梭生平和政治主张的《卢梭学案》；有评述培根一生和学说宗旨的《近世文明初祖二大家之学说》；有对笛卡尔怀疑精神、科学态度极为欣赏的论述；有对达尔文"物竞天择，适者生存"的介绍和结合中国现实社会问题进行研究的一系列论著；还有对康德哲学观点和生平介绍的《近世第一大哲康德之学说》，从道德和智慧两方面论述康德哲学的内涵与社会影响，并给予了极高的评价。介绍亚当·斯密的《原富》，对该著在中国的不普及遗憾之至，发表了许多深入浅出的心得体会。20世

①　《饮冰室合集·文集》，第13、19页。
②　李喜所、元青：《梁启超新传》之八《构筑新文化的新星》，商务印书馆2015年版。

纪初，一大批知识青年热心研读孟德斯鸠《万法精理》《论法的精神》，梁启超对孟德斯鸠及时作出中肯的评述，起到了启迪和引导作用。梁启超还较多地介绍过亚里士多德（Aristotle）、柏拉图（Plato）、苏格拉底（Socrates）、霍布士（Hobbes）、斯宾诺莎（Spinoza）、陆克（Loe）、黎普尼士（Leibniz）、休谟（Hume）、儿弗（Wolff）、伯伦知理（Bluntchli）、边沁（Bentham）、颉德（Benjaman Kidd）、哥白尼（Copernicus）、瓦特（Watt）、牛顿（Newton）、斯宾塞（Spencer）、富兰克林（Franklin）、福泽谕吉等，涉及哲学家、政治学家、科学家、经济学家、社会学家、伦理学家、文学家等许多方面。希腊的古典学术、英国的经济学说、法国的民主政治理论、德国的哲学流派等，在梁启超的笔下都有生动的描绘和评说。

梁启超为清廷代拟了二十多万字的立宪文书。这是梁启超的所有著作当中没有收入的文字。他为什么要这么做？他一方面要推翻清廷，另一方面又想要改良立宪，他在矛盾重重中，替清廷捉刀代笔，实令人惊叹。

| 3. 竟做清廷刀笔客

已是腊月，梁启超回到家里，向李蕙仙诉说赴美缘由，李蕙仙亦表示同意。1903年2月20日，梁启超和黄慧之、鲍炽一起从横滨出发了。

这一年的春天，又一场思想大论战启幕。

康有为、梁启超等在海外华侨中宣传只可改良，不可革命；只可立宪，不可共和。梁启超利用舆论优势，集中抨击革命党，对孙中山的革命进程造成了极大的阻力。章太炎和孙中山也发表了一系列的文章反驳。

1905年，孙中山成立了同盟会，发布了三民主义，同时创办了革命党人的机关报《民报》，汪精卫等人先后发表了《民族的国家》《论中国宜改创民主政体》等长文，对梁启超的改良主义的批驳渐渐占了上风。

这场大战历时两年多，国内外20多种报纸成为了论战的媒体平台。1906年11月，《新民丛报》发表了同党友人徐佛苏的《劝告停止驳论意见书》，将梁启超调和停止论战的意思委婉表达了出来，发出了"求和"信号，但革命党人不管不顾。又苦苦撑了一年之后，1907年11月，《新民丛报》停刊了，这就意味着单方面停战。

这场论战以梁启超一方失败告终。

1905年7月，清朝驻法公使孙宝琦及洋务官僚署两江总督周馥、湖广总督张之洞、直隶总督袁世凯等先后奏请立宪，清政府觉察到，在立宪问题上的痛苦让步看来要不得已而为之了。

1905年7月，清政府终于挂出"预备立宪"的招牌。

怎么立宪？学习。去哪里学习？西洋。

谁去考察学习？清廷一开始确定的人选是贝子载振、军机大臣荣庆、户部尚书张百熙和湖南巡抚端方，后因荣庆、张百熙不愿去，改为军机大臣瞿鸿禨与户部侍郎戴鸿慈。以后又因载振、瞿鸿禨公务在身，不能出洋，改派镇国公载泽、军机大臣徐世昌，不久又追加商部右丞绍英，此所谓"五大臣"。

出发前，专门由端方作了一场演讲，相当于动员讲话。慈禧和光绪均在现场，可见朝廷对此事的重视程度。

10月，"五大臣"穿着长袍马褂，顶戴花翎，前呼后拥，在北京正阳门车站准备出发，不料正当鼓乐喧天，准备登上火车之际，一声沉闷的爆炸声在站台响起，礼崩乐坏，硝烟弥漫，"五大臣"和送行的官员、庞大的随从团队一片混乱。在混乱中，绍英浑身血迹，发出像杀猪一样的哀号，随从慌乱救人，警察四处搜索，整个出行团队慌乱中返回。

随后，军机大臣徐世昌因为兼任巡警部尚书，自然因此案重大，也走不成了，只好改派山东布政使尚其亨和顺天府丞李盛铎。

新的"五大臣"确定是载泽、戴鸿慈、端方、尚其亨、李盛铎。此次出行暂时搁置了一段时间，在严密的防范和保密中，再次启动。12月11日，他们祭拜了清室的祖宗，求得了祖宗保佑之后，出发了，偷偷摸摸、提心吊胆地带了众多的侍卫、翻译、书记员、留学人员，乘火车到上海，从上海乘法国轮船抵达日本，再乘轮船到达英国、德国、意大利等国，他们终于代表清王朝看到了留学生们最终所说的这些资本主义国家的样子，半年时间，他们看到了欧美各国的国家治理方式、文化、艺术，看了歌剧、听了西洋乐、见识了西方的雕塑和绘画，从内心里开始震颤：清王朝不变，天理不容。

"五大臣"联袂出洋考察宪政前的11月，政务处"五大臣"受命筹定立宪大纲，设立"考察政治馆"。出洋考察宪政的"五大臣"在欧、美、日转了一圈后，于1906年8月返回国内。9个月的旅程似乎使他们对君主立宪的真谛颇有领悟。这些人集体汇报，接着又单独座谈，载泽在呈慈禧太后叶赫那拉氏的奏折中就提出，实行君主立宪有三大好处：一曰"立宪之国君主，神圣不可侵犯"，"相位且夕可迁，君位万世不改"；二曰"一旦改行宪政，则鄙我者转而敬我，将变其侵略之政策，为平和之邦交"；三曰"政行宪改，则世界所称公平之正理，文明之极轨，彼虽欲造言，而无词可借，欲倡乱，而人不肯从，无事缉捕搜拿，自然冰消瓦解"，达到"内乱可弥"。他还进言说："今日宣布立宪不过明确宗旨为立宪之预备。至于实行之期，原可宽立年限。"慈禧非常赏识载泽的建议，七次召见出洋大臣，并召开"御前会议"反复策划，得出的结论是：预备立宪对维持大清王朝的统治是有裨益的。

此时，梁启超的身影又隐现在"五大臣"考察回来之后。这些历史的细节的确值得细嚼慢咽。且不说"五大臣"考察的结论是什么，真的有没有收获，单说回来之后的考察报告，竟然无一人能够草拟出来，最终，在口头汇报之后，慈禧要求他们总体出一份书面报告，这下可是急坏了这些人，要上升到理论高度，他们可是不能胜任的，煌煌一个团队，"五大臣"每人的身后都有二三十个服务人员，都有专门的书记员、留学生，然而此刻，他们想到唯一能够撰写慈禧要求的报告的人，举国之内，也只有梁启超了。于是，这份报告的撰写兜兜转转，找到了身在日本的梁启超身上，不知道是给了多大一笔润笔费，总之，梁启超接了这活，捉刀代笔："六月，奉派考察宪政五大臣分两批回抵北京，七月初九日，清廷召开御前会议，通过五大臣考察各国宪政报告，此即先生代为草拟者也。"①

是谁请他代拟的？法部的徐佛苏在《梁任公逸事》中有这么一段话：

……当时清大吏不解宪政为何物，其馆（即清廷的宪政编查馆，引者注）中重大文牍，大率秘密辗转，请求梁先生代筹代庖。尤可笑者，例如当年之法部与大理院两署，常争论权限，又皆无精当之主张，而两署皆分途秘求梁先生代为确定主张及解释权限，甚至双方辩释之奏民议公函，均出于先生一人之手，而双方各自谢主张之精辟。故先生当年代宪政馆及各衙署各王公大臣所秘撰之宪政文字，约计有廿余万言。

二十多万字。梁启超为清廷代拟了二十多万字的文书。这是梁启超的所有著作当中没有收入的文字，也许他以其他文字形式改编后，又发表在了报刊，亦未可知。

他为什么要这么做？他一方面要推翻清廷，另一方面又想要改良立宪，他在矛盾重重中，替清廷捉刀代笔，实令人惊叹。

还不够，他似乎是想把自己的立宪主张暗下里塞给清廷，让他们执行。如此，他的立宪目的也就变相实现了。但是其结果却令梁启超大为失望，"九月二十日，清廷颁谕更定官制，然仅改部分名称，即增设数部，实际无大更革，与先生代某大臣草拟更改之官制，相去仍远"。

清政府于1906年9月1日终于发出"预备仿行宪政"的谕旨。

在这关键时刻，梁启超和康有为的突变令人猝不及防。谕旨一下，梁启超一改几年来和革命党论辩中宣扬的开明专制，主张迅速立宪，是想实

---

① 吴天任：《梁启超年谱》第二册，广东人民出版社2018年版，第624页。

行君主立宪制度。康梁因势而变，将保皇会改为"国民宪政会"，还创办《政论》杂志，作为舆论平台。像一个巨大的笑话。1906年12月9日，康有为在纽约的《中国维新报》上发表公告，宣布"保皇会"更名为"国民宪政会"，1907年又改为"帝国宪政会"。[①]

至1911年11月6日，梁启超热衷于"君主立宪"。

在康梁二人中，这种随势流变的性格在梁启超身上更为明显，也许这种善变的性格来自海洋文化，岭南沿海，海上的气候变化是不可预测的，出门渔猎，随时可能丧生，这就需要有善变的处置危机能力。时日已久，岭南文化中出现了处置危机的随机善变能力，趋利避害的现实，有利则共谋的商业文化气息，加之自从鸦片战争之后，广州一带门户大开，海外盗寇不时出现在他们的家门口，要和这些人做生意，要从他们腰包里面掏出银子，没有机警善变的本领是不行的；眼前的人明明就是侵占自己家园的洋人，包括最早的葡萄牙人，后来的英、法、德、意、日等国的人，但是，生存还得继续，和他们做生意还得继续，只好长袖善舞，随机应变，从而发展自己，为广东未来的文化奠定了异于以前的文化特质。

而在当时瞬息万变的时代大潮中，广东人才是最适应的弄潮儿，表现在康梁二人身上，亦是如此。如果说康有为身上的保守的一面略为明显，但是随着时局的变化而变自此也显得尤为突出了，而梁启超则是一个鲜明的广东文化标本。

---

① 《梁启超年谱长编》，第370、372页。

梁启超在苦苦思索之后，精心制定了新的行动方案，"用北军倒政府，立开国会，挟以抚革党"。同时派人回国，抢在革命党之前宣布各省独立，以杀革命之势。同时动员一些部队和朝廷禁卫军控制北京，推翻皇族内阁，组织由立宪派掌握大权的新内阁。

4. 虚荣的归来

1906年张謇等组建了"预备立宪公会"，抢先把国内立宪派拉到了他的旗下。1906年夏，杨度与康有为、梁启超发生"立宪会"会事领导权的争夺矛盾，双方发生冲突，梁启超愤然指责。最终因双方争执不下，分道扬镳。1907年10月7日，为了对付杨度，快速成立了"政闻社"，《政论》杂志公开出版发行，梁启超执笔撰写了《政闻社宣言书》。

10月17日政闻社在东京锦辉馆举行了成立大会，以蒋智由为首，拥护梁启超。梁启超前往时，随从的社员有200多人，其他赴会者也有千余人，又邀请了日本名士八辈坐镇，犬养毅算是与梁启超相投的人。革命党人张继、金刚、陶成章等也前往观看。梁启超登台，有随从在后，与会者依次而坐，政闻社社员在前排，革命党人在政闻社社员之后，其他留学生又在革命党人之后。当梁启超讲到"今朝廷下诏刻期立宪，诸君子宜欢喜踊跃"这句话时，话音未落，张继用日本话厉声斥责说："马鹿！"张继继而起立，接着呼喊："打！"400多名革命党人应声冲上前去，梁启超跳起身，扶着旋转楼梯，坠落而下，有人用草鞋投掷追打，草鞋打在他的面颊上。张继随即疾步将要跳上讲台，政闻社的社员手持茶几与之搏斗，金明从后面用肩膀挡住了茶几的摔砸，张继总算登上了讲台，此时，革命党人掌声雷动。政闻社的部分社员摘取了红色的臂带和徽章，以此证明自己的清白，有人偷偷离开了现场。张继说："我不同意政闻社所提倡的观点，但是，我也不能沉默，现在有话要问犬养毅。犬养毅曾用日本话对中国学生说过：中国应当快速进行革命，这是我亲耳所听的，今天为什么又要附属政闻社立宪，是不是太猥琐卑鄙了？"犬养毅躬身相谢，登台应付了几句支持立宪的原因。张继本来要借此机会通过演讲大伐立宪，结果因为现场混乱，蒋智由事先得知了消息，也没有参加会议，所以，张继的目的算是达到了一半。[①]

会议自然在这种乱局中收场。

梁启超在此场活动中显然狼狈不堪，尽管如此，政闻社在会后还是随即派遣社员归国大造舆论。

梁启超在日本遭打的消息旋即传到了广东新会茶坑村的叠绳堂。看来此事影响颇大，就连已经回到新会茶坑老家的梁启超之父居然都听到了消息，为此，他应该老脸通红，于是焚膏继晷，深夜难以入眠，给儿子写了一封克制再克制的信，告诫他，对朝廷立宪的事你不要太过认真，恐怕未必是朝廷的真意，如果太过强迫相逼，必然会遭人嫉恨，姑妄听之便是；再不要和革命党辩驳了，不要总觉得自己主张的都是真理，各走各的道就好。锦辉馆大闹一场，幸好你没有受伤，但是，难免被日本人笑话了。《梁启超年谱》中记录如下："立宪之议，似未必真，太过强逼，仍恐遭忌，盖姑听之；若与革党辨驳，似亦不必过为已甚，各行其志便是。锦辉馆一闹，幸不伤人，然未免贻笑邻邦矣。"这个茶坑尚未中秀才的生员对

[①]　据吴天任：《梁启超年谱》第二册，第697页。原文注：据《年谱长编录》。

待儿子是温柔的，用语是文明而客气的，看得出是给儿子留了脸面的。在他看来，情形都如此清晰，梁启超难道没有看明白吗？但梁启超就这样坚定地要做，而且没有丝毫停歇，继往开来。

1908年1月政闻社总部迁到上海，开始请愿速召开国会。

7月2日，政闻社致电清廷宪政编查馆，请限期三年召开国会。8月，政闻社成员组成的《大同报》诸人带头号召，发起请愿，限期召开国会立宪。7月25日，清廷下令革职政闻社社员、法部主事陈景仁。小小主事，竟敢站在政闻社一面要挟朝廷，清廷大怒。8月13日，下旨查禁政闻社。政闻社不足一年便夭亡在立宪的幻想中。

1908年11月，光绪、慈禧在两天内相继忧愁死去。关于光绪之死，《梁启超年谱长编初稿》载："德宗（光绪）之崩，事前未闻有何重病，又仅先西太后一日，世多疑为毒杀。"另据王小航《方家园纪事杂咏》虽未确知主事何人，但绝不出西太后、隆裕（德宗皇后）及袁世凯三人。袁世凯再次成为梁启超猜忌和质疑的小人，而梁启超却再三尝试让其变好、变善、变得阔达而高远。

1909年12月，各省咨议局在上海成立国会请愿同志会，梁启超立即派徐佛苏参加这一团体，以扩大他们的主张。不久，徐佛苏北上京城，创办了《国民公报》，梁启超专门为该报撰写文章，平均每三四天一篇，"利用革命排满之暗潮，痛诋清政而鼓吹立宪"[1]。

清廷自1908年冬天醇亲王载沣摄政以来，纷纷嚷嚷要开放禁党。1909年五月，又开始吵嚷这事，只是恢复了翁同龢的原官职。同月，梁启超上书朝廷《致仲策书》论及开放禁党。1909年12月，恢复了陈宝箴的官职，但是对于抚恤"六君子"、赦免康有为和梁启超的说法连提都不提及。[2]

1909年，梁启超致徐佛苏的信中说："以国事人心为可忧，惟养晦读

① 　《梁启超年谱长编》，第512、513页。
② 　吴天任：《梁启超年谱》第二册，第796页。

书以自遣，卖文以为生。"这一年，是梁启超最为沉沦的一年，也是著述最少的一年，只写了《张哈铁路问题》《城镇乡自治章程质疑》《论各国干涉中国财政之动机》三篇时事论文，一篇《嘉应黄先生（黄遵宪）墓志铭》。这一年的10月4日，叱咤风云的张之洞也死了。

1910年3月，梁启超等人在上海创办《国风报》，成为立宪派的主要舆论阵地，梁启超以其擅长的舆论优势，大做文章。1910年夏，立宪派掀起了两场规模较大的国会请愿运动，皆因清政府拒绝而宣告失败。

1910年，梁启超一共发表了66篇文章，其中22篇直接谈论宪政；1911年他写了21篇文章，其中7篇就是谈论宪政。[1]

1911年10月10日，革命党人趁清廷端方率湖北新军赴川镇压保路风潮之际，发动了推翻清王朝的武昌起义。一夜激战，攻下了总督衙门，占领了武昌；11日攻克汉阳；12日拿下汉口，武汉三镇全部解放。

国内立宪派面对此等翻天覆地的变局，随即来了一个急转弯，挂起了拥护共和、赞同革命的招牌。

梁启超在苦苦思索之后，精心制定了新的行动方案，"用北军倒政府，立开国会，挟以抚革党"。同时派人回国，抢在革命党之前宣布各省独立，以杀革命之势。同时动员一些部队和朝廷禁卫军控制北京，推翻皇族内阁，组织由立宪派掌握大权的新内阁。

形势瞬息万变，10月29日，驻扎滦州的张绍曾和其他新军将领联合通电朝廷，要求本年度召开国会、组织责任内阁、制定宪法、特赦国犯、削除皇族特权等，电文态度强硬，声称清廷若不答应，随即率兵进攻北京。这就是"滦州兵谏"。10月30日，清廷不得已下罪己诏，答应滦州的兵谏条件。

最主要的是任命袁世凯为内阁总理大臣，全权筹组新内阁。

---

① 李喜所、元青：《梁启超新传》，第240页。

　　梁启超见清廷下罪己诏，又来了令人惊诧万分的一变，再次调整立宪派的行动方案："和袁慰革，逼满服汉。"①

　　1911年11月16日，袁世凯内阁组成，其中一个缺留给了梁启超，这个缺位叫"法部次官"。梁启超不愿上钩，他算计的是"虚君共和"之大事。

　　1912年2月12日，清廷公布退位诏书，袁世凯以南京临时政府名义手握大权，15日即宣布为中华民国临时大总统。

　　往日的杀戮血迹尚在，梁启超却忘记了"戊戌六君子"的鲜血印迹，先致电袁世凯祝贺其当选临时大总统，继而写了一封长信大肆吹捧袁世凯，又为袁献计献策，献上了一份安邦定国的大礼。梁袁书信往来频繁，终于换来了袁世凯的一份归国任职的邀请函和任命书。

　　在一片虚妄的荣光中，梁启超于1912年11月终于回到了阔别14年的祖国。这在他看来是无比荣耀的，他还得意地描写了自己在京期间受到的隆重接待礼遇。

　　对"君主立宪"的鼓吹和热捧，使他得到了一张看似荣光、实则欺世盗名的归国"请柬"；而这份"请柬"带给他的几近耻辱。正如他自己所说，他不是政治实践家，而是理论家。②

　　这是一个远非华丽实则悖逆于旧日梁启超的简陋转身。归来的他渐渐感觉到自己再也不是原来的自己，这片土地已经在他的唤醒下，正在快速成长，更多的人早就看清了中国的前途，正在奋力以赴。

　　自武昌起义至1913年底，中国新成立会党682个，其中政治团体312个③，这些政党团体在中国的乱局中经过复杂的斗争、较量、分化、重组，基本形成了四大党派，即由章太炎等人组成的统一党，由黎元洪、张

①　梁启超《与勉兄书》，《梁启超年谱长编》，第558页。
②　《大中华》1912年第1卷第1期。
③　张玉法《民初政党的调查与分析》，《中国现代史论集》（4），第35页。

眘等人组成的共和党，由孙中山、黄兴组成的国民党，由汤化龙等人组成的民主党。而梁启超回国后成立的"国权党"自是被排除在这些主要党派之外，但是，梁启超却成为了民主党的主脑和幕后主持人，和共和党也颇有渊源。[①]

1912年12月，正式国会开始初选，各党竞争激烈，宋教仁主持的国民党略占上风。袁世凯非常恐慌，他和梁启超经过一番复杂操作，终于于1913年5月29日将共和、统一、民主三党合为进步党，此党的幕后主持人便是梁启超了。

宋教仁为了在国会选举中获得多数席位，他遍游长江中下游各省份，发表演讲揭露袁世凯肯定会背叛民国。在宋教仁的巡回演讲之后，国民党如愿获胜，袁世凯得知宋教仁对自己的揭露，恼火至极，他哪里能让国民党分享他的内阁权力，于是要尽权谋流氓手段，于1913年3月20日，派刺客将宋教仁杀死于上海车站。

此后，举国哗然，南方各报穷究宋教仁被刺杀的幕后主使，结果，便是袁世凯。袁世凯成了举国揭露叱骂的对象。

而袁世凯于1913年4月26日深夜派员与英、法、日、俄、德五国银行团签订了2500万英镑的"善后大借款"合同，西方列强借此攫取了许多特权。

7月，时任热河都统的熊希龄入京，与梁启超等进步党领袖商议组阁事宜，熊希龄答应任内阁总理，梁启超想任财政总长。孰料，熊希龄满腔热忱地去与袁世凯商量内阁成员时，袁世凯递给了他已经拟好了的内阁成员名单，梁启超最多就是教育总长。梁启超坚辞不就。经过熊希龄三番劝说，几近流产的内阁总算是在梁启超的司法总长的位子安妥后得以组成。被称为"第一流人才内阁"总算组成，梁启超颇感兴奋，毕竟是进步党占

---

① 李喜所、元青：《梁启超新传》，第285页。

了多数席位。

在荷枪实弹中，袁世凯总算被选举为总统，旋即于1914年1月10日，设立了御用的"中央政治会议"，将国会的立法权夺走，并下令停止全体国会议员的职务。

梁启超在司法总长的位子上左右为难，彷徨不定，不知道自己要做什么。他理想的司法独立①渐行渐远。

2月，梁启超满腹牢骚地辞去司法总长职务。

3月，又荒唐地接受了袁世凯币制局总裁一职。还撰写了大量的币制金融改革的文章。

1914年12月23日，袁世凯头戴皇冠、身着十二章大礼服，率文武百官至孔庙行三叩九拜之礼。

1915年1月，日本乘其他欧美国家无暇顾及中国之际，与袁世凯签订了严重损害中国权益的"二十一条"。

梁启超辞去币制局总裁职务，开始倒戈"反袁"。

1915年12月，梁启超再次长信劝告袁世凯放弃帝制，而袁世凯嘴上万千承诺绝不称帝，其骨子里却一意孤行，非要做个皇帝，再也不肯回头。终于在袁世凯称帝11天后，12月23日，由梁启超和蔡锷密谋的反袁护国运动开始了。

---

① 《呈总统文》，《饮冰室合集·文集》第三十一卷，第21页。

一篇又一篇的讨袁檄文将这位皇帝拉下马来，袁世凯终究羞愤成疾，气绝身亡；护国运动无疾而终。蔡锷英年早逝，家父溘然辞世，都没有挡住他挫败张勋复辟的脚步，进京不到4个月，他悄然离去，至此彻底告别政坛。

5. 两次出卖，双份讨伐

梁启超被袁世凯再次出卖。第一次他被出卖了生命，这一次他被出卖了灵魂。梁启超大为沮丧，亦大为光火。在袁世凯复辟和接受"二十一条"大多数条款之后，梁启超方才看清了这个利用他的舆论影响登上皇位的人如今的真实面目，解铃还须系铃人，既然是自己的舆论撑起了他，那么还需自己的舆论来掀倒他，梁启超开始高举起舆论大棒，对袁世凯的复辟和卖国两大罪恶行径同时打压下去，与此同时，和他的学生蔡锷经过多次密谋，启动了实质性的战斗。

蔡锷自1904年回国之后，先后在江西、湖南军事学院任教。1905年，被调至广西，历任新军教官和长官，对新军训练颇得时誉。1911年，他被调任云南新军第十九镇第三十七协协统，在武昌起义爆发后，参与策划了云南起义，被推为临时革命军总司令和云南军政府都督。1913年5月，进步党成立，蔡锷被推举为进步党本部名誉理事和湖南支部支部长。

1913年9月，蔡锷奉调来京，被封了一串虚妄的名号：全国经界局督办、陆海军大元帅办事处办事员、参政院参政等虚职。渐渐地，他看清了袁世凯的真面貌，"筹安会"出笼后，他终于看清了袁世凯的真实面孔，决心反袁护国。

蔡锷一面积极准备反袁，一面按照梁启超的指示，韬光养晦，装作若无其事。梁启超反袁文章发表后，袁世凯党羽拿着报纸问他作何感想，他逢人便说："梁启超书呆子，不管事实，只顾空谈。"袁世凯党羽拿着帝制建议簿要他签名时，他毫不犹豫，写下了"赞成"二字。为了掩人耳目，他还和小凤仙高调恋爱，在京城闹得沸沸扬扬，所有的人都以为他沉迷酒色。就在他做足了掩饰的文章，无人设防、顾及他的时候，1915年11月中旬，他悄然摆脱袁世凯密探的监视，私自离京至天津租界，与其师梁启超做了最后的反袁密商之后，梁启超去了两广，他去了云南，同时派王伯群、汤觉顿分别先期去两广、云南打前站。

1915年12月2日深夜，蔡锷穿上和服，扮作日本人，登上日轮东渡日本，然后改乘船进上海吴淞口转赴香港，12月19日，蔡锷终于辗转抵达昆明。在蔡锷举行武装起义前，云南一些中下级军官也准备起义，譬如李烈钧，他们已经初步制定了行动方案。蔡锷的到来，无疑给中下级军官注入了一针强心剂。

这一夜，曾经与名妓小凤仙绯闻满天的蔡锷终于登上了属于他自己的政治舞台。12月22日，蔡锷、唐继尧等云南重要军政人士齐聚昆明，通宵会商起义大计。蔡锷发表了慷慨激昂的演讲，他说："我们与其屈膝而生，毋宁断头而死！""我们所争者不是个人的权利和地位，而是千万万同胞的人格！"

39名将领歃血为盟，起誓曰：

拥护共和，吾辈之责。兴师起义，誓灭国贼。成败利钝，与同休戚；

万苦千难，舍命不渝。凡我同人，坚持定力。有渝此盟，神明共殛。①

梁启超早就为他们准备好了电文。12月23日，唐继尧等人以梁启超起草的《云南致北京警告电》《云南致北京最后通电》为基础，向袁世凯发出了云南方面的第一通电报"漾电"。电文指出：

窃惟大总统两次即位宣誓，皆言格遵约法，拥护共和。皇天后土，实闻斯言，亿兆铭心，万邦倾耳。记曰："与国人交止于信。"又曰："民无信不立。"食言背誓。何以御民。纪纲不张，本实先拔，以此图治，非所敢闻。计自停止国会，改正约法以来，大权集于一人。凡百设施，无不如意。凭借此势，以改良政治，巩固国基，草偃风从，何惧不给？有何不得已，而必冒犯叛逆之罪，以图变更国体？

电文语气强硬，直斥袁氏是"犯叛逆之罪，以图变更国体"。要求袁世凯立将杨度、孙敏、刘师培等12人"明正典刑，以谢天下；涣发明誓，拥护共和"。最后强烈警告："此间军民痛愤已积，非得有中央永除之实据，万难镇劝"，限袁氏25日10时以前答复。

袁世凯自然不肯改变立场。12月25日，唐继尧、蔡锷联合发出第二次通电，一针见血指出袁氏乃"背叛民国之罪人"，无资格再做总统。云南方面即日宣布独立！

讨袁通电的发表，标志着反袁护国战争的爆发。

12月27日，蔡锷等发出讨袁通告，揭露辛亥革命后袁氏的不仁、不义、不智、不信、不让等丑行，是一个寡廉鲜耻的窃国大盗，号召全国一致打倒之。

① 云南省社会科学院历史研究所、贵州省社会科学院历史研究所编《护国文献》，贵州人民出版社1985年版，第72页。

梁启超再次起草讨袁檄文，12月31日，蔡锷、唐继尧等9人再次发出《云贵檄告全国文》，历数袁世凯自辛亥革命以来操纵党派、蹂躏国会、抛弃约法、出卖主权、叛国称帝等19条罪状，并提出护国军的4条政治纲领。

1916年元旦，云南都督府成立，推举唐继尧为都督，组织护国军，蔡锷为第一军司令，李烈钧为第二军司令，分三路率领护国军浩浩荡荡开往川、湘、桂前线。①

这场战争爆发后，梁启超在战争所处的70个日日夜夜里，运筹帷幄，制订方略，筹措财政、指导军事、动员冯国璋赞助云南起义、辅之以舆论宣传，总之，这场战争就是梁启超亲自在远隔千山万水的上海，幕后主导的一场战争。

3月4日，梁启超乘日本游船离沪南下，7日抵达香港，再三躲避袁世凯的密探追杀，于16日晚乘轮船驰往海防。在船上，梁启超写了《在军中敬告国人书》，在这篇文章中，他回顾了自己辛亥革命后从与袁合作到毅然反袁的过程，检讨了自己的过失，"痛念频年以来，颇不免缘党派偏见，误断事理，间接以酿国家隐患，中间又尝以悲观弛惰，自荒匹夫之责，致国民活力，生一部分之损耗。今以国脉安危，迫于眉睫，不敢不沉痛忏悔，请献此身，以图自赎。微诚所贯，舍命不渝。功不敢承，罪不敢避"。表明了自己与袁世凯"相见于疆场"的决心。

这是一篇告白书，也是一篇忏悔书，更是一篇宣言书。

16日晚，梁启超在海防悄然登陆，当晚会见了云南驻海防的秘密代表张南生。

15日，汤觉顿一行抵达南宁。陆荣廷得知梁启超已经在赴桂途中，遂于3月15日发出了由梁启超代拟的广西独立通电，接着发出由陆荣廷和梁

① 吴天任：《梁启超年谱》第三册，第1171页。原注：《梁燕孙年谱》。

启超联名草拟的《广西致北京最后通牒电》《广西致各省通电》。同日，陆荣廷将在柳州的行营改名为广西都督府兼两广护国军总司令部，任命梁启超为总参谋。

梁启超策动的广西独立改变了整个西南局势乃至全国局势，一时，全国各地开始了舆论响应，对袁世凯几乎是同仇敌忾。

在一片肃杀讨伐声中，3月22日，过了83天皇帝瘾的袁世凯宣布取消帝制，23日，废止洪宪年号，仍然以本年为中华民国五年（1916）。派徐世昌、段祺瑞会同副总理黎元洪与护国军谈判，要求停战议和。①护国运动取得了阶段性胜利。

尽管如此，3月26日，梁启超离开海防前，袁世凯党羽在车站码头四处张贴了缉拿梁启超的布告和照片，查禁甚严，梁启超只好选择小路，27日入镇南关，全城爆竹喧天，国旗飘扬，他才知道广西已经独立。旋即被蜂拥入关，次日赴龙州，出席欢迎会并演讲，接见军政等各界要员，29日，乘船下南宁，原来陆荣廷听说梁启超已经到了，从梧州赶到南宁相迎。

4月4日，梁启超在陆荣廷肃清了桂越边境的袁氏武装后，历经千辛万苦，离开帽溪牧场，终于抵达南宁。

4月6日，龙济光在广东宣布独立。然而龙济光并无讨伐袁世凯的诚意，只是迫于广东境内的革命党人、国民党温和派的反袁武装和其他爱国人士的揭露其"伪行独立"，要求他下台，而做表面文章而已。4月8日，梁启超和陆荣廷应广东各方之邀，由南宁赴粤，调停广东内部事宜，同时联名发出了由梁启超草拟的《致广东各界电》和《致广东民党领袖电》，劝谕各界勠力同心，顾全大局，共讨袁贼。孰料正当他们走在路上的4月12日，先前安排去广东处理事务的汤觉顿等三人在广州海珠的联席会议

① 吴天任：《梁启超年谱》第三册，第1226页。原注：《梁燕孙年谱》。

上，被龙济光当场开枪射杀，造成"海珠惨案"。各界愤慨，群情激昂，力主驱逐龙济光。梁启超至广州，单身赴宴，龙济光手下剑拔弩张，梁启超临危不惧，拍着桌子，振聋发聩地痛斥龙济光出尔反尔，不顾广东大局，既然自己单身就不想全身而返。此举一下镇住了在场的龙济光上下，只好听之任之。随后，梁启超从虎口脱离了这场"鸿门宴"，惊险可怖。此后，龙济光不得不同意梁启超提出的成立两广护国军都司令部，推举岑春煊为都司令。

5月7日，两广云贵四省都督以护国军军政府名义宣布，为统一对袁军事，筹划建国方策，提议设立军务院，指挥全国军事。8日，军务院在广东肇庆成立，唐继尧、刘显世、陆荣廷、龙济光、岑春煊、梁启超、蔡锷、李烈钧、陈炳焜、戴戡为抚军，唐继尧任抚军长，岑春煊任抚军副长，梁启超任政务委员长。成立后，梁启超起草发布了一系列宣言，一是围捕袁世凯，依法弹劾，依法裁判；二是前大总统缺位，由副总统黎元洪继任；三是军务院直隶大总统，代行国务院职权，指挥全国军事，筹办善后事宜；四是颁布军务院组织条例，待国务院成立撤销军务院等。

同月，梁启超应冯国璋电邀，北上，18日出香港，20日抵上海，此时，徐世昌在南京召集各省各界代表召开会议，商议袁世凯退位后的善后事宜。梁启超坚持只有在袁世凯退位，否则无商量余地，并主张护国军仍然要勇猛前进，毫不松懈。

与此同时，军务院督派大军分三路对袁世凯进行北伐。

在反袁护国的声浪中，袁世凯坚守大总统位子，赖着不让。梁启超奋笔疾书，写成《袁政府伪造民意密电书后》《袁世凯之解剖》等文章，大肆揭批袁世凯伪造拥戴其做皇帝的电文之行径，从袁世凯的起家过程和其丑恶行径条分缕析地予以批判。

正当梁启超与冯国璋在上海商谈如何逼袁世凯退位之际，5月30日，其弟梁启勋自香港来沪，告知其父已于3月14日病逝于香港，为不牵累于他，命家中封锁消息，勿使他为国事分心。

梁启超悲痛欲绝，辞去所有军中兼职，闭门居丧。

5月26日，陕西宣布独立。

6月6日，羞愤成疾的袁世凯气绝身亡，护国战争实质上停止。

其后，段祺瑞咻咻欲立，梁启超开始支持段。面对复杂多变的局势，段祺瑞声称辞职，梁启超明显倾向于北洋政府，力挽段祺瑞留职，建议撤销军务院。在多方势力的交错较量之下，7月14日，军务院撤销，意味着统一南北双方的以段祺瑞为首的北京政府宣告成立。护国战争结束，大总统黎元洪致书梁启超北上做总统府秘书长，梁启超不想再卷入政治旋涡，拒绝了黎元洪的邀请，再次宣布脱离政治。

然而，此时作为梁启超的得意门生，护国战争的主要军事领导人蔡锷却因喉结核病，于1916年11月8日不幸病逝于日本的福冈医院。

梁启超悲伤万分，不禁想起8月28日蔡锷到达上海，师生竟夕相谈，当时的蔡锷已经面容消瘦，喉咙嘶哑得几乎说不出话来，梁启超几乎认不出来……

梁启超为学生蔡锷写下了沉痛的祭文：

呜呼！自吾松坡之死，国中有井水饮处皆哭……吾松坡宜哭者，而我今哭焉，将何以塞民怨。君之从我甫总角耳，一弹指而二十年于兹。长沙讲舍隅坐之问难，东京久坚町接席之笑语，吾一闭目而暖然如见之。尔后合并之日虽不数数，然书礼与魂梦日相浦沫而相因依。客岁秋冬间，灭烛对榻之密画，与夫分携临歧之诀语，一句一字，盖宁刻骨而镂肌。三月以前，海上最后之促膝，君之暗声尨貌与其精心浩气，今尚仿佛而依稀。吾松坡乎！吾松坡乎！君竟中道弃余而君且奚归？呜呼！庚子汉口之难，君之先辈与所亲爱之友聚而歼焉，君去死盖间不容发。君自发愤而治军，死国之心已决于彼日。乙巳广西不死，辛亥云南不死，去冬护国寺街不死。

今春青龙咀不死，在君因常视一命为有生之余，今为国家一大事而死，死固当其职……①

35岁的蔡锷去世后，12月5日，尸体运回上海，梁启超与旅沪人士举行了公祭仪式，此后又带领弟弟梁启勋和子女思顺、思成等私祭之。②

此后的梁启超以"在野政治家"自命，和革命党人组建"宪法商榷会"，又于1917年初与张勋密谈，帮助段祺瑞挫败张勋复辟，从而得罪了支持张勋的康有为，自此康梁彻底决裂，此间康梁左右摇摆，乏善可陈。

张勋复辟失败，梁启超随段祺瑞进京，做了一个国库空空、债台高筑的财政总长，连官员都派不下去，更谈不上振兴财政。11月22日，冯国璋批准段祺瑞内阁全体辞职。

梁启超也在就任不到4个月之后，悄悄离开了北京，至此彻底告别政坛，悄然伏在了踏实的书案上，游学治学。

---

① 《公祭蔡松坡文》，《饮冰室合集·文集》第四十四卷（上），第11页。
② 吴天任：《梁启超年谱》第三册，第1289页。

持守学术光焰

欧洲远游适逢「巴黎和会」，他再次演讲游说，拍电报给国内，警告政府代表，万勿署名，以示决心。这封电报像一根导火索，引燃了轰轰烈烈的「五四运动」，从而掀起了新民主主义革命的开端。

欧洲远游适逢"巴黎和会",他再次演讲游说,拍电报给国内,警告政府代表,万勿署名,以示决心。这封电报像一根导火索,引燃了轰轰烈烈的"五四运动",从而掀起了新民主主义革命的开端。

1. 一份电报点燃了五四运动

残酷的现实让梁启超终究败下阵来,但他心中的文化焰火却一直在熊熊燃烧,他想要做的是着手《中国通史》的创作。这是暗藏多年的文化雄心。

从1918年3月起,他每日焚膏继晷,黎明即起,一天的大部分时间都用来写作,每天完成2000字的创作。如今,用电脑写作的作家们可能觉得这个量级并非太多,但是,在当时对于一个手写者而言,其工作量已经相当于每日电脑字数数以万计的程度了。加之每日耕耘不断,用力太猛,气血耗之太过,半年之后的八九月间,他染上了肋膜炎,发烧咳血,不得不中止写作。

如此,不如去欧洲做一次漫游,适逢第一次世界大战,他想亲自"看看这空前绝后的历史剧他们将如何收场""求一点学问""拓一拓眼界"。

梁启超决定游欧后,便四处预约同游之人,再往总统府进谒时任大总统的徐世昌,争取得6万元公款作旅费,加之故旧馈赠4万元,精选了一批学有专长的名人，精通外交的刘崇杰、长于工业的丁文江、擅于政治的张君劢、专究军事的蒋百里、钻研经济的徐新六，这些人多对梁启超执弟子礼，于是一起作为陪员同往。因为作为个人身份赴欧考察；必须前往各国使馆办理入境签证等手续。

此时，恰逢梁令娴也要随丈夫周希哲前往缅甸使馆，所以也一起办理手续去香港，转吉隆坡再往缅甸首府仰光。

毕竟是一次远游，妻子李蕙仙正好回了贵阳老家，女儿梁令娴希望他等妈妈回来再走不迟，于是，询问他是否等她妈妈回来再动身，梁启超竟然不再等待，时日定于12月25日取道天津去上海，然后出洋远行。

不过，未过几日，李蕙仙就回到了天津。听家人说梁启超曾吐过血，如今又准备远游，便反复劝说他取消出游计划，梁启超不依，为此夫妻俩还吵了一场。梁启超对自己的健康多有担忧，心情时好时坏，加之自己远大的写作计划因为身体原因不能执行，这种欲罢不能不是他人可以理解的，哪怕自己的妻子。万事俱备，单等计划出行的这一天到来。

23日，梁启超、蒋百里、张君劢等从北京乘火车抵天津，南下南京，27日抵达上海，"国际税法平等会"张謇等人设宴饯行。席间，梁启超还兴致高涨地作了一次对关税问题的演说。

回到寓所，丁文江悄悄地对梁启超说："梁先生，恕我直言……"梁启超不觉一怔，这个年轻的科学顾问，有何见解呢？

丁文江早年在日本读书时，就是《新民丛报》的热心读者，曾自号"少年中国之少年"，对梁启超崇拜甚笃，深受科学救国论的影响。

梁启超见状，便和蔼地鼓励他说："说吧。"

"梁先生，我很敬重您，很钦佩您。您有爱国心、有知识、有眼光。为人仁厚忠诚。不过，您太重感情，有时头脑不够冷静，很难成为一位成熟的政治家！"

梁启超暗地吃惊，他被这年轻人的爽直感动了，诚恳地问："依你说，我该如何作为？"

丁文江这才畅言无忌地谈起来："梁先生在青年中很有影响，我今天走上科学救国的路就是听从了您的教诲。的确，没有科学，就不能建设一个富强的中国。我想，如果您用科学的方法研究历史、研究社会，必定能写出不朽之作。可今天，您又发表政治性演讲，和您现在的身份很不相称，也违背了您多次宣布不再过问政治的诺言。梁先生，您还是潜心研究学术吧！"

梁启超拍拍丁文江的肩膀，微笑道："你说得没错，我会三思而后行。"

这天晚上，黄溯初、张东荪等人也来送别。大家相聚，畅所欲言，倾吐肺腑。梁启超想起丁文江的话，对大家说，要将从前梦幻似的政治生涯忏悔一番，并和大家相约，以后决然舍弃政治活动，要在思想界学术界方面尽些微力。[①]

28日，梁启超一行乘日本邮船"横滨丸"启程了，因船位不足，丁文江、徐振飞（新六）两人则从太平洋越大西洋前往欧洲。

三年前讨袁护国之役，梁启超正是乘坐这艘"横滨丸"邮船，从上海南下香港。想当年同乘此船的好友汤觉顿已为护国战争捐躯，不胜嗟叹！那时，他蹲在船舱底汽炉旁的暗室，赶着撰草讨袁檄文和电稿；如今，却自由自在，早看日出，晚观日落；有兴趣时写写诗文，或习法语；或与友弈棋玩球……抚今追昔，感慨万千：自由对一个人是何等宝贵！

1919年2月11日，邮船抵达伦敦。先行抵达的徐振飞、丁文江乘着使馆小轮前来迎接，并在此作短暂的居留。

战后的英伦，一派萧条景况：燃料、电力、食品、用具，一概奇缺，战争对物质文明的破坏给梁启超留下深刻的印象，"电力不足，黄雾四

---

① 据陈占标、陈锡忠：《一代奇才》，花城出版社1988年版。

塞，不见天日"①。

2月18日，梁启超等从雾都伦敦前往巴黎。

彼时，正值第一次世界大战结束不久，27个战胜国正在召开"巴黎和会"。此会实际上是英、美、法、日、意五强的分赃会。会上，日本代表团提出胶州湾、胶济铁路以及德国原占中国山东省的各种权益应当由日本继承。中国代表顾维钧严加斥责，并提出我国收回山东的各项权益及废除中日新约节略。英、法等国早就和日本串通一气，袒护日本。

梁启超听到这消息，极为愤慨。于3月中旬拍电报给"外交委员会"，要求政府严加抵制。②

这个"外交委员会"属于总统府机构，原是徐世昌当选大总统后，由梁启超和林长民建议设立的。当时梁启超已不参与政治活动，便推荐汪大燮担任委员长，林长民、熊希龄等为委员。因而，林长民被徐世昌聘为总统府顾问，鉴于外交工作棘手，林长民便劝徐世昌委托梁启超以私人身份前往欧洲，联络国际知名人士，为中国在巴黎和会争取平等、独立的地位。

原本宣布不再涉足政治的梁启超面对国土沦丧，只能再三"食言"，重新在异国他乡肩负起为国争权的责任和使命。

梁启超在巴黎频繁会见外国的政府要员、党派领袖、社会名流，还访问了隐居巴黎郊外的李提摩太，大声疾呼：收回战前德国在山东的一切权益；要取消袁世凯向日本承认的"二十一条"；要取消外国在中国的一切特权；要取消德、奥等战败国在中国的政治、经济利益。这些其实也是"外交委员会"讨论提出的对巴黎和会的提案。尽管梁启超千方百计争取列强同情、支援，但效果甚微。

4月中旬，梁启超收到北京国民外交协会拍来的电报，委托他向和会

<hr>

① 吴天任：《梁启超年谱》第三册，广东人民出版社2018年版，第1400页。
② 据吴天任：《梁启超年谱》第三册，第1402页。

请愿，力争收回山东省主权。外交协会是梁启超游欧之前，由熊希龄、汪大燮、林长民发起组织的，梁启超是理事之一，并且当了顾问。梁启超看完电报，双手一摊，对丁文江说："电报来迟了。现在和会已接受日本提出接收德国在我山东省各种权利的要求；而且，北京政府早已默许这事。交涉、请愿有何用？此等政府，怎么能代表中国民众？"

梁启超愁苦焦虑，愤慨难当，终日冥思苦想，终于想出一个补救办法。4月24日，他在巴黎拍电报回京，电文云：

"汪（大燮）林（长民）两总长转外交协会：对德国事，闻将以青岛直接交还，因日使力争，结果英、法为所动。吾若认此，不啻加绳自缚。请警告政府及国民严责各全权，万勿署名，以示决心。"

林长民收到这电报，一边四处联络，一边撰写《外交警报敬告国民》文章，于5月1日在《北京晨报》发表，激起了学生和市民的爱国心。

5月4日，北京爆发了轰轰烈烈的爱国学生运动，史称"五四运动"。从而掀起了新民主主义革命的开端。

从北京的五四运动发展到"六三"工人罢工、商人罢市，上万封拒签电报飞到巴黎；在法国的中国留学生出于义愤，包围了中国代表团住地不准其签约。在国内外压力下，中国代表团专使审时度势，拒绝在和约上签字。

梁启超继而应邀参加了"万国报界俱乐部"的宴会，宴会上梁启超发表了演讲，慷慨演说中国山东问题，揭露日本私谋夺取我国权益，斥责日本为"万国公敌"，是"世界第二战之媒"。他的演讲博得了与会者经久不息的掌声，获得了会场内外一致的高涨支持，同时也为他的爱国热情所深深折服。[①]

5月的巴黎气候景色宜人。横穿市区的塞纳河，汩汩淌流，如一条珍

---

① 据吴天任：《梁启超年谱》第三册，第1403页。

珠项链，熠熠生辉；巴黎圣母院在艳阳下显得格外宁静庄严；路易十四时代兴建的卢浮宫历尽沧桑，仍显得宏伟壮观。梁启超以个人之力，意外地在巴黎为自己的祖国尽了一份力，心绪大好，处身此等景色中，怡然自乐。这天下午他与蒋百里、张君劢和丁文江来到协和广场的一家咖啡厅，边饮边谈。梁启超兴致勃勃道："我游历了法国许多地方，最有意思的就是参观卢梭故居了！"

丁文江熟读梁启超著作，随即说："早在18年前先生在日本办《清议报》期间，就撰写过一篇《卢梭学案》，详细介绍他的民约论学说。"

梁启超说："你还记得这篇文章。我的确很崇尚这位法国启蒙思想家、哲学家、教育家和文学家。他的民约论学说，对争取平等自由、确立民主与法治观念意义重大。"

话题自然又转到这次巴黎和会上来。

蒋百里愤愤不平道："参加和会的国家有31个，全权代表70名。英、法、美、意、日五强各5名代表，可我国才2名。"

张君劢叹道："还不是美、英、法三巨头操纵了会议！弱国无外交啊。"

丁文江年少气盛："我们中国人也不是一盘散沙，这次举国上下，民情激愤，拒签和约，不正预示着睡狮将醒吗？"

梁启超指着桌上的餐刀："洋人用刀叉，华人用筷子。一根筷子自然容易被刀叉弄断，倘若20根筷子捆成一团，这些刀叉奈我何也！"

梁启超在法国逗留了三个月，学习和研究战时各国财政金融、西方战场史、法国政党现状、近世文学潮流和刻苦学习法语："每日所有空隙，尽举以习法文，虽甚燥苦，然老师奖其进步甚速……"梁启超还主动会见法国几个观点不一的大政党的首领，如社会党、工党、天主教党、激进共和党。在社交性的茶会上结识了"十年来梦寐愿见"的哲学巨子柏格森和外交家笛尔加莎，共同切磋，结为良友。

可悲的是其间在巴黎和会的中国代表王正廷与首席代表陆征祥、顾维钧不和，竟然致电国内，说有人在巴黎企图卖国，干预和谈。国内有人竟怀疑卖国者就是梁启超。好在蔡元培、王宠惠、范静生等在北京通电辟谣，为梁启超辩护作证，方才洗雪了梁启超之冤。①

9月中旬，梁启超一行由瑞士转去意大利，漫游了水城威尼斯和拿波里火山等名胜。10月返巴黎，两个月后又游德国，继续了解德国战后社会。

德国逗留期间，碰上柏林全市饭馆罢市，旅馆也不开饭。连吃饭也成了问题，且听闻德国铁路工人也在酝酿罢工。原计划元旦后游奥地利及波兰，至此游兴大减。刚巧这时徐振飞接家中来电，"妻病速归"。少了这个精通法语的翻译，再逗留下来也不方便，梁启超决定提前回国。

1920年1月17日，梁启超一行，由巴黎启程，结束了历时一年多的欧洲之游。于3月5日抵达上海。在码头上，梁启超就外交等问题回答了记者的提问。前来迎接梁启超的张元济、张东荪、陈叔通、黄溯初等朋友争着要接他回自己家安歇，张元济最为热情。

"元济兄，小弟未学分身术啊，如何是好？"梁启超显出为难之状。

"诸位都请，全请到敝舍长谈。"张元济热情地对众人说。

当晚，梁启超和朋友们谈得意兴盎然。

---

① 吴天任：《梁启超年谱》第三册，第1406页。原文引自杨亮功编《五四》第一章第二节。

除了成立共学社，出版《改造》杂志之外，他也积极倡导图书馆事业，将为了纪念蔡锷而设立的松社迁到了北京，扩大了规模，并改名为松坡图书馆，自任馆长。同时选派留学生，组织翻译编辑出版新书，大量译介欧洲学术、文学著作。

▌2. 归来的学术少年

从欧洲游学回来，梁启超算是进入晚年了。

欧洲的文化在梁启超看来的确是值得借鉴的。晚年的梁启超热衷于中外文化交流，也许是这一场欧洲之旅对他而言感触颇深的缘故。

1920年4月，梁启超归国后做的第一件事就是成立了共学社。"培养新人才、宣传新文化，开拓新政治，既为吾辈今后所公共祈向，现在即当实行着手，顷同人所成立共学社即为此种事业之基础。"[①]

共学社的发起人除梁启超外，还有蒋百里、张君劢、张东荪等人，北大校长蔡元培、张謇、张元济、胡如麟等社会名流均在其中。同时，接管了张东荪等人于1919年9月创办的《解放与改造》杂志。1920年9月，《解放与改造》从第3卷第1期开始，更名为《改造》，开本从32开改为16开，每卷12期，由梁启超担任主编，成了共学社的刊物。《改造》出至第

---

① 《梁启超年谱长编》，第909页。

4卷第10期，也就是1922年9月停刊。

《改造》的基本倾向和先前完全一样。梁启超在《改造》发刊词中标明该刊"精神犹前志也"。在这份发刊词中，梁启超提出了该刊的16点主张，实际上确定了研究系同仁今后一个时期政治、经济和思想文化的纲领性方针：

1. 政治上，谋求国民在法律上的"最后之自决权"，国家体制主张"以地方为基础"，缩小中央权限，实行地方自治。

2. 经济上，"确信生产事业不发达，国无以自存"，因此要"力求不萎缩生产力且加增之"，发展资本主义；同时"确信社会生计之不平等，实为争乱衰弱之原"，因此要"力求分配平均之法"，竭力消除资本主义发展中暴露出的弊端。

3. 思想文化上，反对大一统主义，主张引进和吸收"对于世界有力之学说"，同时整顿发扬中国的传统文化，融合中西，成一新文化系统，以贡献于世界。

4. 废除常备的国防军，实行兵民合一制度。

5. 实行强迫普及教育，此乃民治之根本。

这些主张在该刊的创办时期都有所体现。在此后的几卷中，研究中国现实问题的文章大大增加，出版了"废兵问题研究""自治问题研究""联邦研究""社会主义研究""教育问题研究""军事问题研究""制定省宪问题"等特辑；这些主张也贯穿在梁启超今后几年的文字宣传和奔走演说中，成为其关注和参与现实政治问题的指导思想。①

欧游归来的梁启超，开始把主要精力投注于办学讲学，促进中外文化

---

① 李喜所、元青：《梁启超新传》之十七《难舍政治》，第415—416页。

交流和著书立说等文化教育事业上。然而，梁启超毕竟不满足于埋头故纸堆中，不满足于成为一个坐而论道的教书先生。他的最终理想是要在中国实现资产阶级的民主政治。虽然自己领导的国权主义道路走不通了，自己所依靠的统治阶级当权派靠不住了，但这并不妨碍自己改换达到理想的新路。不妨碍自己倡导和实施新的改革方案。在此后的几年中，梁启超继续充分发挥了论宜传家和天才著作家的本领，提出了一系列改革中国社会的思想，这就是：经济上的社会改良思想，政治上的分权主义思想，文化上的自由主义思想。他的对抗马克思主义思潮、鼓吹国民运动、呼吁联省自治、调和科学与玄学的论战及幻想组织第三党，无不是这些思想主张的具体反映。①

除了成立共学社，出版《改造》杂志之外，他也积极倡导图书馆事业，将为了纪念蔡锷而设立的松社迁到了北京，扩大了规模，并改名为松坡图书馆，自任馆长。同时选派留学生，组织翻译编辑出版新书。尤其是1920年9月成立了讲学社，编译新书成为了该社的一大成就。

讲学社印行的丛书分九大类，即时代、教育、经济、通俗、文学、科学、哲学、哲人笔记、俄罗斯文学。要求浅显简明，尤其重视名著翻译出版，总计出版了一百多种，可谓是出版界的一件盛事，包括罗利亚的《社会之经济基础》、拉尔金的《马克思派社会主义》、柯尔的《基尔特社会主义与劳动》《社会学》、柯祖基的《人生哲学与唯物史观》、顾西曼的《西洋哲学史》、勒朋的《政治心理》、韦尔斯的《世界史纲》、易卜生的《海上夫人》（剧本）、雨果的《活冤孽》、杜威的《平民主义与教育》、施密特的《相对论与宇宙观》、罗素的《哲学中之科学方法》《政治理想》、屠格涅夫的《父与子》等。②

讲学社还外聘"国外名哲"来华讲学。讲学社外聘的第一位讲学者就

① 李喜所、元青：《梁启超新传》十七《难舍政治》，第415—416页。
② 据张朋园：《梁启超与民国政治》，吉林出版集团有限责任公司2007年版。

是胡适的老师、美国哲学家、实用主义者杜威。其时，杜威已经来华一年多，当初是北大邀请来的。

1920年10月下旬，讲学社外聘的第二位讲学者罗素偕夫人陶娜抵达上海，开始了在中国将近一年的讲学。讲学社专门组织了"罗素研究会"，发行了《罗素月刊》，还组织翻译了罗素丛书，可谓是学术界的一件大事，梁启超盛赞罗素的思想"有化万物为黄金的能力"。

讲学社外聘的第三位讲学者是德国哲学家杜里舒（Hans Driesch）。杜里舒来华后也做了一年多的讲学，其生命哲学在当时的学界影响颇大。

第四位应邀来华讲学者就是获得诺贝尔文学奖、著名诗人泰戈尔。梁启超对泰戈尔来华倾注了极大的热情。1924年4月下旬，泰戈尔抵达北京，梁启超、蒋百里、胡适等北京文化界人士数十人在天坛草坪举行了隆重的欢迎仪式，梁启超致以热情洋溢的欢迎词，鬓发斑白的泰戈尔由林徽因、徐志摩搀扶上台演讲。5月18日是泰戈尔的生日，梁启超为这位老人准备了一场较之欢迎仪式更为精彩的祝寿大会。活动在北京协和大学大礼堂举行，梁启超和胡适作完简短的贺寿演讲之后，舞台上灯光昏暗，进而聚光灯强光照射，灯光聚焦处，是一幅璀璨的画面，一位玲珑娇媚的古装少女居中，周围环绕着天真无邪的幼童，他们仰首向天，天上是一轮冉冉升起的新月。这个造型正取意于泰戈尔的《新月集》，霎时全场掌声雷动，接着还演出了泰戈尔的著名诗剧《齐德拉》。

　　"五卅惨案"发生后，梁启超愤怒异常，除了和一众代表联合发表《共同宣言》之外，还为了"五卅惨案"写了一系列的电文，发诸报端，这是他对中国共产党领导下的工人运动的一次正面支持。

3. 为无产阶级振臂呐喊

　　从欧洲游历回来，梁启超决然不再参与政治。他已然厌倦了政治，厌倦了彼时的政治场域，他的立宪主张已经在波折中前行，他知道这项政治体系的推行还需要后人付出更多。

　　1924年冬天，民国总统曹锟退位，由段祺瑞任政府临时总执政。1925年春，段祺瑞发起宪法起草会，亲自致函梁启超参与这件事，并派姚震①专门带着段祺瑞的书函，拜访梁启超，要他担任会长。姚震口口声声是受段祺瑞的委托，前来说宪法起草事宜，梁启超以自己有很多私事，没有时间参与，再三推辞，但姚震再四强求，不依不舍。姚震从早晨一直强求梁启超，到了十一点半，梁启超只好推诿说，一周以后给他一个确切的答复。姚震说，这件事必须要梁启超答应不可，哪怕就是求他多次。梁启

① 姚震（1885—1935），贵池人，清末举人，早年留学日本，学习法律。归国后，曾任清廷大理院推事，后依附袁世凯、段祺瑞，充安福国会议员，为安福系骨干分子。1920年直皖战争中，皖系失败下台，被列为"十大祸首"之一。1924年，段祺瑞复出，姚震任法制院院长。1927年，任潘复内阁司法总长。次年，改任大理院院长，后被国民政府通缉，寓居天津。

超唯唯诺诺，推脱辞客，姚震这才离去。

梁启超为此决断难下，3月4日写信给蹇季常①征求意见，梁启超在信中说他是"万分不愿就"，又不好表示不合作态度，免得在京的各项事务受到牵制。他还在信中说，就目前的形势而言，想要恢复前年（1923年）所颁布的宪法，目前恐怕也不可能，将来局势有变恐怕目前也不好说，然而，长期成为一个没有宪法的国家，岂不是力争至轨道越来越远了吗？我辈长期以来努力的国民制宪既然办不到，则主张国会速成宪法，到今天实际上就成了没有宪法，如果眼下再草拟一份完善的宪法，将来是否产生效力，谁知道呢？但是做了是不是更加心安理得一些呢？在社会上是否能够自我解脱、自圆其说呢？请蹇季常等三人酌定。

梁启超在这件事情上本来是坚决不想参与的，但是，社会责任令他不安，他又怕社会的不良评价。看得出来，他犹豫难决。3月6日，他就此事又写信给蹇季常、梁崧生等，说："今日再熟思此事，决不能迁就，拟即复书婉辞，但不发表，虽伤交亦所不恤。"3月7日，再次致书蹇季常，说他已经修书拒绝了段祺瑞，坚辞不就，推辞的理由是：经过一周的犹豫，细细算了一下，和目前自己的时间有冲突，因为姚震说可能三两个月就可以完结，以为可以兼顾，现在细细想这个起草会是从各省推举会员，到足够的法定人数可以开会时，大概要到六七月了，而研究院（清华大学）在开学前也有很多的事项需要办理，而且到了7月份必须要住院就医，如果在会中只是挂名，而不出席，绝对不是我本人行事风格，也不是您（曹锟）所想要的结果，而到了7月以后，我就真的无法担任了。清华大学研究院的事情由我倡导的，初次成立，我如果稍加松懈，就立即散了，这是我个人的信用，也是良心所系，因此，不得不舍弃宪法起草会。至于宪法

---

① 蹇季常，是中国第一所民办官助图书馆——松坡图书馆实际负责人。徐志摩、梁启超等人的好友，徐志摩曾写诗《石虎胡同七号》送与蹇季常，在诗中称他为"神仙似的酒翁"。据吴天任：《梁启超年谱》第四册，广东人民出版社2018年版，第1614页。

内容，我可以提供一些内容，供起草会参考。如此，梁启超委婉拒绝了参与宪法起草会。同人蹇季常、林宰平、蒋百里、张君劢、张东荪等都坚定地主张辞谢。

然而，梁启超退出政坛却并非意味着不关心时局，高高挂起。

1925年5月30日，上海发生"五卅惨案"。梁启超闻听此事，"异常愤怒"。

1925年1月，中国共产党"四大"提出了无产阶级在民主革命中的领导权问题，决定加强党对工农群众运动的领导。"四大"以后，革命群众运动，特别是工人阶级反帝斗争迅猛发展。20多万人在广州东校场集会声援上海工人罢工。1925年2月起，上海22家日商纱厂近4万名工人为反对日本资本家打人和无理开除工人，要求增加工资而先后举行罢工。中共中央专门组织了领导这次罢工的委员会。

1925年5月间，上海、青岛的日商纱厂先后发生工人罢工的斗争，遭到日本帝国主义和北洋军阀的镇压。上海内外棉第七厂日本资本家在5月15日枪杀了工人顾正红，并伤工人10余人。29日青岛工人被反动政府屠杀8人。5月30日，上海2000余名学生分头在公共租界各马路进行宣传讲演，100余名遭巡捕（租界内的警察）逮捕，被拘押在南京路老闸巡捕房内，引起了学生和市民的极大愤慨，有近万人聚集在巡捕房门口，要求释放被捕学生。英帝国主义的巡捕向群众开枪，打死打伤许多人。这就是震惊中外的"五卅惨案"。6月，英日等帝国主义在上海和其他地方继续进行屠杀。这些屠杀事件激起了全国人民的公愤。广大的工人、学生和部分工商业者，在许多城市和县镇举行游行示威和罢工、罢课、罢市，形成了全国规模的反帝爱国运动高潮。①

5月30日下午，仅南京路的老闸巡捕房就拘捕了100多人。万余名愤怒

---

① 《毛泽东选集》第一卷，人民出版社1991年版，第10页。

的群众聚集在老闸巡捕房门口，高呼"上海是中国人的上海！""打倒帝国主义！""收回外国租界！"等口号，要求立即释放被捕学生。英国捕头爱伏生竟调集通班巡捕，公然开枪屠杀手无寸铁的群众，打死13人，重伤数十人，逮捕150余人。其中拘捕学生40余人，击毙学生4名，击伤学生6名，路人受伤者17名，已死3名。6月1日复枪毙3人，伤18人，制造了震惊中外的"五卅惨案"。

当天深夜，中共中央再次召开紧急会议，决定由瞿秋白、蔡和森、李立三、刘少奇和刘华等组成行动委员会，具体领导这次斗争，组织全上海民众罢工、罢市、罢课，抗议帝国主义屠杀中国人民。这场屠杀，点燃了中国人民郁积已久的对帝国主义侵略的仇恨怒火。从6月1日起，上海全市开始了声势浩大的反对帝国主义的总罢工、总罢课、总罢市。从6月1日到10日，帝国主义者又多次开枪，打死打伤群众数十人。英、美、意、法等国军舰上的海军陆战队全部上岸，并占领上海大学、大夏大学等学校。上海人民不惧怕帝国主义的武力镇压，相继有20余万名工人罢工，5万多名学生罢课，公共租界的商人全体罢市，连租界雇用的中国巡捕也响应号召宣布罢岗。

6月1日，上海总工会成立，李立三任委员长。这标志着上海工人运动从分散的状态开始转向集中的有组织的行动。上海工人阶级在总工会领导下，成为一支组织严密、纪律严明的反对帝国主义的主力军，在斗争中发挥了中流砥柱的作用。6月4日，上海总工会与全国学联、上海学联、各马路商界总联合会共同组成的上海工商学联合会宣告成立，上海各界民众结成了反帝联合战线。

为了打破帝国主义的舆论封锁，推动反帝爱国运动，中共中央于6月4日创办了《热血日报》，由瞿秋白任主编。《热血日报》及时向广大群众传达党指导运动的方针、政策，揭露帝国主义的罪行。6月5日，中共中央发表《中国共产党为反抗帝国主义野蛮残暴的大屠杀告全国民众书》，指出"全上海和全中国的反抗运动之目标，决不止于惩凶、赔偿、道歉等""应认定废除一切不平等条约，推翻帝国主义在中国的一切特权为其主要目的"。

在中国共产党的领导和推动下，五卅运动的狂飙迅速席卷全国，从工人发展到学生、商人、市民、农民等社会各阶层，并从上海发展到全国各地，遍及全国25个省区（当时全国为29个省区），约六七百个县，各地约有1700万人直接参加了运动。北京、广州、南京、重庆、天津、青岛、汉口等几十个大中城市和唐山、焦作、水口山等重要矿区，都举行了成千上万人的集会、游行示威和罢工、罢课、罢市。6月11日，汉口参加游行示威的群众行至公共租界时，英国水兵向人群开枪射击，打死数十人，重伤30余人。"汉口惨案"进一步激起全国民众的愤怒。全国各地到处响起"打倒帝国主义""废除不平等条约""撤退外国驻华的海陆空军""为死难同胞报仇"的怒吼声，形成了全国规模的反帝怒潮。

6月21日，北京政府派邢士廉率军到上海镇压。段祺瑞通电"取缔煽惑罢工"，电令上海戒严司令部，解散总工会，通缉该会领袖李立三，并限令各工会一律取消。

1925年6月7日，上海工、商、学召开联席会议，成立了上海工商学联合会，作为"三罢"运动的公开领导机关。会议提出同帝国主义交涉的17项条件。"三罢"开始后，英、美、日等帝国主义国家调集武装，继续屠杀群众，进行武力恫吓，同时施展种种阴谋分化瓦解工商学联合阵线。在威胁利诱面前，资产阶级由动摇而妥协，于6月26日无条件结束总罢市。而工人阶级一直坚持到9月初，通过谈判，取得部分经济要求的胜利后陆续复工。继上海"三罢"之后，全国各地群众特别是工人，都纷纷起来参加了这一反帝运动，人数达1200余万，其中工人约50万，成了反帝运动的主力，充分显示了中国工人阶级的伟大力量和作用。

6月19日，上海总商会宣布于6月26日单独提前开市。总商会另组"五卅事件委员会"，将17项交涉条件修改为13项，删掉取消领事裁判权、撤退英日驻军、承认工人有组织工会及罢工的自由等项内容。不久，学校开始放暑假，学生纷纷离校。鉴于这种情况，中国共产党决定改变工人斗争的策略，由总罢工改为经济斗争和局部解决。

梁启超闻听此事，愤怒异常，除了和朱启钤、范源濂、张国淦、顾维钧、丁文江、李士伟、董显光等发表一个共同宣言之外，还为了沪案（"五卅惨案"）敬告欧美朋友——《对欧美友邦之宣言》，致罗素电《谈判与宣战》，还给段祺瑞政府写了《致段执政书》《我们该怎样应对上海惨杀事件》《沪案交涉方略敬告政府》《赶紧组织会审凶手的机关啊》《答北京大学教职员（沪案）》，各文发诸报端，主张严正交涉，会审凶手，赔偿谢罪，进而改正租借条约，限制外人权利。《申报》于6月刊发梁启超等人对于"五卅惨案"所录的《共同宣言》。

这是梁启超对中国共产党领导下的工人运动的一次正面支持。

梁启超对无产阶级的极大同情和对国外势力的极大仇恨，在"五卅惨案"后表露无遗，这真是一个伟大的富有同情心、正义感的学者所表现出的应有的担当，也是对中国共产党领导的正义事业的支持。

梁启超一生尤其是晚年的学术研究，纵论古今中外，探测人生社会。广博丰硕，新论迭出，自成风格，为人称道；但其轴心是历史学。

4. 伏案饮冰执光焰

从告别官场到此后的十年，是梁启超持守学术、坚持创作、弘扬文化的十年，他秉持着文化的火炬，不断深耕中国传统文化，1920年，梁启超原本是替人写序，突然发现清代学术在他脑海中线条历历在目，路径清晰，有许多可堪书写的内容，几乎如以"神来之笔"，他仅仅用一周时间创作出了久负盛名的《清代学术概论》，这部著作系统评述了自明代至清末两百多年中国学术思想概况，就清代的哲学、经学、史学、考古学、地理学、文献学、美术、佛学、诗歌等人文社科以及历法、算学、水利等自然科学进行了全面的论述。

虽至晚年，但他在学术研究方面的激情和精力远远胜过一般的学者。

这一年，他还对佛学再次进行了深入研究，这已经是他第三次深入研究佛学。第一次学习尚在万木草堂，接着是在日本逃亡期间，这一次，他终究在年龄、阅历等方面已经远胜此前，对于佛教，尤其是大乘佛法的研究已经进入了自悟的阶段，春夏之交写了《佛典之翻译》，冬日又写了《佛教东来之史地研究》《佛教与西域》《说"六足""发智"》《那先比丘经书》《说华严经》《中国佛法兴衰沿革说略》《印度佛教概观》

《佛教教理在中国之发展》《翻译文字与佛典》《佛学之初输入》《读异部宗轮记述记》《佛教心理学浅测》《说大毗婆娑》《大乘起信论考证》等。

接着在是年和次年，就国学方面创作了《老子哲学》《孔子》《老墨以后学派概观》《论孟子稿》《墨经校释》《复胡适之论墨经书》《墨子学案》《墨子讲义摘要》《慎子》《诸子考证及其勃兴之原因》等。1922年，梁启超还将上一年在南开大学主讲的《中国文化史》讲稿整理出版，这就是在中国近代史学史上产生过重大影响的皇皇巨著《中国历史研究法》。在这部书中，梁启超揭示了历史研究的目的，批判了封建主义史学，探索了历史因果律，探究了历史和英雄的关系，纵论了历史方法论。其中所主张的历史研究方法留给后人诸多可借鉴之处。[1]接着一系列的清代学术著作蔚为大观地展现出来，如《清初五大师梗概》《颜李学派与现代教育思潮》《朱舜水先生年谱》《清代学者整理旧学之总成绩》。1924年，梁启超整理出版了《清代学术概论》的姊妹篇《中国近三百年学术史》。

梁启超笔耕不辍，这位百科全书式的学者著作涉及哲学、史学、文学、图书馆学、社会学、经济学、财政学、法学、教育学、宗教学等诸多学科，视野之宽，涉及面之广、求知欲之旺、思想之敏锐，在近代文化、思想史上几乎无人能望其项背，尤其是在先秦、明清和近代的思想文化研究方面，留下了一大批颇有见地的论著，对研究中国思想文化史起了劈山开路的作用。应该说，梁启超是近代中国学术研究的卓有成就的先驱。[2]

梁启超持守文化火炬一生，始终未曾熄灭。1928年，他在病榻养病之际，仍然托人寻觅辛弃疾的有关史料，一日忽然得到《信州府志》等书，欣喜欲狂，不等身体完全恢复，立即出院，赶回天津，一面服药，一面

---

① 李喜所、元青：《梁启超新传》之十八《致力于文化教育》，第459页。
② 李喜所、元青：《梁启超新传》之十八《致力于文化教育》，第461页。

写作《辛稼轩先生年谱》。①连续七日，终于撑不住了，再次住进协和医院，再也没有起来。

其著作丰厚，此间难以列举一二，1986年1月，复旦大学出版社出版了李国俊所编的《梁启超著述系年》，在其前言中写道，梁启超最大集子《饮冰室合集》有900多万字，《合集》之外未刊手稿有25篇左右，约近百万字，另外有《梁启超年谱长编》信札数百件，估计总字数也在百万字。目前可查的梁启超著述总字数约有1100万字，另有为清廷撰写的文字多达20多万字。从1896年至1928年的33年，梁启超每年平均创作字数33万，持续33年。

最早出版的《饮冰室文集》是1902年由梁启超的学生何擎一（天柱）编的，广智书局出版，梁启超尚不满30岁。主要辑录了梁启超从1886年至1902年在《时务报》《清议报》《新民丛报》上发表的作品，用编年体，60万字。

1910年广智书局重印此书，由何擎一增补4卷。

《分类精校饮冰室文集》是第二次编辑的梁启超文集，搜集了其1885年至1905年夏间著作，约200万字，比较完整地集辑了其早期著作。在编辑方法上不用编年体，用分类汇辑。

1916年由商务印书馆印行的《饮冰室丛著》，精装布面4册，平装纸面20册，共辑梁启超著作13种，封面皆题字"启超自署"，约200万字。

同年，中华书局出版了另外一种集子，名《饮冰室全集》，线装，4函，48册。共辑录200多万字。该集内容大多是1902年至1915年间的政论文章和一般学术论文，似与商务印书馆出版的《饮冰室丛著》各有所重。

10年之后，梁启超侄子梁廷灿重编《饮冰室文集》10函，80册，1926年由中华书局出版。该文集题词冠以"乙丑重编"。共编5集，第

---

① 《梁启超年谱长编》，第1119页。

一集为1889年前的作品，第二集为1889年冬至1911年的作品，第三集为1912年至1918年的作品，第四集为1919至1925年的作品，第五集曰附集，录诗题跋、诗词、小说等。

篇幅最大的集子是《饮冰室合集》，包括文集16册，45卷，专集24册，103卷。合集40册，148卷，总字数920万字左右。该集将已刊的散文和专著基本上全部收录，而且收入不少未刊文稿，这是梁启超去世后，他的好友林志钧（宰平）编辑的，始编于1929年，1932年出版。

格外畅销的梁氏文集自1902年以来，图利的书商在各地争相翻印或者自编，出现了各种不同名目的集子，版本达到40种（包括文集、全集、选集、文存等），专集也很多，如政论集、讲演集、法制论集、白话文抄、诗抄、尺牍等20多种，各种单行本100多种，有的单行本甚至印了19版，这种盛况在同时代或者后来都是罕见的。

他缘何能写出如此卷帙浩繁的著作呢？除了他天性聪颖之外，主要还在于勤奋，乃至坚韧不拔的毅力，永不满足的求知欲，"每治一业，则沉溺于焉"。他在回忆《时务报》初期工作时说，报纸每期有政论文4000多字需要他撰写；20000多字的文稿需要他加工润色，10天一期，每册30000字，经他自撰和删改者几万字，其余也是全部"经心经目"。一个人干了七八个人的工作。（《创办〈时务报〉原委记》）《新民丛报》初办时，他也是一个人担任全部编辑部工作，主要任务还是撰稿，据不完全统计，1902年他在《新民丛报》发表文章多达45万字。

如果将梁启超的著作发表情况大体划分成三个时期，1896年至1911年期间创作字数达453万字，学术类70篇，政论类182篇，文艺类179篇；1912年至1917年期间，他写了74万字，学术类7篇，政论类81篇，文艺类15篇；1918年至1928年共创作393万字，学术类96篇，政论类47篇，文艺类11篇，总计学术类173篇，政论类310篇，文艺类205篇，其中诗152首，词45阕，小说剧本8篇，杂文345篇，大小文章109篇，各种跋文

236篇。①

第一时期，即辛亥革命以前的著作，从数量看，几乎占了一半，310篇政论中，譬如《变法通议》，共12节，7万多字，连载于《时务报》1—43期，成为维新变法的纲领性文件。再如《新民说》，共12节，12万字左右，在当时的知识分子中产生了深远而广泛的影响。

这一阶段，梁启超已经显示了卓越的学术才华，写作了一批介绍西方政治、经济、文化、哲学、历史、文学、宗教等方面的文章，同时，撰写了一系列关于中国古代历史、哲学、法律的论著，以进化论为武器，1901年、1902年写作的《中国史叙论》《新史学》等，痛快淋漓地揭批了3000年来的中国封建史学，初步提出了较为系统的资产阶级史学理论，认为新史学应该"叙述人群进化之现象而求得公理"。

第二时期，即1912年至1917年，为梁启超在北洋政府做官的几年，此时，他身居高官，试图在政治上有所作为，积极为袁世凯、段祺瑞政府效力，希望自己的政治理想能够付诸实践，资产阶级宪政得以实现，所以政论文章之多，不亚于此前。而在学术方面的文章则少之又少，不能与前期相提并论。

第三时期，即1918年至1928年，此时期梁启超已经脱离政治，致力于讲学和著作，此时，政论文章大大减少，学术文章遽然增多，而在文艺方面除了几篇诗词之外，寥寥无几。②

梁启超一生尤其是晚年的学术研究，纵论古今中外，探测人生社会。广博丰硕，新论迭出，自成风格，为人称道。但其轴心是历史学。编《饮冰室合集》的林志钧在自序中称："知任公者，则知其为学虽数变，而固有其紧密自守者在，即百变不离史是观已。其髫年即喜读《史记》《汉书》，居江户草《中国通史》，又欲草世界史及政治史、文化

---

① 李国俊编《梁启超著述系年》，复旦大学出版社1986年版，第7页。
② 据李国俊编《梁启超著述系年》，复旦大学出版社1986年版。

史等。所为文如《中国史叙论》《新史学》及传记学案，乃至传奇小说，皆涵史性。"作为深知梁启超的好友，林志钧的这段评论是极深刻而准确的。

作为中国史学的主要奠基者，于历史研究法、中国史、世界史、民族史、人物传记等方面建树颇多，其具有开创意义的史学成果，有很大的参考价值。

梁启超开创的历史研究法批判地继承了中国传统的治史之道，大胆拿来西方资本主义的理论体系和研究手段，中西结合，思考深邃；对中国史的研究注重民族史，注重地理、年代和文化考证，注重当代史研究，更善于综合研究。可惜他心心念念想要完成的《中国通史》最终半途而废；作为清华大学图书馆馆长的他，领衔主编的《中国图书大辞典》也在两年多的辛苦之后，终究遗憾而罢手。

梁启超对世界史的研究包括三部分：第一，弱国救亡史，如《波兰灭亡记》《朝鲜亡国史略》《越南小志》《朝鲜灭亡之原因》《日本吞并朝鲜记》等；第二，当代史，如《欧洲战役史论》等；第三，人物传，如《匈牙利爱国者噶苏士传》《意大利建国三杰传》《近代以第一女杰：罗兰夫人传》《英国巨人克林威尔传》等。

在人物传记方面，梁启超除了创作西方人物传记外，有《康南海先生传》《李鸿章传》《张博望班定远合传》《黄帝以后第一伟人：赵武灵王传》《明季第一重要人物：袁崇焕传》《中国殖民八大伟人传》《祖国大航海家：郑和传》《王荆公传》《管子传》《六君子传》等。

梁启超对新文学寄予了很大的希望，不仅有新诗革命的提倡，也有新诗创作的实践，不仅写小说，也有文学评论，更为难得的是还有文学史研究，且成果不俗，如《中国之美文及其历史》《陶渊明》《辛稼轩先生年谱》《桃花扇注》等。

在哲学领域，梁启超虽然著述不多，也没有构筑起自己独特的哲学体系，但他是一位极富哲学气质的思想家，其很多著作都富有思辨性、哲理性。其独特的人生观和自成一家之言的哲学史研究，构成了梁启超自身的哲学流派。①

梁启超的人生观是什么呢？科学人生观。其核心就是明白自己的社会责任心。而其"社会责任论"的核心是以趣味主义做基础。其人生观来自两方面：儒学和佛学。

但是"求变""创新"在梁启超身上的烙印是深刻的，他曾专门撰文讲"变"，其实这"变"在如今看来就是创新，就是抢抓机遇，结合其人生轨迹可以明显看到这一点。笔者一直以为他的这种性格源头，来自珠三角沿海的海洋文化和近代洋人打开中国大门后，为生存需要所形成的沿海文化的显著特征。不变，何以通，这是珠三角人面对船坚炮利做出的个人妥协，也是个人精进的途径，实则是生存需要。没有这种求变的精神，如何和洋人做生意，如何去南洋求生？因此，这种变革的精神也罢，创新的精神也好，传承下来，直至后来的改革开放前后在广东这块土地上很快硕果累累。

一个人承接着某种特定的地缘文化，如果此人将此种文化的一份子放大到极致，便有了一种示范作用，这种作用在某一个时代爆发，便会改变整个区域的文化内核，这就是梁启超个人风格中在地缘文化双重影响下的广东性格。

---

① 李喜所、元青：《梁启超新传》之十九《流传千古的学术成果》，第498页。

　　焚膏油以继晷，恒兀兀以穷年。一点一滴地燃烧自己的身心精血，耗
尽了，时日也就无多，斯人独憔悴，唯如蜡烛一般，抽尽浑身之力，那一
束光焰终究熄灭。

▍5. 斯人独立

　　我是播散自由的五瘟使，我是点明独立的北辰星。今日里，尽了我
的责任，骖鸾归去；他日啊，飞下我的精神，搏虎功成。坦荡荡横刀向天
笑，颤巍巍旁人何用惊！

　　这是梁启超在剧本《新罗马传奇》①第三出《党狱》中的一段台词，
是烧炭党人的最后唱词。这出戏写奥国专制魔王梅特涅，审讯杀戮意大
利独立党人的故事。梁启超也许是借烧炭党人的唱词，来表达自身的
理想。

　　一支蜡烛燃尽的最后情景是不难想象的。焚膏继晷这个词语在一般的
词典中均解释为点燃灯烛来接替日光照明。而对一个写作者而言，也非韩
愈原诗之意，"焚膏油以继晷，恒兀兀以穷年"，一点一滴地燃烧自己的
身心，包括精力气血，耗尽了，时日也就无多，斯人独憔悴，唯如蜡烛一

---

① 　《新罗马传奇》1902年6月至11月发表于《新民》第10-13、15、20号。

般，抽尽浑身之力，那一束光焰终究熄灭，这是必然。

有人认为梁启超之死是"大意失荆州"。这句话虽然满含着惋惜，其实对梁启超本人是略带责备的，似乎是偶然事故。对于身体，对梁启超这个百科全书式的人物而言的确是有点陌生，而对任何一个人莫不如此，哪怕他是一个医者。

当身体给梁启超发出危险信号的1923年，梁启超并没有疏忽，尽管有人对梁启超之死发出"大意"的慨叹。那时候，梁启超才50岁，对于一个常年四海为家，九州颠簸，常年伏案写作的人而言，他曾经一度登报闭门谢客，心脏不太好。后来，经过一番调理休养，果然好了很多。不料，1924年，他心爱的妻子李蕙仙患癌症走了，这对梁启超是一个沉重的打击，这个女性挚爱他，几乎一个人独自撑起一个家，在担惊受怕中为他打理家小，为他生儿育女，他痛苦不堪：

> 我今年受环境的酷待，情绪十分无力，我的夫人从灯节起卧病半年，到中秋日奄然化去。她的病极人间未有之痛苦，自初发时，医生便已宣告不治，半年以来，耳所触的只有病人的呻吟，目所接的只有儿女的涕泪。丧事初了。爱子远行。中间还夹杂着群盗相噬，变乱如麻，风雪蔽天，生人道尽。快然独坐，几不知人间何世。哎！哀乐之感，凡在有情，其谁能免？平日意态活泼兴会淋漓的我，这会也嗒然气尽了。

梁启超是一个极其重感情的人，从"六君子"之死为其一一立传足以见得，呜呼，何况此人乎！很快，在情绪极其沮丧之下，他便发现小便带血。为了不再给悲伤中的家人添乱，他默默自理，秘不告人。

一年之后，这病已经像一个魔鬼在他的体内长大，而其时，梁启超尚致力于先秦研究。1926年1月，梁启超前往北京一家德国医院检查，克里医生怀疑他的肾和膀胱出了问题，又反复检查，但"不能断定病因所在"①。

因此，改入协和医院泌尿科所做详细检查，梁启超清楚无误地记录了下来：

第一回检查，用折光镜试验尿管，无病；试验膀胱，无病；试验肾脏，左肾分泌出来，其清如水；右肾却分泌鲜血。第二回，用一种药注射，医生说："若分泌功能好，经五分钟那药便随小便而出。"注射进去，左肾果然五分钟便分泌了，右肾却迟之又久。第三回，用X光线照见右肾里头有一个黑点，那黑点当然该是肿疡物。这种检查是我自己亲眼看得很明白的。所以医生和我都认定"罪人斯得"毫无疑义了。至于这右肾的黑点是什么东西，医生说："非割开后不能预断；但以理推之，大约是善性的瘤，不是恶性的瘤。虽一时不割未尝不可，但非割不能断根。"医生诊断，大略如此。（梁启超《我的病与协和医院》）

X射线一照，发现有黑点，要做手术割掉这肿瘤。而在当时，做这么大的手术"割腰子"，家人难以接受，但相信科学的梁启超还是坚持要做手术。

其间，梁启超还请来了与他相交甚笃、被誉为中医"四大名医"之首的肖龙友先生复诊，中药治疗。服用了肖先生的中药后，梁启超顿觉神清气爽，但后来病情又出现了反复，病情发作的主要原因是他一直没有停止读书写作。肖龙友见状十分着急，劝告梁启超说："治病不能单纯靠药，三分治，七分养；若想彻底恢复健康，必须放下书本，安心养病，否则华佗再世也无能为力。"谁知梁启超听后却不以为意，戏谑地说："战士死

① 夏晓虹编《追忆梁启超》之《病床日记》（梁启勋），中国广播电视出版社1997年版，第428页。

于沙场，学者死于讲座。"①肖龙友听后连连叹气，不禁为梁启超的健康担心。

不久梁启超病情恶化，去协和医院做手术，住院后，梁启超饱受病痛之苦，3月16日做了手术，摘了右肾。当时主刀医生是协和医院的院长。但术后出血不止，医院查不出原因，"无理由之出血症"。

8月底，病重的梁启超得知四妹不幸去世的消息，又开始便血。

1927年3月8日，康有为迎来七十寿辰，梁启超心潮难平，还为老师写祝寿联。谁知3月31日，康有为在青岛去世，身后萧条一片，梁启超汇去数百元，总算草草入殓。

同年6月，王国维不满时局，投昆明湖自杀。作为清华大学四大名教授（王国维、梁启超、赵元任、陈寅恪）之一的王国维自杀，他更是感伤无比。同年12月，梁启超的学生加好友范源濂病逝，这位和蔡锷一同在长沙时务学堂受教于他，后来一直跟随梁启超，梁启超视其为知己。在协和医院又成了病友，不时在一起聊天解闷。

1928年春，梁启超的身体一天不如一天，血压不稳，便血不断。不得已再次住院。出院后，才辞去清华大学的一切工作，回天津静养。

10月12日，他继续伏案编修《辛弃疾先生年谱》，恰恰写到辛弃疾61岁，是年朱熹去世，辛弃疾作文前往吊唁，梁启超录下了辛弃疾在悼词中的四句话，也画上了自己书写的人生句号："所不朽者，垂万世名，孰为公死，凛凛犹生。"这个"生"字，就是他的最后一个字。②

11月27日，梁启超被送往协和医院抢救，发现病灶已经转移到了肺部，他知道病入膏肓，难以医治，嘱咐家人将其尸体做工艺学解剖，弄清楚病因所在。其弟梁启勋在《病床日记》中写道："发见痰内有毒菌，在肺部及左肋之间。此病在美国威士康辛地方有三人曾罹此病，其一已死，

① 吴天任：《梁启超年谱》第四册，第1852页。
② 《饮冰室合集·专集》第九八，第61页。

其一治愈，一人尚医治中。在病原未发见以前，任公以其病不治，亲嘱家人以其身深剖验，务求病原之所在，以供医学界之参考。"①

1929年1月19日午后2时15分，梁任公永远沉睡了。中国近代的一颗新星陨落了。②

其时，子女梁令娴、梁思庄、梁思永、梁思忠等均在美国。

梁启超去世后，由梁仲策及其家属等以汽车将遗体护送到宣武门外城墙根广惠寺内待殓。所购棺材价值一千两百元，与三年前其夫人棺材大小尺寸、木质一模一样。原来，三年前某棺材店得到了一批上好的木材，然后精工细作了两副棺材，一副于三年前梁启超购得，用于殓其夫人，另一副一直停放至彼时，为梁启超自用。可谓奇事一桩。（王森然《梁启超先生评传》）

2月27日在北平广惠寺开吊，挚友同志同时举行追悼大会。参加追悼大会的五百多人大多是文化界人士，其中有熊希龄、丁文江、胡适、钱玄同、朱希祖、林砺儒、瞿世英、杨树达、熊佛西、蓝志先等以及梁启超的学生。其子女梁思成、梁思礼、梁思懿、梁思达、梁思宁，与儿媳林徽因等俱麻衣草履，俯伏灵前，稽首叩谢，泣不可抑。上海追悼会在静安寺举行，到者百余人，"白马素服，一时称盛"，文化界名流蔡元培、张菊生、陈散原等出席了追悼会。③

次年，按照梁启超遗嘱，将梁启超的藏书、手稿、遗札等，全部捐赠北平图书馆，该馆特开纪念室，专庋饮冰室藏书。

在夏晓虹教授所编的《追忆梁启超》一书中，引用了陈西滢的一节文字，道出了梁启超之死的另外一个重要的发现：重大医疗事故。陈西滢在

---

① 夏晓虹编《追忆梁启超》之《病床日记》（梁启勋），中国广播电视出版社1997年版，第429页。原注：1929年1月21日《大公报》。

② 李喜所、元青：《梁启超新传》之二十《仙逝》，第598页。

③ 孟祥才《梁启超传》之十一《逝世》，北京出版社1980年版，第414页。

《尽信医不如不医》中写道：

> 腹部剖开之后，医生们在左肾（按：应为右肾）上并没有发现肿物或何种毛病。你以为他们自己承认错误了么？不然，他们也相信自己的推断万不会错的，虽然事实给了他们一个相反的证明。他们还是把左肾割下了！可是梁先生的尿血症并没有好。他们忽然又发见毛病在牙内了，因此一连拔去了七个牙。可是尿血症仍没有好。他们又说毛病在饮食，又把病人一连饿了好几天。可是他的尿血症还是没有好！医生们于是说了，他们找不出原因来！他们又说了，这病是没有什么要紧的！

一时，学界关于梁启超"白丢腰子"（徐志摩语）向协和医院发起了责难，梁启超心中自是明白，而此时的梁启超表现出了超乎寻常的可贵精神，他诚恳地说：

> 科学呢，本来是无涯涘的。……我们不能因为现代人科学智识还幼稚，便根本怀疑到科学这样东西。即如我这点小小的病，虽然诊查的结果，不如医生所预期，也许不过偶然例外。至于诊病应该用这种严密的检察，不能像中国旧医那些"阴阳五行"的瞎猜。这是毫无比较的余地的。我盼望社会上，别要借我这回病为口实，生出一种反动的怪论，为中国医学前途进步之障碍。
>
> ——这是我发表这篇短文章的微意

梁氏仍然一如既往地相信西医，亦即相信科学，与其说他为协和医院辩护，不如说他是为科学辩护。这位始终相信科学、倡导科学、推介科学的学者不惜以自己的生命为科学在中国畅行而鸣锣开道，最终，他还是病逝于协和医院。①

　　志未酬，志未酬，问君之志几时酬？志亦无尽量，酬亦无尽时。世界进步靡有止期，吾之希望亦靡有止期。众生苦恼不断如乱丝，吾之悲悯亦不断如乱丝。登高山复有高山，出瀛海更有瀛海。任龙腾龙跃以度此百年兮，所成就其能几许？虽成少许，不敢自轻。不有少许兮，多许奚自生？但望前途之宏廓而寥远兮，其孰能无感于余情！吁嗟乎，男儿志兮天下事，但有进兮不有止。言志已酬便无志。

　　也许唯有梁启超本人的这首《志未酬》，才能道尽他人生之遗憾。②

---

① 　夏晓虹编《追忆梁启超》之《后记》，第487页。
② 　《饮冰室合集·文集》之四十五（下）。

如果说，国家是时间河流中的航船，那么，梁启超就是这段时间河流中的一束光焰，他驱赶了清廷的黑暗，也为中国未来开启了一条航道，尽管这段航道波折难行，但是，只要是河流，总是前行不息的。

结语 焰火摇曳

郑振铎在《梁任公先生》一文中毫不避讳地写道：

梁任公最为人所恭维的——或者可以说，最为人所诟病的——一点是"善变"。无论在学问上，在政治活动上，在文学的作风上都是如此。他在很早的时候，曾著一篇《善变之豪杰》（见《饮冰室自由书》），其中有几句话道："语曰：君子之过也，如日月之食焉，人皆见之。及其更也，人皆仰之。大丈夫行事磊磊落落，行吾心之所志，必求至而后已焉。若夫其方法随时与境而变，又随吾脑识之发达而变，百变不离其宗。"他又有一句常常自诵的名语，是"不惜以今日之吾与昨日之吾宣战"。

郑振铎对梁启超之"变"，是认同的。其实，是自我革命，是生存之道，或者是政治选择。而这种生存之道来自哪里？这还需得从彼时珠三角的文化根脉来分析。

19世纪末的珠三角处于清政府腐败无力、洋人大举入侵、本土起义不断、清廷官员徘徊不定、商业却意外兴盛的一个混乱时代，此时，原本保守的广东人在巨变中寻找与时代相匹配的生存之道，如何生存发展？这道在哪里？

他们付出了生命和鲜血得来的就是变革。一个变字，就是适应，逢山开路，遇水架桥，否则，如何存活下去？遇到洋人怎么交易？遇到官吏如何应酬？遇到战争如何避难？遇到海盗如何化解？遇到压迫如何反抗？诸多的问题摆置在他们面前，答案只有一个字：变。而仅仅变，尚且不够，还要另外一个字：革。不仅仅是生存，还要有长久的生存之道，那就是革命。彼时，广东兴起了一系列的革命，尤其是洪秀全领导的太平天国起义，给广东人民以无尽的希望，尽管这场起义在当时普通的老百姓看来是逆天的大事，尽管这场起义以失败告终，但是，他们明白了一个道理：原来，百姓也可以做皇帝！继而，一场又一场的变革开始兴起。

梁启超从茶坑走出来，在广州这个珠三角的中心地带领受了各种信息，他跟从康有为开始了其变革之路。然而，经过血与火的洗礼，现实教训了他：此路不通。那么，这就需要变。"不惜以今日之吾与昨日之吾宣战"，从保皇开始变为立宪，为了立宪，他不惜与曾经将屠刀悬在他头上的袁世凯合作，而袁世凯很快复辟，还是做了"皇帝"，这是历史的倒退，梁启超岂能随波逐流？立宪之路又不通，袁世凯三番背弃，他只好"反袁"，继而支持段祺瑞、黎元洪，这在如今看来似乎是"变"得过头了，但是在当时，出于生存需要和探索需要，他甚至不惜与这些如今看来龌龊不堪的人为伍。

梁启超这个变革精神，一则来自岭南本土文化的发轫，后来他的这种精神反哺珠三角，引领了这种文化的长远发展，自此珠三角的人民以此精神开疆拓土，每每在历史的关键时刻，引领中国。

按照郑振铎的评价，梁启超在学问上也是"善变"的。梁启超超越了时代，他的学问如天马行空自由自在，并非如人所谓的坚守一隅。这种学问之变，使得他不断转移学问方向，继而成就了他广阔无限的学术视野和成就，郑振铎将其涉猎范围划分为：朝代、种族、地理、政制、舆论、法律、军政、财政、教育、交通、国际关系、社会组织、饮食、服饰、宅居、考工、通商、货币、农事及田制、语言文字、宗教、学术思想史、文学、美术、音乐、印刷、目录学等。

梁启超在学术上的兴趣之广，涉猎之深，疆域之大，恐少人能及。这种学问之变，非常人所能及，也毫不在乎、丝毫不受时至今日还在倡导的传统治学之专一路径所约束，天马行空，尽展其无尽的学术才华，一生著述字数达到1400多万字，是今日学者也难以企及的。

郑振铎在这篇《梁任公先生》长文中同时提到梁启超的文学之作风也在变。这就更令人敬佩不已。梁启超八岁作诗，十岁著文，文言文创作自不在话下，继而在戊戌政变前后的《时务报》开始了新文体的探索，这就是政论文章和杂文，这两种文体在梁启超手里成为了武器，后来成为了更多文人的"匕首和投枪"（鲁迅语），其后在《自由书》中则开辟了"小品文"，与此同时提倡新诗革命，提倡白话文新诗，这些文体的诞生，给巨变中的中国带来了信息快速、直接、便捷传播新式样，成为了一种令时人上瘾的文本形态，于中国现代文学的贡献可谓巨大。

仅仅说变，自然不够。梁启超一生大于"变"的还是"守"。

梁启超守望的是文化，是写作，是著书立说。无论怎样的境遇，只要有一张纸、一杆笔，他都坚持写作，写作是他来到这个世界的天然使命，他从未放弃，在逃亡路上，在被追捕途中，在生命的垂危时刻，他都在写，他写出了一个新世界，这个世界在他的笔下充满了新意，充满了发现，充满了挑战。而他的这种精神同样需要岭南学者去继承和弘扬，尽管时代在变，但是，文化需要有人持守，文化的火炬无论什么时候都需要有人来持守乃至高擎。

除了对文化的持守之外，梁启超对于家庭和爱也是"持守"的，当他在檀香山遇到痴迷于他的何蕙珍时，他同样动心了，但他很快以理智战胜了情感，几乎是断然拒绝了何蕙珍的这份感情，依依守望着李蕙仙和孩子们。直到后来，伴随着这个家庭多年的佣人王桂荃在夫人李蕙仙的安排下和梁启超结合。他的这种爱的持守给了孩子们无尽的力量，譬如他连梁思成和林徽因新婚欧洲旅游的线路都设计好了。

梁启超对爱的持守同样表现在老师和学生身上，他对老师康有为是忠诚的，在保皇和革命的问题上几度分离，但最终还是没有彻底罢手，就在康有为七十大寿时，他亲自撰写贺寿对联，那已经是保皇和复辟路线分野之后了，师生友情归友情，政治分歧归政治分歧，在这一点上，他堪称典范。对待学生他也同样葆有善意和关怀，他对自己的学生蔡锷、唐才质、范源濂等充满了师生的深情厚谊，就连他们死后，他都一一撰写文章纪念他们。这种深情的人，必然伤神，他对世间的善良、正义以及变革之士持有刻骨的爱，这种持守势必令他每每深夜黯然伤神，情深寿短。奈何。奈何。

梁启超秉持着爱，一生不变，爱学问、爱文化、爱人间。

梁启超在变守之间走完了其阔大而宏伟的一场人生之路，正如一条至今奔腾不息的珠江，曲曲折折，却从未停息，珠三角的人民也一如这条河流和至今在壮大着这条河流文化的梁启超一样，不断变革，一生持守，在变守之间，找到了寻常却又非常的人生之道，地域之道，中国之道。这条河流和黄河、长江一样，奔流不息，历经九曲十八弯，历经数千年的淘洗，始终保持前行的方向不变。在变革和持守中，一个民族因此而壮大，以拥抱大海而源自文化根脉的精神为这个国家不断寻找、不断启发、不断革新、不断创造出新的出路，如一盏永不可及却永在前方的灯塔一样，为后来者发出光芒，照亮路径，为未来者启迪来路，探求方向。

"未能自度，而先度人，是为菩萨发心。"这是梁启超引用《楞严经》的一句话来评说佛学的。如将此语用于其本人，亦当妥帖耳。

　　如果说，国家是时间河流中的航船，那么，梁启超就是这段时间河流中的一束光焰，他驱赶了清廷的黑暗，也为民国开启了一条航道，尽管这段航道波折难行，但是，只要是河流，总是前行不息的。梁启超不仅亲力亲为地为中国开辟航线，谋划方向，还以自己的思想梳理中国的过往、世界的路径，更是为未来的中国擘画前途。唯此胸怀家国天下者，才能在每每关键时刻肩负起人人惧之的使命，冲破世俗尘埃，破壁持守，为生民百姓开出一条生存发展之道，为国家民族寻找出一线生机，进而为其未来的发展铺平道路。也许，这艘航船在这条航道上已然穿过，但是未来的航线上，这艘航船如何前行，这便是梁启超和同行者所来到这个世间的价值与意义。当我们看到20世纪80年代乃至21世纪的珠三角、大湾区引领着中国向改革开放的纵深处航行的时候，一片辽阔的水域如无限美好的未来一样展现在世人面前，进而带领着中国社会以前所未有的速度闯进世界的前沿、引领世界时，我们一定不会忘记那些擘画时代，为生民请命、为民做主的伟岸之士，他们在这片热土上前赴后继，承袭前人的血性、变革、执着、决绝、创新、持守的奉献精神，为这个民族和国家奉献了自己的一生，流尽鲜血，却为其祖国收获了前行的经验，根植了文化的根脉，以此回报了这片土地，回报了这条时间的河流，在他们的人生尾页上应该写下这样的一行字：生为家国天下，死为民族未来。

　　让我们以梁启超先生的《自题新中国未来记》为本书做结：

　　　　　　　无端忽作太平梦，放眼昆仑绝顶来。
　　　　　　　河岳层层团锦绣，华严界界有楼台。
　　　　　　　六洲牛耳无双誉，百轴麟图不世才。
　　　　　　　掀髯正视群龙笑，谁信晨鸡薷唤回。

却余人物淘难尽（代后记）

　　那是江门新会一个幽静而破旧的小区，这个小区曾经住着一位老者，如今已经去世多年，我驱车来到此地，正是为了看看他的住所。他就是《一代奇才》的作者之一陈占标。

　　此前，我去过新会多次，我独自穿行在梁启超旧居里里外外，我感受他的气息，怀想他的人生，静悄悄地聆听他来自历史深处掷地有声的演讲，阅读他密密麻麻充斥在浓密空气中的文字。彼时，除他之外，在新会还没有我认识的第二个人。

　　2020年的一次广州文人雅集中，我认识了陈锡忠先生，他是花城出版社的原副社长，年届八旬，在彼此的交谈中我知道他是新会人，我兴趣盎然地和他聊起了梁启超，方知原来他就是《一代奇才》（花城出版社）的作者之一。后来，他赠送了我他的著作《一代奇才》，我才知道该书还有另一作者陈占标先生，经他介绍才得知陈占标先生早就离世了。陈锡忠先生见我对梁启超先生意兴盎然，便建议我写《梁启超传》。我还在彷徨，我所知道关于梁启超先生的著作已经不少，假定让我来写，我能写出什么新意来，太难说了。尽管陈锡忠先生在鼓励我，我却还在两可之间，我还想去看看梁启超先生的旧居，看看能否找到写作的动机。陈锡忠先生为我提供了陈占标先生的长子陈志民兄的联系方式，说我去新会可以找他。

　　这次去新会的时候，我已经读完了书写梁启超一生的传记小说《一代奇才》，我想再去找找，看看是否能找到写作的理由。

　　我走在陈志民兄的身后，楼梯陈旧暗淡，他身材高大壮硕。我们进门，屋里充斥着静谧，似乎不愿意被人打扰，至少不愿意听到高声喧哗。我们喝茶，简单聊了聊，陈志民兄便带我走进了他父亲的书房，这是一间名副其实的书房，四面是书架，中间一张案子上还是书。志民兄说他没有读过多少书，这间房子保持着他父亲陈占标生前的样子。

　　这些书的确是久未动过了，抽动一本书的时候，有一种滞涩之感，像一个老人挪动身子，缓慢，谨慎，似乎在询问来者何人。这就是一个安静的读书人的天地，一个普通的知识分子的一方天地，正如梁启超的那方天地一样，除了书，就是笔墨纸砚，就像书生的人生，简单，干净。我小心地翻动着书斋主人收藏的各种珍贵版本，不时看到书斋主人在书中的旁注、手记、感慨，那字迹清晰可辨，似乎在和我交谈。一个书生走了，留下的只有这些书，和他的文字。

　　我向志民兄讲述陈锡忠先生鼓励我写梁启超的过程，似乎在征询陈占标先生的意见，讲完了，陈志民兄突然说："这些书你随意挑，你想看什么书，就拿什么书。"

　　这话说得出人意料。志民兄早年从事加工贸易，并非文化人，但他豪迈的这句话令我吃惊。这可是他爸爸留给他们的唯一财产啊，他如此爽快，无非是支持我写作。我没敢表态。

　　接着，他又带我到楼下。那是一个逼仄的小楼梯，是铁板焊接的，走在上面，发出咯吱咯吱的声音，光线暗淡。走下楼梯，又是一个书房，像一个小厅，很小，大约有六平米，有两个书架，全是书，一张椅子也容不下，只能站着。旁边是一扇门，门内是一张床，这就是陈占标先生的卧室，也很小，床边是一张写字台，写字台上有一盏台灯，没有电脑，他写作是手写，正如梁启超先生一生用毛笔写作一样。

　　这是他的生活写作现场，也是一个县城写作者的战场。

　　志民兄从床下拉出一个箱子，他打开箱子，里面也是书，是线装书藏本，志民兄说，这是他父亲视为珍宝的东西。我小心地翻了几本，有的是用塑料袋装裹着的，有的包了书皮，非常用心。志民兄倒是大大咧咧，说："你要是写梁启超，这些书您随意拿去用，我不懂，也没用，姐姐又在海外，也没用。"

　　这是一些珍贵的原版珍藏本，我拿了，就意味着要写，不拿，就意味着拒绝。这种拒绝不是单纯拒绝志民兄的盛意，而是意味着拒绝了书斋的主人陈占标先生。

　　我翻动着泛黄的书页，同时，我做了决定。

　　我选了二十本书，志民兄很是殷勤地为我打包，又要盛情邀请我去吃饭喝酒，显然，他很高兴。我开车，不能喝酒，有点扫兴。回来，我将此情况告知陈锡忠先生，他也为我做出这个决定而高兴。

　　决定是做出了，怎么写？梁启超先生一生涉猎了多门的学科，书写研究了庞杂无数的领域，要写得大而全，几乎是不可能，也没必要，案头上摆放着广东人民出版社出版的《梁启超年谱》，竖排版，四册，这是我第一次细致研究竖排版的书籍；身边还有前辈陈占标先生的二十本藏书以及我个人的部分关于梁启超先生的藏书，我开始梳理、思考，迟迟不敢下笔，最终半年后，在他苍茫无涯的人生中，我选择了两个书写视角：一个是变革，另一个是守望。

　　在我看来，梁启超先生一生主要干了两件事，一是以行动变革现实，大力助推了中国社会的现代化转型；二是为中国现代文明奠定了文化基础，书写了一千四百多万字的著述，涉及十多个学术领域，影响了一代又一代中国知识分子，至今如璀璨的星河，滋养着中华民族。将此呈现出来，就是《光焰摇曳——变革与守望的梁启超》的使命。

　　书稿完成后，呈与陈锡忠先生和卢家明先生，他们仔细审读，发现并纠正了不少错讹，在此深表谢忱。

却余人物淘难尽，又挟风雷作远游。（梁启超《太平洋遇雨》）鉴于学术伉俪陈平原老师和夏晓虹老师都是岭南文化的资深学者，尤其夏晓虹老师是梁启超研究的资深专家，也是我敬仰的前贤，恳请陈平原先生为这本书题写书名，他没有半点推脱，在此向他们致敬。那四个字正如摇曳的光焰，为拙作平添了岭南气息和时代精神，深谢。

拙作若有不妥处，敬请学者、专家、读者指正。

汪泉于2024年国庆

主要参考文献

1. 梁启超著、林志钧编《饮冰室合集》，中华书局1936年版。

2. 梁启超著、夏晓虹辑《〈饮冰室合集〉集外文》，北京大学出版社2005年版。

3. 梁启超著，郭绍虞、罗根泽主编《饮冰室诗话》，人民文学出版社1959年版。

4. 梁启超：《清代学术概论》，《梁启超论清学史二种》，复旦大学出版社1985年版。

5. 梁启超：《戊戌政变记》，中华书局1954年版。

6. 梁启超：《饮冰室文集类编》，东京帝国印刷株式会社1905年版。

7. 梁启超辑《湖南时务学堂遗编》，1922年铅印本。

8. 梁启超：《护国之役文电稿》（未刊本）。

9. 丁文江、赵丰田编《梁启超年谱长编》，上海人民出版社1983年版。

10. 朱传主编《梁启超传记资料》，台湾天一出版社1979年版。

11. 陈占标、陈锡忠：《一代奇才》，花城出版社1989年版。

12. 张品兴编《梁启超家书》，中国文联出版社2000年版。

13. 吴荔明：《梁启超和他的儿女们》，上海人民出版社1999年版。

14. 李喜所、胡志刚：《百年家族——梁启超》，台湾立绪出版社2001年版。

15. 蒋广学、何卫东：《梁启超评传》，南京大学出版社2005年版。

16. 张朋园：《梁启超与民国政治》，吉林出版集团有限责任公司2007年版。

17. 陈宝环等撰修《德宗景皇帝实录》，中华书局1987年影印本。

18. 朱寿朋编，张静庐等点校《光绪朝东华录》，中华书局1958年版。

19. 国家档案局明清档案馆编《戊戌变法档案史料》，中华书局1958年版。

20. 故宫博物院明清档案部编《清末筹备立宪档案史料》，中华书局1979年版。

21. 吴天任：《梁启超年谱》，广东人民出版社2018年版。

22. 夏晓虹编《追忆梁启超》，中国广播电视出版社1997年版。

23. 李喜所、元青：《梁启超新传》，商务印书馆2015年版。

24. 李国俊编《梁启超著述系年》，复旦大学出版社1986年版。